MORT
SUR LE
TRANS-SIBÉRIEN

L'ouvrage original a été publié par Constable sous le titre
Death on the Trans-Siberian Express

34-36, rue La Pérouse
75116 Paris

Ouvrage dirigé par Bertrand Pirel
Graphisme de couverture : © Emmanuel Pinchon
Illustration de couverture : © Anna Morrison

ISBN : 9782755672107
Dépôt légal : novembre 2023
Imprimé en Espagne par CPI Black Print en octobre 2023

C. J. FARRINGTON

MORT SUR LE TRANS-SIBÉRIEN

Une enquête d'Olga Pouchkine

Traduit de l'anglais (Grande-Bretagne)
par Valéry Lameignère

Hugo Poche

SUSPENSE

CHAPITRE 1

La margelle d'un puits empoisonné

Il était huit heures du matin ce vendredi-là, et Olga Pouchkine sanglotait sur le bras de son nouveau canapé. Cela vous surprendrait, si vous la connaissiez, parce qu'Olga n'était pas du genre à pleurer (ni à acheter de nouveaux meubles, d'ailleurs). Mais même quelqu'un qui l'aurait vue pour la première fois ce matin-là aurait sûrement trouvé que les larmes avaient quelque chose d'incongru sur son visage, comme un jean skinny sur un vieil homme ou un sapin de Noël en juin. Elle avait les joues pleines et le nez affirmé, et ses yeux renfoncés posaient sur le monde un regard circonspect, empreint de sagesse. Son visage rosi par le grand air semblait contenir la Russie toute entière.

La raison de ces larmes était une lettre grossièrement écrite qu'elle venait de déplier sur une table rouge et or surplombée par une petite fenêtre – une table aux couleurs vives qui figurait parmi les biens les plus précieux d'Olga. Au prix d'un brin d'escalade, elle l'avait récupérée l'année précédente dans une benne à ordures qui contenait les vestiges d'un restaurant chinois de la ville voisine de Taïga. Après avoir gratté les papiers d'emballage graisseux qui collaient au bois comme des sangsues, puis nettoyé sa surface avec une vieille chemise, elle l'avait fourrée tant bien que mal, avec l'aide de son amie Ekaterina Chezhekov, dans le coffre d'une Lada empruntée. Le retour dans la maison qu'elle partageait avec son père Mikhaïl avait eu des airs de triomphe, mais à présent cette lettre était comme une souillure sur son meuble préféré, une présence hostile qui la narguait avec ses insultes fielleuses rédigées dans une langue approximative.

Espèce de TRAÎNÉE qui croit pouvoir se pavaner dans la datcha de ce pauvre vieillard, faire sa petite danse de séduction et lui piquer toutes ses économies quand il va casser sa pipe. Pauvre M. Solotov, un vétéran sans héritier c'est une proie facile, pas vrai ??? Du vol pur et simple, voilà ce que c'est !!! Une employée des chemins de fer devrait avoir un peu plus de jugeote (et dire que tu t'imagines pouvoir devenir autre chose). Tu vas voir, ça oui !!! À la fin tout le monde saura ce que t'as FAIT.

La première fois qu'elle l'avait lue, ce matin, la lettre lui avait d'abord semblé ridicule. Dans le village, tout le monde savait qu'Olga était le contraire d'une traînée. Ne serait-ce que parce qu'elle n'avait plus de petit ami depuis 1996, si tant est que Piotr Katine puisse entrer dans la catégorie des petits amis (nous y reviendrons plus tard). Et puis elle ne savait même pas danser, sauf si tanguer mollement sur une chanson d'amour américaine des années 1980 était considéré comme de la danse (ce slow dans la salle paroissiale de Roslazny remontait également à 1996). Après ça, elle avait toujours trouvé une excuse pour se tenir en périphérie de la piste plutôt qu'en son centre, les rares fois où elle s'était rendue à ce genre de soirées. Quant à la bicoque délabrée de Vladimir Solotov, dont le revêtement de sol était principalement constitué de vieux exemplaires de la *Pravda*, on pouvait difficilement la qualifier de datcha. Les Russes aisés possédaient des datchas, résidences secondaires à la campagne qui leur permettaient de fuir l'agitation de leurs vies citadines. Mais le vieux Solotov n'était pas Roman Abramovitch : qu'aurait-il eu à fuir ? Même le père d'Olga, dont le flair pour les roubles n'avait rien à envier à celui d'un cochon truffier, n'estimait pas Vladimir Solotov digne d'être courtisé dans l'espoir d'être couché sur son testament. S'il demandait à sa fille de rendre visite à son vieil ami libidineux, ce n'était pas avec l'héritage en ligne de mire, mais parce qu'il pensait que c'était bon pour l'image de sa famille dans le village, sans qu'il ait lui-même à consentir le moindre effort (bien entendu, Mikhaïl se considérait trop âgé et trop mal en point pour aller clopiner dans la neige jusqu'à la bicoque de Vladimir. L'amitié avait ses limites.)

Donc, une lettre stupide et mal écrite. Son auteur avait manifestement un grain, avait-elle songé, et sans doute était-il jaloux d'elle pour une raison d'autant plus mystérieuse que la vie d'Olga n'avait pas grand-chose d'enviable. D'ordinaire, c'était elle qui enviait les autres ; ces femmes qui avaient su faire quelque chose de leur existence, qui avaient reçu une bonne éducation et bénéficié de multiples opportunités, qui avaient vécu dans des villes glamour et non dans un trou perdu traversé par une voie ferrée – des femmes dont les mères n'étaient pas mortes trop tôt et qui avaient été encouragées au lieu d'être entravées par leur père… Il fallait forcément être dérangé pour être jaloux d'elle. Mais d'un autre côté, Olga était jolie, en bonne santé et elle portait bien ses trente-cinq ans. Une personne âgée pouvait tout à fait envier ça. Oui, c'était sans doute une vieille bique du village qui déversait son fiel sur la première personne qui lui était venue à l'esprit ; ce besoin de cracher son amertume qui s'empare parfois des vieillards dont l'inhibition s'érode au fil des ans comme le sabot de frein d'une locomotive s'use au fil des trajets. La plupart des jeunes fichaient le camp de Roslazny à la première occasion, mais le village regorgeait de vieux. La personne qui se cachait derrière cette lettre était très probablement un invalide cloîtré chez lui par la force des choses, une mamie ou un papy aigri qui la regardait passer derrière la fenêtre de sa maison quand elle se rendait à son travail, au café ou chez Anna Kabalevsky. Quelqu'un qu'il valait mieux ignorer et qui, au fond, était sans doute plus à plaindre qu'à blâmer.

Olga avait secoué la tête après avoir parcouru la lettre du regard une première fois, comme pour chasser les pensées désagréables, puis elle l'avait laissée tomber sur la table rouge et or rescapée du restaurant chinois. Elle avait regardé par la fenêtre – encore de grosses chutes de neige – et s'était mise à préparer ses sandwiches et ses en-cas de poisson séché pour le lendemain. Ça semblait bien parti pour être une nouvelle journée froide. Et dans l'oblast[1] de Kemerovo, en Sibérie occidentale, une journée froide était l'équivalent d'une journée absolument glaciale dans la plupart des autres régions du monde.

Mais elle s'était à nouveau saisie de la lettre, et cette fois-ci elle n'avait pu s'empêcher de penser : était-ce une lettre si stupide, après tout ? Était-ce vraiment une lettre qui aurait pu être adressée à n'importe qui ? Une phrase en particulier avait retenu son attention : *Et dire que tu t'imagines pouvoir devenir autre chose.*

Et dire que tu t'imagines pouvoir devenir autre chose qu'une cheminote, voilà ce qu'avait voulu dire l'auteur de la lettre. Cette phrase jetée là comme par inadvertance, et presque cachée entre

1. Division administrative en Russie.

ses parenthèses, au point qu'elle l'avait à peine remarquée lors de la première lecture – *ça,* c'était malin. Acéré comme l'hameçon qu'elle s'était planté dans le doigt, enfant, au bord du Tom[2], sauf que cette fois-ci le résultat n'était pas un peu de chair lacérée et un filet de sang, mais un cœur brusquement alourdi.

Et cette phrase avait été couchée sur le papier avec une détermination manifeste : le stylo de l'auteur avait presque traversé la feuille lorsqu'il avait écrit ces mots – et seulement ces mots –, trahissant un degré de haine qu'Olga peinait à se figurer. Il ne s'agissait pas, comme elle l'avait d'abord cru, d'insultes adressées au hasard par quelque croulant acrimonieux du village qui la connaissait à peine, mais bien d'une flèche décochée avec précision sur une cible soigneusement choisie. Au fond, ce qui blessait Olga n'était pas qu'on l'accuse de duplicité – de rendre service dans l'espoir d'en tirer bénéfice. Si la lettre lui faisait si mal, c'est parce qu'elle mettait le doigt sur une angoisse intime. C'était comme si la pointe d'un simple stylo à bille avait percé ses défenses – comme si elle n'avait pas seulement creusé un sillon rageur dans le papier, mais aussi en elle, trouant une fine couche de protection pour venir la poignarder à l'endroit où elle était la plus vulnérable : cette terreur, désormais exprimée noir sur blanc, qu'elle ne serait jamais

2. Le Tom est une rivière qui traverse l'oblast de Kemerovo.

rien d'autre qu'une technicienne de maintenance ferroviaire de troisième catégorie dans une petite cahute le long de la voie ferrée, près du village de Roslazny.

Parce qu'Olga voulait si désespérément *devenir autre chose.* Depuis des années, elle rêvait d'un destin d'écrivain ; d'aller étudier la littérature à l'université de Tomsk – l'Oxford de la Sibérie occidentale – et de gagner sa vie en noircissant des calepins ou en pianotant sur le clavier d'un ordinateur portable dans l'ambiance chaleureuse d'un café. Au lieu de quoi elle passait ses journées dans une cahute exiguë et d'un autre âge. Écrire des livres… Sa mère aurait voulu ce genre d'avenir pour elle, Olga en était sûre. Mais voilà, sa mamouchka avait quitté ce monde, emportant avec elle la magie d'une grâce qui noyait les difficultés dans de grands éclats de rire. Son frère Pasha, une belle âme, lui souhaitait aussi de vivre son rêve. Malheureusement, il était affecté dans la lointaine Crimée avec son régiment. Olga n'était pas seule pour autant. Elle avait des amies, ici – Ekaterina Chezhekov à la gare de Taïga, à environ cinq kilomètres en suivant la voie ferrée, et puis Anna Kabalevsky au village, et d'autres encore. Mais la plupart d'entre elles avaient des maris peu commodes ou des enfants en bas âge, voire les deux, et elles étaient empêtrées dans leurs propres problèmes. Le plus souvent, Olga passait ses journées seule, avec pour uniques compagnons les trains qui serpentaient à travers l'immensité glacée avant de filer devant sa cahute dans un fracas de ferraille. Et le soir, elle retrouvait son père Mikhaïl qui n'avait que mépris pour ses aspirations littéraires et buvait ce qu'elle gagnait sous forme de vodka bon marché.

Olga profitait de sa solitude pour écrire, aussi souvent qu'elle le pouvait et sur tout ce qui lui tombait sous la main. Les rames de papier étaient chères, mais les horaires de train périmés et les vieux mémos de la compagnie ferroviaire offraient suffisamment d'espace à noircir entre deux inspections des rails, ses mots traçant leur propre itinéraire au dos des horaires au départ de Vladivostok ou Moscou. Elle en était à la moitié du grand œuvre qu'elle écrivait à l'intention des femmes qui, comme elle, n'avaient pas eu la vie facile. Après des années d'atermoiements, elle s'était finalement décidée pour un titre : *Trouvez le bon aiguillage : cent leçons de vie inspirées par le Transsibérien*. Au fil du temps, elle avait pris conscience que c'était beaucoup, cent leçons, mais après tout mieux valait avoir trop d'idées que pas assez. Elle avait vu des livres qui se contentaient d'en proposer six ou sept, comme les *Sept principes pour maîtriser sa carrière* de Sasha Ivanov ou les *Six habitudes quotidiennes des milliardaires moscovites* de Nikita Aliyev. Ça semblait peut-être logique aux gens qui voyageaient en voiture, avec juste assez de place pour quelques bagages dans le coffre. Mais sur les rails, il n'était pas rare de voir des trains de fret avec cinquante, soixante, voire soixante-dix wagons, tous remplis de différentes marchandises essentielles. Les gens qui attendaient ces produits ne voulaient pas qu'ils arrivent au compte-goutte par trains de six ou sept wagons. Certains voulaient telle chose, d'autres telle autre. Il faut accrocher un grand nombre de wagons à sa locomotive pour être certain de satisfaire les besoins des habitants de grandes villes comme Novossibirsk, Iekaterinbourg ou Irkoutsk, sans parler de Moscou ou Saint-Pétersbourg. Et Olga était persuadée qu'il en allait de même pour les idées. Plus on avait d'idées, plus on avait de chances de faire plaisir au lecteur – ou en l'occurrence aux lectrices –, parce que les gens n'aimaient rien tant que les idées qu'ils avaient déjà eues eux-mêmes. Et plus grand était le nombre de personnes auxquelles on faisait plaisir, plus grand était le nombre de livres vendus. Et plus Olga vendrait de livres, plus vite elle disposerait de la somme nécessaire pour régler les frais des cours de littérature avancée à l'université d'État de Tomsk. C'était aussi simple que ça.

Quand il y avait un long intervalle entre deux trains, et pas grand-chose à faire sur la voie ferrée, Olga restait enfermée dans sa petite cahute, toujours excitée de se remettre à écrire. Les yeux brillants, elle laissait son stylo parcourir le papier de récupération à toute vitesse, tandis qu'une nouvelle leçon de vie prenait forme sous sa plume ; un nouvel enseignement qu'elle avait tiré de sa vie de cheminote et qui, l'espérait-elle, pourrait aider d'autres femmes aux parcours similaires. Mais Olga avait un métier prenant, et ces moments consacrés à l'écriture étaient relativement rares. Presque toujours, la radio ne tardait pas à grésiller un appel, ou l'alarme se déclenchait pour signaler le passage d'un nouveau train, et elle devait poser son stylo pour se remettre au travail – non qu'elle considérât l'écriture comme un simple divertissement : c'était aussi un travail, bien entendu, mais d'un genre différent. Une fois sa journée au bord des rails terminée, Olga rentrait fatiguée à la maison où elle devait préparer le dîner de son père Mikhaïl, parfois aller chercher les courses de sa tante Zia Kuznetsov (la sœur, aujourd'hui veuve, de Mikhaïl) ou encore – comme la veille au soir – se rendre chez Anna Kabalevsky pour l'aider à faire face à quelque situation d'urgence. Lorsqu'elle était ainsi sollicitée de toutes parts malgré sa lassitude de fin de journée, elle devait décider à qui donner la priorité, parce que tous ces gens ne comptaient que sur elle. Et ceux qu'elle était contrainte de délaisser momentanément le prenaient souvent mal, comme sa tante Zia quand Olga lui avait annoncé, toujours la veille au soir, qu'elle ne pourrait pas lui apporter ses courses parce que son amie Anna avait besoin d'elle. À force de vouloir faire plaisir à tout le monde, Olga finissait presque toujours par se coucher tard bien qu'elle se réveillât tôt, éteignant sa lampe de chevet avec le sentiment de n'avoir vraiment fait plaisir à personne. C'était difficile, dans ces moments-là, de se sentir dans la peau d'un écrivain ; dans la peau d'une artiste qui a le feu sacré.

Et dire que tu t'imagines pouvoir devenir autre chose...

Les yeux d'Olga étaient restés rivés à cette phrase jusqu'à ce que les mots fielleux s'insinuent dans sa conscience comme une substance caustique, rongeant ses ambitions les plus chères. Les liens qui la rattachaient à ses rêves étaient ténus et s'effilochaient chaque jour un peu plus, songea-t-elle. Après tout, il n'y aurait peut-être pas d'éclatante carrière littéraire jalonnée de prix et de best-sellers, pas de sortie triomphale pour *Trouvez le bon aiguillage : cent leçons de vie inspirées par le Transsibérien* au terme de toutes ces années d'efforts. Après tout, l'avenir ne serait peut-être qu'une longue succession d'années de labeur sur la voie ferrée, de journées à endurer cette vie dont elle ne voulait pas, de soirées à essayer de faire plaisir à tout le monde, encore et encore jusqu'à la fin.

Elle avait abandonné la lettre sur la table et était allée s'asseoir sur son canapé, creusant exceptionnellement une brèche dans la digue qui d'ordinaire contenait les vagues de désespoir, et autorisant ces décennies de malheur ininterrompu à la submerger, comme si chaque mot de cette lettre haineuse avait été une goutte d'eau empoisonnée tombée dans un puits qui ne demandait qu'à déborder.

Quand ses sanglots se calmèrent un peu, elle vit que son mascara coulait avec les larmes, et qu'il tachait le tissu du nouveau canapé. Elle l'avait acheté quelques semaines plus tôt à Nikolaï Popov, le boucher du village, quand leur propre canapé avait fini par rendre l'âme, vaincu par la bedaine toujours plus imposante de son père.

– Arrête de dire que c'est un nouveau canapé, s'était agacé Mikhaïl, lorsqu'un jour elle s'était plainte de la cendre qu'il y laissait tomber. Popov l'avait chez lui depuis des années. Je le revois encore faire le paon chez Odrosov parce qu'il venait de l'acheter. Je ne me souviens plus quand c'était exactement, mais ça ne date pas d'hier, tu peux me croire. Il n'a rien de nouveau, ce canapé. Je te parie que Popov posait ses têtes de cochon et ses saucissons dessus.

– Il est nouveau pour *moi*, avait-elle répondu calmement avant d'aller chercher un cendrier.

Mais à présent, il y avait des taches de mascara bon marché et des traces de cendre sur le brocart jaunissant, sans parler d'une collection de souillures douteuses dont elle osait à peine imaginer l'origine.

Dans un accès de colère, elle s'empara de la lettre et la jeta dans la cheminée avant de la mouiller avec la paraffine liquide dont elle se servait pour allumer le feu. Puis elle craqua une allumette et le papier s'embrasa aussitôt, consumant les mots malveillants en quelques secondes. En elle, une petite voix lui murmurait qu'elle aurait dû conserver cette lettre pour la montrer à la police – du moins lorsque les autorités se décideraient à pourvoir le minuscule poste de Roslazny d'un nouveau brigadier. Mais une autre part plus primitive d'Olga fixait intensément les flammes du regard, comme si cela pouvait décupler la puissance et la vertu purificatrice du feu.

– *Suka, blyat !* s'écria-t-elle, avant de plaquer la main sur sa bouche.

Son père jurait du matin au soir, comme tous les hommes du village, mais détestait que les femmes fassent de même. Non qu'elle eût peur de lui, mais la dernière chose dont elle avait besoin était de voir débouler, trois heures plus tôt qu'à l'ordinaire, un vieil homme irascible qui n'avait pas fini de cuver sa vodka et qui viendrait lui faire un sermon sur la façon dont une célibataire russe était censée se comporter.

Elle savait pertinemment ce qu'il lui dirait :

– C'est comme ça que tu espères attirer un mari et nous sortir de ce trou à rats ? Tu ne vas pas te mettre à parler comme un homme, maintenant, déjà que tu as l'air d'en être un !

Et elle lui répondrait :

– C'est de ta faute si je m'habille comme un homme, père. Dans quelle tenue suis-je censée veiller au bon état des rails ? En robe de soirée ?

Mikhaïl hausserait les épaules et produirait ce grommellement particulier qu'elle savait traduire mieux que personne : « Tu aurais voulu que je fasse quoi, hein ? Qu'est-ce qu'il y avait d'autre comme boulot à Roslazny pour une fille comme toi ? »

Elle se regarda dans le morceau de miroir posé sur la cheminée, essuya les dernières larmes qui perlaient sur ses cils et plaça une mèche blonde, vagabonde, derrière son oreille, songeant qu'après tout elle n'était pas si mal pour quelqu'un qui, depuis vingt ans, passait la plupart de son temps à travailler dehors, dans le climat rigoureux de la Sibérie occidentale. Cela faisait bien longtemps qu'elle n'avait plus entendu sa mère lui dire qu'elle était la plus jolie tsarevna que la Russie ait jamais connue, mais Olga avait toujours un visage séduisant et une silhouette bien dessinée sous ses épais vêtements de travail. Oui, se dit-elle pour essayer de se remonter le moral, les femmes âgées avaient toutes les raisons de l'envier. Peut-être avait-elle un petit côté masculin avec son pantalon informe, son gros blouson de la compagnie ferroviaire et son gilet de sécurité fluorescent. Mais au fond, qu'est-ce que ça pouvait bien faire ? Elle avait abandonné depuis longtemps l'espoir de trouver un mari, que ce soit à Roslazny ou ailleurs. D'autant que les seuls hommes qu'elle côtoyait parfois étaient des cheminots, et que son père comme ses amies de Taïga lui avaient raconté suffisamment d'histoires à leur sujet pour qu'elle s'en tienne à bonne distance. Alors, comme l'aurait fait toute personne sensée dont le métier consistait à passer ses journées dans la neige et le froid, Olga s'habillait de sorte à être aussi à l'aise et au chaud que possible.

Et ce n'était pas comme si elle avait renoncé à se maquiller. De son point de vue, toute femme qui se respectait prenait le temps de se maquiller. Et dans la mesure où la plupart des touristes qui voyageaient sur le Transsibérien ne portaient aucun maquillage, Olga en déduisait qu'elles ne devaient pas avoir beaucoup de respect pour elles-mêmes. Sur le quai de la gare de Taïga, elle avait souvent eu l'occasion d'observer des jeunes Anglaises, Allemandes, Espagnoles ou encore Américaines, qui cherchaient quelque chose à grignoter avant que le train ne reparte, hésitant entre le kiosque d'Anya et celui de Larisa (moins attrayant mais en réalité bien plus propre), et toujours Olga s'étonnait de leurs coiffures négligées, de leurs pantalons de survêtement disgracieux, de leurs grosses chaussures de randonnée.

– Elles n'ont pas envie d'être belles ? avait-elle demandé à son amie Ekaterina Chezhekov, un jour où elle s'était rendue au dépôt de maintenance de la gare de Taïga.

Ekaterina arpentait le quai pour vendre des cigarettes, un éventaire suspendu à son cou à la manière des paniers en osier des ouvreuses de cinéma d'autrefois.

– Pour elles, les Russes ne comptent pas, avait répondu Ekaterina en piochant une cigarette sur son plateau ambulant. C'est pour ça qu'elles s'habillent comme des sacs et qu'elles ne se maquillent pas. S'il y avait plus d'étrangers ici, elles feraient un effort.

– Et les étrangers qui voyagent à bord du train ? avait insisté Olga. Les hommes, je veux dire ? Ils ne comptent pas pour elles, eux non plus ?

Ekaterina avait allumé sa cigarette et soufflé la fumée vers le ciel.

– Un homme qui prend le train ne comptera jamais aux yeux d'une femme qui a quelque chose dans la caboche, Olga. Ces filles sont malignes, tu sais. Elles savent qu'un homme qui a de l'esprit et de l'argent préférera l'avion au train. Elles gardent leur maquillage pour ces hommes-là.

– Pourtant, elles voyagent bien en train, elles aussi. Peut-être qu'en définitive, elles ne sont pas si malignes que ça !

Elles avaient éclaté de rire et les touristes alentour, qui ne parlaient jamais un mot de russe, avaient souri poliment avant de remonter à bord du train et de disparaître à jamais.

Je n'ai pas bonne mine, songea-t-elle, toujours devant le miroir. Mais ça n'avait rien de surprenant, et pas seulement à cause des larmes qu'elle s'était autorisée – une fois n'est pas coutume – à verser. Après tout, elle avait passé la plus grande partie de la nuit chez Anna Kabalevsky, l'aidant avec ses enfants en l'absence de son mari Bogdan, un bon à rien qui aimait à se présenter comme un homme d'affaires et qui était toujours en vadrouille. Olga estimait qu'il aurait mieux fait de rester auprès de sa femme et de ses trois fils, et d'aider Anna à tenir l'Auberge Kabalevsky – un nom plutôt pompeux pour deux chambres spartiates et une salle de bain rudimentaire au sous-sol d'une modeste maison.

– Si une de tes amies te le demandait, tu lui donnerais un bras, et peut-être même les deux ! s'agaçait souvent Mikhaïl. Tu passes ta vie chez les unes et les autres, toujours à leur rendre service. Et elles, qu'est-ce qu'elles sont prêtes à faire pour toi ? C'est la question que je me poserais, à ta place.

Sur ces mots, il hochait la tête d'un air entendu, comme si les rapports humains ne pouvaient être régis que par la suspicion.

– Sois prudente, ma fille. La prudence est une vertu russe ! Tu crois vraiment que c'est en dispersant mon argent et mon temps aux quatre vents que j'ai pu acquérir tout ça ? s'écriait Mikhaïl en désignant les murs, et parfois le plafond, de la maison qu'ils partageaient.

Dans des moments pareils, Olga devait se forcer à garder le silence, consciente qu'une fille comme il faut ne doit pas répondre avec mépris à son père. Une fille comme il faut ne pouvait pas lui rétorquer qu'il n'avait plus passé la moindre journée au travail depuis son accident en 1988 ni que cette maison avait été achetée avec l'argent de sa femme Tatiana et non avec le sien, pas plus qu'elle ne pouvait ouvertement lui reprocher d'avoir vendu tous les précieuses possessions de famille de Tatiana (seul un dernier trésor avait échappé à la grande liquidation, pour l'unique raison que personne ne savait où il se trouvait), d'avoir contraint son fils Pasha à rejoindre l'armée et de l'avoir contrainte, elle, à travailler pour les Chemins de fer russes, d'avoir…

Ça suffit comme ça, finissait par se dire Olga Pouchkine. Une fille comme il faut ne répondrait rien de tout ça à son père, mais elle n'en continuerait pas moins à aider ses amies. Et bien qu'elle ait des enfants, Anna Kabalevsky restait une très bonne amie – une amitié qui remontait à leur petite enfance, lorsqu'elles fréquentaient la même crèche d'État à Roslazny. Parce qu'il y avait une crèche à cette époque, et toutes sortes d'autres services publics, ainsi que du travail au sovkhoze – la ferme d'État – pour presque tous les habitants du village. Aujourd'hui, plus d'une décennie après que le sovkhoze avait cessé ses activités, il n'y avait plus de crèche, tout comme il n'y avait plus de *bania*[3], de bureau de poste, de messe ou de médecin. Les mamans devaient désormais se débrouiller seules chez elles avec leurs enfants, avec l'aide de parents ou d'amies. Mais Anna était originaire de l'est du pays – de Listvianka, au bord du lac Baïkal – et sa famille se trouvait à près de deux mille kilomètres de Roslazny. Voilà pourquoi elle devait faire appel à Olga lorsqu'elle n'arrivait plus à s'en sortir avec Boris, Gyorgy et son bébé Ilya.

Olga avait passé une journée fatigante sur la voie ferrée ce mardi-là, émaillée de nombreuses pannes des relais de signalisation, mais elle n'avait pas eu

---

3. Bains publics.

le cœur de refuser son aide à Anna lorsque celle-ci l'avait appelée. Son amie avait besoin de quelqu'un pour garder Ilya pendant qu'elle emmenait Boris et Gyorgy chez le docteur Zinozev, qui tenait une consultation gratuite pour les enfants à l'hôpital de Taïga, un soir par semaine. Tant que Bogdan n'était pas là, Olga se sentait à l'aise chez Anna. Et puis Ilya était un bébé tranquille qui d'ordinaire n'avait pas de mal à s'endormir, et la télévision d'Anna était plus agréable à regarder que la minuscule Sony de Mikhaïl. C'est ainsi que malgré sa fatigue, Olga était plutôt partante pour veiller sur Ilya devant des rediffusions de *Ne rodis krasivoy*[4], son *soap opera* adoré, un programme de toute façon plus attrayant que d'aider tante Zia avec ses courses, comme elle l'avait initialement prévu.

Ce soir-là, pourtant, *Ne rodis krasivoy* avait été annulé au profit d'une énième conférence de presse du lieutenant-colonel Grigor Babikov, le chef de la police de l'oblast de Kemerovo. Un jour sur deux, semblait-il à Olga, sa voix maniérée et pédante se faisait entendre à la radio ou à la télévision, exhortant les citoyens de l'oblast à collaborer avec la police, toujours en quête de renseignements pour résoudre telle ou telle affaire criminelle. Olga avait le sentiment d'avoir l'esprit civique, mais elle estimait que remplacer *Ne rodis krasivoy* par des photos macabres et des images graineuses filmées

4. *Pas née jolie.*

par des caméras de surveillance dépassait un peu les bornes, surtout quand on savait pourquoi Babikov faisait ça : les élections municipales approchaient à grands pas, et tout ce qui intéressait ce monsieur était de se faire mousser auprès des électeurs dans l'espoir de devenir le prochain maire de Kemerovo, la capitale administrative de l'oblast.

Une contrariété n'arrivant jamais seule, Ilya avait été agité ce soir-là, se réveillant en larmes à plusieurs reprises. Au terme d'une enquête minutieuse, Olga avait décelé un petit bout d'émail qui perçait sous sa gencive.

– Aha ! avait-elle lancé, le bébé serré tout contre elle. On a démasqué la coupable ! Une dent ! Bien joué, *detka*[5], tu es en train de devenir un grand garçon comme tes frères. Mais pour bien grandir, il faut d'abord bien dormir.

Assise dans le fauteuil à bascule d'Anna, elle avait enveloppé Ilya dans une couverture en fausse fourrure et l'avait bercé au rythme doux des balancements du fauteuil.

Un texto d'Anna était arrivé sur son téléphone : *La salle d'attente est bondée, ça risque d'être long. Je reviens dès que possible. Encore merci, Olga ! Tu es la meilleure.*

Olga avait soupiré et s'était remise à bercer le bébé. Bientôt, les paupières d'Ilya s'étaient fermées et celles d'Olga n'avaient pas tardé à faire de même,

5. Bébé.

le sommeil la gagnant doucement. Mais alors qu'elle venait de s'endormir, quelqu'un était entré avec fracas dans la maison, les réveillant tous les deux. C'était Bogdan, le mari d'Anna.

– Qu'est-ce que tu fiches ici ? avait-il demandé lorsque ses yeux s'étaient posés sur Ilya, tendrement niché au creux des bras d'Olga sur le fauteuil à bascule.

Bogdan Kabalevsky était un petit homme rondouillard qui dessaoulait rarement ; autant de désavantages qu'il s'efforçait de compenser avec des talonnettes, des chemises à lignes verticales et une démarche aussi droite que possible.

– Je fais ton boulot, avait répliqué Olga. Comme Anna quand elle s'occupe toute seule de l'auberge. Tu crois que ça tourne tout seul, un commerce ?

– J'ai un travail plus important qui réclame mon attention, avait dit Bodgan. Je m'occupe de…

Il avait eu un renvoi et avait plissé les yeux comme si son regard flou essayait de faire le point sur le visage d'Olga.

– J'ai plusieurs fers au feu, figure-toi, avait-il fini par lancer d'une voix pâteuse. Mais ce ne sont pas tes affaires ! Allez, fiche le camp d'ici, *grom-baba* !

Sur ces mots, il s'était affalé dans un fauteuil avec un grand rire d'ivrogne. D'ordinaire, *grom-baba* était davantage un compliment qu'une insulte, mais le regard appuyé que Bogdan avait promené sur le corps d'Olga était clairement destiné à lui faire comprendre qu'elle était si massive que le sol en tremblait sous ses pieds. C'était extrêmement offensant pour Olga, et d'autant plus injuste qu'elle n'était pas grosse du tout.

– Retourne dans ton taudis, avait-il poursuivi. Mikhaïl a besoin de toi. À moins que tu n'aies l'intention de t'arrêter chez une autre famille sur le chemin du retour pour te mêler d'autres affaires qui ne te regardent pas ?

– Je partirai quand Anna reviendra, avait répliqué Olga sans se démonter. Quant à toi, tu ferais mieux d'aller t'allonger pour cuver ta vodka. Je peux en sentir les effluves d'ici, à chaque fois que tu ouvres la bouche pour dire des bêtises. Tu ne sais donc pas qu'Odrosov distille lui-même l'alcool qu'il te vend ? Tu vas devenir aveugle avant la fin de l'année, si tu continues à en boire autant.

Igor Odrosov était le propriétaire du Café Astana, l'unique bar de Roslazny, mais aussi l'unique restaurant et l'unique épicerie du village. Les gens du coin l'appelaient « le Cosmonaute » parce qu'il était né au Kazakhstan et qu'il se vantait continuellement du rôle joué par son pays dans les succès du programme spatial de l'URSS. Odrosov avait baptisé sa vodka faite maison « Carburant de fusée », et selon une plaisanterie locale, son goût rendait hommage à son nom.

– Ça vaut toujours mieux que d'entendre des gosses brailler toute la soirée, avait grommelé Bogdan avant de s'endormir d'un seul coup dans le fauteuil.

Anna était rentrée à minuit largement passé avec deux enfants épuisés et des médicaments que le petit sac en papier de la pharmacie peinait à contenir. Olga lui avait restitué le bébé endormi en échange d'un merci chuchoté, puis elle avait quitté la maison, manquant de se prendre les pieds dans les jambes allongées de Bogdan.

Comment Anna pouvait-elle supporter ce *pridurok*[6] ? s'était demandé Olga tandis qu'elle regagnait sa maison sous les flocons de neige, sonnée de fatigue et laissant ses pas la guider instinctivement dans les rues mal éclairées. La vodka, les jeux d'argent, ces affaires bancales qui se cassaient toujours la figure… Mais au moins, à sa connaissance, il ne levait pas la main sur Anna ou sur les enfants. C'était un pauvre type qui négligeait sa famille, mais pas un homme violent. Et malgré ses gesticulations et ses protestations, il tolérait plutôt bien qu'Olga aide sa femme, ce qui n'était pas le cas de tous les maris du village, loin de là. Certains d'entre eux auraient préféré voir leur femme mourir d'épuisement plutôt que d'accepter « la charité » d'une personne extérieure à la famille. Certes, Bogdan l'avait traitée de *grom-baba*, mais elle avait entendu bien pire. Son père n'avait jamais lésiné sur les insultes.

– Tu ne peux pas porter une robe comme ça, lui avait dit Mikhaïl, un jour où ils faisaient des courses dans le grand magasin de Taïga.

---

6. Abruti.

Olga, qui avait alors quatorze ans, espérait persuader son père de lui acheter une belle tenue pour la fête annuelle du sovkhoze. Il l'avait poussée devant le miroir et avait tenu la robe devant elle.

– Là, tu vois ? Tu as l'air grosse.

– Je ne suis pas grosse, avait protesté Olga. C'est juste que je ne suis pas mince. Mamouchka disait toujours que je deviendrai célèbre pour ma beauté, quand je serai grande.

– Et moi je te dis qu'essayer de te faire belle est une perte de temps, avait insisté Mikhaïl. Tu es comme une locomotive diesel. Une Luhanskteplovoz. Comme je dis toujours, tu peux peindre une 2TE116 de la couleur que tu veux, elle ressemblera toujours à un cul de cochon !

Olga l'avait regardé, interdite. Son père venait-il vraiment de la comparer à une locomotive diesel ? Et à des *fesses* de cochon ?

– Réfléchis un peu, avait poursuivi Mikhaïl, de plus en plus ravi de sa comparaison. Tu es lourde et pataude, tu vas où on te dit d'aller, mais mollement. Exactement comme une loco diesel. Ha ! J'ai toujours su que tu étais faite pour être cheminot. S'ils n'ont plus assez de motrices, ils pourront toujours faire appel à toi pour tirer les wagons !

– Cheminot*e*, avait répliqué Olga.

Mais si elle avait suffisamment de courage pour lui répondre lorsqu'il se montrait insultant, elle ne s'était jamais sentie capable de s'opposer à l'avenir professionnel qu'il avait choisi pour elle. Comme lui, Olga travaillerait aux chemins de fer, et la discussion s'arrêtait là. À l'époque où elle avait grandi, une fille ne désobéissait pas à son père, surtout sur des sujets aussi importants, et surtout sans la présence d'une mère pour la soutenir. Cela ne se faisait tout simplement pas. Les choses avaient changé, aujourd'hui, du moins pour certaines femmes. Mais ces changements étaient intervenus trop tard pour Olga. Le moment venu, son père l'avait contrainte à rejoindre l'Institut d'ingénierie ferroviaire d'Irkoutsk, qui possédait une antenne à Taïga, et deux années plus tard, en 2005, Olga en était ressortie avec un diplôme en poche – technicienne de maintenance ferroviaire de troisième catégorie. En théorie, cela lui permettait de prétendre à des positions importantes dans des dépôts régionaux comme Taïga, mais en pratique son chef d'équipe, un vieux staliniste du nom de Viktor Fandorine, bloquait toute candidature féminine aux postes les plus élevés. Et il n'avait aucune intention d'adopter une attitude moins rétrograde. C'est ainsi qu'Olga avait été reléguée dans cette petite cahute au bord de la voie ferrée à proximité de Roslazny, et qu'elle y travaillait depuis la fin de ses études.

C'est vrai, avait songé Olga après que son père l'avait comparée à une 2TE116, je suis comme une locomotive. Mais pas une diesel. Elle se reconnaissait davantage dans ces anciennes locomotives à vapeur – la verte et rouge exposée au musée de la gare de Taïga, par exemple. Si on l'imaginait en mouvement, bien sûr – sa puissante mécanique alimentée par un feu intense, l'aiguille du manomètre de la chaudière toute proche de la limite à ne pas dépasser –, et non froide et immobile comme celle du musée, que venaient parfois lécher des congères vagabondes.

Un jour, je me mettrai en mouvement, moi aussi, songea-t-elle. À toute vapeur. Mais pour le moment, elle devait se rendre au travail. C'est ce que faisaient les femmes russes, jour après jour, en dépit des pères autoritaires et alcooliques, des chefs d'équipe phallocrates et des mots empoisonnés lâchement tracés à l'encre anonyme. Devant elles, les rails dessinaient un long chemin dont l'horizon toujours se dérobait. Un jour peut-être, elles l'atteindraient. Un jour peut-être.

CHAPITRE 2

Le renard et le hérisson

La neige tombait sans discontinuer tandis qu'Olga marchait d'un pas lourd sur le chemin qui menait à la voie ferrée, un rideau cotonneux dansant devant ses yeux et coloriant ses épaules d'un blanc immaculé, à la manière d'un glaçage. La maison qu'elle partageait avec son père se trouvait à l'extrémité nord-est de Roslazny, éloignée de la route et proche des rails, et bientôt elle passa les dernières habitations et pénétra dans la forêt. Là, tous les autres bruits s'éteignaient. Même la rumeur lointaine de la circulation en provenance de Taïga disparaissait après quelques foulées entre les arbres, remplacée par le bruissement étouffé des flocons et le craquement de ses bottes qui les compressaient, dessinant derrière elle le souvenir de ses pas. De part et d'autre du chemin, les troncs sombres des conifères formaient un contraste saisissant avec le blanc étincelant du tapis d'albâtre qu'ils bordaient.

Nous sommes bien peu de chose, songea Olga, le regard tourné vers le nord, en direction des grands arbres qui se succédaient à perte de vue dans le lointain. De minuscules points faits de chair et de sang chaud avalés par la forêt de Sibérie, la gigantesque et froide taïga. Nous devrions nous protéger les uns les autres contre la morsure glaciale du vent, pensa-t-elle encore, nous réchauffer de bienveillance et de solidarité, au lieu d'envoyer des lettres venimeuses qui n'apportent que du malheur et davantage de froid. Elle avait détesté longer les dernières maisons qui précédaient la forêt, sondant les fenêtres du regard tandis qu'elle se demandait si des yeux hostiles l'observaient derrière les carreaux sombres, si des doigts crispés de colère écrivaient une nouvelle lettre, si un esprit haineux imaginait d'autres rumeurs à répandre.

Et il lui semblait avoir entrevu… non, elle s'était sûrement fait des idées. Mais Olga était trop honnête pour se convaincre que tout ça n'était que le fruit de son imagination. Elle avait bien entrevu un visage dans l'entrebâillement d'une porte en bois, un visage aux yeux tombants et à la bouche tordue par un rictus cruel – un visage de sorcière. Ou était-ce quelqu'un qu'elle connaissait et qu'elle n'avait pas reconnu dans la pénombre ? Elle avait plissé les yeux, cherchant à mieux distinguer la personne qui semblait l'épier, mais le visage avait presque aussitôt disparu, se fondant dans l'ombre bleutée que projetait une boîte aux lettres délabrée.

Elle avait secoué la tête, comme la première fois qu'elle avait lu cette lettre. Elle était à bout de forces, voilà tout. Épuisée par le travail et les services qu'elle rendait, et affectée par la méchanceté de ce courrier. Elle inspira profondément et se força à penser à autre chose.

Qu'est-ce qui avait bien pu pousser les premiers habitants de cette région à s'installer ici, au milieu de la forêt glacée, alors qu'ils ne pouvaient ignorer qu'il existait, plus au sud, des terres où il faisait moins froid ? se demanda-t-elle. Pourquoi vouloir endurer l'hostilité d'un éternel hiver et renoncer aux caresses du soleil, aux vergers de citronniers et d'oliviers qu'ils auraient pu atteindre en quelques mois de marche ?

De telles pensées étaient certes distrayantes, mais aussi dangereuses, parce qu'elles pouvaient engendrer de l'insatisfaction dans le cœur d'une technicienne de maintenance ferroviaire. Elles pouvaient l'amener à se demander pourquoi elle, Olga Pouchkine, ne fuyait pas cette contrée inhospitalière pour entamer une vie nouvelle dans quelque lieu de plaisir européen. Parfois, lorsqu'elle avait du mal à trouver le sommeil, elle lisait des romans à l'eau de rose dans lesquels des femmes menaient une vie insouciante sur des îles ensoleillées de la Méditerranée, ou se lançaient dans une nouvelle et brillante carrière, puis rencontraient l'homme de leurs rêves, tout ça dans la même semaine ; des histoires d'existences mornes qui basculaient en quelques jours dans le bonheur parfait. Et parfois, elle posait son roman sur son ventre et s'imaginait dans la peau d'une des héroïnes : voilà que dans la pénombre de sa chambre elle était Lara Bellagio, serveuse devenue actrice et coqueluche de Monte-Carlo, ou alors Odette de la Tour, héritière richissime et créatrice de chaussures de luxe installée dans un lointain pays appelé Maurice. Ces femmes ne recevaient sûrement pas de lettres anonymes qui critiquaient leur réussite ou leurs actions philantropiques. Mais si Olga s'envolait pour des lieux paradisiaques comme Monte-Carlo ou l'île Maurice, qui s'occuperait de son père, de sa tante Zia et de son amie Anna ? Qui viendrait travailler dans la petite cahute de garde-barrière, construite des années plus tôt pour surveiller un passage à niveau qui n'avait jamais vu le jour ? Qui s'assurerait du bon état de la voie ferrée pour que les trains puissent toujours être à l'heure ? Lara Bellagio et Odette de la Tour pouvaient embaucher du personnel pour s'occuper de choses comme ça. Pas Olga.

Et qui prendrait soin de Dimitri ? songea-t-elle alors qu'elle passait le dernier tournant du chemin sinueux et voyait les rails apparaître devant elle, brillants comme des lames qui tranchaient la forêt. Qui le nourrirait de vers de farine et d'escargots pour le protéger du froid ?

Dimitri était un minuscule hérisson à ventre blanc qui vivait près de sa cahute. Elle l'avait sauvé des mâchoires d'un renard deux étés plus tôt, assenant des coups sur le crâne de l'agresseur avec son sac à main, un modèle en cuir bleu d'une solidité redoutable qui datait de l'ère soviétique. Elle n'était pas convaincue que Dimitri fût du genre masculin, mais dans la mesure où l'animal n'avait jamais donné naissance à une portée de hérissons encore plus minuscules, Olga avait décidé de s'en tenir à sa première hypothèse.

– Où es-tu, petit *detka* ? appela-t-elle tandis qu'elle approchait de sa cahute, peinte d'un vert autrefois vif et affichant le logo, écaillé sur les bords, des Chemins de fer russes. Tu es là, Dimitri-Dimochka ?

Elle rejoignit la cabane, slalomant entre les racines d'arbres qui se cambraient en travers du chemin glacé. S'emparant du vieux manche à balai qu'elle conservait près du relais de signalisation, elle frappa la base de son toit incliné pour faire tomber la neige qui s'y était accumulée. Mais alors qu'elle venait de donner les premiers coups, elle aperçut du coin de l'œil Dimitri qui émergeait de sous les broussailles alors même qu'une épaisse couche de neige glissait de la toiture, ensevelissant le pauvre animal. Olga étouffa un cri dans sa main et s'empressa de libérer le hérisson, le rassurant aussitôt à l'aide de petits sons produits avec la langue tandis qu'elle brossait la neige qui le recouvrait. Puis elle ouvrit la porte en bois branlante et l'installa près du poêle à bois en fonte, se dépêchant de l'allumer à l'aide d'un briquet et de quelques feuilles de journal froissées.

– Tiens, dit-elle en posant une poignée de vers séchés devant la boule de piquants, tu peux te détendre, maintenant. Ce n'est plus la peine de rester en position de défense, Dimitri-Dima. Je sais, je sais, ça a été un sacré choc. C'est de la faute de mamouchka.

Elle vaqua ensuite à ses occupations habituelles, continuant à parler dans l'espoir que le son de sa voix réconforterait le petit animal. Ces tâches routinières lui firent l'effet d'une distraction bienvenue, d'une échappatoire aux pensées désagréables que lui inspiraient les événements de la matinée, d'une défense contre les lettres malveillantes et les visions effrayantes de sorcières qui surgissaient de l'ombre. Elle rouvrit le couvercle de son poêle à bois cylindrique et ajouta du petit bois, puis quelques briquettes de tourbe qui brûleraient pendant des heures. Elle ôta sa chapka et la secoua énergiquement, puis brossa son blouson du plat de la main, avant de marteler le sol jusqu'à ce que ses bottes soient débarrassées de la gangue de neige et de boue glacée qui les recouvrait. Elle versa de l'eau et des feuilles de thé dans son samovar et le reposa sur le poêle avant de décrocher son porte-bloc du clou auquel il était suspendu. Chaque dimanche soir, elle se rendait à pied à la gare de Taïga pour y chercher les nouveaux horaires et la liste des tâches à effectuer, et chaque lundi matin elle retirait les anciennes feuilles du porte-bloc et les remplaçait par les nouvelles (les vieux horaires et les vieux mémos allaient rejoindre la boîte en carton dans laquelle Olga conservait le papier qui lui servait à écrire son livre). Une des premières choses qu'elle faisait en arrivant dans sa cahute était de consulter son porte-bloc et de déterminer quand elle devait signaler le passage d'un train aux collègues de Taïga ou Novossibirsk, et quand elle devait inspecter les rails ou effectuer un autre type d'entretien.

Il y avait beaucoup à faire, ce jour-là. Le premier vendredi de janvier était toujours chargé, dans la mesure où les planificateurs devaient rattraper le trafic perdu pendant les vacances du Nouvel An et qu'ils choisissaient toujours, pour une raison qui s'était égarée dans les méandres de l'histoire soviétique, le premier vendredi du mois de janvier. Olga soupira devant l'ampleur du travail qui l'attendait et chercha à se souvenir des pensées qui l'occupaient à son réveil, avant que la lettre anonyme ne vienne les interrompre. Avait-elle eu une idée pour *Trouvez le bon aiguillage : cent leçons de vie inspirées par le Transsibérien* ? Une nouvelle leçon de vie ou quelque chose à ajouter à un chapitre déjà écrit ? Quelque chose en rapport avec Dimitri, peut-être, qui n'était plus en boule et dégustait goulûment ses vers séchés près du poêle à bois ? Quelque chose à propos du besoin que nous avons tous, un jour ou l'autre, de voir se tendre une main secourable ? Ou alors à propos de la nécessité de protéger les hérissons, qui ne connaissent qu'une seule chose, des renards, qui connaissent beaucoup de choses[7] ?

---

7. Allusion à une citation attribuée au poète grec Archilochus (« *Le renard connaît beaucoup de choses, mais le hérisson*

Si Olga savait comme il était important d'apporter son aide à ceux qui en avaient besoin, c'est qu'elle avait elle-même connu bien des jours où elle aurait donné n'importe quoi pour être réconfortée par une présence amicale, et que celle-ci s'était rarement présentée.

Mais c'était une idée trop générale pour avoir sa place dans son livre. Les leçons de vie devaient être inspirées par la voie ferrée, ou elle serait contrainte de trouver un autre titre. Heureusement, Olga ne craignait pas la page blanche : le Transsibérien était une vraie mine d'or pour un esprit curieux. Après tout, cette ligne ferroviaire était longue de près de dix mille kilomètres, avec plus de cent gares principales qui jalonnaient son parcours d'ouest en est à travers la Russie, toutes disposant d'une escouade d'Ekaterina Chezhekov qui sillonnaient les quais en proposant leurs articles. Le Transsibérien mobilisait également des milliers de locomotives, de wagons et de voitures, chacun des trains de cette voie légendaire étant associé à du personnel et à des odeurs qui lui étaient propres ; des éraflures, des bosses et des éclats de peinture qui racontaient des années de service et qui n'appartenaient qu'à lui. Jour après jour, ces longs convois de marchandises ou de passagers filaient sous le nez de centaines

---

connaît une grande chose ») et popularisée par le philosophe Isaiah Berlin dans son article *Le hérisson et le renard*, paru en 1953.

d'Olga qui arpentaient les rails, de Moscou vers l'Extrême-Orient russe ou vers Pékin en passant par la Mongolie. Et chacun de ces trains avait quelque chose d'une fête de mariage, avec tous ces gens qui se côtoyaient le temps d'un voyage et ne seraient plus jamais rassemblés à son terme ; tous ces gens qui sans le Transsibérien n'auraient sans doute jamais mangé, bu, parlé voire même couché ensemble, l'histoire d'une famille commençant parfois dans l'espace exigu des couchettes de troisième classe.

La voie ferrée permettait de voyager dans l'espace, mais aussi dans le temps. Se faire balloter sur ses rails au gré des soupirs pneumatiques et des gémissements de ferraille était une façon de marcher dans les pas des innombrables soldats, détenus et paysans qui avaient travaillé dans de terribles conditions pour étendre le règne d'acier du Transsibérien à travers les forêts, les marécages et les steppes. On se laissait transporter à travers le vingtième siècle, remontant l'histoire avant Poutine et Eltsine, avant Gorbatchev et Khrouchtchev, avant Staline, Lénine et Trotski, avant le communisme et le bolchévisme, jusqu'au jour où Nicolas II, tsar de toutes les Russies et petit père des peuples, avait donné l'ordre de bâtir une voie ferrée qui dompterait la Sibérie et traverserait l'immensité du pays.

Voilà ce que lui avait autrefois raconté sa mère, tandis qu'à travers la fenêtre du train le regard brillant de la petite Olga se posait sur le paysage changeant et pourtant immuable – milliers de variations sur un même thème. L'heure est venue de nommer entièrement sa mère : Tatiana Lichnovsky, devenue Tatiana Pouchkine pour son plus grand malheur, et qui malgré tout se réjouissait de ce mariage calamiteux parce qu'il lui avait donné une fille chérie. Un jour, quand Olga avait sept ans, Tatiana l'avait emmenée à la gare de Taïga, à cinq kilomètres de chez eux (son frère Pasha participait à une journée scolaire réservée aux garçons, tandis que Mikhaïl, qui travaillait encore, était allé faire un tour en ville avec la Lada qu'ils possédaient à l'époque). Sa mère avait acheté deux billets pour Tomsk. Une fois à bord du train, Tatiana avait cherché deux sièges libres côté fenêtre, de sorte qu'elles puissent regarder ensemble défiler la taïga.

– Tu sais, Olgakin, c'était d'abord une voie ferrée impériale, avait dit sa maman. Ses rails ont transporté des tsars, des tsarines, des tsarévitchs et des tsavernas, tout comme des commissaires du peuple, des secrétaires généraux et tous les autres complices du communisme. Les princes, les boyards et les comtesses ont regardé ces mêmes paysages défiler derrière la vitre, bien avant que Staline n'utilise cette voie ferrée pour prêter main forte aux nazis, jusqu'à ce qu'Hitler ne change d'avis et qu'il se mette à nous attaquer. Les communistes se sont alors lancés dans la Grande Guerre patriotique, voilà comment ils l'ont appelée ! Seulement après que les paysans et les juifs ont été écrasés sous les bottes des soldats allemands…

Sa mère s'était interrompue, soudain consciente qu'Olga était trop jeune pour comprendre tout ça.

– Ah, Olgakin, ne pensons pas à des choses affreuses aujourd'hui, avait-elle dit. On est en vacances, toutes les deux. Juste toi et moi dans la grande ville.

Olga revoyait encore les cheveux blonds de sa mère et les pommettes hautes de son visage moucheté de lumière hivernale, le soleil pâle se frayant un chemin à travers les branches nues des arbres qui défilaient en rangs désordonnés derrière la fenêtre du train. C'était la première fois qu'elle se rendait à Tomsk – la première fois qu'elle voyageait plus loin que Taïga – et sa mère en avait fait une journée magique, une journée de sucreries à l'hôtel Magistrat et de visite privée du jardin botanique de Sibérie, fermé au public ce jour-là (Tatiana était si bourrée de charme qu'elle n'avait guère de mal à obtenir ce genre de faveurs). Oui, une journée magique… jusqu'à ce que sa mère soit prise d'une brusque lassitude. Elle était souvent fatiguée, à cette époque, plusieurs mois avant la découverte de sa maladie. Soudainement, alors qu'elles se promenaient dans le jardin, Tatiana avait posé la main sur l'épaule d'Olga, à la recherche de son souffle, y restant lourdement appuyée jusqu'à ce que leur guide revienne avec une chaise empruntée au café du jardin. Heureusement, elle avait vite retrouvé son énergie, ce matin-là, et elle avait ensuite emmené Olga dans la librairie de l'université où elle lui avait acheté toute une collection de classiques russes – Gogol, Tolstoï, Dostoïevski, Tchekhov, Boulgakov et bien d'autres encore – qu'elles avaient portés jusqu'à la gare dans de fins sacs en plastique, avant de s'engouffrer juste à temps, haletantes et avec de grands éclats de rire, à bord du dernier train pour Taïga. Puis elles avaient marché aussi vite que possible jusqu'à Roslazny, courant à moitié par moments, et s'étaient ruées dans la maison dont la porte avait claqué derrière elles quelques minutes seulement avant le retour de Mikhaïl, précédé par le bruit de la Lada familiale qui remontait péniblement le chemin boueux. Aujourd'hui encore, il ignorait tout de cette escapade, et de quelques autres d'ailleurs. De toute façon, son père ne portait aucun intérêt aux livres. Sans doute n'avait-il même jamais remarqué leur présence sous son toit. Ils étaient aujourd'hui alignés sur l'étagère de la cahute au bord des rails, précieux rappels de cette lointaine et heureuse journée, le bleu, le rouge et le doré de leurs couvertures à peine un peu fanés par près de trente années de soleil et de givre. Olga les relisait de temps à autre, même si elle les trouvait souvent difficiles à comprendre. Sa mère aurait pu lui donner des explications, mais elle n'était plus de ce monde. Olga restait néanmoins convaincue qu'elle irait un jour étudier à Tomsk et que les brillants professeurs qui enseignaient là-bas lui transmettraient leur savoir, pour qu'elle puisse saisir les subtilités de ces chefs-d'œuvre comme sa mère les saisissait.

Après quoi, ce pourrait bien être à son tour d'écrire une histoire qui marquerait les esprits, un nouveau monument de la littérature russe, quelque chose qui serait peut-être encore meilleur que *Trouvez le bon aiguillage : cent leçons de vie inspirées par le Transsibérien*.

– Aha ! s'écria-t-elle en frappant de sa main gantée le mur en bois de la cabane.

Elle venait de se rappeler la leçon de vie qui lui était venue à l'esprit avant d'ouvrir la lettre anonyme. C'était une idée simple mais importante, pensa-t-elle, fouillant sa poche à la recherche d'un crayon à papier, avant de s'emparer d'un ancien horaire des trains pour y coucher ses pensées.

Les gens sont comme les gares, écrivit-elle. *Une fois la gare construite, elle devient un repère, tout comme quelqu'un qui a trouvé sa voie devient un repère pour les autres. Telle personne sera médecin, telle autre cheminot, telle autre encore enseignant ou agent d'entretien et de nettoyage urbain. Prononcer le nom d'une personne qu'on connaît est comme dire « Gare de Taïga », « Gare d'Iaroslavl » ou « Gare d'Irkoutsk ». Cela a un sens, parce que cette personne, en trouvant sa place, est devenue pour les autres un repère, stable et familier. Les problèmes surviennent quand quelqu'un essaie de devenir quelque chose qu'il n'est pas censé être. Ce serait pure folie que de déplacer la gare de Taïga à vingt kilomètres de la voie ferrée, tout comme ce serait pure folie qu'une enseignante essaie de devenir cheminote. Les gens devraient être heureux de rester à leur place, de s'en tenir à leur rôle dans la société. C'est ce que les gares nous enseignent.*

Elle relut les mots qu'elle venait d'écrire, le front plissé. Cela ne revenait-il pas à dire qu'elle devait rester dans sa cahute pour le restant de ses jours, au lieu d'aller étudier la littérature à l'université d'État de Tomsk ? Olga hésita quelques secondes, mâchouillant nerveusement son crayon à papier, puis ses traits se détendirent d'un coup. Ces leçons de vie étaient destinées aux autres. Elle en était l'auteur, et non l'un des futurs lecteurs, et c'est parce qu'elle était capable d'écrire un livre qu'elle avait le pouvoir de changer de place, comme la gare de Taïga que son imagination avait déplacée à vingt kilomètres de la voie ferrée. Mais tout le monde ne pouvait pas en faire autant, et prétendre le contraire aurait été donner de faux espoirs aux gens – et les faux espoirs menaient à coup sûr au chagrin. Sans compter que sa vraie place était d'être écrivain, et non cheminote. Son travail de technicienne de maintenance ferroviaire n'était qu'une étape vers son véritable destin.

Contrairement à la gare de Taïga, sa mère Tatiana avait été éloignée pour de bon de l'endroit où se trouvait sa véritable place, et c'était son père Mikhaïl qui en était responsable. Il l'avait cueillie sur sa terre natale d'Astrazov, et comme toute fleur coupée elle avait fini par dépérir, puis par mourir. Tatiana était la dernière des Lichnovsky, et le pavillon de chasse dont elle avait hérité était comme un pays en soi. C'était son habitat naturel, ce vieux et noble bâtiment construit du temps des tsars par un des comtes Lichnovsky et enfoui au cœur d'une forêt, à une trentaine de kilomètres au nord de Tomsk, et plus loin encore de Roslazny. Le grand-père d'Olga était un homme du nom d'Ivan Lichnovsky, un enfant illégitime né des ébats du comte Evgeny et d'une femme de chambre, et qui s'était établi (pour des raisons de bienséance) dans une datcha anonyme d'Itaka, à quelques kilomètres d'Astrazov. Cela lui avait permis d'échapper aux purges des bolchéviques, mais ni à la vision du comte Evgeny pendu à un gibet dressé dans une rue de Tomsk ni à celle de sa grand-mère, la comtesse douairière, morte à même le sol devant les toilettes publiques à Itaka, après que les responsables locaux du parti l'avaient contrainte à travailler jusqu'aux bout de ses forces.

Et quand Ivan et sa femme avaient fini par être victimes des purges de Staline, trente ans plus tard, la nourrice qui s'était occupée d'Ivan depuis sa naissance (et qui était désormais d'une extrême vieillesse) avait dû rassembler à la hâte toutes les affaires qu'elle pouvait porter et abandonner la datcha. Chargée comme une mule, elle avait clopiné jusqu'à l'école où la fille d'Ivan, Tatiana, attendait dans la neige que son papa vienne la chercher. Là, elle avait expliqué à la fillette, entre deux hoquets pour reprendre son souffle, qu'elle ne reverrait jamais ses parents – que plus jamais elle ne pourrait retourner dans cette datcha où elle avait mené une vie douce au sein de sa famille. Avec ses dernières forces, la nourrice avait conduit Tatiana au pavillon de chasse d'Astrazov devant lequel elle s'était effondrée, morte d'épuisement avant d'avoir pu y entrer, boule de haillons gelée sur le pas de la porte. Le pavillon était alors occupé par Lubov Yuryev, fille d'Adélaïda qui avait été gouvernante au temps du comte Evgeny, et c'est elle qui avait pris soin de Tatiana jusqu'à ce que Mikhaïl Pouchkine vienne l'arracher à sa terre natale.

Dimitri le hérisson, qui avait fini son festin de vers séchés, émit une suite de sons aigus qui tirèrent Olga de ses pensées.

– Dimitri-Dima-*detka*, dit-elle avec un tendre sourire.

Elle alla chercher le sac de vers séchés qu'elle avait acheté à Popov, le boucher, et lui en donna encore un peu.

– Je sais ce que mamouchka Tatiana, ma maman bien-aimée, aurait pensé de toi, petite boule de piquants. Elle m'aurait dit que je n'avais pas à intervenir si un renard attrapait un hérisson ; qu'il méritait son repas s'il était parvenu à le chasser à la loyale. Mamouchka admirait les chasseurs, tu comprends ? Elle-même avait quelque chose d'un renard : elle connaissait beaucoup de choses. Pour ma part, je serais plutôt un hérisson. Comme toi,

Dimitri. Je ne connais pas beaucoup de choses, mais j'en connais une grande : je sais que je t'aime.

À bien des égards, la mère d'Olga avait des manières d'aristocrate, qui s'exprimaient aussi à travers ce mépris qu'elle manifestait pour les notions modernes de droits des animaux et de végétarisme, des idées qui avaient commencé à faire leur chemin à Tomsk, et même jusqu'à Taïga, dans les derniers mois de sa vie. Cet héritage familial parfois jugé rétrograde par la jeune génération lui avait joué un tour des plus cruels : sans son attachement pour la tradition – pour les paysans qui adoraient en secret des icones de saint Basile ou du tsar Nicolas II ; pour les chasseurs qui se nourrissaient de ce qu'offrait la nature et vivaient dans des cabanes en rondins aux abords des forêt –, jamais elle ne serait tombée amoureuse de Mikhaïl. Olga se tourna vers la fenêtre qui donnait du côté opposé aux rails, sur les branches des conifères lourdes de neige qui bordaient la forêt, se remémorant l'histoire d'une rencontre fatidique que lui avait raconté sa mère. Ça s'était passé quelques décennies plus tôt, au cœur de la forêt, dans le pavillon de chasse d'Astrazov.

Tatiana avait vingt-cinq ans en cet hiver de 1977, et elle était au sommet de sa beauté. Un jour, des coups avaient résonné sur la porte, et quand Lubov, la gouvernante, était allée ouvrir, elle s'était retrouvée face à un homme mince, de taille moyenne, qui arborait d'exubérantes moustaches. Sa tenue – pantalon marron, grosses bottes et ample blouse grise – était celle d'un chasseur. Autour de ses épaules, trois canards et un lièvre était réunis à l'aide d'une ficelle, et son dos accueillait un fusil qu'il portait en bandoulière. Il avait demandé son chemin et quelque chose à manger. Lubov avait été tentée de se débarrasser de l'inconnu, mais cela faisait plusieurs jours qu'elle n'avait pu se rendre à Itaka à cause du mauvais temps, et le garde-manger était presque vide.

– Entrez donc, avait-elle dit au chasseur, en ouvrant grand la porte. Et donnez-moi ce lièvre, que je le prépare pour notre dîner. Une fois que nous aurons tous le ventre plein, je vous indiquerai la direction que vous m'avez demandée.

L'homme avait accueilli cette proposition avec un grand sourire.

– Le marché me semble des plus honnêtes, avait-il dit. J'accepte avec plaisir.

Après avoir martelé le sol pour faire tomber la neige qui couvrait ses bottes, l'homme s'était débarrassé de son fusil et du fruit de sa chasse, tendant le lièvre à Lubov avant de pénétrer dans le pavillon dont il avait fouillé l'intérieur sombre du regard, tournant la tête de tous côtés comme un chien sur la piste d'un gibier. Ses yeux s'étaient mis à briller à la vue de la vitrine qui se dressait près de la cheminée du salon, les assiettes en argent et les coupes en cristal scintillant dans la lumière dansante du feu de bois. Puis il avait aperçu Tatiana, debout près de l'horloge de son grand-père dans une robe bleue toute simple, élancée comme un jeune bouleau, ses cheveux coulant sur ses épaules à la manière d'un ruisseau doré par le soleil. Il s'était incliné bas, retirant sa casquette de chasseur.

– Mikhaïl Pouchkine, à votre service !

***

– Que s'est-il passé ensuite, mamouchka ? avait demandé Olga.

Sa mère lui avait raconté l'histoire dans un café de Tomsk, lorsqu'elle s'y était rendue pour la première fois en train, il y avait si longtemps de cela. Elles venaient de se promener dans le jardin botanique de Sibérie et avaient fait une halte dans un café avant de se rendre à la librairie de l'université. Le visage de sa mère s'était illuminé tandis qu'elle revivait les émois romantiques d'une idylle qu'elle avait attendue depuis toujours. Avec le recul, Tatiana avait eu le sentiment que toute sa jeune vie – son éducation, ses rêves d'enfance – l'avait préparée à cette rencontre, la mettant dans la disposition d'esprit parfaite pour tomber amoureuse de Mikhaïl Pouchkine à l'instant où il avait respectueusement ôté sa casquette fourrée dans le pavillon de chasse d'Astrazov. Lubov avait grandement contribué à cette disposition d'esprit, s'évertuant à faire de Tatiana une véritable comtesse au moyen d'une éducation qu'elle estimait appropriée à une jeune fille dont le destin était de devenir, plus encore qu'une femme du monde, une véritable Lichnovsky. Adélaïda, la mère de Lubov, avait tenu un journal dans lequel étaient scrupuleusement notés les faits et gestes des jeunes comtesses Lichnovsky, lorsque la famille passait ses étés à Astrazov à l'époque du tsar. S'inspirant de ses pages jaunies par le temps, Lubov avait établi un programme d'apprentissage exigeant qui couvrait tout le champ des qualités nécessaires à la jeune Tatiana pour tenir son rang, du savoir littéraire à l'art de la chasse, en passant par les règles de bienséance vestimentaire et comportementale de la société aristocratique.

Le soir, et parfois les samedis matin et les dimanches après-midi, Tatiana s'asseyait dans son lit et poursuivait son exploration des classiques de l'immense bibliothèque du pavillon de chasse que le comte Evgeny, malgré un goût modéré pour la lecture, avait constitué sur les conseils d'un libraire de Tomsk. Comme plus tard sa fille Olga, elle s'immergeait dans chaque pièce de théâtre ou roman emprunté aux étagères richement sculptées, s'imaginant en des lieux et des époques lointains tandis qu'elle jouait en pensée les drames et les mélodrames que l'écrivain avait imaginés, qu'elle s'oubliait pour devenir cette princesse ou cette paysanne, ce cosaque ou ce boyard chargé de défendre l'empire russe contre les Anglais qui se massaient aux frontières de l'Inde.

Par-dessus tout, elle vouait une admiration à Tolstoï dont elle dévorait les œuvres. Au vu de la jeunesse que Tatiana avait passée à Astrazov, un fusil dans une main et une fourche dans l'autre, il était inévitable que le Constantin Lévine d'*Anna Karénine* devienne le personnage littéraire qu'elle préférait, d'autant qu'elle plaçait les romans russes bien au-dessus des autres. Constantin Lévine était tout à la fois un aristocrate qui méprisait la vanité et les mondanités, un homme raffiné qui se délectait d'expériences prosaïques, et un riche propriétaire terrien qui n'hésitait pas à se salir les mains pour entretenir son domaine. Tatiana se retrouvait dans chacune des facettes de ce personnage, y compris lorsqu'il se tournait finalement vers cette foi qui jetait un pont entre elle et ces paysans établis aux alentours du pavillon de chasse ; ces gens simples qui avaient su préserver leurs croyances en les enfouissant dans les profondeurs de la forêt, loin de l'œil du Kremlin.

Tandis que sa maturité et sa féminité s'affirmaient au fil des ans, Tatiana avait commencé à jauger les jeunes hommes qu'elle rencontrait à travers ce prisme littéraire – un idéal masculin russe qui n'avait peut-être jamais existé ailleurs que dans les livres, mais qui représentait pour elle tout ce qui était digne d'admiration et d'amour. Ainsi, lorsque Mikhaïl avait pénétré dans le pavillon de chasse, il avait semblé à Tatiana qu'il incarnait cette figure du paysan russe dont elle s'était éprise par le biais de ses lectures. Un homme attaché à sa terre. Un homme *ancré* dans la terre. Mais le rêve avait vite tourné court : si Mikhaïl était un Lévine, ce n'était pas le Constantin du chef-d'œuvre de Tolstoï, le *gentleman farmer* si noble d'esprit, mais son frère Nicolas, le joueur invétéré et aviné.

– Mamouchka, pourquoi cette tristesse dans ton regard ? avait demandé Olga dans ce café de Tomsk, lorsque sa mère n'avait pas répondu.

Tatiana Pouchkine s'était tamponné les yeux avec une serviette en papier.

– Oh, Olgakin, avait-elle dit, je suis désolée. C'est simplement… quelque chose qui m'est revenu en mémoire. Quelque chose que m'a dit Lubov, à l'époque où je vivais avec elle à Astrazov. Un jour où je m'étais emballée après avoir lu un livre de la bibliothèque et que je lui parlais de mon rêve d'un chasseur plein d'allure qui viendrait m'emporter, elle m'a assené un petit coup avec la louche qu'elle tenait à la main. « Tu es une incorrigible romantique, Tatiana Lichnovsky », m'a-t-elle répondu quand je lui ai demandé pourquoi elle m'avait frappée. « Une grande naïve qui croit aux contes de fées. Tu ne sais donc pas que les histoires russes finissent toujours dans les larmes et le chagrin ? »

CHAPITRE 3

Où il est question de Bogdan et de Baba Yaga

Le jour avait décliné depuis longtemps quand Olga prit le chemin du retour au terme de ce premier vendredi toujours chargé de janvier. Elle laissa échapper un petit bruit contrarié lorsqu'elle s'aperçut que la batterie de sa lampe torche était presque entièrement déchargée, mais en réalité elle n'en avait pas vraiment besoin. Elle avait effectué tellement d'allers-retours entre la maison et sa cahute au bord des rails qu'elle aurait sans doute pu arriver à bon port si on lui avait bandé les yeux. Et puis le village n'était vraiment pas loin. D'ici, elle pouvait voir les lumières des maisons et des réverbères scintiller entre les troncs d'arbre, comme autant de phares dans le crépuscule.

Roslazny était magnifique en hiver, songea Olga tandis qu'elle foulait la neige à lourdes enjambées devant la maison des Petrov en périphérie du village, puis devant celle de son amie Anna Kabalevsky. Cette neige qui recouvrait les vilains toits de tôle ondulée des dépendances et les emmitouflait dans une blancheur uniforme, donnant aux constructions les plus délabrées l'apparence de délicates décorations sur une énorme bûche de Noël. Et lorsque la température chutait, des stalactites de glace se formaient le long des toitures et brillaient dans la nuit, reflétant la lumière des étoiles comme le cristal de milliers de diadèmes. Les habitants de Roslazny paraissaient eux-mêmes différents en hiver, empaquetés dans des manteaux épais, des écharpes et des chapkas, seul un nez, un regard ou une mèche de cheveux dévoilant l'identité du villageois.

Mais des villageois, il n'y en avait plus beaucoup, à Roslazny. Le faible nombre de fenêtres éclairées et de réverbères en service trahissait le faible nombre d'habitants, les maisons abandonnées chaque année plus nombreuses, tout comme les rues privées de lumière parce qu'elles ne menaient chez personne. À son apogée, lorsque le sovkhoze faisait vivre le village, la population de Roslazny comptait une bonne cinquantaine de familles, qui pour la plupart travaillaient dans la ferme d'État. Il restait désormais moins de vingt foyers, à peine assez pour permettre à l'établissement tenu par Igor Odrosov et sa fille Svetlana de rester ouvert. Au Café Astana, la plupart des soirées se terminaient de la même façon : Odrosov buvait trop de sa propre vodka et se mettait à beugler pour le bénéfice des derniers clients que demain il fermerait définitivement, vendrait son commerce et partirait s'installer dans un endroit moins hostile, dans une colonie pénitentiaire du cercle arctique par exemple, parce que n'importe où ailleurs la vie serait plus facile que dans ce maudit village. Mais dès le lendemain matin, ou parfois à l'heure du déjeuner, on voyait s'ouvrir les volets du café derrière lesquels apparaissaient les petits yeux rougis d'Odrosov. Bientôt, on l'entendait hurler sur Svetlana, exigeant qu'elle se lève et se mette aux fourneaux. Odrosov avait beau se plaindre, sa fille et lui avaient de la chance : ils avaient du travail à Roslazny. La plupart des villageois devaient se déplacer jusqu'à Taïga pour gagner leur vie, en faisant de l'auto-stop ou en parcourant quotidiennement les cinq kilomètres à pied s'ils ne possédaient pas de voiture.

Moi aussi, j'ai de la chance, se dit Olga. J'ai un travail au village, ou du moins à proximité – une marche de dix minutes à travers la forêt et non d'une heure sur une route boueuse à une voie, étroite et dangereuse. Se pouvait-il que ce soit la raison pour laquelle on lui avait envoyé cette horrible lettre anonyme ? Non, sûrement pas, songea-t-elle. Qui pourrait jalouser une cahute glacée posée au bord des rails ? Qui pourrait jalouser des tâches abrutissantes à répéter jour après jour, sans jamais recevoir ni félicitations ni paroles d'encouragement d'un supérieur ? Sans avoir la moindre chance d'être promu à un poste mieux adapté à ses véritables compétences ? D'un autre côté, le simple fait d'avoir un emploi était un grand motif de satisfaction, surtout pendant ces mois d'hiver où la nourriture était chère et peu abondante. C'était quelque chose qu'il fallait garder à l'esprit dans les moments de découragement.

Situé près de la route étroite qui menait à Taïga, dans la partie de Roslazny la plus éloignée de la voie ferrée, le Café Astana ne se trouvait pas sur le chemin qu'empruntait Olga pour rentrer chez elle. Mais elle avait promis à son père d'aller chercher ses magazines et son bocal de cornichons, et Odrosov avait assuré qu'ils lui seraient livrés ce vendredi, au plus tard en début d'après-midi. Mikhaïl tenait absolument à se gâter chaque mois avec un bocal de cornichons de la meilleure qualité, ainsi qu'avec deux magazines auxquels il s'était abonné, officiellement parce qu'il souhaitait se tenir au courant de l'actualité de l'oblast de Kemerovo. Mais Olga savait que c'était surtout parce qu'on y trouvait des photographies de jolies filles de la région posant dans des tenues souvent très légères. Ni les cornichons de luxe ni les magazines n'étaient disponibles à Taïga, qui sur le plan de l'offre marchande n'avait qu'une avance réduite sur Roslazny. C'est ainsi qu'Olga avait dû se rendre spécialement à Tomsk quelques années plus tôt pour organiser la livraison régulière de ces coûteux caprices, ponction certes modeste mais continue qui pesait d'autant plus sur leurs finances précaires que ce brigand d'Odrosov réclamait cinquante roubles de « frais administratifs » pour chaque produit qu'il réceptionnait, ce qui ajoutait cent cinquante roubles aux mille que coûtaient chaque mois les cornichons et les magazines. Mais au moins cela calmait Mikhaïl pendant quelques jours, et cette tranquillité n'avait pas de prix.

Mikhaïl n'était pas la seule personne pour qui Olga faisait les courses au Café Astana. Chaque deuxième mardi du mois, elle allait chercher un carton de provisions qu'elle livrait à contrecœur dans l'antre nauséabond de Vladimir Solotov, l'ami de son père, au sud-est du village. Tous les jeudis soir, elle faisait de même pour sa tante Zia, qui l'attendait de pied ferme dans sa maison du centre du village, à proximité du petit parc fleuri de roses où sa mère l'emmenait souvent jouer. Offrant un saisissant contraste avec la bicoque délabrée de Solotov, la maison de tante Zia était l'une des plus belles du village avec les ornements délicats de sa façade en mélèze de Sibérie, ses poêles à bois et ses samovars dans chaque pièce, et son petit jardin à l'arrière, délicieusement fleuri et parfumé en été. La rumeur villageoise voulait que feu son mari, Ippolit Kuznetsov, ait dépensé tout l'argent hérité de ses parents pour décorer la maison au goût de sa femme, lorsqu'ils s'étaient mariés et avaient emménagé sous le même toit en 1979. On disait aussi que ces flots de roubles n'étaient jamais assez pour Zia, qui semblait estimer qu'elle méritait bien mieux que ce que pouvaient lui offrir les modestes revenus d'un directeur de sovkhoze. Aujourd'hui, vingt ans après le décès d'Ippolit, les atours de la maison avaient perdu de leur lustre, et pas de nouveau mari pour réparer la fuite de la toiture ou redonner un peu d'éclat au vert fané de la façade en bois. Zia et Ippolit n'avaient pas eu d'enfant, et les quelques amis du couple avaient quitté Roslazny peu après la fermeture du sovkhoze, quand ils n'étaient pas morts au cours des sombres années qui avaient suivi la disparition du grand employeur du village. Après avoir compté sur son frère pendant des années, Zia avait mis à contribution la fille de Mikhaïl, Olga, qui lui avait passé un coup de fil la veille au soir pour la prévenir qu'elle ne pourrait pas lui apporter ses courses, parce qu'elle devait aller aider son amie Anna Kabalevsky.

– Et comment je vais faire pour dîner, moi ? avait demandé tante Zia, sa voix courroucée distordue par le micro de son vieux téléphone à cadran. Mon frigo est vide, Olga !

– Et le mouton que tu gardes au congélateur ? avait répondu Olga, tandis qu'elle marchait vers la maison d'Anna, se courbant pour passer sous le fil à linge que Popov, le boucher, avait tendu en travers du chemin l'été précédent, et sur lequel pendait désormais une lourde rangée de stalactites de glace. Ça ne te prendra pas longtemps de le faire décongeler dans une casserole. Et je sais que tu as des pommes de terre dans le grand placard. Je les ai mises moi-même, la semaine dernière.

Tante Zia avait étouffé un juron avant de lui raccrocher au nez. Poursuivant sa route avec un soupir, Olga avait noté dans un coin de sa tête d'aller chercher les courses de sa tante le lendemain. C'est ainsi que ce vendredi soir-là, Olga devait non seulement passer prendre les cornichons et les magazines de son père au Café Astana, mais aussi deux imposants sacs de courses à déposer chez Zia, ce qui l'obligerait à faire un nouveau détour sur le chemin de la maison, tout ça au terme d'une journée de travail particulièrement chargée et assombrie par cette lettre anonyme dont l'ombre menaçante avait plané au-dessus de la voie ferrée pendant toute la durée de son service. Et à chaque fois qu'elle passait devant la fenêtre éclairée d'une maison, à chaque fois qu'une petite oasis de lumière trouait la nuit sibérienne, elle ne pouvait s'empêcher de se demander : et si c'était ici que vit l'auteur de cette lettre ? Était-ce Alexeyev, le garagiste ? Popov, le boucher ? Ou alors Gagarin, l'agent de propreté ? Et pourquoi pas Ludmila, la serveuse ou encore Nonna, la femme de chambre ?

Le visage de la sorcière qu'elle avait cru voir ce matin, sur le chemin du travail, lui revint en mémoire. Parcourue d'un frisson, Olga accéléra l'allure, la neige crissant bruyamment sous ses bottes. Mais son esprit ne la laissait pas en paix. Se pouvait-il – elle secoua la tête comme pour réfuter cette idée avant même de l'avoir sérieusement envisagée – qu'un être cher se cache derrière cette lettre ? Quelqu'un comme Ekaterina Chezhekov, par exemple, son amie qui vendait des cigarettes sur le quai de la gare de Taïga. Ou même Anna ? Anna Kabalevsky était une des rares personnes à qui elle avait parlé de son ambition d'étudier la littérature à l'université d'État de Tomsk, d'écrire un best-seller et d'échapper à son existence routinière de minuscule rouage au sein de cette énorme machine qu'étaient les Chemins de fer russes.

Mais ça ne pouvait pas être Anna, bien sûr, pensa-t-elle tandis qu'elle poussait la porte du Café Astana et que ses yeux se posaient justement sur son amie, assise à la table d'angle avec Ilya, Boris et Gyorgy. Anna était trop bonne, trop gentille, d'un esprit trop élevé pour écrire des choses aussi basses, à sa meilleure amie qui plus est. Un jour que les deux amies regardaient dormir Ilya, emmailloté dans une couverture, Anna lui avait demandé s'il se pouvait que l'enfant Jésus, dans son berceau de paille, ait été encore plus beau – de cette beauté poignante et presque douloureuse – que son propre bébé. Quelqu'un pouvait-il à la fois poser une telle question et écrire une telle lettre ? Oui, répondit-elle en son for intérieur, mais seulement si cette personne était un véritable démon, un monstre de cruauté et de duplicité. Et nul ne pouvait raisonnablement penser que cette description s'appliquait à Anna, avec son visage ordinaire et ses robes traditionnelles toute simples. À en croire les journaux, de telles femmes existaient bel et bien dans l'oblast de Kemerovo

– d'étranges personnages à l'esprit tordu qui vivaient dans des coins secrets de la taïga sibérienne, dans des lieux invisibles depuis la route ou la fenêtre d'un train ; des femmes qui entretenaient de vieilles blessures intimes comme elles auraient arrosé des plantes devenues monstrueuses dans quelque serre morbide. De telles femmes n'oseraient sûrement pas se montrer au grand jour, songea Olga, dans un village comme Roslazny où la voie ferrée, la route et la ville toute proche, Taïga, maintenaient à distance les horreurs venues des temps anciens.

Et pourtant cette lettre, se dit-elle l'estomac noué, avait été écrite à Roslazny…

Elle formulait quelque chose qu'elle savait depuis qu'elle avait eu cette lettre entre les mains, mais qu'elle avait préféré ensevelir dans un recoin de son cerveau comme pour se protéger des conséquences qu'impliquait une telle prise de conscience. L'enveloppe qu'elle avait déchirée ce matin n'avait ni timbre ni cachet de la poste. Cela voulait dire qu'elle avait été acheminée par son auteur, par une personne venue la déposer elle-même parce qu'elle vivait sûrement au village. Quelqu'un qui avait tranquillement marché jusqu'à la maison qu'elle partageait avec son père Mikhaïl, son odieuse lettre à la main. Elle se figea et lâcha un juron.

– *Chert*[8], grogna-t-elle entre ses dents. J'aurais dû regarder les traces de pas.

8. Zut.

Olga n'était pas une chasseuse, et elle n'était même pas certaine de savoir faire la différence entre des empreintes de cerf et de blaireau. Mais n'importe qui pouvait suivre des traces de chaussures dans la neige. Et le chemin dessiné par celles de l'auteur de cette lettre lui aurait permis de le démasquer aussi sûrement que si elle l'avait pris en filature. Bien sûr, il était trop tard, à présent : d'autres pas avaient effacé depuis longtemps ces empreintes matinales, sans compter qu'il avait neigé toute la journée, les flocons recouvrant tout d'un manteau vierge, comme une page redevenue blanche et sans histoire. Mais au moins, elle saurait quoi faire si quelqu'un venait déposer une nouvelle lettre anonyme.

– Olga ? lui lança Anna. Tu te décides à entrer, oui ou non ?

Ces mots la tirèrent de ses réflexions et elle se rendit compte qu'elle se tenait au centre d'une flaque de neige fondue, dans l'embrasure de la porte par laquelle s'engouffraient des bourrasques de vent glacé, pour le plus grand déplaisir de ceux qui se trouvaient à l'intérieur du café.

– Oh, désolée ! Désolée, tout le monde, dit-elle, le visage brusquement écarlate comme à chaque fois qu'elle connaissait un moment d'embarras, avant de refermer précipitamment la porte derrière elle.

Elle fit tomber la neige qui restait sur ses vêtements et se dirigea vers l'angle où Anna était attablée avec ses enfants, se forçant à chasser ses absurdes soupçons et à sourire aux visages familiers disséminés dans la salle. Il y avait Fiodor Katine sur un des tabourets du comptoir, l'homme qu'on appelait *Mechtatel* – le Rêveur –, parce qu'il passait son temps à élaborer de grands projets pour l'avenir de la Russie en oubliant d'organiser le sien. Il vivait avec ses parents dans la partie nord du village et buvait sa boisson préférée, un café fort avec du lait de chèvre tout frais sorti du pis.

Et puis il y avait le propriétaire des lieux, Igor Odrosov alias le Cosmonaute, debout derrière son bar décoré d'objets sur le thème de la conquête spatiale – la plus grande collection de toute la Sibérie, assurait-il. Un peu en retrait, remplissant de vodka des verres destinés aux clients dont elle prélevait ici et là quelques gorgées, se tenait sa fille Svetlana, fidèle à son style vestimentaire qui mariait jupe courte, haut moulant et talons vertigineux. Svetlana avait été la voisine de classe d'Olga, à l'époque où la salle communale du village tenait encore lieu d'école pour les enfants des employés du sovkhoze, mais leurs vies avaient pris des chemins différents depuis lors. Le regard d'Olga se posa ensuite sur la silhouette rondouillarde de Bogdan. Assis à une table qu'il ne partageait pas avec sa femme, sa main était comme toujours à portée d'une bouteille du Carburant de fusée distillé par Odrosov. Mais aujourd'hui il se trouvait en compagnie d'un homme, bien en chair lui aussi et aux cheveux châtains, qu'elle voyait pour la première fois.

– C'est qui, avec Bogdan ? demanda Olga en s'asseyant à côté d'Anna, Gyorgy lui sautant aussitôt sur les genoux avec l'intention manifeste de lui soutirer un de ces bonbons qu'elle conservait toujours dans son blouson.

– Bogdan m'a dit que c'était un nouvel associé, répondit distraitement Anna tout en essayant d'empêcher Boris de réveiller Ilya, endormi tout près d'elle dans un landau. Dis-moi, Olga, tu pourrais me prêter encore un peu d'argent ? Odrosov refuse de me refaire crédit tant que je n'ai pas réglé ce que je lui dois.

Olga dévisagea un instant son amie, les poches qui soulignaient ses yeux de gris et ses joues émaciées sous lesquelles les pommettes semblaient vouloir percer.

– Oh, Anna, dit-elle en posant la main sur celle de son amie. Bien sûr. Ce qui m'embête, c'est que je n'ai pas grand-chose à te donner, cette semaine. Six cents roubles te suffiront ?

Anna hocha la tête, tournant pudiquement le visage pour cacher les larmes qui embuaient ses yeux.

– Je ne mérite pas d'avoir une si bonne amie, dit-elle d'une toute petite voix.

– Arrête de dire des bêtises, voyons.

Ce que tu ne mérites pas, c'est d'avoir un mari pareil, ajouta Olga en pensée. *Un mari qui préfère boire la vodka d'Odrosov avec des voyous de Taïga plutôt que de s'occuper de l'auberge et d'assumer ses responsabilités familiales.*

Parce que l'homme qui s'entretenait avec Bogdan appartenait clairement à cette engeance, ou du moins à une catégorie d'hommes qui frayait avec les milieux hors la loi. Sa façon de s'habiller était tout aussi révélatrice que celle de Svetlana : un costume noir à fines rayures trop étroit pour sa corpulence, surmonté d'un trench-coat en cuir brillant. Son énorme montre imitation platine et la quantité absurde de bagues en or qui enserraient ses doigts boudinés en disaient long sur le personnage, elles aussi.

– On dirait un maquereau de seconde zone de Novossibirsk, dit Fiodor Katine à Igor Odrosov.

– Et qu'est-ce que tu connais aux maquereaux ou à Novossibirsk, Fiodor Ivanovich Katine ? répliqua Odrosov avec un rire. Tu vis à Roslazny, dans le grenier glacial de la maison de tes parents. Je parie que tu n'es jamais allé plus loin que Tomsk, et encore ! Alors que moi, j'en ai vu, du pays. Et tu peux me croire, on ne trouvait jamais ce genre d'énergumène dans nos campagnes, à l'époque. Enfin, on en trouvait, mais le Parti se chargeait de les remettre dans le rang. Ouais, on peut dire ce qu'on veut, mais on savait où on allait, avec le Parti.

– Nous y revoilà, dit Fiodor. Les splendeurs passées de l'URSS ! Tu voudrais que Roslazny déclare son indépendance comme ton cher Kazakhstan et qu'on y réintroduise le stalinisme, c'est ça ?

– Je ne dis pas que les choses étaient parfaites avant. Je dis juste qu'elles ne sont pas parfaites maintenant non plus. Et il ne faut pas oublier tout ce qui a été fait du temps de l'Union soviétique. On a quand même rivalisé avec les Américains dans la course à l'espace !

Fiodor leva les yeux au ciel. Bien que plus jeune qu'Odrosov, il semblait avoir à peu près le même âge que son aîné, avec ses cheveux qui se clairsemaient rapidement, sa peau d'une pâleur maladive et ce costume qui avait appartenu à son oncle Karlov et dans lequel il flottait. Il passait presque tout son temps libre, comme il disait, avec Odrosov au comptoir du Café Astana. Sauf que du temps libre, il n'avait que ça : Fiodor n'avait plus de travail depuis que l'usine de chaussures pour femmes de Taïga avait mis la clef sous la porte en 2006. Et quand il n'était pas en grande conversation avec le Cosmonaute de Roslazny, il restait enfermé dans sa chambre d'enfance où la connexion précaire d'un modem antédiluvien lui permettait d'alimenter tant bien que mal un blog anonyme dans lequel il prônait, entre autres, la restauration du régime des tsars. Il rêvait de la Russie d'avant le communisme, de grands bals et de fastueuses réceptions, de voitures tirées par des chevaux qui piaffaient dans la cour d'opulents palais d'hiver. Pour la plupart, les gens qu'il fréquentait au village se retenaient de lui faire remarquer que sa famille, comme toutes celles de Roslazny, avait subi le joug d'un seigneur jusqu'à l'abolition du servage, en 1861.

– Avant, on n'était pas laxistes avec les criminels, reprit Odrosov. Les forces de police n'étaient pas corrompues comme aujourd'hui. Depuis 1991, on se demande s'il n'y a pas plus de criminels dans la police que derrière les barreaux. Prends Grigor Babikov. Tu sais, le chef de la police de l'oblast de Kemerovo. Eh bien, il est venu ici, à Roslazny, il y a quelques semaines. Tu t'en souviens, quand même ? C'était juste avant Noël. Il est entré pour utiliser les toilettes du café, sans même jeter un œil aux *pierogi*[9] posés sur le comptoir. Pareil pour le type qui l'accompagnait – un gars avec une drôle de dégaine, chevelu comme pas possible et avec une barbe toute pointue. Ils ont tous les deux snobé mes amuse-gueules ! Non mais tu y crois, à ça ? Monsieur fait la fine bouche devant mes spécialités ! Il est sans doute trop occupé à passer à la télé pour prendre le temps de manger. Toujours à demander de l'aide aux citoyens de l'oblast, comme si ce n'était pas son boulot de résoudre les affaires criminelles ! Qui voudrait d'un homme pareil pour maire ? En revanche, ce Nazarov m'a l'air sérieux, dit-il en voyant le rival de Babikov apparaître sur l'écran de la vieille télévision, perchée en hauteur dans un angle de la salle. Fort. Passionné. Dévoué au président. Et il n'a pas un poil dans la main,

9. Raviolis d'origine polonaise.

comme la plupart des politiciens. C'est lui qui a fait construire ces routes et ces ponts autour de Kemerovo, non ? Et il a installé des caméras pour surveiller les trafics de tous ces bons à rien, pas vrai ? Toutes ces affiches placardées jusque dans notre village, c'est le signe d'un tempérament dynamique. Moi, je dis que c'est le genre d'homme dont on a besoin dans la région.

Arkady Nazarov était le directeur d'une société publique locale, en charge de l'aménagement du territoire. Piqué au vif par les conférences de presse télévisées de Babikov et la lumière qu'elles avaient braqué sur son adversaire politique, il avait redoublé d'efforts pour contrer l'offensive médiatique de Babikov. Des affiches avaient fleuri par centaines dans toute la région, décorant réverbères, murs et arbres d'un gros plan de son visage fruste qui semblait taillé dans la pierre. Lorsque Babikov avait rapidement riposté avec ses propres affiches, Nazarov avait lui aussi lancé une campagne télévisée, finançant de luxueux spots qui mettaient en avant ce qu'il avait accompli pour l'oblast en matière d'infrastructures, une contre-attaque complétée par des interviews incisives sur sa chaîne RuTube. Les gens de la région affectaient la moquerie, ricanant devant la grandiloquence des musiques et l'emphase des voix off qui accompagnaient les images de ses réalisations, mais il était difficile de nier l'importance des routes et des ponts dans une région où il tombait vingt-cinq centimètres de neige par jour en hiver, et Nazarov n'avait pas tardé à se hisser en tête des sondages d'opinion. Si le lieutenant-colonel Babikov ne trouvait pas le moyen d'effectuer un spectaculaire come-back, la mairie était promise à Arkady Nazarov.

– Bah ! Nazarov ? dit Fiodor Katine. Qu'est-ce qu'il a de si spécial, je te prie ? Il ne s'intéresse qu'à l'argent et au pouvoir, comme tous les politiciens russes. C'est exactement le genre d'homme dont on ne veut *pas* dans la région. Au moins, Babikov fait l'effort de se déplacer pour rencontrer ses électeurs, il faut lui reconnaître ça. Mais au bout du compte, Babikov vaut-il vraiment mieux que Nazarov ? Il ne pense sans doute qu'à s'en mettre plein les poches, lui aussi. À devenir toujours plus important. Et si une femme se présentait, pour changer ? Les femmes se moquent du pouvoir et de l'argent.

Svetlana ricana ouvertement.

– Les hommes ne sont pas les seuls à mal agir, dit Odrosov sans prêter attention à sa fille. Tu sais, Fiodor, certaines femmes peuvent être aussi mauvaises que les hommes. Tu ne lis donc pas les journaux ? La forêt abrite de drôles de spécimens, crois-moi. Mauvaises comme tu n'imagines pas. J'ai entendu des choses horribles, à te glacer le sang. Des choses qui te donnent envie de saisir ton couteau et de surveiller tes arrières, quand tu vois une femme se diriger vers toi par une nuit sans lune. Et je pense à une femme en particulier…

Fiodor se redressa sur le tabouret de bar.

– Tu veux parler de celle qu'on appelle Baba Yaga ? Celle qui vit au fond des bois et qui t'attaque quand tu as le dos tourné ? Mais tu penses qu'il faut croire à cette histoire ? C'est juste une légende, non ?

– Je n'en serais pas aussi sûr, à ta place, répondit Odrosov. Quelqu'un m'a dit qu'elle avait déjà tué un nombre impressionnant d'hommes. Des centaines, si tu veux savoir. Et on ne la voit jamais s'approcher. Ça m'arrive d'y penser, quand je sors les poubelles le soir, et je t'avoue que ça me fait froid dans le dos.

Fiodor éclata de rire.

– Inutile de t'inquiéter, Igor. Tueuses ou pas, les femmes détalent dans la direction opposée quand elles te voient arriver ! Même les sorcières ne veulent pas de ton balai !

– Parle pour toi, Fiodor Katine, riposta Odrosov. Parle pour toi !

Les deux hommes poursuivirent leur conversation au bar, leurs mots flottant à travers la salle du café, rebondissant sur les murs en faux bois et le mobilier en plastique, avant d'atteindre la conscience d'Olga. *Baba Yaga… Baba Yaga…*

Comme sous le charme de quelque enchantement, Olga cessa d'entendre ce que lui racontait Anna à propos de la nuit compliquée qu'Ilya lui avait fait passer. Elle venait d'être transportée à travers les années, jusqu'à une chambre éclairée par une petite bougie dont la flamme projetait une ombre vacillante sur les murs et le plafond. Là, emmitouflée dans une couverture aux côtés de Pasha comme des chenilles dans leurs chrysalides, elle écoutait sa mère Tatiana leur raconter l'histoire de Vassilia-la-très-belle, la fillette qui n'avait pu échapper à Baba Yaga que grâce à une petite souris très rusée qui lui avait conseillé de ramasser, à toutes fins utiles, les objets qu'elle trouverait en chemin vers la cabane de la sorcière. Sa mamouchka racontait si bien cette histoire que ses mots semblaient donner vie à Baba Yaga – lui donner chair comme si l'affreuse créature se dressait là, devant eux, vieille femme osseuse au regard de feu et aux dents de métal, qui se déplaçait – magie démoniaque – dans un mortier de pierre gouverné à l'aide du pilon, effaçant ses traces à l'aide d'un balai fait de brindilles de bouleau. Baba Yaga vivait dans une isba juchée sur deux grandes pattes de poulet qui faisaient pivoter l'étrange logis de sorte qu'il ne soit jamais orienté dans la même direction. Parfois, elle l'entourait d'une clôture faite de longs bâtons sur lesquels étaient posés des crânes humains dont les orbites creuses trouaient la nuit d'un feu éternel, jusqu'à ce que les premiers rayons du soleil dérobent à la vue leur lueur maléfique. Le malheur avait voulu que le père de Vassilia-la-très-belle épouse la sœur de Baba Yaga. Celle-ci envoya sa belle-fille dans la forêt, la sommant de rejoindre la sorcière dans sa cabane en rondins juchée sur des pattes de poulet, de sorte que Baba Yaga puisse la manger toute crue. Mais l'ingéniosité d'une petite souris et la gentillesse dont fit preuve

Vassilia avec tous ceux qu'elle rencontra en chemin permirent à la fillette de s'échapper de l'isba de Baba Yaga et de fuir dans la forêt. Baba Yaga la poursuivit, utilisant le pilon de son mortier volant à la manière d'une pagaie pour être plus rapide encore, mais elle ne put atteindre sa proie, incapable de passer à travers l'extraordinaire densité d'une forêt créée par le peigne de Vassilia. Après ça, son père se débarrassa de la sœur de Baba Yaga et la fillette put enfin vivre heureuse, entourée de son papa et de son amie la petite souris.

La situation de Bogdan Kabalevsky n'était pas brillante non plus, mais ses mésaventures étaient bien plus banales. La veille, il avait joué aux cartes avec Sergeï, son nouvel associé, ainsi que l'avant-veille. Lors de la première partie, mercredi soir, Bogdan avait gagné de quoi mettre du beurre dans les épinards. Le soir suivant, jeudi, il avait retrouvé l'homme au trench-coat en cuir, non pas au Café Astana (qui selon Sergeï n'était pas un lieu assez discret pour ce type d'activité), mais au domicile d'une autre relation d'affaires de Bogdan. La partie de cartes n'avait pas tourné à son avantage, cette fois-ci, et le mari d'Anna avait perdu une somme qui, pour un homme comme lui, était tout bonnement colossale. Une somme qu'il allait avoir le plus grand mal à rembourser en une année, même si l'Auberge Kabalevsky affichait complet tous les soirs.

Mais Sergeï lui avait proposé un arrangement : au lieu de rembourser tout ce qu'il lui devait, Bogdan règlerait la moitié de cette somme dans un an, à condition qu'il aide d'ici là Sergeï à monter une combine – un moyen simple et agréable de gagner de l'argent dont Roslazny serait le cadre idéal. Bogdan s'était empressé d'accepter : il savait ce qui arrivait aux gens comme lui qui ne payaient pas leurs dettes aux gens comme Sergeï et, tout bien considéré, la perspective de se faire couper quelques doigts n'avait rien d'enthousiasmant. Sans compter que s'il acceptait la proposition de Sergeï, Anna ne saurait jamais rien de l'argent qu'il avait perdu – ni bien sûr de la façon dont il allait le rembourser. En fait, ça risquait même d'être assez amusant. Il adressa un clin d'œil à Svetlana, qui réapprovisionnait les étagères du bar en bouteilles d'alcool, et échangea un sourire égrillard avec Sergeï comme s'ils étaient les meilleurs amis du monde et non un débiteur face à son créancier.

Olga ne savait rien de tout ça, bien entendu, tout comme Bogdan ignorait où cette combine le mènerait. Chassant le souvenir des histoires que lui racontait sa mère, elle fit un effort pour se concentrer sur ce que lui disait Anna à propos du petit Ilya et des nuits difficiles qu'il passait en ce moment à cause de ses premières dents. Bientôt, elle dut quitter le café : tante Zia attendait ses courses, et son père, sa luxueuse commande de cornichons premier choix et de filles dévêtues sur papier glacé. Olga régla ce qu'elle devait à Odrosov, dit au revoir à Anna et aux enfants, puis plongea dans la nuit neigeuse pour rejoindre la maison de Zia Kuznetsov, à l'autre bout du village. Face à l'ingratitude de sa tante, elle se dépêcha de prendre congé avec une politesse de circonstance pour regagner la maison qu'elle partageait avec son père. Celui-ci s'empara du bocal et des journaux avec un grognement sourd en guise de merci, ne prononçant des paroles intelligibles que pour lui rappeler que la neige s'amassait à nouveau sur les branches des arbres qui jouxtaient la maison.

– Vaudrait mieux s'en occuper tout de suite, dit-il. Je n'aurais pas les moyens de payer de nouvelles réparations, si une grosse branche tombait sur le toit.

– Tu ne paies plus rien depuis 1988, marmonna-t-elle avant de reprendre d'une voix plus forte : Non, je n'ai rien dit, Père. Ne t'inquiète pas, je vais aller y jeter un coup d'œil tout de suite.

Une fois dehors, elle se tint immobile, le regard perdu dans le ciel serein, s'efforçant d'oublier ses responsabilités vis-à-vis des Chemins de fer russes, de son père Mikhaïl, de sa tante Zia et de son amie Anna Kabalevsky. S'efforçant de profiter de ce moment où personne ne la sollicitait. Un moment rien qu'à elle, un moment suspendu qu'elle osait à peine troubler de sa respiration, un moment merveilleusement solitaire. Elle n'était même plus Olga Pouchkine l'écrivain en herbe ; même plus cette cheminote qui rêvait d'une vie meilleure. Elle était simplement Olga Pouchkine, une honnête femme qui travaillait trop dur.

Mais elle eut vite trop froid pour rester plus longtemps immobile dans la nuit sibérienne. Se saisissant de la pelle à neige posée près de la porte, Olga se mit à taper sur la branche la plus haute qu'elle pouvait atteindre pour la délester de l'épais tapis de flocons qui la faisait ployer. Soulager l'ensemble des branches qui menaçaient le toit ne lui demanda pas trop d'efforts : affaiblie par le poids de la neige, cette première branche se brisa sous les coups de pelle, sa chute imprimant un mouvement qui se répercuta de branche en branche, créant une mini avalanche qui fit le travail à la place d'Olga. Elle recula de quelques pas et leva les yeux vers les arbres, le nuage de son haleine formant un halo vaporeux autour de son visage. La branche cassée lui avait épargné beaucoup de travail, et la chance avait voulu qu'elle épargne aussi le toit de la maison. Alors pourquoi, se demanda-t-elle, ce sentiment d'une sombre prémonition ?

CHAPITRE 4
Une bouche remplie d'or

Un train de marchandises passait devant Roslazny quand Olga se mit en route vers sa cahute, le lendemain matin. Elle le sentit avant même de le voir, le sol vibrant sous ses pieds tandis que des milliers de tonnes de métal grondaient avec des claquements secs sur la voie ferrée, les wagons maintenus au sol par leur énorme poids et aiguillés par les rails étincelants vers Novossibirsk et au-delà. Longtemps après qu'elle eut atteint sa destination, les wagons continuaient à défiler, faisant trembler la cabane de garde-barrière et précipitant Dimitri le hérisson sous l'étagère d'Olga. Finalement, avec une plainte assourdissante de l'avertisseur sonore situé en queue de convoi, le train s'éloigna, cahotant et ondulant avec une grâce brusque, de plus en plus petit jusqu'à ce que l'immense forêt verte et blanche l'engloutisse au sortir d'une longue courbe de métal.

Olga poussa un soupir de soulagement.

– J'ai un affreux mal de tête, ce matin, Dimitri-Dima-*detka*, dit-elle d'une voix chantante en poussant une assiette de vers de farine vers la cachette du hérisson. Et les trains sont trop bruyants quand mamouchka a la migraine. Trop bruyants et trop longs.

Une idée pour son livre, *Trouvez le bon aiguillage : cent leçons de vie inspirées par le Transsibérien,* lui traversa l'esprit ; un parallèle entre l'obligation qu'avaient les cheminots migraineux de supporter le bruit d'interminables convois, quand de volumineux chargements devaient être transportés de Tomsk vers Novossibirsk, et le cortège de difficultés que les gens devaient affronter chaque jour pour atteindre leurs objectifs. Mais Olga avait beau se masser les tempes et mâchouiller son stylo, les mots refusaient de venir. Peut-être l'idée n'était-elle pas à la hauteur du reste de son ouvrage, songea-t-elle. C'était compréhensible, vu les circonstances : elle avait mal dormi et ressentait toujours le poids de la lourde cargaison de biens, ou plutôt de maux, que la vie avait déposée sur ses épaules, au cours de la journée précédente.

Et si c'était une meilleure idée pour le livre ? se demanda-t-elle. Chaque journée apporte sa nouvelle cargaison de tâches et d'événements, de joies et de peines, et nous ignorons ce qui est inscrit sur le manifeste de chargement avant d'avoir ouvert les portes des wagons. Elle coucherait son idée sur le papier plus tard, songea-t-elle, lorsque son mal de tête se calmerait. Mais elle y ajouterait qu'on devait apprendre à refuser certains des biens que contenaient ces wagons du quotidien, parce qu'ils étaient en réalité des maux, des produits pourris qu'il fallait retourner à l'expéditeur. Comme ce sentiment prémonitoire qui l'avait étreinte la veille au soir, par exemple, tandis qu'elle se tenait devant la maison dans le froid glacial. Cette sensation que quelque chose d'épouvantable allait se produire. Olga n'avait pas de temps à perdre avec les augures, les signes et autres présages. Le monde de la religion et des forces spirituelles était le domaine de son amie Anna Kabalevsky. Olga vivait dans le concret, elle ; dans le monde de l'acier, des lubrifiants et des locomotives diesel, ces engins auxquels son père l'avait comparée, un jour où elle avait voulu s'acheter une jolie robe. Et si elle en croyait la feuille de route qu'elle avait sous les yeux, la journée allait encore être bien chargée, avec huit autres trains de fret comme celui dont Dimitri avait eu peur, sans parler des chasse-neige du service de maintenance du Transsibérien, tout ça s'ajoutant à ses habituelles inspections des rails de près d'un kilomètre et demi dans chaque direction, matin et après-midi, à pied et sous la neige qui tombait dru. Cette journée réclamait une rigueur et une concentration de tous les instants et non les caprices de l'imagination. Et pour faire face à la charge de travail malgré le manque de sommeil, elle pouvait compter sur au moins deux alliés : des betteraves puissamment marinées et du thé bien fort infusé dans son samovar.

La radio se mit à grésiller sur le bureau, interrompant le fil de ses pensées et la propulsant sans ménagement dans le concret. C'était un appel de son responsable au dépôt de Taïga, Viktor Fandorine, qui ne ratait jamais une occasion de contrôler son travail, cherchant systématiquement la petite bête comme il le faisait avec toutes les cheminotes sous son autorité. Il n'hésitait pas à se montrer insultant, et si l'éventail de ses piques était assez large, il y était généralement question de cuisine, de couture, de grossesse et de chaussures à talons.

– Navré d'interrompre votre séance de tricot, dit-il cette fois-ci. Il y a un problème à l'embranchement 62. Il faut débloquer le moteur d'aiguille. Si ce n'est pas trop vous demander et si ça ne dépasse pas vos modestes compétences, allez là-bas tout de suite et réparez-moi ça. Attention à ce que vos talons ne se coincent pas dans les rails, hein ? Et appelez le dépôt dès que la réparation sera faite !

Olga reposa la radio, s'efforçant de réprimer la rage qui la gagnait toujours quand elle avait affaire à Viktor Fandorine. Mais une fois passé son accès de colère, elle n'éprouva plus qu'une grande fatigue, ce qui était pire encore. Au moins, elle ne ressentait plus son épuisement quand elle était furieuse. Et ce n'était pas comme si elle allait pouvoir se tourner les pouces, aujourd'hui.

Elle maudit son sort, comme à chaque fois que quelque chose tombait en panne le long de la voie ferrée. Les rails qui traversaient l'oblast de Kemerovo étaient presque entièrement entretenus par des équipes mobiles qui les sillonnaient à bord de trains spéciaux, mais, pour une raison oubliée depuis longtemps, ces équipes n'intervenaient pas aux alentours de Roslazny et il fallait qu'un cheminot se rende à pied sur le lieu de la panne pour la réparer. Et donc, en supplément du travail déjà prévu, il fallait qu'elle hisse une énorme sacoche à outils sur son épaule et s'arme d'un talkie-walkie et d'un manuel d'instruction, avant de crapahuter plus d'un kilomètre le long des rails en direction de Novossibirsk, de la neige jusqu'aux mollets, jusqu'à l'embranchement 62. Là, elle passerait deux pénibles heures dans le froid à essayer de débloquer ce fichu moteur d'aiguille à coups de marteau.

Peut-être était-ce pour cela qu'elle avait eu la prémonition d'un désastre imminent, la veille au soir.

– Tu travailles pour les Chemins de fer russes ? marmonna-t-elle tandis qu'elle rassemblait ce dont elle avait besoin. Tu as le sentiment qu'une catastrophe te pend au nez ? Pas de panique ! Ce n'est rien de bien grave, tu pressens juste la façon dont ton chef va se comporter avec toi, demain au boulot ! Attends-toi à une bonne dose de misogynie et de stupidité, ainsi qu'à un assortiment de brimades. Tiens, Dimitri, ajouta-t-elle d'une voix plus chaleureuse. Voilà quelques vers de farine pour te consoler en mon absence. Je vais revenir le plus vite possible. Tu seras bien au chaud pendant que mamouchka se gèle les miches.

Pourtant, alors qu'elle ouvrait la porte, un sourire se dessina sur ses lèvres. Elle venait de se rappeler quelque chose – peut-être la seule chose utile que son père lui ait jamais apprise.

– Ces moteurs d'aiguille Valnejy, c'est de la camelote, lui avait-il dit quand elle avait été embauchée par les Chemins de fer russes, en 2005.

Mikhaïl avait absolument tenu à fêter ça dans un bon restaurant de Taïga, quitte à vendre les dernières pièces d'argenterie de Tatiana pour payer le repas. Et après le troisième plat et un nombre bien supérieur de verres de vodka, son père était devenu loquace.

– J'ai prévenu Fandorine, lorsqu'il les a fait installer. Au bout de quelques années, ils finissent par se bloquer quand ça caille vraiment – quand même les lièvres arctiques cherchent un abri pour se réchauffer. Si un aiguilleur du rail l'actionne de nombreuses fois d'affilée, tu peux être sûr que cette saloperie va se coincer. Bien entendu, ce *pridurok* de Fandorine ne m'a pas écouté. Mais je sais comment les réparer.

Olga n'écoutait que d'une oreille. Elle aurait préféré dîner avec l'élégant jeune homme qui attirait son regard dans un angle de la salle, plutôt qu'avec son père bedonnant dont le nez semblait rougir un peu plus à chaque fois qu'il vidait un nouveau verre de vodka.

– Il faut asperger le groupe hydraulique avec de l'essence à briquet et y foutre le feu, avait poursuivi Mikhaïl. La chaleur le débloque en moins de deux. Le chalumeau est trop violent, ça l'endommage. Mais l'essence à briquet, c'est nickel.

Olga avait fait un effort pour se concentrer sur ce qu'il lui disait.

– Mais ça ne fait pas fondre les câbles ?

– Seulement si tu laisses cramer trop longtemps. Tu allumes, tu attends quelques secondes et tu étouffes les flammes avec un chiffon. Après, tu lui donnes un bon coup de marteau, et tout rentre dans l'ordre. Tu vois, j'en sais des choses ! J'étais un bon cheminot avant mon accident, mais ce n'est pas pour autant que j'avais un salaire décent. De toute façon, je n'ai jamais été apprécié à ma juste valeur.

Son regard s'était perdu dans le vide, fixant un point lointain par-dessus l'épaule d'Olga, comme s'il essayait de rassembler ses pensées.

– Le dernier trésor d'Astrazov… avait-il grogné au bout de longues secondes. Si seulement ta *chère mère* (il avait prononcé ces mots comme une insulte) s'était donné la peine de nous en dire *un tout petit peu plus* sur la dernière de ses précieuses possessions de famille, on ne serait pas obligés de toujours regarder à la dépense.

Olga avait promené le regard sur la nappe qui disparaissait sous les mets luxueux – sous les carafes de vin et de vodka –, ravalant les paroles acerbes qui se pressaient à ses lèvres.

– Caché dans les bois, avait repris son père sans la quitter des yeux. « Sous le murmure des forêts », c'est ce qu'elle a dit, quand la fin approchait. Dis-moi, ma fille, qu'est-ce que ça signifie ?

Mikhaïl parlait des derniers jours de sa mère, ces semaines terribles où Tatiana Pouchkine agonisait dans la maison de Roslazny, le regard tourné vers le ciel froid et la danse des flocons qu'encadrait la fenêtre. Un jour, elle avait dressé pour son mari la liste des biens dont il avait dépossédé sa famille. D'abord, lui avait-elle rappelé, il avait vendu le service de table en argent pour acheter des vêtements aux enfants, régler les frais scolaires et rembourser une dette de jeu (une partie de cartes avec son ami Solotov). Il avait ensuite cédé presque toute la vaisselle en porcelaine émaillée pour satisfaire son ivrognerie, puis ça avait été au tour des miniatures à l'huile des comtesses Lichnovsky d'être bradées pour remplir les poches trouées de Mikhaïl Pouchkine. Et il ne s'était arrêté qu'après avoir vidé, les uns après les autres, tous les cartons en provenance du pavillon de chasse. Lorsque Tatiana était tombée malade, en 1991, il ne restait plus grand-chose des beaux objets de famille qu'elle avait rapportés d'Astrazov.

– Tu as vendu tout ce que j'avais reçu en héritage, avait-elle dit ce jour-là à son mari, la colère lui offrant juste assez d'énergie pour se redresser un peu sur son lit de souffrance. Tu aurais même vendu le pavillon de chasse lui-même, s'il n'avait pas déjà été cédé pour éponger les dettes de famille. Mais il reste un trésor sur lequel tu ne pourras jamais mettre la main. Le plus précieux de tous.

– Vraiment, il reste un bien de valeur ? avait demandé Mikhaïl, dont le regard s'était illuminé de cette cupidité qui l'avait fait briller des années plus tôt, lorsqu'il avait découvert pour la première fois le riche intérieur du pavillon de chasse. Et qu'est-ce donc, Tatiana ? Dis-le-moi, que je puisse le vendre afin d'améliorer le quotidien de nos enfants.

Elle l'avait regardé d'un air de défi.

– On dirait bien que tu es incapable de comprendre.

– Qu'est-ce que c'est, hein ? avait insisté Mikhaïl. Dis-le-moi ! Une balalaïka très ancienne ? Une boîte à musique en or ? Je t'en prie, Tatiana, dis-moi ce que c'est et où je peux le trouver.

– C'est caché, avait-elle dit. Caché sous le murmure des forêts.

Mikhaïl avait produit une série de *tss-tss* exaspérés.

– Tu divagues, ma pauvre.

– J'ai toute ma tête, au contraire, avait répondu Tatiana.

C'est alors qu'elle avait remarqué la présence d'Olga, qui les observait depuis l'embrasure de la porte.

– Olgakin, viens ici ma chérie, avait-elle dit. Viens me tenir la main. Tu me réconfortes. Ta présence réconforte toujours ta mamouchka.

Mais l'enfant ne pouvait rester là éternellement, et bientôt Mikhaïl lui avait demandé de sortir de la chambre, ainsi que Pasha lorsqu'il était rentré de l'école, et Tatiana s'était retrouvée une fois de plus seule, ses lumineux cheveux blonds désormais d'un gris terne sur l'oreiller de coton.

– Hein ? Qu'est-ce que ça veut dire ? avait répété Mikhaïl, arrachant Olga au souvenir de sa mère et la ramenant à ce dîner d'un luxe absurde dans le meilleur restaurant de Taïga.

– Je t'ai déjà dit cent fois que je n'en savais rien, avait-elle répondu.

– Oh, avait rugi Mikhaïl, vous êtes des bons à rien, toi et ton frère. Pasha ! Où est-il encore passé, celui-là ?

– Il est dans une caserne à Novossibirsk, avait-elle dit patiemment. Tu te souviens ? C'est là que tu l'as envoyé suivre une formation militaire.

– N'essaie pas de m'embrouiller, hein, avait bredouillé Mikhaïl, la voix de plus en plus hésitante. Bon, qu'est-ce que je disais, moi ? Ah oui. L'essence à briquet. Non… Attends une seconde… qu'est-ce que je disais ?

Olga avait soupiré tandis que son père se mettait à dodeliner de la tête, les yeux vitreux, et elle avait fait signe au serveur d'apporter l'addition.

Et aujourd'hui, des années plus tard, le conseil de son père lui était revenu en mémoire. La nuit avait dû être particulièrement glaciale pour bloquer le moteur qui faisait fonctionner l'aiguillage – contrairement à ce qu'avait dit Mikhaïl, les moteurs hydrauliques Valnejy tombaient rarement en panne, et seulement lorsque les températures négatives atteignaient des records. Elle n'avait pas passé un bon moment lors de ce dîner en tête-à-tête avec son père, mais au moins ça lui permettrait peut-être de venir à bout de cette panne sans souffrir de gelures. Elle rentra dans la cahute et s'empara de l'essence à briquet qu'elle conservait près du poêle à bois et la fourra dans sa poche. Puis, hissant à nouveau la grosse sacoche à outils sur son épaule, elle se mit en marche le long du chemin étroit qui serpentait sur le flanc ouest de la double voie.

Elle se demanda comment elle avait pu ne pas remarquer à quel point il faisait froid en se rendant au travail, ce matin. Fragilisées par les conditions extrêmes, les plantes qui poussaient au bord des rails émettaient des craquements de brindilles au moindre contact. Le souffle d'Olga marquait l'air comme la traînée d'un avion dans le ciel, et elle sentait que ses cils commençaient à givrer – ce qui ne lui était guère arrivé plus de trois ou quatre fois au cours de sa vie. La neige gelée rendait la progression difficile, et ses doigts de pied étaient déjà à demi engourdis. Dans des moments pareils, Olga se disait que le froid était bien plus qu'une simple absence de chaleur. Ça ressemblait plutôt à une force à part entière, une puissance maléfique, un esprit hostile et cinglant qui imprégnait l'air figé comme la malveillance de l'auteur de cette lettre anonyme ou d'une sorcière cachée au fond des bois, dans une cabane en rondins juchée sur des pattes de poulet.

Elle éprouva une forme de soulagement lorsqu'elle atteignit l'embranchement 62. Ici, au moins, elle se trouvait face à quelque chose de tangible, de *réparable*, contrairement aux fardeaux qui l'attendaient à Roslazny. Elle laissa tomber la sacoche et en sortit le petit chalumeau dont les techniciens de maintenance ferroviaire se servaient pour dégeler les cadenas. Trois minutes plus tard, celui qui verrouillait la protection métallique du moteur d'aiguille s'ouvrit avec un petit clic, et le mécanisme apparut au grand jour. Une impression de calme succéda au souffle de la puissante flamme, à peine perturbée par les cliquetis du cadenas dont le métal refroidissait. Olga percevait également le léger bourdonnement que transmettaient les locomotives de manœuvre de la gare de Taïga, à six kilomètres environ en suivant la voie vers le sud.

– J'ai une nouvelle idée, mamouchka, dit-elle dans le silence.

Elle parlait souvent à Tatiana, tissant avec elle des conversations imaginaires souvent plus satisfaisantes que celles qu'elle pouvait avoir avec les vivants. Cette foi qui était toujours au centre de la vie d'Anna faisait aujourd'hui défaut à Olga, mais quand elle s'adressait à sa mère dans le silence blanc de la taïga, elle avait parfois le sentiment qu'un faible écho lui répondait, comme si quelqu'un l'écoutait. Cette idée l'apaisait.

– C'est encore pour mon livre, mamouchka, poursuivit-elle en sortant l'essence à briquet de la sacoche. J'espère que tu n'en as pas marre d'en entendre parler. C'est une idée toute simple, cette fois-ci. Il s'agit juste de souligner que les mécaniciens et les techniciens de maintenance ferroviaire sont très importants, peut-être encore plus que les conducteurs de trains, même si les usagers ne pensent jamais à eux quand ils achètent un billet pour Tomsk, Novossibirsk ou Perm. Si les freins cessent de fonctionner, le train deviendra incontrôlable. Et si la voie ferrée est endommagée, il risque de dérailler et de se coucher sur le flanc, causant la mort de nombreux passagers. Que dis-tu, mamouchka ? Qu'est-ce que ça a à voir avec les gens ordinaires à qui s'adresse mon livre ? Eh bien, c'est simple. C'est…

Elle s'interrompit tandis qu'elle versait précautionneusement un peu d'essence à briquet sur le groupe hydraulique. Puis elle craqua une allumette et fit flamber le liquide, regardant les petites flammes danser sur le cylindre gelé. Lorsqu'elle considéra qu'il était suffisamment réchauffé, elle étouffa le feu à l'aide d'un épais chiffon, avant de s'assurer que les câbles les plus proches du cylindre n'avaient pas été endommagés par la chaleur. Une fois rassurée sur ce point, elle s'arma d'une massette et donna des coups légers sur le bras du mécanisme jusqu'à ce qu'il se remette à bouger librement, les éléments du moteur retrouvant leur position normale avec un murmure métallique tandis qu'une lumière verte s'affichait sur le panneau de commande.

– Tu vois, mamouchka, le message que je veux faire passer, c'est qu'on a tous besoin de gens capables de réparer les petits problèmes de la vie courante, ces choses auxquelles on ne prête attention qu'une fois qu'elles ont cessé de fonctionner. On doit prendre soin de ces mécaniciens du quotidien, parce qu'on aura forcément besoin d'eux à un moment ou à un autre.

Une fois la boîte du moteur d'aiguille refermée, elle se releva et brossa la neige qui couvrait son pantalon. Puis Olga rangea les outils dans la sacoche et sortit le gros talkie-walkie dont les techniciens du rail se servaient pour communiquer avec les bureaux.

– Technicienne de maintenance Pouchkine pour Viktor Fandorine, dit-elle en pressant le bouton PTT de l'émetteur-récepteur.

Elle reçut une bouillie de crachotements et de bruits parasites en guise de réponse. Les mauvaises conditions climatiques brouillaient peut-être la réception.

– Technicienne de maintenance Pouchkine pour Viktor Fandorine, répéta-t-elle.

Cette fois-ci, les ondes radio portèrent une voix jusqu'à elle, mais entrecoupée de bruits parasites.

– … compte-rendu de… aiguillage… en état…

– C'est vous, Monsieur Fandorine ? J'ai effectué la réparation.

À nouveau, des bribes de phrases lui répondirent.

– Répar… confirmer… tout…

Après quoi, elle distingua quelques mots particulièrement blessants qu'elle n'était sûrement pas censée entendre : « Nulle… Stupide *suka* tout juste bonne à… »

Un son saccadé explosa dans le haut-parleur, comme un éclat de rire sardonique, et la communication fut coupée. Elle baissa les yeux vers l'appareil et le secoua un peu, mais tout semblait en état de marche.

Fichue technologie russe, songea-t-elle. Rien ne fonctionnait jamais convenablement. Pourquoi ne pouvait-on pas les équiper avec du matériel japonais ?

La boîte de protection du moteur d'aiguille cadenassée et la sacoche sur son épaule, elle rebroussa chemin vers la cahute. Mais après quelques foulées dans la neige dure, elle se rendit compte que des larmes noyaient ses yeux, et elles n'étaient pas seulement dues au froid qui la mordait comme un esprit mauvais, mais également au souvenir que les insultes de Fandorine venaient de réveiller.

Stupide suka… *Stupide putain*…

Des mots si proches de ceux que son petit ami Piotr Katine lui avait lancés au visage, la dernière fois qu'elle l'avait vu. Piotr était le frère aîné de Fiodor le Rêveur, et il avait essayé de contraindre

Olga à coucher avec lui la veille de son départ pour Iekaterinbourg, à près de deux mille kilomètres de Roslazny en direction de l'ouest. Ils se fréquentaient depuis déjà un petit moment, mais Mikhaïl et la famille Katine les surveillaient de près, et jusqu'à cette horrible soirée leur relation était restée dans des limites qui n'auraient pas été pour déplaire à un chaperon du temps des tsars. Mais ce soir-là, juste avant le départ de Piotr pour une lointaine université, Olga et son père avaient été invités à dîner avec toute la famille Katine. La vodka avait coulé à flots, tant et si bien que leurs parents respectifs avaient fini par se désintéresser entièrement des faits et gestes de leurs progénitures. Et quand Fiodor était allé dans sa chambre pour profiter de l'ordinateur américain que ses parents lui avaient acheté pour ses dix-huit ans, Piotr avait emmené Olga dans sa propre chambre. Là, il s'était empressé de fermer les rideaux, bien décidé à la mettre dans son lit.

Et à dire vrai, Olga était tentée, elle aussi. Piotr était très beau garçon, à l'époque. On lui avait montré une récente photo de lui, et elle avait été choquée de voir à quel point il avait changé, désormais bouffi et presque entièrement chauve. Mais en 1996, Olga avait une envie folle de sentir ses lèvres sur les siennes, de se pelotonner au creux de ses bras, de laisser l'amour les illuminer de l'intérieur comme un train de nuit inondé de lumière qui file à travers la taïga. Mais elle ne voulait pas que ça se passe comme ça, avec leurs parents saouls en bas dans le salon et Fiodor dans la chambre voisine, surfant sur des sites pornographiques ou conspirationnistes.

Une fois que Piotr avait compris qu'elle était sérieuse, qu'elle ne refusait pas que pour la forme, ses mots étaient passés en un instant de la supplication amoureuse aux violentes insultes. Et les mots que Fandorine avait prononcés dans la radio, sûrement sans savoir qu'elle les entendait, étaient précisément ceux que Piotr avait répétés dix fois d'affilée pour exprimer sa colère et sa frustration – *Stupide petite pute, stupide petite pute* –, comme s'il fallait forcément être idiote pour résister à un homme tel que lui, futur étudiant universitaire et résident d'Iekaterinbourg.

Piotr était le dernier homme à l'avoir embrassée. Quelques années plus tard, il était revenu à Roslazny pour épouser Irina Malininsky, que la rumeur villageoise disait moins soucieuse qu'Olga de protéger sa vertu. Son ancien amoureux était ensuite reparti vivre à Iekaterinbourg avec sa femme, dans un luxueux appartement avec vue sur le lac Shartash. Le même mois, son bien-aimé frère Pasha avait quitté la maison pour rejoindre les bancs de l'école militaire de Novossibirsk. Après ça, il n'était plus resté que son père Mikhaïl et sa tante Zia, mais aussi Dimitri le hérisson, bien sûr, ainsi que la petite cabane de garde-barrière au bord de la voie ferrée.

Elle essuya les larmes qui lui brouillaient la vue. De toute façon, elles allaient finir par geler et par gêner sa progression.

À mi-chemin, elle perçut à nouveau le bourdonnement des rails, mais c'était plus intense, cette fois-ci : plutôt un grand train qu'une locomotive de manœuvre. Probablement un des trains de la glorieuse flotte qui transportait des passagers le long du Transsibérien.

Une autre idée lui vint à l'esprit pour son livre, et elle ne put s'empêcher de sourire à travers une nouvelle montée de larmes. Au moins, c'était une journée faste pour *Trouvez le bon aiguillage : cent leçons de vie inspirées par le Transsibérien*. Cette nouvelle idée était née du bourdonnement des rails :

– Si on sait interpréter les sons qu'on entend, on peut prédire ce qui va arriver, dit-elle à haute voix. Ceux qui apprennent à interpréter les sons de leur quotidien comme un technicien ferroviaire les sons de la voie ferrée ne sont jamais pris au dépourvu. Si un mari chante trop joyeusement sous la douche, c'est qu'il a une maîtresse. Si un enfant rit trop gaiement, c'est qu'il vole des cookies dans la boîte à biscuits.

Elle hocha la tête avec satisfaction.

– C'est l'idée numéro soixante-dix, si je ne m'abuse. Encore trente de plus, et mon livre sera terminé. Ha ! Je suis impatiente de voir la tête que feront Piotr Katine et Viktor Fandorine quand il sera publié. Ces deux-là seraient bien incapables d'écrire un livre comme le mien.

Pendant tout le trajet qui la ramenait vers sa cahute, Olga imagina la gloire littéraire qui ne manquerait pas de suivre la publication de son livre. Une fois qu'il s'arracherait dans les librairies, elle pourrait passer ses journées sur la banquette douillette d'un café de Tomsk ou sur le siège d'un amphithéâtre, au lieu de parcourir des kilomètres dans la neige et le froid glacial, chargée comme un âne. Cela dit, ça semblait se réchauffer un peu. Mais si l'air ne lui brûlait plus la gorge et les poumons, il était désormais chargé de neige.

La cahute apparut au bout du chemin au moment même où le train annoncé depuis longtemps par les bourdonnements du rail arrivait à sa hauteur, la locomotive rouge vif du Transsibérien la dépassant dans un grondement de ferraille un instant dominé par le rugissement assourdissant de son avertisseur sonore. Il lui sembla reconnaître Kiril Leonov, un conducteur stationné à Taïga, dans la cabine de conduite. Il lui adressa un signe de la main, éclair de chair blanche derrière la vitre crasseuse de la locomotive. Puis ce fut la cavalcade tonitruante des voitures, d'abord les *spalny vagony* pour les plus fortunés, suivis des *kupe vagony* pour les passagers simplement aisés, et enfin les *platskartny vagony* pour tous les autres.

Une fois dans sa cahute, elle laissa prestement tomber la sacoche dont la sangle lui sciait l'épaule, et ressortit aussitôt pour assister au défilé des dernières voitures, comme elle le faisait toujours. Du coin de l'œil, elle perçut un mouvement à l'orée de la forêt et se tourna machinalement vers les conifères enneigés. Était-ce une silhouette humaine qui venait de disparaître derrière les arbres ? Mais au même instant, Olga entendit un son inattendu qu'elle reconnut aussitôt : le bruit sourd d'une porte donnant sur la voie qui s'ouvrait à toute volée, cognant la carrosserie du train.

Cela ne se pouvait pas, songea-t-elle en une fraction de seconde : le Transsibérien était lancé à vive allure.

Alors qu'elle faisait volte-face en direction des rails, quelque chose la frappa avec une extraordinaire violence au niveau de l'épaule, la projetant contre le vert défraîchi du mur de sa cabane comme une poupée de chiffon catapultée par un enfant en colère. Sa tête cogna contre les planches, et le monde explosa en une multitude d'étoiles étincelantes. Elle atterrit durement sur le sol gelé, sonnée mais toujours consciente. À travers un brouillard, elle distingua un homme – jeune pour autant qu'elle pouvait en juger – gisant à côté d'elle. Il avait dû tomber du train et la frapper à la manière d'un projectile. Il avait des dents blanches et régulières, de longs cheveux châtains et des yeux d'un bleu profond. Ses vêtements élégants, visiblement coûteux, semblaient le désigner comme un touriste.

Mais cet homme était mort. Oui, il était bel et bien mort : tordu dans un angle impossible, son cou dévoilait une plaie large et profonde à la gorge, et une grande quantité de sang avait coulé sur sa poitrine. Son bras droit était replié sous son ventre et il semblait fixer un point invisible, quelque part au-dessus de l'épaule d'Olga. Quant à sa bouche, elle était pleine de… était-ce des *pièces de monnaie* ? Oui : on lui avait rempli la bouche de dizaines, non, de *centaines* de pièces de dix roubles. Elles débordaient de ses lèvres comme s'il les vomissait, éparpillées devant sa tête à la manière d'une pluie de confettis métalliques.

Avec ses dernières forces, elle sortit le talkie-walkie de sa poche et sélectionna le canal d'appel d'urgence, priant le ciel pour que la transmission ne soit pas altérée, cette fois-ci.

– Ici Olga – Olga Pouchkine –, technicienne de maintenance ferroviaire de troisième catégorie, en poste à Roslazny. Un homme est mort… Le Transsibérien vient de passer… Je suis devant ma cabane de travail et j'ai besoin d'assistance médi… médi…

À bout de forces, Olga ne put finir sa phrase et l'appareil lui glissa des mains. Elle reposait à côté de l'inconnu du Transsibérien sous la neige qui s'était remise à tomber, deux statues blanches couchées au bord de la plus grande voie ferrée du monde.

CHAPITRE 5

Les infortunes de Vassily Marouchkine

– Roslazny ? dit Vassily Marouchkine. Attendez voir… Ce ne serait pas ce village paumé près de la voie ferrée, à quelques kilomètres de Taïga ?

– C'est bien ça, confirma le moustachu et bien en chair colonel Terekhine. Et ne faites pas comme si vous aviez besoin de vous creuser la tête pour situer ce village. Tout est là, dans votre dossier. Vous y avez vécu quatre ans, à l'époque où votre père en était le brigadier. Vous savez que je l'ai rencontré, une fois ? Kirill Marouchkine était quelqu'un de bien. Et aujourd'hui, l'occasion vous est donnée de marcher sur ses traces et de faire un retour triomphal dans le village de votre enfance en qualité de nouveau brigadier ! Vraiment, je ne vois pas où est le problème.

Marouchkine et son supérieur se trouvaient au siège flambant neuf de la police à Novossibirsk, une monstruosité de verre et d'acier située en périphérie de la ville. Vassily Marouchkine dévisagea le colonel avec un sourire incrédule.

– Le problème ? répéta-t-il. Eh bien, il y a déjà le fait que je serai en poste dans un patelin perdu. À l'époque où mon père travaillait à Roslazny, le sovkhoze n'avait pas mis la clef sous la porte et la population était encore assez nombreuse pour justifier la présence d'une antenne de la police. Et encore, on avait estimé qu'un seul homme suffisait pour maintenir l'ordre. Être nommé brigadier à Roslazny ? Franchement, ça ressemble plus à une sanction qu'à une promotion. Sans compter que j'ai déjà postulé pour le nouveau poste de chargé de liaison avec l'armée. Ça veut dire que j'ai été recalé ?

Terekhine se tortilla nerveusement sur sa chaise.

– Non... En fait, c'est vous qui avez été choisi.

– Quoi ? Mais...

D'un geste de la main, Terekhine coupa court aux protestations de Vassily.

– Vous avez été choisi, mais je veux que vous repoussiez votre prise de fonction, dans votre propre intérêt. Écoutez, c'est temporaire. Il y a une mission à remplir là-bas, et une fois qu'elle sera accomplie, vous pourrez rejoindre l'armée.

– Une mission à remplir ? Quelle sorte de mission ?

– Beaucoup de rumeurs circulent dans l'oblast de Kemerovo, ces derniers temps, et en particulier à Taïga. Il semblerait qu'il y ait une forte recrudescence d'activités criminelles dans le coin, peut-être même à Roslazny. Pornographie ou prostitution, les deux sans doute. Trafic de drogue, également. Rien de bien original, j'en conviens. Mais ça a beau être du classique, nous avons besoin d'un bon élément qui mette de l'ordre dans tout ça avant que la population ne s'impatiente et commence à demander des comptes. Le lieutenant-colonel Babikov veut que les choses aillent vite et il pense que vous êtes l'homme de la situation. C'est lui qui a insisté pour qu'on fasse appel à vous. Il faut croire que vous lui avez fait forte impression.

– Je ne vois vraiment pas comment, dit Vassily en se remémorant ses quelques rencontres avec Babikov, trois ans plus tôt, lorsqu'il était affecté à Kemerovo. On ne peut pas dire qu'on ait vraiment accroché, lui et moi.

Vassily se souvenait en particulier d'un briefing au cours duquel il s'était élevé contre la façon dont Babikov cherchait à obtenir des résultats à tout prix, au détriment d'une enquête équitable. Vassily lui-même n'était pas particulièrement à cheval sur la procédure, mais certaines méthodes expéditives lui restaient en travers de la gorge. Comme il l'avait dit à un de ses collègues au sortir de cette réunion, la police ne pouvait agir comme bon lui semblait, en dehors de tout cadre légal. Sinon, qu'est-ce qui la différenciait des criminels ?

– Ce n'est pas moi qui vous le reprocherais, Vassily Kirillovitch, dit le colonel Terekhine, utilisant le patronyme[10] de Vassily comme il le faisait

10. En Russie, un patronyme construit à partir du prénom du père et auquel est ajouté le suffixe *ovitch* ou *evitch* se trouve obligatoirement placé entre le prénom et le nom de famille.

toujours quand il voulait flatter un subordonné avec une marque de respect. Babikov est un drôle de type. Avec sa fine moustache, on dirait un de ces inspecteurs tatillons qui contrôlent l'hygiène des restaurants, vous ne trouvez pas ? Mais sous son air de petit fonctionnaire, il cache une nature assez impitoyable, vous savez. Je connais un paquet de criminels, mais aussi quelques flics, qui se sont retrouvés derrière les barreaux à cause de Grigor Babikov. Il dispose d'un grand réseau d'informateurs sur le terrain, mais aussi de toute une armée d'agents provocateurs. Ça va contre mes principes, cette façon de procéder. Se mettre des escrocs à la petite semaine dans la poche en échange d'une réduction de peine ou d'une certaine impunité et les utiliser comme pousse-au-crime pour faire tomber les gros poissons…

– Ce n'est pas notre façon de travailler, mon colonel.

– Oh que non, Marouchkine ! tonna Terekhine en frappant le bureau du plat de la main. Cela dit, il faut admettre que c'est efficace. Babikov commence à se faire une sacrée réputation, jusque dans les plus hautes sphères. Vous saviez qu'il est candidat à la mairie de Kemerovo ? Il a même de bonnes chances d'être élu. Les gens veulent un homme fort aux commandes, après tout ce scandale.

Le maire précédent, Llyich Burtlanov, avait quitté ses fonctions en novembre les menottes aux poignets, à la suite d'une enquête policière menée tambour battant par le lieutenant-colonel Babikov, lequel avait découvert que Burtlanov détournait l'argent de la ville vers un compte aux Bahamas. L'ancien maire ne cessait de crier son innocence depuis la prison de haute sécurité où il était incarcéré, mais ses protestations étaient désormais vaines. Celui qui remporterait l'élection, que ce soit Babikov ou son adversaire Arkady Nazarov, ferait tout pour empêcher un nouveau procès : pourquoi prendre le risque que Llyich Burtlanov soit innocenté et réinstallé dans son siège de maire ?

– En tout cas, reprit le colonel Terekhine, quoi que vous ayez fait lors de votre affectation à Kemerovo, ça a favorablement impressionné Babikov. Comme je vous l'ai dit, il vous a à la bonne. Après avoir fait une demande officielle pour réclamer vos services à Roslazny, il m'a appelé en personne pour me dire tout le bien qu'il pense de vous.

Terekhine pencha le haut de son corps vers Vassily.

– Mais il y a autre chose, Marouchkine, en dehors des filles et de la drogue. Quelque chose de plus perturbant. Il reste encore beaucoup de points à éclaircir, bien sûr. Pour le moment, ce sont juste des rumeurs relayées par nos informateurs, ainsi que les habituelles suppositions qu'on peut lire sur Internet ou dans la presse. Mais Babikov pense – et j'ai tendance à penser comme lui – qu'il pourrait y avoir un *répétiteur* qui sévit dans la région.

– Un répétiteur ? répéta Vassily, intrigué malgré lui.

Le *répétiteur* dont parlait le colonel donnait un genre de leçons très particulières : tous ceux qui travaillaient sous les ordres de Terekhine savaient qu'il employait ce terme pour désigner un tueur en série, et aucun officier de police digne de ce nom ne refuserait une occasion de travailler sur une telle affaire.

– Quels sont les faits qui vous ont conduit à suspecter la présence d'un tueur en série dans la région, mon colonel ?

– Il s'est passé beaucoup de choses, répondit Terekhine en compulsant des documents posés devant lui. Babikov a rédigé un rapport avec tous les éléments dont nous disposons à ce jour. Vous pourrez y jeter un œil plus tard, même s'il s'agit surtout d'une ode à sa propre gloire et à son taux d'élucidation. Mais il y a là une affaire qui pourrait vous intéresser. Trois couples ont disparu dans la région de Kemerovo au cours de l'année écoulée, et pas les profils habituels genre drogués ou dealers, juste des gens normaux avec des enfants. Le pire, c'est qu'ils étaient tous famille d'accueil. Personne n'est plus en sécurité, Marouchkine, même pas des gens au grand cœur qui prennent soin de gamins seuls au monde. Et après ça, en décembre, la police de Taïga a trouvé six cadavres dans les marécages qui s'étendent près de la voie ferrée à Basandayka, au nord de Roslazny. Sauf qu'on n'est pas sûrs qu'il s'agisse de nos trois couples. Je vous épargne les détails, mais même Uspensky n'a pas pu les identifier. Vous vous souvenez d'Uspensky, n'est-ce pas ? Le médecin légiste qu'on a piqué à la police de Tcheliabinsk. Il dit que les dents de ces malheureux ont été arrachées à l'aide d'une pince rouillée et qu'ils n'ont pas pu relever leurs empreintes digitales, parce qu'ils n'avaient plus de doigts.

– Vous n'étiez pas censé m'épargner les détails ? maugréa Vassily.

– Je suis loin de vous avoir tout dit, répliqua Terekhine. Croyez-moi, c'est le genre de précisions qu'on préfère ignorer. Et ce n'est qu'une affaire parmi beaucoup d'autres. Le taux d'homicide dans l'oblast de Kemerovo est plus élevé qu'à l'époque où vous y étiez affecté – beaucoup plus qu'il ne devrait l'être, entre nous, malgré tout le mal que se donne Babikov. Comme vous le savez, Marouchkine, nos dirigeants se fichent pas mal du nombre de crimes perpétrés dans ce pays. Tout ce qui les intéresse, c'est le pourcentage d'affaires élucidées. Et le taux d'élucidation de Babikov est exceptionnel – le meilleur de toute la Sibérie. Il le souligne presque à chaque page dans son fichu rapport. Sauf que si on regarde le nombre de meurtres par habitant, l'oblast de Kemerovo a les plus mauvais résultats de toute la Russie, métropoles mises à part. Même à Novgorod, le taux d'homicide est moins élevé.

Vassily émit un petit sifflement. Ivan le Terrible avait fait connaître *Veliki* Novgord – Novgorod la Grande – en y commettant un massacre en 1560, et d'après ce que Vassily avait entendu dire, l'ambiance y était restée sensiblement la même.

– Je sais, dit Terekhine. Ça me surprend, d'une certaine façon. Quoi qu'on puisse penser de lui par ailleurs, Babikov est loin d'être un imbécile, et vous ne trouverez pas de chef de la police plus motivé de ce côté-ci de la Volga.

Il s'interrompit un instant, feuilletant distraitement les pages du rapport.

– Eh bien, reprit-il, que puis-je vous dire de plus ? Ah oui, à propos de cette rumeur d'un tueur en série qui sévirait dans la région : croyez-le ou non, nos indics semblent penser qu'il s'agit d'une femme. Bien sûr, on prend tout ce qu'ils nous racontent avec des pincettes. Mais tueur ou tueuse, le message me semble clair. Six disparitions et…

– Six corps non identifiables, termina Vassily. Pour celui qui a fait ça, c'est une façon de nous défier. De nous dire qu'il peut agir en toute impunité et qu'on ne réussira jamais à lui mettre la main dessus. Ce nombre de corps égal à celui des disparus, mais sans qu'on puisse prouver qu'il s'agit vraiment d'eux, ça pourrait être une façon de jouer avec nos nerfs. Les tueurs en série tiennent souvent à persuader la police de leur intelligence.

– Exact, dit Terekhine d'un ton satisfait, en regardant le brigadier assis face à lui.

Vassily Marouchkine était un grand gaillard large d'épaules, dont les traits butés disparaissaient sous les mèches d'une indomptable tignasse noire et l'ombre d'une barbe jamais vraiment rasée. Il n'aurait pas paru déplacé au milieu d'un champ de betteraves ou sur un terrain de rugby, mais son apparence rustique de paysan costaud cachait un esprit vif et agile qu'il mettait au service de sa passion pour le travail d'enquête. Si les brigadiers n'étaient pas toujours ravis des affections rurales par lesquelles passait souvent leur parcours professionnel, Vassily était le genre d'homme qu'on imaginait volontiers à l'aise dans la taïga, au fin fond de la campagne russe. Pourtant, c'est au cœur de grandes villes qu'il avait traqué les criminels pendant de nombreuses années. Et le poste de chargé de liaison avec l'armée qu'il avait récemment brigué – et manifestement obtenu – aurait dû lui permettre de rester à Novossibirsk au moins trois années de plus avec le 24e Spetsnaz, le groupe d'intervention spécial auprès duquel il devait être détaché.

Le colonel Terekhine savait pourquoi Vassily était réticent à l'idée de partir à la campagne. C'était écrit dans une section confidentielle de son dossier à laquelle seuls les hommes (et les très rares femmes) qui avaient au moins le grade de colonel pouvaient accéder. Suivant l'exemple de son père, Vassily était devenu un *ryadovoy politsii*, un simple agent de police affecté à Berezkino, un petit village des environs de Tomsk. Il y était resté plusieurs années et s'était marié avec Rozalina, une fille du coin. Ils avaient eu un enfant – un garçon prénommé Kliment. Mais peu de temps après sa naissance, sa femme s'était mise à fréquenter un certain Pavel Prokofy, ancien soldat reconverti dans les affaires – le genre de types qui pullulaient dans les années consécutives à la fin de l'URSS. Pendant que Vassily se dévouait à son travail de policier, Prokofy avait respecté le protocole en vigueur en pareille situation : bijoux pour la dame, restaurants et hôtels de charme à Tomsk, cadeaux onéreux pour le petit garçon… Et un jour Rozalina et Kliment avaient disparu, sans nul doute engloutis dans les réseaux de prostitution et de traite des êtres humains qui s'étaient étendus à travers la Russie comme un cancer virulent. Et bien entendu, plus la moindre trace de Prokofy.

Vassily Marouchkine s'était lancé à corps perdu dans la recherche de sa femme et de son fils, ratissant les environs de Berezkino pendant des mois avant d'étendre ses investigations à Tomsk et à d'autres villes de l'oblast, selon le principe que la plupart des femmes et des enfants victimes de la traite des êtres humains finissaient par atterrir dans des grandes agglomérations. Mais il n'avait jamais trouvé la moindre trace de Rozalina et Kliment, et la direction régionale de la police avait fini par lui demander de clore ce douloureux dossier et de reprendre ses tâches habituelles. Vassily n'avait pas abandonné pour autant : il s'était mis à postuler à des affectations dans des grandes villes, avec une telle constance que ses supérieurs, de guerre lasse, lui avaient proposé de rejoindre l'Unité régionale de lutte contre le crime organisé du colonel Terekhine, à Novossibirsk. Ce nouveau poste lui avait permis par la suite d'être détaché à Kemerovo puis à Iekaterinbourg, où il avait étendu ses recherches. Lorsqu'elles n'avaient abouti à rien, il s'était mis en quête d'une nouvelle affectation en lien avec l'armée, convaincu que quelqu'un dans le vaste appareil militaire russe allait pouvoir l'aider à mettre la main sur ce Pavel Prokofy, le soldat devenu homme d'affaires qui lui avait volé sa famille. Et maintenant, alors qu'il était sur le point d'obtenir le poste qu'il convoitait depuis des mois, voilà que le colonel Terekhine lui demandait de retourner à Roslazny ! Tueur en série ou pas, rien ne lui importait plus que de retrouver sa femme et son fils. Il sentit monter en lui une vague de colère et de frustration.

– Écoutez, mon colonel… commença-t-il.

D'un geste de la main, Terekhine lui intima l'ordre de se taire.

– Je suis au courant de ce qui est arrivé à votre famille, Vassily Kirillovitch. Votre femme et votre garçon. Mais il faut que vous acceptiez ce travail. Dans votre propre intérêt.

Terekhine alluma une cigarette. Il était officiellement interdit de fumer au nouveau siège de la police, mais le colonel avait demandé au responsable de la maintenance de désactiver l'alarme dans son bureau.

– Vous en voulez une ?

Vassily piocha une cigarette dans le paquet froissé, espérant vaguement que la sensation familière de la première bouffée, à la fois douce et âcre sur sa langue, ferait un peu retomber sa tension artérielle.

– Vos collègues se posent des questions à votre sujet, reprit Terekhine, tandis que la pièce se remplissait lentement de fumée. Ils se demandent comment vous vous débrouillez pour obtenir à chaque fois les postes que vous briguez, dans une ville ou une autre. Certains brigadiers-chefs passent toute leur carrière dans des trous paumés, vous comprenez ? Partez six mois à Roslazny et vous pourrez rentrer, rejoindre le 24e Spetsnaz et vous remettre à la recherche de votre famille. Vous allez faire du bon boulot, là-bas. Ça fait dix ans qu'il n'y a plus de policier à Roslazny, et le précédent était loin d'avoir votre expérience. Il ne vous faudra pas longtemps pour boucler les petits dossiers que vous allez trouver sur place. Et s'il y a un répétiteur – une *répétitrice*, si c'est vraiment une femme – qui sévit dans le coin, nous avons besoin d'un homme de votre trempe pour mettre fin à ses agissements. Je suis prêt à parier que ces corps impossibles à identifier et ces trois couples qui se sont volatilisés ne sont que la partie émergée de l'iceberg. Les collègues de Kemerovo vous donneront tous les détails. Et puis, quand on y pense…

Le colonel avança de nouveau le haut du corps vers Vassily.

– … si des criminels se livrent à la traite d'êtres humains dans la région, Roslazny n'est pas si éloigné de Berezkino, où a disparu votre famille.

Vassily regarda le colonel et secoua doucement la tête. C'était un vieux roublard. Mais on ne devenait pas colonel au sein de la police russe par hasard. Terekhine avait compris qu'il accepterait de reporter sa nouvelle affectation s'il avait l'espoir, aussi ténu soit-il, de pouvoir explorer une nouvelle piste. Et puis Terekhine avait peut-être d'autres raisons de l'envoyer là-bas, au-delà des rumeurs d'activités criminelles et de la présence éventuelle d'un tueur en série. Qui sait s'il ne voulait pas gagner un peu de temps pour faire de l'ordre ici et là avant de le laisser mettre un pied dans l'armée ? Peu de mains étaient entièrement propres dans cette nouvelle Russie. Mais cela ne rendait pas moins vrai ce qu'il avait dit à propos de sa carrière – et des possibilités de découvrir quelque chose sur la disparition des siens.

– Très bien, dit Vassily après un moment de silence. Je vais le faire. Mais au bout de six mois là-bas, je retourne à Novossibirsk. Je ferais bien d'écrire à l'officier de liaison de l'armée pour lui expliquer tout ça.

– Ne vous en faites pas pour ça, dit Terekhine. Je les ai déjà prévenus. Et maintenant, écoutez-moi attentivement, poursuivit-il d'une voix ferme avant que Vassily ne puisse protester contre cette façon cavalière – et sans doute illégale – de procéder. Voici le rapport de Babikov, dans lequel est résumé tout ce que nous savons pour le moment. Si vous avez besoin de davantage de détails, adressez-vous au siège de la police de Kemerovo. Vous serez assisté par un *ryadovoy politsii*, un gars du coin du nom d'Anatoly Glazkov. C'est un vieux de la vieille, en poste depuis une éternité à Taïga. Babikov ne semble pas lui trouver de grandes qualités, sinon son excellente connaissance du terrain qui pourra vous être précieuse. Il vous donnera un coup de main pour vous aider à dépoussiérer le vieux poste de Roslazny, au propre comme au figuré. Il pourra aussi s'occuper de votre mangouste…

– En fait, c'est un furet, dit Vassily en écrasant son mégot dans le cendrier déjà bien rempli du colonel.

– … ou votre rat-taupe ou votre blaireau ou quel que soit le nom que vous donnez à cette bestiole, pendant que vous êtes occupé à mettre la main sur cette répétitrice, termina Terekhine comme s'il n'avait pas entendu Vassily.

À Novossibirsk, tous les policiers avaient entendu parler du furet que Vassily hébergeait dans son bureau. Il l'avait trouvé alors qu'il enquêtait sur une série d'escroqueries, abandonné dans un studio dans lequel son propriétaire n'était pas près de remettre les pieds, et il l'avait ramené chez lui. Il s'agissait d'un furet champagne, une variété qui devait son nom à la couleur dorée de son poil lustré. Le furet de Vassily arborait toutefois une teinte qui n'était pas tout à fait à la hauteur de cette élégante appellation et qui aurait mieux mérité le nom de « champagne éventé ». Inspiré par son allure débraillée et son comportement parfois imprévisible, Vassily l'avait baptisé Raspoutine.

– Quand dois-je prendre mon poste ? demanda-t-il en s'emparant du dossier.

– Samedi prochain, répondit Terekhine. Vous feriez bien de commencer à faire vos cartons et à mettre de l'ordre dans les affaires en cours. J'aimerais que ceux qui vont reprendre vos dossiers puissent s'y retrouver. Et par pitié, n'oubliez pas d'emporter ce maudit blaireau avec vous.

***

La conversation entre le colonel Terekhine et Vassily Marouchkine avait eu lieu une semaine avant qu'Olga ne reçoive la lettre de son détracteur anonyme. En cette même journée où elle l'avait lue, Vassily conduisait sa Volvo 240 vieillissante sur l'autoroute P-255, quelque part entre Novossibirsk et Tomsk, fumant des Belomorkanal à la chaîne pour essayer de calmer un mal de dents naissant tandis qu'il écoutait d'une oreille distraite des stations de radio locales dont la réception se dégradait au fil des kilomètres. À l'heure où elle se dirigeait vers le Café Astana pour rendre service à Mikhaïl et Zia,

Vassily se faisait secouer sur la route cahoteuse qui reliait Taïga à Roslazny, sur le point d'atteindre le village et son minuscule poste de police. Et alors qu'Olga quittait le Café Astana pour livrer les sacs de courses à sa tante, Vassily garait son break Volvo au sud-est du village, devant un bâtiment bas et sans étage qu'entouraient des maisons abandonnées aux toits effondrés et aux fenêtres souvent privées de carreaux.

Il éteignit ses phares et resta un moment immobile derrière le volant, comme on le fait parfois au terme d'un long trajet, écoutant le *tic-tic-tic* du pot d'échappement qui refroidissait et le bruissement dans ses oreilles qui témoignait d'un silence presque absolu autour de lui. Même Raspoutine avait temporairement cessé de piailler, bercé par le mouvement de la voiture, le ronron du moteur et l'air étouffant que soufflait l'antique système de chauffage de la Volvo.

Il se décida à s'extraire de son siège après quelques minutes, inspirant profondément dans la froidure mordante du soir qui piqua son visage comme l'eau d'une douche glacée. Refermant la portière pour que Raspoutine reste au chaud, il considéra son nouveau domicile par-dessus le toit de la voiture. Ou plutôt son ancien : il avait vécu là de 1990 à 1994, à l'époque où son père était le brigadier de Roslazny. C'était alors tout autant sa maison qu'un poste de police, un lieu plein de bruits et de vie. Il était fils unique, mais ses parents l'avaient entouré d'une telle quantité d'animaux que c'est à peine s'il avait regretté l'absence d'un frère ou d'une sœur : chiens et chats dans la maison, hamsters dans sa chambre, deux ou trois cochons dans le jardin selon la saison et le prix du marché, et une chèvre pour le lait. Mais à présent ses parents étaient morts, sa mère depuis vingt ans et son père presque dix ans après elle. Les animaux n'étaient plus là depuis longtemps, et le bâtiment lui-même avait quelque chose d'un cadavre, pourrissant sous le poids de longues années d'abandon et d'une invraisemblable quantité de neige. La couleur vive des murs extérieurs n'existait plus que dans le souvenir de Vassily, altérée par les assauts du vent et des températures négatives, et l'enseigne sur laquelle avait autrefois brillé le mot « Police » pendait misérablement, éteinte au-dessus de la porte.

Il y avait néanmoins quelques signes de vie derrière les fenêtres à barreaux : une faible lumière que venait de masquer, l'espace d'un instant, une ombre en mouvement. Bientôt, la porte se mit à grincer tandis que quelqu'un essayait de la tirer de l'intérieur. Vassily vint la pousser de tout son poids avec l'épaule et elle s'ouvrit en raclant le sol avec d'inquiétantes vibrations, laissant apparaître une large silhouette à contre-jour dans une lumière pâle.

– Brigadier-chef Marouchkine ? demanda l'homme. Je m'appelle Glazkov. Anatoly Glazkov, agent de police à Taïga. Je vous attendais.

Vassily hocha la tête et lui serra la main. Alors qu'il s'apprêtait à entrer, des crissements de pneus dans la neige glacée le firent se retourner. Une Mercedes rutilante aux couleurs de la police venait de se garer derrière sa Volvo fatiguée, le bleu d'un gyrophare zébrant nerveusement la nuit.

– Je crois que c'est le patron, dit Glazkov.

– Babikov ? s'étonna Vassily.

Il était tout à fait inhabituel qu'un brigadier soit accueilli par le chef régional de la police le jour de sa prise de fonction, surtout lorsqu'il arrivait de nuit dans un village de quelques dizaines d'âmes.

– J'ignorais qu'il devait venir, précisa Glazkov, sur la défensive. Il ne me dit jamais rien.

Le chauffeur de la Mercedes laissa le moteur allumé et la portière passager s'ouvrit, libérant un homme qui s'adressa aussitôt à Vassily :

– Bienvenue à Roslazny et dans l'oblast de Kemerovo, lança-t-il en articulant chaque mot. Mais pour vous, il s'agit plus d'un retour que d'une arrivée, brigadier-chef !

– Merci pour votre accueil, lieutenant-colonel, répondit Vassily, plissant les yeux dans la puissante lumière des phares.

Babikov donna quelques tapes sèches sur le capot de la voiture, jusqu'à ce que le chauffeur les éteigne. Puis il avança en direction du poste de police, et Vassily put le voir clairement : un homme de taille et d'âge moyens, avec une large mèche blanche qui tranchait dans ses cheveux châtain foncé, sur la partie gauche de son crâne. Il portait une sacoche en cuir à l'épaule.

– Ça fait plaisir d'être de retour, mon colonel, dit Vassily d'un ton aussi convaincant que possible, comme si cela pouvait faire oublier le bâtiment délabré qui semblait s'affaisser derrière lui sous la neige.

– J'en doute fort, Marouchkine, dit Babikov avec un soupçon de rire dans la voix. Mais on est ravis de vous avoir à bord – pas vrai, Glazkov ? C'est qu'on n'est pas peu fiers d'être parvenus à convaincre un sergent-chef expérimenté de Novossibirsk de venir ressusciter notre petit poste de police paumé, ici à Roslazny. Et si on entrait ?

– Heu… Oui, bien sûr, dit Vassily. Après vous, mon colonel. Mais… et votre chauffeur ? demanda-t-il en lançant le menton en direction de l'homme toujours assis au volant de la Mercedes.

Il semblait fixer Vassily du regard, le visage éclairé par la lumière rouge du tableau de bord. Drôle de tête, songea Vassily, qui lui trouvait un air de lutin des bois avec sa barbe taillée en pointe.

– Ne vous en faites pas pour lui, dit Babikov. C'est Wolansky, notre grand manitou des médias et de la communication au siège de Kemerovo. Il me conseille pour tout ce qui concerne les relations publiques, l'image de la police, ce genre de choses. C'est un expert en nouvelles technologies – il travaillait pour une start-up numérique, avant d'être à mon service. Et il a recruté toute une brigade de cracks de l'informatique ; une vraie bande de *nerds* capables de faire des choses qui vous laisseraient sans voix, Marouchkine. Quoi qu'il en soit, c'est un rat des villes. Les postes de police ruraux, ce n'est pas son truc. Je vous assure, il est mieux dans la voiture.

Vassily haussa les épaules et suivit Glazkov et Babikov dans le bâtiment. C'était déjà bizarre qu'un haut gradé de la police vienne accueillir en personne un nouveau brigadier – d'autant que ledit brigadier lui avait mis des bâtons dans les roues, quelques années auparavant –, mais c'était plus étrange encore de voir un lieutenant-colonel se faire trimballer en Mercedes, en dehors des heures de service, par un chauffeur qui n'était autre que son responsable des relations publiques. Vassily avait bien conscience qu'il devenait de plus en plus essentiel de maîtriser sa communication, à l'ère des nouveaux médias et des réseaux sociaux, et il savait aussi que Babikov briguait le poste de maire de Kemerovo. Mais quel profit médiatique pouvait-il tirer de l'affectation d'un obscur brigadier-chef dans un poste de police plus obscur encore ? À moins, bien sûr, que Babikov et son lutin des bois ne soient tombés sur… Non, se dit-il fermement. C'était impossible qu'ils aient découvert quoi que ce soit. Vassily avait fait preuve d'une grande prudence. Il était le seul à être au courant de ces choses-là. Tant qu'il continuait à se montrer prudent, à se tenir à carreau, ils n'en sauraient jamais rien.

Alors qu'ils parcouraient l'étroit couloir menant à la réception, la perplexité de Vassily céda la place à la consternation devant l'état de son nouveau lieu de travail.

– Cet endroit est une véritable ruine, dit-il à la cantonade.

Babikov et Glazkov promenèrent le regard sur les murs lépreux aux couleurs passées sur lesquels des affiches officielles s'enroulaient sur elles-mêmes, jaunies et tachées d'humidité. Sur l'une d'elles, on voyait un jeune Vladimir Poutine au lendemain de son élection en 2000.

– Ça pourrait être mieux, concéda Glazkov. Mais on a laissé le chauffage deux heures par jour depuis que ça a fermé. Ça ressemblerait sans doute aux maisons alentour, si on ne l'avait pas fait.

Vassily regarda son nouveau *ryadovoy politsii*, un policier court sur pattes et replet, avec la tête du gentil tonton qui a toujours des sucreries sur lui. Il se balançait d'un pied sur l'autre en faisant tinter les pièces de monnaie que contenaient les poches de son pantalon. Si Vassily cernait bien le personnage, Glazkov faisait partie de ces types qui se collent un sourire de façade sur le visage et acquiescent à tout ce que disent leurs supérieurs, préférant leur complaire plutôt que de prendre le risque de livrer le fond de leur pensée. Glazkov devait avoir quelque chose à cacher, lui aussi, pensa Vassily. Il trempait sans doute dans des combines locales, prélevant un petit pourcentage sur l'argent de la drogue qui circulait à Taïga ou fermant les yeux lors des inspections des trains de marchandises, en échange de quelques billets. Il avait dû vivre l'arrivée d'un nouveau brigadier-chef à Roslazny comme un coup du sort, et les égards que Babikov témoignait à Vassily ne devaient pas le rassurer. Après tout, c'était peut-être pour ça que le lieutenant-colonel était venu ce soir. Pour faire passer un message – la fête est finie – et s'assurer que Glazkov le recevrait cinq sur cinq. Ma foi, songea Vassily, qui n'a pas quelque chose à cacher ? Mais il décida néanmoins de garder son subordonné à l'œil.

– Très bien, Glazkov, dit-il. On trouvera quelqu'un pour rénover les lieux, une fois que j'aurai pris mes marques. Si on peut disposer des fonds nécessaires pour une remise en état du poste, évidemment, ajouta-t-il en se tournant vers Babikov.

– Vous pensez vraiment que c'est indispensable, Marouchkine ? demanda le chef de la police avec un sourire. Oui, bien sûr… reprit-il après une courte pause. Je suis certain qu'on trouvera l'argent pour faire les travaux nécessaires. Mais ces procédures prennent du temps, vous le savez. Je reconnais que ce n'est pas l'idéal, mais il faudra vous en accommoder pour le moment.

– C'est compris, mon colonel, dit Vassily avant de se diriger vers une porte située derrière le bureau d'accueil. Les cellules se trouvent toujours au même endroit, j'imagine ?

– Absolument, répondit Glazkov en lui emboîtant le pas, Babikov fermant la marche.

– Je vais m'installer là pour le moment, dit Vassily. C'est l'endroit où il fait le plus chaud. Je me souviens que mon père disait que les détenus bénéficiaient d'un meilleur confort que nous.

– Vous avez sûrement raison, mon brigadier, dit Glazkov. Eh bien, je vais vous laisser, maintenant. Je peux disposer, mon colonel ?

– Vous ne parlez pas de la radio à notre nouveau brigadier ? lui lança durement Babikov.

Il se tourna vers Vassily.

– Le réseau mobile est capricieux, par ici, et il faut toujours avoir sa radio sur soi. Cela dit, la réception radio n'est pas toujours fameuse, elle non plus. Plus on s'éloigne de Taïga, plus ça se complique. Mais vous ne devriez pas avoir de problème autour de Roslazny.

Il reporta son attention sur Glazkov, qui piétinait dans le couloir comme s'il ne songeait qu'à déguerpir.

– C'est bon, Glazkov, vous pouvez y aller. Mais n'oubliez pas de prendre votre appareil photo pour les nids-de-poule, demain.

Babikov le regarda s'éloigner pendant quelques secondes, puis fit un petit sourire à Vassily.

– Il aime boire un coup le soir, dit-il une fois certain que l'agent de police était parti. Et même deux ou trois. Si vous le cherchez, essayez le Café

Astana, au centre du village. Mais une telle situation ne devrait pas se produire, en théorie.

Vassily jeta un coup d'œil interrogateur à son supérieur.

– Ça ne devrait pas se produire, mon colonel ?

– Eh bien non, puisque Glazkov a une radio, lui aussi. Enfin, s'il pense à la charger, bien sûr ! En tout cas, voici la vôtre, dit Babikov en sortant un gros talkie-walkie au revêtement camouflage de sa sacoche en cuir. Elle est réglée sur les fréquences locales. Canal 1 pour les communications courantes, canal 2 pour les urgences – vous risquez de ne pas beaucoup l'utiliser, celui-là. Les pompiers et les urgences ferroviaires sont aussi sur le canal 2. Oh, et si vous avez besoin de nouvelles munitions pour votre arme de service, il vous faudra aller à Taïga et signer le registre de l'armurier. Mais là encore, ça ne sera sans doute pas nécessaire. Ce que je veux dire, c'est que… eh bien, ça va vous reposer de Novossibirsk, ici.

– Pas trop quand même, j'espère, dit Vassily. Et puis vous savez, c'est parfois dans les endroits les plus tranquilles que se cachent les choses les plus sombres.

– Parfois, en effet, acquiesça le lieutenant-colonel Babikov. Bon, je dois vous laisser, Marouchkine. Il faut que je rentre à Kemerovo – on a encore du travail, Wolansky et moi.

Il s'éloigna à son tour dans le couloir, lançant par-dessus son épaule :

– Au fait, Glazkov a oublié de vous dire qu'il y a à manger dans la cuisine. Je n'ai pas besoin de vous expliquer où elle se trouve. Il y a aussi du bois à l'arrière du bâtiment pour alimenter la cuisinière et le poêle. Pensez à appeler vos collègues de Taïga trois ou quatre fois par semaine, qu'on sache ce que vous faites. On n'a pas envie d'avoir un autre Glazkov, qui se tourne les pouces toute la journée en marinant dans la vodka. Je m'occupe de refermer la porte, Marouchkine. Au revoir, et bonne chance !

***

Babikov regagna la Mercedes. Une douce chaleur régnait dans l'habitacle – quiconque pouvait se le permettre laissait tourner son moteur en hiver – et le chef de la police de l'oblast de Kemerovo se laissa tomber sur le siège passager avec un soupir de soulagement.

– Tout va bien ? demanda Wolansky en rangeant son téléphone dans une poche.

Il le conservait dans un étui à carreaux Burberry, acheté lors d'un récent séjour à Saint-Pétersbourg.

– Tout va bien, répondit Grigor Babikov. Il a le talkie.

Il tapota sa sacoche en cuir.

– Les vêtements et les cheveux sont là-dedans, ainsi que le butin du labo. Tout est en place à Taïga ?

– Serfs les plus loyaux convoqués, estrade et pupitre commandés, communiqué de presse rédigé.

Babikov hocha la tête.

– Et la femme ? demanda Wolansky. Elle a quitté la gare de Iaroslavl ?

– Elle ne devrait pas être loin de Novossibirsk, à l'heure qu'il est.

– Tu es sûr qu'elle est fiable ?

Babikov éclata de rire.

– La deuxième fois qu'elle est venue, elle m'a donné des *matriochkas*[11]. En cadeau ! Qui fait une chose pareille ? Ma seule inquiétude est qu'elle soit *trop* simplette. C'est comme avoir affaire à une enfant de dix ans.

– Tu devrais conserver les poupées. Ça te fera un souvenir.

– J'en ai bien l'intention. Je leur ai déjà réservé une place sur la bibliothèque de mon bureau : à chaque fois que je les verrai, je me souviendrai du plus beau coup de ma carrière ! Le plus beau coup de l'histoire politique de l'oblast de Kemerovo ! Une semaine entière de frénésie médiatique, un bond de quinze pour cent dans les sondages, et la victoire au bout de nos efforts ! Quant à cet idiot de Nazarov, il n'aura plus qu'à retourner à ses chères études.

– J'espère que tu ne m'oublieras pas quand tu seras dans ce grand bureau de l'hôtel de ville de Kemerovo, Grigor. Et ensuite dans un bureau encore plus grand, à Moscou.

---

11. Poupées russes.

– Ne t'en fais pas, Wolansky, répondit Babikov en donnant une petite tape sur le bras de son acolyte. C'est ensemble qu'on franchira ces portes. Une fois que je serai aux commandes, tu pourras avoir tout ce qui t'a toujours fait rêver : voitures, vêtements, bijoux… tout, je te dis. Et tu l'auras bien mérité. Tu pourras même te salir enfin les mains, hein ? Les mettre dans le cambouis et t'amuser un peu… C'est ce que ferait tout Russe digne de ce nom. C'est ce que Poutine faisait, avant ! Et c'est ce qu'il fait peut-être encore, va savoir.

Wolansky laissa échapper un rire bref.

– Tu peux être sûr que notre bon Vladimir met toujours la main à la pâte. Mais non, Grigor, ce n'est pas mon domaine, et tu le sais. Chacun doit rester à sa place, là où il est le plus efficace. Et moi, j'ai toujours aimé travailler dans l'ombre, comme tous les bons metteurs en scène. Mais avant de penser à notre bel avenir, restons concentrés sur le présent. Il ne faut jamais vendre la peau de l'ours avant de l'avoir tué. Beaucoup de choses doivent encore se dérouler selon nos vœux avant que tu puisses t'asseoir dans ce fauteuil de maire, et il faut que tout se passe sans accroc et dans le bon ordre.

– Tu as raison, Wolansky. D'ailleurs, tu as toujours raison. C'en est presque troublant, tu sais.

Quel étrange personnage, songea Babikov, tandis que son regard se perdait un instant dans les traits singuliers de son éminence grise. Il était de petite taille et portait de sempiternelles bottines à talons, comme ce Bogdan Kabalevsky, mais curieusement ça n'était jamais ridicule sur Wolansky. Sa barbe taillée en pointe, son regard fiévreux et sa chevelure hirsute lui donnaient davantage l'air d'un membre de quelque collectif radical que celui d'un responsable des relations publiques des forces de police. Son apparence lui avait valu des remarques défavorables quand il s'était présenté, deux ans plus tôt, au siège de Kemerovo pour un entretien d'embauche, auréolé d'une expérience probante au service d'une jeune pousse numérique de Saint-Pétersbourg. Il avait également pris un certain nombre de personnes à rebrousse-poil en s'adressant à tous ses interlocuteurs par leur prénom, sans se soucier de leur grade, donnant tout de suite du cher Grigor au lieutenant-colonel. Mais Babikov s'était laissé séduire par l'approche directe de ce drôle de bonhomme, par sa façon de dire sans ambages que le travail d'un policier s'apparentait à une forme de théâtre, une fois qu'il avait atteint un certain niveau au sein de la hiérarchie. Au bout d'une heure de discussion, il l'avait embauché.

La bouche de Wolansky se releva d'un côté, dessinant un sourire tordu.

– Que veux-tu, Grigor, je suis fait comme ça, dit-il. Bon, on ferait bien d'y aller. Marouchkine va se demander ce qu'on fabrique, si on reste là à papoter comme des comploteurs. Tiens, qu'est-ce que je disais ? Il est en train de nous observer. Regarde, il a déjà l'air d'un prisonnier, derrière cette fenêtre à barreaux ! Attends, je vais lui faire un petit signe de la main… Voilà, maintenant on peut mettre les voiles.

Il fit marche arrière le long de la petite rue qui longeait la façade sud du poste de police de Roslazny, puis exécuta un grand virage, la Mercedes s'engageant bientôt sur la route étroite qui menait à Taïga, et au-delà.

– Il ne faut pas qu'on traîne, si on veut arriver à temps à Iourga. Mais ne t'en fais pas, Grigor, cette voiture a trois cents chevaux sous le capot et moi au volant. Technologie allemande et pilotage russe, c'est la combinaison la plus rapide au monde !

– Je ne m'en fais pas, dit Babikov tandis que la Mercedes prenait de la vitesse, tressautant sur le revêtement déformé et gelé. Quand tu tiens la barre, Wolansky, je ne me fais aucune inquiétude.

***

Le lendemain matin, à peu près à l'heure où Olga marchait en direction de sa cahute et regardait passer le train de marchandises, Vassily commençait à organiser sa nouvelle vie au poste de police de Roslazny. Le banc d'une cellule avait été le théâtre d'une nuit sans repos, au cours de laquelle le brigadier-chef avait reçu la visite d'un certain nombre d'animaux difficiles à identifier dans le noir. Renonçant finalement à l'espoir de trouver le sommeil, il avait regardé l'aube grise se lever derrière les fenêtres basses. Le poste de police semblait encore plus sinistre dans cette lumière blême, avec ses langues de moisissure qui léchaient les plafonds et bavaient sur les murs, et le parquet gondolé dont les lattes formaient ici et là des petits monticules sous la moquette pelée, comme si l'on y avait maladroitement caché un pistolet. Fatigué et transi de froid, Vassily se sentit profondément démoralisé. Toutes ces épreuves traversées, tous ces efforts pour obtenir les affectations dont il avait besoin pour espérer revoir sa famille, et voilà où il se retrouvait… Dans un vieux poste délabré au milieu de nulle part. Il avait essayé de se remonter le moral en disant à Babikov que les villages endormis pouvaient réserver des surprises, mais lui-même n'y avait pas vraiment cru, la veille au soir, dans la triste lumière électrique qui éclairait ce cloaque. Et il n'y croyait plus du tout ce matin, dans la lueur blafarde de l'aube et le silence glacé qui l'accueillaient au terme d'une nuit atroce.

Après avoir fait un peu de ménage sans grande conviction, Vassily alluma une cigarette et se prépara un petit déjeuner avec les maigres provisions que Glazkov avait laissées pour lui. Il fit chauffer de l'eau sur le réchaud à gaz et la versa dans un mug en porcelaine ébréché qu'il avait fini par dénicher au fin fond d'un placard. Puis il ajouta quelques cuillers de café instantané, mélangeant l'eau et la poudre brune avant de porter le breuvage à ses lèvres, le liquide trop chaud lui arrachant une grimace lorsqu'il entra en contact avec sa dent sensible. Il cassa un œuf et alla donner le jaune à Raspoutine, qui semblait de bonne humeur dans sa boîte glissée sous le banc de la cellule. Après avoir allumé une autre cigarette, Vassily Marouchkine s'assit derrière le bureau et sortit le rapport que lui avait donné Terekhine, maudissant une fois de plus le colonel de l'avoir contraint à s'enterrer dans ce trou.

Il lui fallut une vingtaine de minutes pour lire la première partie du rapport de Babikov, consacrée aux récents homicides perpétrés dans l'oblast de Kemerovo. Avant d'attaquer la seconde, qui présentait une série de comparaisons (sans nul doute favorables à l'auteur) entre les résultats des services de police de diverses régions de Sibérie, Vassily se renversa sur sa chaise et prit le temps de boire son café, désormais tiède, avec de longs glouglous. Babikov n'était peut-être pas très à cheval sur la procédure, songea-t-il, mais il savait ficeler un rapport. Tous les meurtres commis au cours des deux dernières années étaient répertoriés, accompagnés de photographies de la ou des victimes, des suspects principaux et des complices qu'on avait pu identifier, ainsi que d'une analyse détaillée de l'issue judiciaire qu'avait connue chacune des affaires. Le taux d'élucidation de Babikov était certes impressionnant, comme l'avait souligné Terekhine, mais comme le colonel l'avait également souligné, le nombre de meurtres dénombrés sur le territoire dont il avait la charge l'était tout autant. Était-ce trop cynique, se demanda Vassily, d'imaginer Babikov se frottant les mains devant cette explosion des homicides ? Non, décida-t-il, ça ne l'était pas, surtout quand on savait qu'il était en pleine bataille électorale. Imaginer Babikov en homme politique élu démocratiquement avait quelque chose d'étrange. Les responsables politiques n'étaient-ils pas censés protéger leurs administrés, défendre la primauté de la loi sur les intérêts particuliers, ce genre de choses ? Babikov ne lui était pas vraiment apparu comme un ardent défenseur de l'État de droit, quand Vassily l'avait un peu côtoyé, trois ans plus tôt.

Quelque chose d'autre chiffonnait Vassily, mais il ne parvenait pas à mettre le doigt sur ce que c'était. Ce sentiment que quelque chose clochait dans ce rapport n'était peut-être qu'un effet de la fatigue, songea-t-il ; la conséquence d'une nuit presque blanche qui s'était ajoutée au long trajet en voiture de la veille et au choc de se retrouver du jour au lendemain en poste dans un patelin.

Il était sur le point d'aller s'allonger pour essayer de récupérer un peu de sommeil lorsqu'un bruit soudain le fit sursauter. Le talkie-walkie que lui avait confié Babikov venait de prendre vie, crachotant un nom qui faisait remonter des souvenirs anciens.

Ici Olga – Olga Pouchkine –, technicienne de maintenance ferroviaire de troisième catégorie, en poste à Roslazny. Un homme est mort... Le Transsibérien vient de passer... Je suis devant ma cabane de travail et j'ai besoin d'assistance médi... médi...

Le petit « 2 » affiché sur l'écran à cristaux liquides de l'émetteur-récepteur indiquait que cette Olga Pouchkine, dont le nom lui disait vaguement quelque chose, utilisait le canal d'appel d'urgence. Les cheminots se servaient aussi de ce canal en cas de problème grave, avait expliqué Babikov. Et si un train venait de passer, comme l'avait indiqué cette femme, c'est qu'elle devait se trouver à proximité immédiate de la voie ferrée, songea Vassily en laissant tomber le rapport sur le bureau. L'instant d'après, il vissait son ouchanka sur son crâne et enfilait son blouson grand froid, fourrant le talkie-walkie dans une poche avant d'ouvrir la porte récalcitrante et de se ruer vers la Volvo. Quelques secondes plus tard, il roulait sur la route défoncée, jurant entre ses dents tandis que les pneus dérapaient sur la glace et cognaient dans les nids-de-poule. D'un coup de volant, il mit le cap sur le nord, en direction de la voie ferrée, et fonça à travers Roslazny aussi vite que le lui permettaient les rues étroites. Il dut s'arrêter au bout du village, en lisière de forêt, ses roues s'enfonçant dans la neige tombée au cours de la nuit. Jurant à nouveau, il bondit hors de la voiture et se mit à courir en direction des rails. Étonnamment, il n'avait pas eu besoin de demander aux collègues de Taïga de le guider jusqu'à la cabane de Pouchkine, lorsqu'il les avait informés par radio de ce qui se passait : le souvenir d'après-midi d'été paresseux où il marchait sans but le long de la voie ferrée, adolescent, et d'une cahute de cheminot au bord des rails lui était revenu spontanément en mémoire.

Un homme est mort…

Il ouvrit l'étui de son pistolet, dégainant l'arme dont il ôta le cran de sûreté avant de la maintenir à bout de bras, prêt à faire feu, tandis qu'il traversait la forêt en direction de la cabane. Si quelqu'un était mort, c'est qu'il y avait peut-être un meurtrier dans les parages – un homme avec un fusil, un couteau, voire même un fermier saoul armé d'une fourche. Quoi qu'il soit arrivé à la victime et à Olga Pouchkine, Vassily ne voulait prendre aucun risque.

Il contacta à nouveau la police de Taïga pour dire qu'il approchait de la voie ferrée, pistolet au poing, et qu'il pouvait désormais distinguer un corps couvert de sang sur le sol gelé, ainsi qu'un second corps inerte devant lequel était agenouillé un homme.

– Mains en l'air ! Tout de suite ! cria-t-il. Et éloignez-vous des victimes !

Alors qu'il comblait la distance qui le séparait de cette scène, Vassily se figea sur place en voyant le visage de l'homme qui venait de se relever.

– Glazkov ? Mais qu'est-ce que vous foutez ici ?

CHAPITRE 6

L'entrée d'Ivanka

Olga recouvra lentement ses esprits, étonnée d'ouvrir les yeux dans le décor familier des murs en pin de sa chambre à coucher. Son père était là, dans son habituelle tenue d'intérieur qui mariait un pull tricoté hors d'âge avec un pantalon de survêtement en polyester et des sandales en plastique. Il se tenait au pied du lit, appuyé sur la béquille dont il avait besoin pour marcher – mais seulement lorsqu'il y avait des témoins. Peu à peu, Olga vit qu'il n'était pas seul dans la pièce. Elle distingua d'abord le visage ami d'Anna Kabalevsky qui affichait une expression soucieuse, puis celui d'un inconnu aux traits fatigués qui l'observait derrière de fines lunettes. L'inconnu s'avança vers le lit aussitôt qu'il la vit reprendre conscience et Olga remarqua, passé autour de son cou, un cordon bleu sur lequel était clipsé un badge.

– Comment vous appelez-vous ? lança l'homme en guise de bonjour.

Lorsque Olga répondit, il demanda, avec la même brusquerie, qu'elle lui donne la date du jour, les noms et prénoms complets de ses parents, et enfin celui du président en exercice. L'homme au visage fatigué devait être médecin, comprit-elle. Anna l'avait sans doute fait venir de l'hôpital de Taïga.

– Vladimir Poutine, répondit-elle en dernier. Mais qu'est-ce que ça vous apprend sur ma lucidité ? Il est président depuis des siècles !

Un sourire traversa brièvement le visage las du médecin.

– Ce n'est pas faux. Et dites-moi, vous vous souvenez de ce qui vous est arrivé ?

– Je me souviens d'être tombée, dit Olga en se concentrant pour percer la brume qui enveloppait encore son esprit. Je me trouvais près de la voie ferrée et j'ai pris un coup sur la tête. Et ensuite… ensuite, je me suis retrouvée par terre avec un homme. Un touriste, je crois. Un étranger, en tout cas. Ah oui… il me semble que c'est lui qui m'a cognée, lorsqu'il est tombé du train.

Elle s'assit d'un bond dans le lit, sa voix plus aiguë sous le coup d'une soudaine panique.

– Cet homme… comment va-t-il ?

Le regard absent de l'inconnu lui revint alors en mémoire – ses yeux éteints qui fixaient la neige sans la voir.

– Non, non… il était déjà mort, dit-elle. Je me le rappelle, maintenant. Il avait de l'argent dans la bouche, des pièces de monnaie. Et sa gorge…

Quelqu'un lui avait tranché la gorge de part en part…

– Les autorités se sont occupées de lui, dit le médecin en posant une main rassurante sur l'épaule d'Olga. D'ailleurs, des messieurs de la police sont là, et ils aimeraient vous parler quand vous vous en sentirez capable. Mais ne vous inquiétez pas de ça pour le moment. Comment vous sentez-vous, physiquement ? Des douleurs ? Des nausées ?

– Un peu des deux, répondit-elle en posant prudemment les doigts sur le côté droit de son crâne, où ils rencontrèrent le relief d'une bosse sous un petit bandage. Mais rien de bien méchant, reprit-elle. J'ai connu bien pire après certaines soirées karaoké au Café Astana.

Le médecin sourit à nouveau.

– Eh bien, j'ai l'impression que vous n'êtes pas trop mal en point. Sans doute juste une légère commotion cérébrale. Vous devez vous hydrater en abondance et bien vous reposer. Pas question de reprendre le travail pour le moment et évitez toute agitation. J'ai déjà expliqué la situation à monsieur Fandorine. C'est un homme sympathique, n'est-ce pas ? Il a dit qu'il trouverait quelqu'un pour vous remplacer.

– Merci…

Olga lut le nom inscrit sur son badge.

– … Docteur Zinovev. Qu'est-ce que je vous dois ?

En principe, l'État russe garantissait à tous ses citoyens l'accès aux soins gratuits. Dans la pratique, toutefois, ceux qui en avaient les moyens prenaient une assurance privée et ceux qui ne les avaient pas, comme Olga, s'en sortaient en donnant ce qu'ils pouvaient.

– Ne vous en faites pas pour ça, répondit Zinovev avec un sourire las. Anna est ma patiente depuis longtemps. Ça m'a fait plaisir de venir.

– C'est un homme bon derrière ses manières un peu brusques, dit Anna une fois le médecin parti.

– Un homme bon ? répéta Mikhaïl avec un ricanement nasal. Les médecins sont des machines à fric. S'il n'a rien demandé aujourd'hui, c'est pour mieux te faire les poches la prochaine fois que tu feras appel à ses services. Quand je pense aux sommes qu'ils m'ont soutirées quand j'ai eu mon accident…

– Comment va votre jambe, Monsieur Pouchkine ? demanda poliment Anna. Ça fait bien longtemps qu'on ne vous a plus vu au café.

– Oh, c'est loin d'être brillant, répondit Mikhaïl en se frottant le nez avant de donner une tape sur sa jambe droite – celle qui était censée le faire souffrir. Bon, reprit-il, puisque ma fille va bien, je vais retourner à mon feuilleton télévisé.

Regarder des *soap opéras* et lire les magazines qu'Olga allait lui chercher au café constituaient les principales occupations de Mikhaïl durant les mois d'hiver. L'été, il faisait venir Vladimir Solotov et deux ou trois autres vieux amis à la maison pour jouer au poker. Le Kremlin avait interdit les jeux d'argent en 2009, mais Mikhaïl avait juré que ça ne l'empêcherait pas de mettre ses amis sur la paille. C'était une des rares promesses qu'il ait jamais tenues.

Il claudiqua jusqu'à la porte et disparut.

– Je suis désolée, Anna, dit Olga. Tu comprends pourquoi je préfère venir chez toi que t'inviter ici.

– Tu n'as pas à t'excuser, voyons. Il est vieux, c'est tout. Les vieux ont leur propre mode de fonctionnement. Bon, mais et toi, Olga ? Est-ce que tu te sens vraiment bien ? J'ai eu un tel choc quand j'ai compris que c'était toi !

Elle était en train de regarder par la fenêtre de sa cuisine quand elle avait vu Glazkov et Vassily porter une femme évanouie vers un vieux break Volvo stationné en lisière de forêt, expliqua-t-elle. Elle avait mis deux ou trois secondes à réaliser que cette malheureuse au visage barré d'un filet de sang était en réalité son amie Olga.

– Je suis sortie précipitamment et je leur ai proposé de te ramener chez toi plutôt qu'à l'hôpital, expliqua-t-elle. Et c'est ce qu'ils ont fait après que je leur ai dit que je me chargeais de faire venir un médecin. Après ça, j'ai appelé le docteur Zinovev qui a eu la gentillesse de se déplacer sur-le-champ. Il a pansé la petite plaie que tu as sur le crâne pendant que les policiers retournaient à ta cabane. Ils ont parlé d'un homme qu'ils devaient aller chercher – sûrement le mort, paix à son âme. Cela dit, ils n'ont pas parlé d'un touriste.

– Je ne suis pas certaine qu'il s'agissait d'un touriste, dit Olga, mais il n'avait pas l'air du coin. Déjà, ses dents étaient trop parfaites. Les seules personnes que je vois avec des dents aussi blanches et bien alignées sont des étrangers à la gare de Taïga, quand ils sortent du train pour chercher quelque chose à manger ou acheter des cigarettes à Ekaterina. Et puis, il y a la façon dont il était habillé… Ses vêtements avaient l'air de coûter une fortune.

– Alors il est tombé du train, c'est ça ? Et la vitesse l'a projeté sur toi ? C'est dingue, quand même !

– Il n'est pas tombé tout seul, Anna. Quelqu'un l'a égorgé et a rempli sa bouche avec des pièces de dix roubles, avant de le pousser par la porte du train comme un sac de navets.

Anna se signa.

– Tout ce qu'on peut faire, maintenant, c'est prier pour le salut de son âme, dit-elle, et espérer que le bon *Khristos* lui donne l'eau vive qui jaillit en vie éternelle.

Mais la réalité sanglante de la mort dont elle avait été le témoin était encore trop présente à l'esprit d'Olga pour qu'elle puisse penser aux âmes, aux prières et à la vie éternelle. Elle était hantée par le visage du mort et des images de son regard fixe, de sa gorge béante et de sa bouche pleine d'argent colonisaient son cerveau à la manière de ces affreuses chansons dont on ne parvient pas à se débarrasser.

Olga tressaillit au son de coups frappés sur la fine porte en bois de sa chambre, qui s'entrouvrit aussitôt, laissant apparaître la tête rougeaude de l'agent Anatoly Glazkov.

– Il m'a semblé entendre des voix, dit-il. Vous seriez d'accord pour répondre aux questions du brigadier-chef Marouchkine, Mademoiselle Pouchkine ?

– Oh, intervint Anna, je crois qu'elle ferait mieux de se reposer.

– Non, je veux parler au brigadier-chef, dit Olga. J'ai envie d'aider et je ne me sens pas si mal que ça. Vous pouvez lui dire de venir, Monsieur Glazkov.

L'agent rétracta sa grosse tête et les deux amies l'entendirent s'éloigner vers le salon où devait se trouver son supérieur.

– Il est bel homme, tu sais – je parle de Vassily Marouchkine, bien sûr, dit Anna avec un sourire. Cheveux sombres et regard charbonneux, genre beau ténébreux, tu vois ? Et bien bâti avec ça, dans la catégorie costaud. Parfait pour toi, si tu veux mon avis. En plus, il aime les animaux, lui aussi. Glazkov m'a dit qu'il était connu pour ça.

– Il aime les animaux ? s'étonna Olga.

Les policiers avaient plutôt la réputation d'être des chasseurs invétérés, plus souvent occupés à tirer sur les habitants de la forêt qu'à prendre soin d'eux.

– Absolument, confirma Anna. Glazkov dit qu'il possède un furet.

– Un furet ? s'écria Olga avec horreur. Anna, tu ne sais donc pas que les furets *mangent les hérissons* ? Les hérissons comme mon petit Dimitri ?

– Eh bien, j'avoue que je n'y avais pas songé, dit Anna, l'air pensif. Mais les furets sont des animaux domestiques, non ? Il n'a sûrement pas besoin de chasser pour se nourrir.

– Anna, cesse de défendre le furet de cet homme ! lança Olga en riant malgré elle. Et tant qu'on y est, cesse de jouer les entremetteuses. J'ai mieux à faire que de rêvasser à une idylle avec un policier amateur de furets.

Anna était sur le point de répondre quand la porte s'ouvrit, laissant passer Glazkov, suivi d'un solide gaillard coiffé d'une ouchanka de la police qui peinait à contenir une chevelure désordonnée.

– Mademoiselle Pouchkine, voici Vassily Marouchkine, le nouveau brigadier de Roslazny, dit Glazkov. Il nous vient tout droit de Novossibirsk et il aimerait vous…

– Merci, Glazkov, coupa le brigadier. Je vais me débrouiller seul.

Il sortit un calepin et un stylo de sa poche et releva les yeux vers Olga.

– Ce ne sera pas long, dit-il. Je voudrais juste vous poser quelques questions. La première chose que j'aimerais savoir…

Il s'interrompit et la dévisagea avec curiosité.

– J'ai l'impression qu'on se connaît. Votre nom me dit quelque chose.

– Ça ne me surprend pas, Vassily Marouchkine, dit Olga avec un sourire amusé. Tu ne te souviens pas de moi ? On était dans la même classe, à l'école du village. Anna et moi, on a été assises trois rangs derrière toi pendant au moins deux ans. Je me souviens aussi de Kirill, ton père. Il a été le policier de Roslazny pendant un bon moment.

Ce n'était pas le nom du policier qui avait rafraîchi la mémoire d'Olga, mais sa chevelure indisciplinée. Elle l'avait instantanément ramenée des années en arrière, à ce jour où un adolescent aux cheveux hirsutes et à la silhouette dégingandée était entré dans la salle de classe à la suite d'Elvira Volkov, la professeure principale, et s'était assis à côté de Piotr Katine avec un déplaisir manifeste. À cette époque, Olga s'était déjà amourachée de Piotr et n'avait donc pas prêté grande attention au nouveau venu. Et puis Vassily était plutôt solitaire, ne sortant de sa réserve que pour fréquenter la bande des bons élèves qui gravitaient autour d'Alexeï Popov, le fils du boucher. Ceux-là avaient des parents plus aisés que les autres et se destinaient pour la plupart aux études supérieures. Olga croyait se souvenir que le fils de Popov avait étudié l'informatique, ou quelque chose comme ça, et Vassily était sûrement allé à l'université, lui aussi. En tout cas, on voyait tout de suite qu'il avait les manières d'un homme bien éduqué.

Vassily hocha la tête.

– Ça y est, je m'en souviens, maintenant. Tu étais tout le temps fourrée avec un des frères Katine. Celui qui s'appelait Piotr, c'est bien ça ? Si j'ai bonne mémoire, vous étiez ensemble à l'époque où j'ai quitté Roslazny avec ma famille. Tu as fini par l'épouser ?

Olga baissa les yeux sur ses mains, posées sur le couvre-lit en patchwork que sa mère avait rapporté du pavillon de chasse d'Astrazov.

– Je croyais que les policiers étaient censés avoir le don d'observation, Vassily Marouchkine, dit-elle avec un sourire dans la voix. Tu n'as pas entendu l'agent Glazkov m'appeler « mademoiselle » ? Et vois-tu une alliance à mon doigt ?

Les yeux de Vassily se posèrent sur les doigts nus d'Olga, puis sur l'anneau en or que sa femme Rozalina avait glissé sur son annulaire vingt ans plus tôt, les yeux brillant d'amour, dans la chapelle Saint-Grigor de Berezkino.

– Non, dit-il, je ne vois pas d'alliance à ton doigt, Mademoiselle Pouchkine.

Elle avait de magnifiques yeux verts, remarqua-t-il, et il aimait la façon dont ses cheveux ondulaient à hauteur de ses joues. Oui, elle était plus jolie que dans son souvenir. Mais il est vrai que contrairement à Piotr, le Casanova de la classe, Vassily ne s'intéressait pas particulièrement aux filles, à l'époque où il était écolier à Roslazny.

Il secoua la tête, se forçant à se concentrer sur l'enquête en cours. Ce n'était pas le moment de juger de la beauté des femmes. Sans compter qu'il était toujours marié, et le fait que Rozalina ait disparu depuis près de quinze ans ne changeait rien à l'affaire. Ni qu'elle l'ait trahi avec ce Pavel Prokofy. Vassily s'estimait responsable de ce qui était arrivé. S'il ne s'était pas investi dans son travail jusqu'à l'obsession, avec les continuelles absences que cela impliquait, jamais elle ne se serait sentie si seule, si *prête à tout* pour échapper à cette vie, au point de vouloir s'enfuir avec un homme comme Prokofy. Quoi qu'elle ait fait avec cet homme, il lui avait déjà pardonné : Rozalina était toujours sa femme, son premier et son seul amour, et la mère de son bébé, le petit Kliment.

– Eh bien, *Mademoiselle* Pouchkine, dit-il d'un ton plus professionnel, vous… *tu* es désormais un témoin-clé dans une enquête pour meurtre. Il semblerait que la victime était déjà morte lorsqu'elle a été jetée sur la voie. Cet homme avait la gorge tranchée, et avec un certain savoir-faire pour autant que je puisse en juger. Et je ne sais pas si tu t'en souviens, mais on lui avait mis de l'argent dans la bouche. Des pièces de dix roubles, pour être précis.

– Alors, il faut que vous nous disiez si quoi que ce soit d'inhabituel a attiré votre attention, intervint Anatoly Glazkov. Le *moindre* petit détail peut avoir son importance.

Olga connaissait un peu Glazkov. Elle l'avait parfois aperçu à la gare de Taïga, le plus souvent discutant avec son amie Ekaterina Chezhekov ou avec une autre vendeuse qui travaillait sur le quai. Elle le connaissait suffisamment, en tout cas, pour savoir qu'il n'était pas tout à fait lui-même, aujourd'hui. Son habituelle bonhomie avait cédé la place à une nervosité qui jurait avec sa généreuse bedaine et son visage d'oncle débonnaire. Sans doute était-ce l'arrivée d'un nouveau brigadier qui le rendait un peu fébrile. Glazkov n'avait pas la réputation de tout faire dans les règles, et il devait s'inquiéter que Vassily ne découvre certaines de ses petites combines. Mais de toute façon, ce n'était pas ses affaires, songea-t-elle.

– Je ne me rappelle pas grand-chose, dit-elle en s'adressant aux deux hommes. Je me souviens d'avoir marché le long de la voie ferrée, de retour de l'embranchement 62. Viktor Fandorine, mon chef d'équipe à Taïga, m'avait demandé d'y aller pour réparer un moteur d'aiguille bloqué. Un moteur d'aiguillage, si vous préférez… Un train de voyageurs est arrivé au moment où j'atteignais ma cabane, et il m'a semblé distinguer quelque chose, enfin… quelqu'un, je crois, qui se déplaçait à la limite de la forêt. Mais c'était plutôt une impression, un mouvement… Je n'ai rien vu de précis. Après ça, j'ai entendu la porte d'une voiture qui s'ouvrait – une voiture du train, je veux dire –, et qui tapait violemment contre la carrosserie. Je me suis tournée pour voir ce qui se passait, mais ce pauvre garçon m'est tombé dessus avant que je puisse comprendre ce qui m'arrivait, et le choc m'a projetée contre le mur de la cabane. Je me suis retrouvée au sol face à lui, et je me souviens de son regard fixe, de sa gorge béante, des pièces de monnaie qui débordaient de sa bouche… J'ai juste eu le temps d'appeler à l'aide sur le canal 2 avant de perdre connaissance. Oui, c'est ça… murmura Olga comme pour elle-même, son esprit peinant à s'extirper de la scène qu'elle venait de revivre.

– Heureusement que tu as eu le réflexe de passer un appel d'urgence, intervint Anna. Et que vous êtes intervenus rapidement, ajouta-t-elle à l'intention de Vassily et Glazkov. Il ne faut pas longtemps pour mourir de froid, ici.

– Et cet homme tombé du train, tu le connaissais, Olga ? demanda Vassily. Au moins de vue ?

– Non, répondit-elle. Comme je l'ai dit à Anna, je trouve qu'il avait l'air d'un touriste, d'un de ces étrangers qui ont les moyens de se payer un voyage sur le Transsibérien et qu'on voit parfois sur le quai de la gare de Taïga, quand ils profitent d'un arrêt pour se dégourdir les jambes ou acheter quelque chose à manger.

– Mais ce *quelqu'un* que vous avez vu dans la forêt, dit Glazkov, son crâne déplumé luisant d'une fine pellicule de sueur, vous avez une idée de qui il pourrait s'agir ?

Olga ferma un instant les yeux. Elle n'avait rien vu d'autre qu'une ombre furtive parmi les arbres qui bordaient la forêt, derrière sa cahute. Une silhouette vaguement familière, lui avait-il semblé sur le moment, mais dont les contours lui échappaient à présent comme les vestiges évanescents d'un rêve.

– Non, répondit-elle. Je ne crois pas.

– Il faudrait que vous en soyez certaine, dit Glazkov en se penchant sur le lit.

– Je crois qu'on a fait le tour de la question, Glazkov, intervint Vassily en lui jetant un regard ferme.

Il s'était attendu à trouver un vieux flic démotivé et paresseux, mais jusque-là Glazkov mettait une surprenante énergie au service de l'enquête. On était loin du portrait que lui avait brossé Terekhine, songea-t-il. Glazkov était même arrivé avant lui sur la scène de crime. La chance avait voulu qu'il se soit rendu tôt ce matin à Roslazny pour photographier les nids-de-poule comme il en avait reçu l'ordre, et il avait couru jusqu'à la cabane d'Olga aussitôt qu'il avait reçu son appel à l'aide. Glazkov avait tout de suite compris que l'homme à terre était décédé, et il s'était agenouillé auprès d'Olga pour voir si elle respirait encore. C'est à ce moment-là, avait-il expliqué, que Vassily était arrivé à son tour.

Glazkov n'avait pas perdu de temps non plus pour essayer de contacter Babikov par radio (il n'avait finalement réussi à joindre que Wolansky), marchant le long des rails à la recherche d'une meilleure réception pendant que Vassily s'occupait d'Olga. Et maintenant, il semblait particulièrement motivé pour interroger Olga. Un peu trop motivé, même. Vassily était en charge de cette enquête en tant que brigadier de Roslazny, et il ne pouvait laisser un simple *ryadovoy politsii* saper son autorité.

– Eh bien, ce sera tout pour le moment, Olga, dit-il en refermant son calepin. On te recontactera si on a besoin de te poser d'autres questions.

Il tourna les talons pour quitter la chambre, faisant signe à Glazkov de le suivre.

– Attends, lança Olga dans son dos. Qu'est-ce que vous allez faire, maintenant ?

– Le Transsibérien a été immobilisé à Taïga pour qu'on puisse relever les identités et interroger tous ceux qui se trouvent à bord, dit Vassily, pivotant sur lui-même dans le cadre de la porte. Mais à partir de là, c'est l'affaire de la police. Nous, on s'occupe de l'enquête, et toi tu t'occupes de reprendre des forces.

À nouveau il lui tourna le dos, et à nouveau elle l'interpella.

– Attends, Vassily ! Je viens avec toi, dit-elle en rejetant le couvre-lit avant de bondir hors du lit.

Anna eut un hoquet de surprise et se précipita pour la retenir.

– Olga, tu ne peux pas aller à Taïga maintenant ! s'écria-t-elle. Souviens-toi de ce que le docteur Zinovev a dit : du repos, et surtout pas d'agitation.

– Je me souviens parfaitement de ce qu'a dit le médecin, répliqua Olga. Il a dit que je n'étais pas si mal en point que ça et que j'avais une toute petite commotion cérébrale. Et encore, il n'en était même pas sûr ! Écoute, Anna, je ne peux pas m'arrêter de penser à ce pauvre garçon avec ses yeux qui regardaient dans le vide et ces pièces de monnaie qui lui sortaient de la bouche et semblaient former une auréole autour de son visage, comme celle des saints sur les icônes. C'était vraiment juste un garçon, tu sais – il ne devait pas avoir plus de vingt ans. Je ne peux pas rester allongée ici sans rien faire.

Elle se tourna vers Vassily qui hésitait à la porte de la chambre.

– Je pourrais t'être plus utile que tu ne le penses, lui dit-elle. Je connais chacune des vendeuses qui travaillent sur le quai, et elles sont au courant d'un tas de choses que la police ignore. Toutes les rumeurs passent par elles. Si vous voulez savoir s'il y a un truc louche qui se trame, il faut absolument parler à Ekaterina Chezhekov et aux autres. Et avec moi, elles seront en confiance pour tout dire.

Vassily regarda un moment Olga en silence, s'efforçant de peser le pour et le contre ; de mesurer si ce qu'elle pouvait apporter à l'enquête justifiait le risque d'impliquer un témoin dans un travail de police, et un témoin blessé de surcroît. De fait, il avait besoin de quelqu'un pour faire le lien avec les informateurs locaux, et quelque chose lui disait que son ancienne camarade de classe serait plus efficace dans ce rôle que l'agent Anatoly Glazkov.

– C'est d'accord, dit-il finalement. Enfin, je veux dire… merci, Olga. Mais je vais te demander de signer une décharge. Je ne veux pas être responsable si ton état de santé se dégradait parce que tu es venue me donner un coup de main.

– Je veux bien signer tout ce que tu veux, dit Olga en enfilant son blouson doublé de fourrure pour la seconde fois de la journée.

Elle lança un grand sourire au brigadier-chef Marouchkine.

– C'est parti !

***

Alors que la vieille Volvo se faisait balloter sur la route qui menait à Taïga, Olga regardait le décor familier défiler derrière la vitre arrière en se demandant ce qui l'avait vraiment poussée à accompagner les policiers en ville. Elle n'avait pas menti à Anna lorsqu'elle lui avait dit ne pouvoir se défaire de l'image des yeux sans vie de l'inconnu du Transsibérien : elle était affreusement triste à l'idée qu'un si jeune homme ait pu trouver la mort, et d'une façon si atroce ; affreusement triste en songeant au chagrin de ses parents et peut-être à celui d'une jeune épouse, voire d'un bébé, même si la télévision lui avait appris que les étrangers se mariaient généralement plus tard que les Russes.

Et elle n'avait pas menti non plus à Vassily : elle pouvait vraiment l'aider avec les vendeuses qui travaillaient sur les quais. Mais il y avait autre chose, quelque chose de plus personnel, une force intérieure qui s'était brusquement emparée d'elle et l'avait presque éjectée hors de son lit, lui intimant de suivre Vassily Marouchkine et Antony Glazkov à Taïga. C'était tout simplement, réalisa-t-elle, l'envie de donner tort à l'auteur de cette lettre anonyme.

Et dire que tu t'imagines pouvoir devenir autre chose...

La personne qui avait écrit ces mots la voyait forcément comme une employée sans envergure qui se berçait d'illusions ; une pauvre fille qui exécutait ses tâches mécaniquement tout en rêvant de gloire littéraire ; une technicienne de maintenance ferroviaire de troisième catégorie dont le destin se résumerait à jamais aux quatre murs d'une cahute au bord des rails. Le moment venu, Olga comptait bien entendu détromper l'auteur de cette lettre avec la publication de *Trouvez le bon aiguillage : cent leçons de vie inspirées par le Transsibérien*, mais cette enquête était l'occasion de montrer à tous les habitants de Roslazny qu'elle était faite d'un bois plus solide qu'ils ne l'imaginaient. L'occasion de faire face au danger et de triompher du mal, de cette toile de violence qui s'était tissée à travers la Russie et dans laquelle le hasard avait voulu qu'elle se fasse attraper, comme un insecte par une araignée. Les gens n'en reviendraient pas qu'elle réagisse en s'impliquant dans cette affaire au lieu de prendre ses jambes à son cou. Ils auraient le même réflexe qu'Anna Kabalevsky qui, toute amie qu'elle était, pensait qu'Olga resterait au chaud sous le couvre-lit en patchwork pendant que d'autres se chargeaient de mener l'enquête. Oui, les gens seraient stupéfaits d'apprendre qu'Olga – Olga Pouchkine, vous savez, la fille de ce vieux ronchon de Mikhaïl, cette jeune femme casanière qui travaille pour les Chemins de fer russes – secondait des policiers dans une enquête pour meurtre ! Et cela les amènerait peut-être à la considérer sous un autre jour avant même qu'elle ne publie son livre et parte étudier la littérature à Tomsk ; avant même qu'elle écrive des romans dignes de figurer parmi les classiques russes.

De plus, récolter un peu plus de matière pour son livre en cours ne pouvait pas nuire. Jusque-là, elle n'avait pas pensé à inclure des leçons de vie inspirées du travail policier, mais maintenant qu'elle y songeait, elle se rendait compte du lien qui existait entre les policiers et le réseau ferré. La plupart des trains qui circulaient sur le Transsibérien embarquaient un ou deux policiers, et elle les avait souvent vus s'affairer autour des rails, contrôlant les bagages, tenant en laisse des chiens dressés pour détecter les stupéfiants, les explosifs ou les armes, et surveillant les petits malfrats dont les gares étaient infestées ; dealers, pickpockets et autres pilleurs de trains qui attendaient que les touristes aillent acheter des cigarettes ou des *pierogi* sur le quai pour s'introduire dans leurs compartiments et fouiller leurs bagages. Olga avait encore trente leçons de vie à écrire pour finir son livre, et cela pourrait apporter quelque chose, se dit-elle, de nourrir certaines leçons d'expériences que lui ferait vivre l'enquête – si Vassily Marouchkine lui permettait d'y contribuer, bien sûr. Avec l'aide du nouveau brigadier de Roslazny, elle pourrait peut-être apprendre à réfléchir comme un policier ou, mieux encore, comme un enquêteur de police ; apprendre à considérer les faits sous un angle nouveau. Après tout, n'était-ce pas ainsi que naissaient les idées ? Pas tant en découvrant de nouvelles choses qu'en apprenant à voir sous une autre lumière celles qu'on connaît déjà ?

Elle posa le regard sur la nuque de Vassily, sur ses cheveux ébouriffés qui dépassaient de son ouchanka en fourrure, sur sa tête qui tanguait derrière l'appuie-tête alors que la Volvo traversait le pont cahoteux au bout duquel commençait la juridiction de Taïga. Il semblait si sérieux, si différent de Glazkov et de tous les policiers qu'elle avait pu observer. Il était également différent de son père Kirill, dont le séjour à Roslazny en qualité de policier du village avait laissé le souvenir d'un homme indolent, pour ne pas dire paresseux. Cela dit, Olga n'était pas comme son père, elle non plus. S'il lui arrivait un jour d'être victime d'un petit accident de travail, comme Mikhaïl en 1988, elle retournerait aussi vite que possible à sa tâche de cheminote au lieu de prétendre qu'une légère blessure rendait à jamais tout effort impossible.

Ses propres enfants, si elle en avait un jour, auraient-ils la même nature qu'elle ? se demanda-t-elle. Certains traits de caractère sautaient une génération. Si elle avait un fils, serait-il comme Mikhaïl ? Elle ne l'espérait sûrement pas. Mais elle chassa bientôt ces idées, tout comme Vassily un peu plus tôt, lorsqu'il s'était laissé distraire un instant par la troublante ondulation des cheveux blonds d'Olga. À quoi bon se poser ce genre de questions ? À trente-quatre ans, elle n'avait pas d'homme dans sa vie. Il fallait regarder les choses en face : jamais elle n'aurait d'enfants. Mais cela ne voulait pas dire que son existence resterait éternellement la même, entre un père difficile et un métier ingrat (ou était-ce l'inverse ?). Personne ne l'obligerait à rester cheminote contre sa volonté.

Bientôt, ils roulèrent sur des routes moins abîmées qui sinuaient entre des bouquets d'arbres derrière lesquels on devinait des fermes, mais aussi de petites zones industrielles qui fleurissaient en périphérie de Taïga. Ils passèrent sous un pont ferroviaire et débouchèrent dans la rue Lokomotivnaïa, puis poursuivirent le long du stade de football et du parc, remontant la rue Oktyabrskaïa avant de tourner à droite dans les rues Nikitina et Prospekt Kirova, en direction de la gare et du centre-ville. Une fois le petit quartier d'affaires derrière eux, ils filèrent le long d'une rangée d'arbres aux branches nues sillonnées de stries gelées, et la gare fut bientôt en vue. Elle consistait en une succession de bâtiments construits tout en longueur et peints comme la maison de Zia, d'une alternance de couleur crème et d'un vert délavé qui faisait penser à une étendue de lichen sous une couche de glace. De hautes passerelles métalliques enjambaient les trois voies qui séparaient la gare du parc. D'habitude, elles grouillaient de gens portant des sacs de toile qu'ils avaient lestés de vêtements et de nourriture en prévision d'un long voyage, mais aujourd'hui elles étaient désertes, étrangement abandonnées sous les rares bourrasques de neige. L'effervescence qui régnait d'ordinaire devant la gare était remplacée par un calme étrange. Même les vendeurs avaient quitté leurs emplacements habituels pour se regrouper, certains devant l'entrée principale et d'autres sur la droite, à côté de la vieille locomotive à vapeur qui était venue un jour se reposer à Taïga et n'en était plus jamais repartie. De l'autre côté du bâtiment, des voyageurs fourmillaient devant un train à quai, tandis qu'une brigade canine de la police allait de voiture en voiture, inspectant les moindres recoins à l'aide d'un chien de détection.

Olga vit aussi des journalistes dont le nombre l'étonna, repérables au milieu de la foule avec leurs appareils photo, leurs caméras, leurs dictaphones numériques et les sacoches pour ordinateurs qu'ils portaient à l'épaule. Olga imaginait les rédacteurs en chef se frottant les mains à la perspective de tous ces articles, de tous ces reportages dont ils allaient pouvoir nourrir leurs stations de radio, chaînes de télévision et autres sites Internet, et il lui sembla déjà voir les gros titres sensationnels qui ne manqueraient pas de barrer, dès le lendemain matin, la une des journaux. Elle espérait que les journalistes ignoraient certaines informations, comme ces pièces de monnaie dont on avait rempli la bouche de la victime, un détail dont ils ne manqueraient pas de faire leur miel si par malheur ils l'apprenaient. C'était une chose horrible, songea-t-elle, d'avoir cherché à marquer la vie de cet inconnu du sceau de la cupidité, comme si son court passage sur terre ne pouvait être résumé que par des images de billets de banque, de chèques et de disques de métal froid au dos desquels était gravée une image de la cathédrale Saint-Basile.

Pour traverser la voie ferrée, Vassily emprunta un passage réservé aux véhicules autorisés, brandissant sa carte de police devant le policier armé qui en gardait l'accès.

– Le collègue qui se trouvait à bord n'a rien vu, lui dit l'homme. Il vous attend dans le hall avec le reste du personnel de bord, si vous voulez lui poser des questions.

Il essaya de dire autre chose, mais Vassily avait déjà appuyé sur l'accélérateur, les pneus de la Volvo rebondissant sur les rails jusqu'à ce que la voiture atteigne l'asphalte lisse du quai à peine surélevé.

Il coupa le moteur et se tourna vers Olga, la matière lisse de son blouson bruissant dans le mouvement.

– Tu ferais mieux de rester là pour le moment, dit-il. Je viendrai te chercher quand j'aurai besoin de parler aux vendeuses. On y va, Glazkov, ajouta-t-il en ouvrant sa portière.

Les deux hommes s'éloignèrent en direction du bâtiment principal, laissant Olga seule dans l'habitacle.

Elle colla le nez à la vitre, mais Vassily s'était garé tout au bout du quai, au pire endroit pour voir ce qui se passait. De là où elle se trouvait, elle n'avait qu'une vue oblique des *spalny vagony*, et aucune des vendeuses ni du personnel de bord. Pour ne rien arranger, la neige venait de se remettre à tomber après un court répit, l'isolant encore plus de l'action. Son haleine ne tarda pas à embuer les vitres de la Volvo, la température chutant rapidement dans l'habitacle à présent que le moteur ne tournait plus. C'était une raison valable pour désobéir à Vassily et aller se réchauffer devant un café, non ? Qui songerait à lui reprocher d'avoir quitté cette voiture glaciale ?

Quelques secondes plus tard, elle marchait d'un pas rapide vers l'entrée du bâtiment, tête basse et fouillant ses poches à la recherche d'un peu de monnaie. Le prix d'une tasse de café dans la gare de Taïga était notoirement élevé, et il n'était pas dans les habitudes d'Olga, qui économisait le moindre rouble en prévision de ses études à l'université d'État de Tomsk, de s'autoriser ce genre de dépenses superflues. Au bout d'une décennie de petites privations, elle disposait de six cent mille roubles sur les neuf cent mille dont elle avait besoin pour les trois années de cours qu'elle comptait suivre. Cela dit, ce café pouvait être considéré comme un investissement, un acompte pour de futures idées qui viendraient enrichir son livre. Et plus son livre serait bon, plus il aurait de chances de devenir un best-seller, et donc de lui rapporter de l'argent. Et plus elle gagnerait d'argent, plus vite elle pourrait s'inscrire à l'université. C'était d'une logique implacable.

Elle poussa une des portes de la gare et se dirigea droit vers le comptoir du café, croisant les doigts pour que son blouson des Chemins de fer russes lui permette d'échapper à l'intérêt des policiers présents. Elle commanda le café le moins cher que proposait la carte, puis promena les yeux sur le hall encombré. Elle vit Vassily Marouchkine et Anatoly Glazkov qui s'entretenaient avec un large groupe de femmes et d'hommes, eux aussi en tenue des Chemins de fer russes – le personnel de bord du train dans lequel ce pauvre jeune homme s'était fait égorger. Mais un mouvement, derrière une des immenses vitres qui donnaient sur le quai, attira bientôt son attention. Le regard d'Olga se posa sur une femme en tailleur et manteau doublé de fourrure qui parlait, porte-bloc en mains, avec un petit groupe de personnes. Il s'agissait de touristes, à en juger par leurs vêtements et leurs coupes de cheveux – sans doute une bande d'amis qui voyageaient ensemble sur le Transsibérien. Deux d'entre eux, une jeune femme et un jeune homme, semblaient pleurer, et un troisième touriste se tenait le visage dans les mains. Olga vit la femme en tailleur s'approcher de lui et passer le bras autour de ses épaules, un geste plein de douceur qui lui serra le cœur. Ces touristes devaient être des amis de la victime, songea-t-elle, et la femme en tailleur était sûrement une employée des Chemins de fer russes venue leur apporter un soutien psychologique. Peut-être avaient-ils appris les terribles détails du meurtre, l'égorgement et les pièces de dix roubles, et ils étaient sous le choc, entre douleur et sidération. La jeune femme secouait à présent la tête, comme si elle ne pouvait y croire.

Olga avait elle-même du mal à y croire, et elle aussi se mit à secouer la tête, oubliant sa blessure jusqu'à ce que le mouvement provoque une vive douleur, comme si on lui enfonçait une aiguille à la base du crâne. Elle se massa les tempes en s'efforçant de réguler sa respiration tandis que les mots du docteur Zinovev lui revenaient à l'esprit : *évitez toute agitation.* Tu es ici pour travailler, se dit-elle. Pour glaner des idées pour ton livre et montrer aux habitants de Roslazny qu'Olga Pouchkine est taillée dans ce bois solide dont on fait les meilleurs écrivains et les meilleurs enquêteurs. Te laisser aller à tes émotions ne va aider personne, et surtout pas l'inconnu du Transsibérien.

Elle se força à quitter des yeux les touristes accablés de chagrin, détournant la tête vers l'autre bout du quai où deux policiers en uniforme disposaient des chaises et des tables sous un abri de toile qui protégeait tant bien que mal l'installation des bourrasques de neige. D'autres policiers s'efforçaient de rassembler les passagers en deux lignes encore désordonnées dont les extrémités disparaissaient derrière un rideau de flocons. Sans doute avaient-ils l'intention d'interroger un par un tous les voyageurs, songea Olga. Elle siffla doucement, les lèvres presque fermées : le Transsibérien pouvait embarquer jusqu'à trois cents personnes.

– Une bien froide journée pour travailler dehors, Olga Pouchkine, dit un homme avec des cheveux ternes et un vieux blouson de cuir tout craquelé qui se tenait à côté d'elle, le coude négligemment appuyé sur le comptoir du café.

– Sasha Tsaritsyne ! s'écria Olga en pivotant la tête. Je n'avais pas vu que tu étais là.

– Personne ne voit approcher un bon journaliste, Olga, dit Tsaritsyne en souriant de toutes ses dents. C'est comme ça qu'on obtient des scoops.

– Tu travailles toujours au *Kemerovo Herald* ?

– Absolument. Mais nous autres, les gens de la ville, il nous arrive de nous aventurer dans des patelins paumés, si une affaire en vaut la peine. Et celle-là vaut son *pesant d'or*, d'après ce qu'on m'a... Désolé, voilà l'homme en personne, il faut que je te laisse ! À bientôt, Olga !

Tsaritsyne empoigna son bloc-notes et se précipita en direction du quai sur lequel un essaim de journalistes entouraient déjà un petit homme barbu qui poursuivait son chemin vers l'intérieur de la gare, comme indifférent aux objectifs et aux micros tendus vers lui. Olga regarda Sasha Tsaritsyne marcher à la rencontre du barbu.

Comme Vassily, Sasha avait partagé avec elle les bancs sans confort de l'école du village. En dehors de ses anciens camarades de classe, se disait-elle parfois, elle ne connaissait presque personne de son âge. Toutefois, dire qu'elle *connaissait* Sasha aurait été exagéré : c'était l'un des rares villageois de cette génération à avoir échappé à la force gravitationnelle de Taïga et à s'être frayé un chemin jusqu'aux lumières de la grande ville. Il ne revenait presque jamais à Roslazny depuis qu'il vivait à Kemerovo, et cela faisait des années qu'elle ne l'avait pas vu.

Kemerovo… Le front d'Olga se plissa tandis qu'elle essayait de se souvenir du temps qu'il fallait pour se rendre à Taïga au départ de Kemerovo. Eh bien, au moins une heure et demie, estima-t-elle. Et encore, en prenant des risques sur les routes gelées. Et à quelle heure le corps de l'inconnu du Transsibérien lui était-il tombé dessus ? Elle n'aurait su le dire avec précision, d'autant que le choc avait rendu sa matinée quelque peu brouillardeuse. Mais ça ne faisait pas si longtemps, elle en était certaine : deux heures, peut-être ? Un petit peu plus ? Alors, n'était-il pas étrange que tous ces journalistes soient déjà là, si peu de temps après son appel à l'aide sur le canal 2 ? Et qu'avait voulu dire Sasha en parlant d'une affaire qui valait son pesant d'or ? Se pouvait-il qu'il soit au courant de l'état dans lequel la victime avait été retrouvée ? Qu'il sache déjà que sa bouche vomissait des pièces de monnaie ?

Le petit homme barbu se trouvait à présent dans le hall, et Olga le vit congédier la nuée de journalistes d'une main impatiente, affirmant qu'il n'y avait pas de nouveau pour le moment. Elle entendait sa voix s'élever, aiguë et agressive, par-dessus le vacarme des questions qui fusaient. Qu'avait dit Sasha Tsaritsyne à propos de cet homme, juste avant de déguerpir ? « Voilà l'homme en personne » ? Qu'entendait-il par là ?

En tout cas, s'il avait espéré repartir avec de nouvelles informations pour son journal, c'était raté. Il semblait surpris et déçu – perplexe, même. Olga le regarda se tourner vers un de ses confrères et lui chuchoter quelque chose à l'oreille tandis que le petit barbu s'extirpait de la cohue, l'air furieux, avant de jeter un œil à son smartphone puis de filer en direction des portes qui donnaient sur la rue. Il portait un élégant costume gris et des bottines en cuir brun dont le chic contrastait avec sa chevelure d'homme des bois et sa barbe pointue aux drôles de reflets rouges. Où Olga avait-elle déjà vu ce visage ? Il ne ressemblait pas à quelqu'un qu'on risquait de croiser à Roslazny. D'un coup, ça lui revint : elle l'avait vu à la télévision, dans elle ne savait plus quelle émission politique, tripotant un smartphone ou une tablette en arrière-plan, à la manière d'un conseiller de l'ombre. Son style dandy bohème, si différent de l'habituel costume-cravate des politiciens, avait marqué l'esprit d'Olga.

Elle but une nouvelle gorgée de café, s'efforçant de se rappeler qui était l'invité de l'émission en question – l'homme politique pour qui travaillait ce curieux personnage. C'est alors que la réponse apparut comme par magie sous ses yeux en la personne du chef de la police de l'oblast de Kemerovo. Grigor Babikov, qui venait d'entrer dans le hall ! Certes, il n'était pas à proprement parler un homme politique, mais à en juger par le temps qu'il passait à vanter les mérites de son action à la télévision, ces derniers temps, il mourait d'envie d'en devenir un.

Dans la région, plus personne n'ignorait à quoi ressemblait le lieutenant-colonel : un peu plus grand que l'homme à la barbe pointue – son conseiller, son attaché de presse ou Dieu sait quoi encore –, Babikov avait des traits lisses et quelconques auxquels une minuscule moustache ne parvenait guère à donner d'intérêt. On le reconnaissait surtout à la fameuse mèche qui dessinait un épais trait blanc au milieu de ses cheveux châtains, sur le côté gauche de son crâne. Son apparence de cadre moyen, terne mais compétent, devait avoir un effet rassurant sur les électeurs. À l'image de son acolyte à la barbe pointue, il était vêtu d'un costume bien coupé sur lequel il était en train d'enfiler un de ces pardessus austères qu'il préférait aux blousons brillants et doublés de fourrure que la plupart des hommes portaient à Taïga. Son rival dans la course à la mairie de Kemerovo, Arkady Nazarov, jouait la carte du travailleur et de l'homme du peuple, n'hésitant pas à apparaître dans un bleu de travail frappé du logo de la société publique qu'il dirigeait. Inutile d'être grand clerc pour comprendre que Babikov prenait le contrepied de cette stratégie en essayant de se donner l'image d'un homme d'une condition plus élevée. Olga se souvenait d'une récente interview, sur une télévision locale, dans laquelle le chef de la police avait commencé par évoquer son enfance misérable dans une banlieue défavorisée de Kemerovo, avant de souligner la façon dont il avait su transcender ses humbles origines pour atteindre les sommets de la hiérarchie policière. Il brossait de lui-même le portrait du *self-made-man* par excellence, un membre aisé de la nouvelle bourgeoisie qui se dressait avec aisance au-dessus de la masse des simples ouvriers.

Cela dit, Babikov n'avait pas l'air très à l'aise dans ce hall de gare, remarqua Olga. Il promenait un regard nerveux autour de lui, sourcils froncés et mâchoire serrée. Il eut un bref hochement de tête en voyant le petit homme à la barbe pointue marcher vers lui, lui adressant aussitôt un geste impatient de la main pour l'inviter à presser le pas. Olga soutenait plutôt Nazarov, maintenant qu'elle y pensait. Elle reconnaissait sans peine qu'il était assez ridicule, mais d'un autre côté elle admirait l'énergie qu'il mettait dans sa campagne, avec ses coups d'éclat physiques impressionnants pour un homme de son âge, et l'on ne pouvait nier qu'il avait beaucoup fait pour la région. Pourtant, à cet instant, elle avait presque de la peine pour son adversaire politique, Babikov, qu'elle regardait discuter d'un air soucieux avec son élégant conseiller. N'importe quel meurtre pouvait ternir l'image d'un chef de la police, mais un meurtre perpétré sur le Transsibérien, et qui plus est le meurtre d'un touriste… C'était le genre d'affaire qui pouvait faire le tour du monde et mettre les autorités sur la sellette. À lui seul, un tel fait divers pouvait anéantir les ambitions politiques de Grigor Babikov. Quelle malchance, tout de même, à seulement quinze jours des élections municipales.

Et si c'était plutôt une chance ? se demanda brusquement Olga. Avoir les yeux de la planète braqués sur lui pouvait au contraire s'avérer profitable, s'il parvenait à élucider rapidement cette affaire. Et quelles que soient les critiques qu'on pouvait adresser au lieutenant-colonel et à son goût pour les projecteurs, il semblait avoir un certain talent pour appréhender les criminels. C'est en tout cas ce qu'il ne cessait de répéter à longueur de conférences de presse.

Elle se rapprocha discrètement pour essayer de grapiller quelques bribes de leur conversation.

– Ne t'en fais pas, Grigor, disait l'homme à la barbe pointue. Je sais que ça a l'air de mal se présenter, mais on a toujours notre meneuse de revue. Cette femme est l'héroïne de la pièce, après tout. Elle ne verra rien venir – elle est loyale comme un chien. Elle…

Les haut-parleurs de la gare crachèrent une annonce tonitruante qui recouvrit le reste de ses paroles. Olga crut ensuite entendre Babikov dire quelque chose où il était question de « suivre le plan comme prévu ». Puis elle vit l'homme à la barbe pointue hocher la tête et elle entendit clairement sa réponse.

– N'empêche que tu ferais mieux de ne pas te salir les mains, Grigor. D'autant que c'est une occasion de se racheter, pour lui.

Parlaient-ils de la course à la mairie ? se demanda Olga. De soucis avec des membres de leur équipe de campagne ? Le moment semblait mal choisi pour discuter de ça, alors qu'un meurtre venait d'être commis… Elle tendit à nouveau l'oreille, mais les deux hommes virent des journalistes approcher dans leur direction et poursuivirent leur échange d'une voix trop basse pour qu'elle puisse en entendre davantage.

Au bout de quelques minutes de paroles murmurées, l'homme à la barbe pointue acquiesça d'un nouveau mouvement de tête, tapota l'écran de son smartphone et s'éloigna vers la sortie. Babikov resta immobile un moment, puis Olga le vit inspirer profondément comme s'il rassemblait ses forces en prévision d'une épreuve. Elle le suivit des yeux tandis qu'il marchait vers Vassily et Glazkov, qui se redressèrent et se raidirent un peu, comme le font instinctivement les gens à l'approche d'un supérieur. Une conversation s'engagea entre les trois hommes, entrecoupée de brefs coups d'œil vers le personnel de bord du Transsibérien, et parfois vers les passagers qui frissonnaient, alignés sous la neige. Autant le trio formé par Babikov, Vassily et Glazkov prenait soin de ne pas élever la voix, autant les employés du train parlaient fort. Olga y vit l'occasion de glaner de nouvelles informations : elle s'approcha du groupe avec son gobelet, prenant position à mi-distance des trois policiers et du personnel de bord en sirotant son café d'un air détaché. Quelques journalistes, nota-t-elle, avaient fait la même chose.

Pourtant, ce fut la voix métallique de Babikov qui vint une nouvelle fois se ficher au creux de son oreille, comme s'il parlait sur une fréquence qu'elle captait particulièrement bien.

– J'espère que vous avez conscience de la gravité de la situation, disait-il de son ton maniéré. Ce réseau ferré est le plus long du monde – le Transsibérien traverse sept fuseaux horaires et couvre un douzième de la surface de la Terre. Le monde entier va se tourner vers Taïga, d'autant que ce jeune homme était un étranger.

Je le savais, se dit Olga avec une pointe de fierté. Peu de Russes avaient une dentition aussi parfaite.

– Et nul n'ignore que nos relations avec le reste de la planète sont plus tendues qu'elles ne l'ont été depuis des années, poursuivit Babikov.

Il s'interrompit un instant pour jeter un coup d'œil par-dessus son épaule à Sasha Tsaritsyne et à ses confrères qui dérivaient lentement vers les trois policiers.

– Je me suis déplacé de Kemerovo aussitôt que j'ai appris la nouvelle, reprit-il, ce qui vous donne une idée de l'importance que revêt pour moi cette affaire. Il est impératif qu'elle soit élucidée dans les meilleurs délais.

– Bien sûr, mon colonel, répondit Vassily. Soyez certain que je vais mener cette enquête avec la plus grande diligence.

Babikov hocha la tête.

– Je n'en attends pas moins de vous, Marouchkine. Il faut que le monde sache que nous sommes déterminés à faire toute la lumière sur ce qui s'est passé et à arrêter le coupable. Dehors, nous avons des agents qui sont en train de prendre la déposition des passagers, mais je veux que vous interrogiez le personnel de bord ici, tous les deux. Selon le médecin légiste, la victime a été tuée une demi-heure environ avant d'avoir été balancée sur la voie. Vous pouvez vous appuyer sur cette estimation pour votre enquête. J'ai demandé que le restaurant vous installe une table et des chaises dans le coin du hall. Tenez, les voilà qui arrivent, ajouta-t-il en désignant du menton deux hommes qui marchaient vers eux, titubant sous le poids d'une grosse table en chêne.

Trois femmes en tenue de serveuse les suivaient, les bras chargés de chaises.

Derrière la vitre du restaurant, Olga vit deux autres hommes épousseter une desserte qui lui rappela brièvement ce dîner avec son père, le soir où il avait tenu à fêter son embauche aux Chemins de fer russes.

– Je veux que vous les cuisiniez tous, un par un, jusqu'à ce que vous trouviez quelque chose qui puisse être utile à l'enquête, reprit Babikov. N'oubliez pas : tout s'est passé environ trente minutes avant que le corps ne soit balancé. Qu'est-ce que vous voulez ?

Olga réalisa avec horreur que ces derniers mots s'adressaient à elle, et qu'elle s'était approchée si près des policiers qu'ils ne pouvaient plus ignorer sa présence. Elle adressa un sourire poli à Babikov, soucieuse de s'attirer ses bonnes grâces, puis se tourna vers Vassily dans l'espoir qu'il allait plaider sa cause et l'autoriser à rester.

Par chance, Vassily semblait avoir trop de choses en tête pour remarquer qu'elle avait quitté la voiture alors qu'il lui avait expressément demandé de ne pas en sortir.

– Ah oui, dit-il. Je vous présente mademoiselle Pouchkine, mon colonel. Mademoiselle Pouchkine, voici le lieutenant-colonel Babikov, qui dirige les services de police de l'oblast de Kemerovo.

Il se tourna à nouveau vers Babikov.

– Mademoiselle Pouchkine nous donne un coup de main pour l'enquête. C'est elle qui a découvert le corps.

Olga fronça les sourcils. Elle ne s'était pas contentée de découvrir le corps. Il lui était tombé dessus et avait manqué de la tuer, elle aussi. Mais ce n'était pas le moment de reprendre Vassily. L'incident lui avait déjà inspiré une nouvelle idée pour son livre, la leçon de vie n° 71 : *Une seule personne peut stopper même le plus gros train.* Il lui restait encore à la mettre en forme, et elle n'avait pas l'intention de tisser sa leçon avec les fils d'un meurtre. Bien sûr qu'un meurtre pouvait stopper un train ! Le message qu'elle voulait véhiculer était qu'une seule personne pouvait se dresser face à de grands malheurs, de grandes injustices, et stopper leur progression. Et Olga était persuadée qu'on pouvait faire ça sans tuer personne.

– Alors, c'est vous, dit Babikov en desserrant à peine les dents.

Il ne la quittait pas des yeux, et elle remarqua à quel point il était devenu pâle. À nouveau, elle eut de la peine pour lui. Elle avait fini par penser qu'un meurtre sur le Transsibérien pouvait servir ses intérêts, s'il parvenait à mettre rapidement la main sur le coupable, mais elle commençait à mesurer la complexité de cette tâche.

Le petit homme à la barbe pointue réapparut à ce moment-là, déboulant par l'entrée principale de la gare, puis traversant le hall en courant, téléphone en main, avant de se planter devant son patron. Il murmura quelque chose à propos de l'ambassadeur américain à Moscou et Babikov s'empara du téléphone avec un soupir, sa main libre s'agitant en direction des employés du Transsibérien pour indiquer à Vassily et Glazkov qu'il était temps d'aller les interroger. L'instant d'après, il s'éloignait vers l'autre bout du hall, suivi comme son ombre par le dandy à la barbe pointue.

– Venez, Glazkov, dit Vassily, on va voir si tout ce beau monde a quelque chose d'utile à nous apprendre.

Olga les suivit à distance respectueuse tandis qu'ils se dirigeaient vers la table que Babikov avait fait installer dans un angle de la gare, puis se plaça de sorte à pouvoir tout entendre sans être envahissante. C'était la première fois qu'elle avait l'occasion d'assister à un travail de routine policière, et dans un premier temps elle trouva l'expérience exaltante. Vingt minutes plus tard, elle dut toutefois admettre que c'était moins enthousiasmant qu'elle ne l'avait espéré. Le personnel de bord était nombreux : quatre contrôleurs, un policier ferroviaire, une brigade de cuisine de six personnes, deux mécaniciens, trois chauffeurs et plus de trente *provodnitsas* – les hôtesses de bord en charge d'une voiture –, chaque employé devant être dûment identifié et interrogé.

Toutefois, il était vite apparu que personne n'avait rien remarqué qui puisse faire avancer l'enquête. Olga entendit le policier ferroviaire, un homme renfrogné qui s'appelait Meganovsky, dire à Vassily et Glazkov que seules les *provodnitsas* en charge de la voiture depuis laquelle le corps avait été jeté pourraient peut-être les aider (chaque voiture disposait de deux hôtesses pour permettre aux passagers de bénéficier d'un service permanent, de jour comme de nuit). Mais dans la mesure où personne ne savait de quelle voiture il s'agissait, ce conseil n'était pas d'une grande utilité.

Au bout d'un moment, elle cessa d'écouter ce que disaient Vassily et Glazkov, préférant étudier les visages des membres du personnel. Elle trouva cela bien plus intéressant que le travail fastidieux auquel se livraient les deux policiers. Certains visages étaient fermés et disgracieux, comme celui de la *provodnitsa* avec les dents pourries et dont le cou douteux était souligné d'un trait de crasse. Olga frissonna devant cette apparence inquiétante, imaginant que cette femme était la terrible Baba Yaga dont avait parlé Fiodor Katine, et se la figurant penchée à la fenêtre d'une cabane perchée sur des pattes de poulet, aux confins de la sombre forêt. Une autre *provodnitsa*, une certaine Alyona Vasiliev, donnait des réponses si succinctes qu'elles confinaient à l'impolitesse, ce qui semblait peu judicieux lorsqu'on s'adressait à des policiers menant une enquête dans une affaire de meurtre.

Mais les poches sombres qu'Olga pouvait voir sous ses yeux trahissaient une grande fatigue. Qui sait ce qui se passait dans sa vie personnelle ?

(Leçon de vie n° 72 : *Les gens qui semblent grossiers peuvent simplement être épuisés.* Le métier de *provodnitsa* demande de gros efforts, et s'avère fatiguant même pour une femme en pleine santé. Si une personne traverse un moment difficile dans sa vie personnelle, et qu'en plus son métier l'épuise, on peut comprendre qu'elle ne mette pas les formes pour répondre à des policiers qui la questionnent comme s'ils la soupçonnaient de meurtre.)

D'autres, même s'ils n'étaient pas les plus nombreux, se montraient aimables et très coopératifs. Elle remarqua une *provodnitsa* qui remontait la queue en plaisantant avec ses collègues. Olga n'appréciait pas vraiment ses trois dents en or – deux en haut et une en bas – qu'elle jugeait plutôt vulgaires, mais elle admirait l'énergie positive que dégageait son visage ouvert et souriant, et se réjouissait de l'image qu'elle devait donner aux touristes dont elle avait la charge. À travers les *provodnitsas*, c'était toute la Russie que voyaient les étrangers, et une femme comme elle, serviable et de bonne humeur à bord du train comme elle l'était maintenant face aux policiers, ne pouvait qu'améliorer l'idée que le reste du monde se faisait de l'hospitalité russe. Certains de ses collègues feraient bien de s'inspirer d'elle, songea Olga en reportant son attention sur les deux policiers.

Glazkov passait un doigt dans le col de sa chemise, son visage rubicond devenu blême. Elle le regarda éponger la sueur qui perlait à son front, décelant un soupçon de vert dans la pâleur de sa peau luisante. Elle émit un petit son désapprobateur. Elle avait déjà remarqué qu'il transpirait, lorsqu'il l'avait interrogée dans sa chambre à coucher, en compagnie de Vassily. Visiblement, Glazkov avait abusé de la vodka la veille au soir et en payait maintenant le prix.

Il grimaça, produisant un effort visible pour se ressaisir.

– Nom et prénom ? demanda-t-il à la *provodnitsa* pleine d'entrain dont le chaleureux sourire avait charmé Olga, malgré ses dents en or.

– Ivanka Kozar, répondit-elle.

CHAPITRE 7

Tout ce qui brille

La *provodnitsa* qui venait de se présenter sous le nom d'Ivanka Kozar sourit à Glazkov et à Vassily tandis qu'elle se laissait tomber sur une chaise, de l'autre côté de la table en chêne.

– Bonjour, Anatoly, dit-elle.

– On se connaît ? demanda Glazkov.

– Bien sûr, voyons ! Vous ne vous souvenez pas qu'on a eu l'occasion de discuter deux fois ? La première, c'était à Kemerovo, et la seconde ici même, sur le quai numéro 2. Mais ne vous en faites pas, je ne suis pas vexée que ça ne vous ait pas marqué l'esprit. Un policier croise beaucoup de gens, et on ne peut pas s'attendre à ce qu'il se souvienne de tout le monde. N'est-ce pas, brigadier ? ajouta-t-elle en se tournant vers Vassily. Vous, en revanche, je ne crois pas vous avoir jamais rencontré. Comment vous appelez-vous ?

– Marouchkine, répondit Vassily d'un ton assez sec. Vassily Marouchkine. Mais si vous le permettez, c'est moi qui pose les questions, ici. Donnez-moi votre téléphone, je vous prie.

– Mon téléphone ?

– Oui, dit fermement Vassily. Je veux voir votre téléphone.

– Mais… Pourquoi ?

– Encore une fois, c'est moi qui pose les questions, Mademoiselle Kozar. Nous effectuons des contrôles aléatoires à la recherche de messages qui pourraient avoir un lien avec l'homicide sur lequel nous enquêtons. C'est une façon de procéder courante à Novossibirsk. Ça vous convient, comme explication ? Et maintenant, votre portable, s'il vous plaît.

La femme haussa les épaules avec un sourire obligeant et plongea la main dans la poche de son blouson.

– Tenez, dit-elle en lui tendant un vieux Nokia rafistolé avec des élastiques. Bonne pêche, brigadier !

Même si elle avait trouvé plutôt étrange qu'elle demande son nom à un policier, Olga se sentit un peu désolée pour la femme aux dents en or. Certes, Vassily faisait son travail, mais prendre d'autorité le portable de quelqu'un avait quelque chose de brusque, et presque de discourtois. Un téléphone était un objet privé, qui contenait des échanges personnels et parfois même intimes, des photographies de famille et tout un tas de choses que les autres n'étaient pas censés voir. Sans compter que l'efficacité d'une telle méthode semblait discutable :

si Ivanka Kozar, la plus sympathique des *provodnitsas* du Transsibérien, était impliquée dans des activités aussi graves qu'un meurtre, il était peu probable qu'elle conserve des traces de son forfait dans son portable. Et même si elle avait été assez bête pour faire ça, il lui aurait suffi de prétendre qu'elle avait oublié son téléphone ou qu'elle l'avait perdu. Vassily n'aurait sans doute pas osé la fouiller, et peut-être même n'en avait-il pas le droit. Tu vois, ça valait la peine de venir, se dit Olga. Tu es déjà en train de penser comme un policier. Comme un enquêteur, même !

– Très bien, dit Vassily après avoir fouillé un moment dans les messages du vieux Nokia.

Ivanka récupéra son téléphone avec un sourire. Elle venait d'ouvrir la bouche, sur le point de parler, mais Glazkov aboya une question avant qu'elle n'ait le temps de dire un mot.

– Que faisiez-vous au cours de la demi-heure qui a précédé l'arrêt du train en gare de Taïga ?

Vassily tourna un visage agacé vers Glazkov, qui une fois de plus semblait oublier qu'il était son subordonné. Il allait sans doute falloir faire une mise au point, mais ce n'était pas le moment, d'autant qu'Ivanka Kozar semblait ravie de répondre.

– Eh bien, vous devriez demander ça à monsieur Zonov, dit-elle, toujours souriante. Andrian Zonov, je veux dire. Il est juste là, dans la queue. Andrian ! Viens ici une minute !

Vassily faillit protester, mais un homme massif d'une cinquantaine d'années s'extirpait déjà de la queue, vêtu d'un bleu de travail. Il s'avança vers la table en chêne, retirant le bonnet de laine qui reposait de travers sur son épaisse chevelure grise.

– Mon nom est Andrian Zonov, mécanicien ferroviaire de seconde catégorie pour les Chemins de fer russes, Monsieur, dit-il en s'adressant à Vassily sur un ton respectueux, ses gros doigts malaxant le bonnet qu'il tenait entre les mains (Zonov s'était récemment rendu coupable d'un délit de fuite après un accident de la route sans gravité, et il s'efforçait depuis lors de se concilier les bonnes grâces des dieux de la justice et de la loi).

– Oui, heu… eh bien, merci Monsieur Zonov, dit Vassily en se massant le front avec le sentiment que la situation lui échappait un peu.

– S'il te plaît, Andrian, explique à ce sympathique brigadier – et à Anatoly – ce qu'on faisait juste avant que le train ne s'arrête en gare de Taïga, demanda Ivanka Kozar.

– Oh, eh bien, c'est tout simple, dit Zonov d'un ton soulagé. On réparait le samovar.

– Le samovar ? répéta Vassily.

– Ben oui… le samovar qui se trouve dans la voiture dont je m'occupe, dit Ivanka en regardant Vassily, tête inclinée, comme si elle soupçonnait le policier d'avoir l'esprit ailleurs.

Tous les Russes savaient – du moins tous ceux qui vivaient à proximité de la voie ferrée – que sur les trains transsibériens, chaque voiture disposait de son propre samovar, une vaste réserve d'eau chaude dont les passagers se servaient pour à peu près tout : de l'infusion du thé au nettoyage d'une tache en passant par la préparation de nouilles instantanées achetées à l'un de ces vendeurs emmitouflés qui travaillaient sur les quais. L'une des (nombreuses) tâches des *provodnitsas* était de s'assurer que les samovars fonctionnaient à toute heure du jour et de la nuit.

– C'était quoi, le problème avec ce samovar ? demanda Vassily en regardant alternativement Ivanka et Zonov.

– *Dushniki* bouchés, répondit Zonov. Ça arrive de temps à autre, quand il y a de la poussière dans le mécanisme.

– Alors j'ai appelé Andrian, dit Ivanka. Il devait être cinq heures, juste après que je me suis réveillée pour mon inspection matinale. Yelena dormait pendant tout le temps qu'a pris la réparation.

– Yelena ? demanda Vassily.

– Yelena Kiorakine, l'autre *provodnitsa* en charge de cette voiture. Elle travaille de nuit et moi de jour. Enfin, quand le train se dirige vers l'est. Parce qu'au retour, on inverse.

– Je lui parlerai tout à l'heure, dit Vassily en notant le nom de sa collègue. Alors, si je comprends bien, Monsieur Zonov, il vous a fallu quatre heures pour déboucher des petits trous destinés à laisser passer la vapeur ?

– Essayez un peu de faire ça avec…

Zonov allait dire « avec une gueule de bois carabinée après avoir bu un *samogon*[12] bien raide avec le conducteur du train jusque tard dans la nuit ». Mais son récent délit de fuite lui inspira juste à temps une autre version des faits :

– … avec des touristes qui passent sans cesse à côté de vous et qui se prennent les pieds dans votre boîte à outils, la plupart n'ayant pas dessaoulé de la nuit…

– Et vous êtes restée avec monsieur Zonov pendant toute la durée de la réparation ? demanda Glazkov à Ivanka. Vous n'aviez pas autre chose à faire ?

– Bien sûr que je suis restée avec lui, Anatoly. Il fallait bien que quelqu'un lui passe ses clefs et ses pinces ! Et puis, je n'ai pas grand-chose à faire, à cette heure-ci. Pas avec la façon dont on s'organise, Yelena et moi. On fait toujours un grand ménage avant d'aller au lit ; comme ça tout est propre et bien rangé quand l'autre se réveille.

Olga salua ces mots d'une mimique approbatrice. Elle aussi aimait s'acquitter des tâches ménagères avant d'aller se coucher. Affronter une nouvelle journée était déjà assez difficile comme ça, et se retrouver face à une pile de vaisselle sale au réveil avait de quoi saper le moral de n'importe qui.

– Vous n'avez rien vu de suspect ? demanda Vassily.

12. Alcool fait maison.

– Rien du tout, brigadier, répondit Zonov. Comme je vous l'ai dit, on réparait le samovar. On n'a rien vu, à part des valves vapeur et des tuyaux rouillés qui auraient dû être remplacés il y a une éternité.

Ivanka opina énergiquement du chef.

– Eh bien, dit Vassily au bout de quelques secondes, je ne pense pas avoir d'autres questions pour le moment. Et vous, Glazkov ?

L'agent Anatoly Glazkov hésita un instant, puis secoua négativement la tête. Olga fut surprise et impressionnée par l'expression hantée de son regard. Il devait prendre cette affaire très à cœur, songea-t-elle.

– Eh bien dans ce cas, dit Vassily, ce sera tout pour le moment, Mademoiselle Kozar. Et je vais vous libérer, vous aussi, Monsieur Zonov.

Le visage brièvement éclairé d'un sourire, Andrian Zonov renfonça le bonnet de laine sur ses cheveux gris et s'éloigna prestement comme s'il craignait que Vassily ne change d'avis. Ivanka Kozar, en revanche, ne semblait pas pressée de partir.

– Navrée de ne pas avoir pu vous aider, brigadier Marouchkine, dit-elle en se levant de sa chaise avec ce sourire qui ne quittait jamais longtemps son visage. Rien ne me fait plus plaisir que de rendre service à nos courageux policiers, vous savez. Vous n'imaginez pas à quel point j'aurais aimé contribuer à la résolution de votre enquête. Mais si quelque chose me revient, vous pouvez compter sur moi pour vous contacter aussitôt. Cela dit, ça n'arrivera sans doute pas, parce que j'ai la cervelle pleine de trous – un vrai gruyère ! Oh, ce que je peux être mauvaise pour certaines choses. Tellement mauvaise.

Vassily accueillit ces paroles avec un petit hochement de tête.

– Malgré vos trous de mémoire, dit-il, faites en sorte de ne pas oublier de me contacter, en effet, si quoi que ce soit vous revenait à l'esprit, Mademoiselle Kozar. Et soyez assez aimable pour dire à la prochaine personne dans la queue d'avancer.

Dans un ultime éclat doré, Ivanka prit congé en souriant de toutes ses dents. Puis elle fit signe à un homme d'approcher – un petit blond tout sec qui devait travailler en cuisine, à en juger par les taches de nourriture qui maculaient son sweat-shirt. Quel dommage, songea Olga, que tous les membres du personnel de bord ne possèdent pas la conscience professionnelle d'Ivanka Kozar. Elle y réfléchirait à deux fois, désormais, avant de s'asseoir à la table d'un wagon-restaurant, si c'était là le niveau d'hygiène auquel il fallait s'attendre.

D'un geste de la main, Vassily encouragea l'homme à s'asseoir avant de faire signe à Glazkov de prendre ses nom et adresse. Puis il leva les fesses de sa chaise et plissa les yeux en direction d'Ivanka Kozar. Mais, constatant qu'elle venait de passer les portes principales, il se laissa retomber derrière la table en chêne et Olga le vit tapoter sa lèvre supérieure à trois reprises, le regard dans le vide, perdu dans ses réflexions.

Que pouvait-il bien penser ? se demanda-t-elle. Pourquoi se tapoter trois fois la lèvre ? Une tape pour chacune des dents en or de la *provodnitsa*, peut-être ? Après tout, ces dents étaient son trait le plus distinctif. Peut-être Vassily pensait-il qu'il existait un lien entre l'hôtesse de bord et le meurtre de ce pauvre touriste qui l'avait percutée dans sa chute ? Lui aussi, il avait de l'or dans sa bouche, même si ce n'était que le vulgaire alliage doré des pièces de dix roubles.

Non, sûrement pas, pensa Olga. Ivanka Kozar était une employée serviable qui débordait d'entrain, et non une impitoyable meurtrière capable d'égorger un homme avant de lui remplir la bouche avec de la menue monnaie ! D'autant que si elle avait vraiment commis ce crime, elle n'aurait pas volontairement fourni un indice à la police en remplissant la bouche de sa victime avec des pièces qui renvoyaient à l'or de ses propres dents, pas plus qu'elle n'aurait imaginé l'alibi du samovar bouché. Un tel alibi, qui reposait sur la parole d'un homme comme Zonov, était presque encore plus louche qu'une absence d'alibi. Vassily devait avoir autre chose en tête. Peut-être lui livrerait-il le fruit de ses réflexions plus tard, s'il était d'humeur à les partager.

Le cuisinier toussa ostensiblement pour exprimer l'agacement qu'il éprouvait à attendre, et Vassily lui adressa un signe de tête empreint de lassitude, baissant ensuite les yeux sur sa liste de questions comme s'il avait oublié ce qu'il faisait ici. Lui aussi semblait épuisé, réalisa Olga. Il ne fallait pas s'étonner qu'il se soit montré brusque avec Ivanka Kozar, quelques minutes plus tôt. Elle sourit pour elle-même, soudain consciente d'avoir oublié la leçon de vie n° 72 dont elle venait tout juste d'imaginer les grandes lignes : *Les gens qui semblent grossiers peuvent simplement être épuisés*.

Le lieutenant-colonel Babikov arriva à ce moment-là d'un pas décidé et se planta avec autorité devant la table en chêne. D'un geste de la main, il invita Vassily et Glazkov à suspendre l'audition du cuisinier pour le rejoindre un peu à l'écart de la queue où patientaient encore de nombreux employés.

– Rien à se mettre sous la dent du côté des passagers, dit Babikov, ses paroles parvenant à Olga au prix d'un effort de concentration. Deux touristes ont vu quelque chose tomber du train, et un vieil homme dit avoir entendu une porte s'ouvrir et se refermer avec un claquement, mais c'est tout. Et vous ? Le personnel de bord, ça a donné quelque chose ?

Vassily ouvrit la bouche pour répondre, mais Glazkov lui grilla la politesse.

– Rien pour le moment malgré nos efforts, mon colonel, dit-il d'un ton nerveux.

Babikov lui lança un regard dur.

– Rien, vraiment ? Vous avez déjà interrogé toutes les *provodnitsas* ?

– Oui, mon colonel, répondit Glazkov. Toutes celles qu'il fallait entendre en priorité, en tout cas. Comme la dernière qu'on a interrogée, une certaine Ivanka Kozar. Elle avait un alibi, un samovar tombé en panne qu'elle…

– Merci, agent Glazkov, coupa sèchement Vassily avant de se tourner vers Babikov. Je confirme ce que vient de dire l'agent Glazkov, mon colonel. La dernière *provodnitsa* qu'on a interrogée avait un alibi en béton, une activité dans laquelle elle s'est lancée des heures avant le meurtre. Pas de suspect non plus parmi les autres employés. Désolé, mais je n'ai aucune piste pour le moment.

Babikov resta un moment interdit, une expression hagarde flottant sur son visage pâle. S'il restait ainsi sans voix, songea Olga, c'est qu'il avait dû placer tous ses espoirs dans ces auditions. Oui, il semblait surpris et déçu, comme s'il était persuadé que le tueur se trouvait parmi le personnel de bord. Qui sait s'il n'avait pas reçu un renseignement en ce sens ?

Elle vit que la réaction du chef de la police n'avait pas échappé à Vassily.

– Mais nous n'avons pas encore interrogé tout le monde, mon colonel, s'empressa-t-il de dire, lançant la main vers la file désordonnée qui s'étirait encore devant la table en chêne. Avec un peu de chance, nous allons finir par mettre le doigt sur quelque chose.

– Oui, oui, Marouchkine, répondit distraitement Babikov. Vous avez sûrement raison.

Son regard se posa sur Olga, qui s'efforçait de se faire discrète, négligemment appuyée contre les casiers d'une consigne à bagages, à quelques mètres de la table en chêne.

– Écoutez, Marouchkine, dit-il en baissant la voix. On ne peut pas se permettre de laisser des oreilles indiscrètes traîner autour de nous. Cette femme ne fait pas partie de la police, que je sache. Alors faites-la déguerpir.

– Mais, mon colonel, plaida Vassily, mademoiselle Pouchkine est venue nous aider avec les vendeuses qui travaillent sur les quais. Elle les connaît bien et son aide pourrait nous être utile.

– J'imagine que vous savez comment la joindre ? dit Babikov. Alors vous l'appellerez si vous n'arrivez pas à obtenir les renseignements que vous voulez. Non, j'ai une meilleure solution : si ces vendeuses refusent de collaborer, proposez-leur une nuit ou deux en cellule pour leur rafraîchir la mémoire. Vous verrez, la promesse d'une arrestation, ça délie les langues. Voilà un problème résolu. Et ne vous en faites pas si cette méthode fait quelques vagues. Wolansky saura gérer d'éventuelles conséquences.

Vassily voulut protester, mais Babikov donnait déjà ses ordres.

– Soyez gentil, Glazkov, ramenez cette jeune femme à Roslazny. Le brigadier-chef peut poursuivre l'audition sans vous.

Puis il se tourna vers Olga.

– Merci, Mademoiselle Pouchkine, mais nous n'avons pas besoin de vos services, finalement. La police vous recontactera plus tard si nécessaire.

Olga haussa les épaules. Apparemment, sa carrière policière venait de prendre fin.

Glazkov la reconduisit au village à bord de la Volvo. Elle aurait préféré que ce soit Vassily au volant, ne serait-ce qu'à cause de la quantité d'alcool que l'agent avait dû ingurgiter la veille au soir, et peut-être même ce matin. Dans la région, une blague disait qu'on pouvait repérer les chauffeurs saouls au fait qu'ils roulaient bien droit ; ceux qui étaient sobres zigzaguaient sur la route pour éviter les nids-de-poule.

Ils atteignirent Roslazny en un seul morceau, et Glazkov la déposa devant sa porte où l'attendait Mikhaïl, alerté par les pétarades du pot d'échappement de la vieille Volvo.

– Eh bien, ce n'est pas trop tôt, dit-il en guise d'accueil. Je n'ai pas encore déjeuné.

– J'arrive, père.

Elle était affamée, elle aussi, et fatiguée. Les premiers signes d'une migraine se faisaient sentir, et il était peut-être temps, après tout, de se conformer aux recommandations du docteur Zinovev. Elle avait trouvé excitant d'être associée à l'enquête, et elle avait aimé le sentiment de faire son devoir vis-à-vis du touriste au regard fixe et aux belles dents blanches. Elle pourrait raconter ce qu'elle venait de vivre, au Café Astana et ailleurs, si quelqu'un laissait entendre qu'elle était incapable d'être autre chose qu'une modeste cheminote. Sans compter que ça avait été une bonne source d'idées pour son livre, et qu'elle avait appris à réfléchir comme un policier, au moins un tout petit peu. Oui, ça avait été une bonne expérience, mais elle était tout de même contente d'être de retour chez elle. À l'image du renard, Vassily devait connaître beaucoup de choses : comment mener une enquête, comment faire émerger la vérité en posant les bonnes questions, comment retrouver et capturer les mystificateurs, les escrocs et les meurtriers. Olga était plutôt un hérisson comme son petit Dimitri-Dima-*detka,* et pour le moment, ça lui convenait de ne savoir qu'une seule chose.

Enfin, peut-être deux, tout bien considéré. Oui, elle était un hérisson malin, se dit-elle. Un hérisson qui avait des compétences ferroviaires mais aussi littéraires. Et cela, songea-t-elle, était suffisant pour faire son chemin dans la vie.

***

La nouvelle qu'un homme était tombé du train tout près de Roslazny et qu'il avait heurté Olga Pouchkine dans sa chute – *leur* Olga Pouchkine – avait provoqué une grande effervescence au village. L'arrivée d'un nouveau brigadier censé redonner vie au poste de police abandonné avait également beaucoup fait parler, sa prise de fonction nocturne, quelques heures seulement avant qu'un cadavre presque tombé du ciel ne vienne pimenter le quotidien des villageois, contribuant à mettre Vassily Marouchkine au centre de toutes les conversations.

– C'est une intervention de la divine Providence, dit Anna au Café Astana, plus tard ce jour-là, avant de faire le signe de croix. Ça a été décidé tout là-haut, pour que le brigadier Marouchkine puisse nous apporter son soutien et empêcher Olga de mourir de froid.

– C'est moi qui l'ai retrouvée en premier, vous savez, dit l'agent Anatoly Glazkov en sirotant sa bière (il était encore en service, mais il estimait que l'alcool n'en était plus vraiment si on le buvait lentement).

– Si je faisais toujours partie de la police militaire, je trouverais presque suspect que tu sois arrivé si vite sur la scène de crime, dit Odrosov le Cosmonaute, les mains à plat sur le comptoir de son bar.

Puis il éclata de rire.

– Je plaisante, Anatoly, pour l'amour du ciel ! Si tu voyais la tête que tu fais !

– Je crois qu'Anna a raison, marmonna Fiodor Katine qui buvait le jus de chaussette d'Odrosov en frappant furieusement les touches d'une vieille machine à écrire mécanique. D'ailleurs, la Russie connaît un formidable renouveau spirituel, ces dernières années.

– Ah bon, vraiment ? lança Odrosov d'un ton ironique. Ça a dû m'échapper.

Fiodor cessa de martyriser les touches et leva les yeux vers lui.

– Écoute, mon ami. Il y a eu trois grandes périodes dans l'histoire de la Russie. D'abord, le temps des tsars. Ensuite, le communisme. Et maintenant, le capitalisme. L'ère de la corruption et de l'inégalité, de l'athéisme et du matérialisme. Pourquoi penses-tu que les gens quittent les villages où leur famille vivait depuis des générations ? Des villages comme le nôtre ?

– Parce qu'ils ont fermé le sovkhoze, voilà pourquoi, dit Glazkov, le nez dans sa chope de bière.

– Oui, bien sûr, ça a accéléré le processus, admit Fiodor. Mais les gens auraient fini par partir de toute façon, attirés par le style de vie consumériste des grandes agglomérations. Des villes comme Tomsk, Iekaterinbourg, Taïga…

Odrosov ricana.

– Parce que Taïga, c'est une grande ville, pour toi ? Il faut que tu sortes plus, Fiodor. Bientôt, tu vas nous dire que Roslazny est une florissante métropole, tout ça parce qu'on a un nouveau brigadier.

Fiodor haussa les épaules.

– Là où je veux en venir, c'est qu'aujourd'hui, le consumérisme et l'hédonisme à tout-va ont, par réaction, produit un mouvement de fond qui prend en quelque sorte le contre-pied du matérialisme ; un mouvement qui puise et se nourrit de forces spirituelles qui nous viennent de loin, bien avant l'époque staliniste. C'est ça que je suis en train d'écrire – eh oui, ici même, au milieu de vous, simples villageois. Il s'agit d'un manifeste pour une nouvelle Russie. Si nous parvenons à canaliser ces forces spirituelles aujourd'hui de retour, à les propager à travers le pays et à nous servir de leur puissance pour restaurer le régime des tsars et des tsarines – avec un cadre constitutionnel, bien sûr, régi par la primauté de la loi et sous la tutelle éclairée de l'Église –, alors la Russie pourra renouer avec sa mission divine et exercer une influence positive sur l'Europe et l'Asie.

Odrosov ricana à nouveau, rejoint par Anatoly Glazkov.

– Décidément, tu n'as pas usurpé ton surnom de Rêveur, dit Odrosov. Écoute, Fiodor, on ne veut pas de tout ce baratin religieux, et on ne veut sûrement pas d'un tsar pour diriger notre pays. Les Russes n'ont pas besoin qu'une mauviette arrogante coiffée d'une couronne leur dise ce qu'ils doivent faire.

– Au contraire, répliqua Fiodor Katine, c'est exactement ce dont les Russes ont besoin. Écoute, Odrosov, le problème avec les présidents est simple : ils sont élus par le peuple. Ça leur donne une légitimité, *da* ? Même si les élections en elles-mêmes sont souvent sujettes à caution. Mais le fait est qu'une fois élu, un président peut faire ce que bon lui semble, puisqu'il est censé représenter la volonté du peuple. Alors qu'un tsar ou une tsarine, poursuivit-il, le regard brillant derrière les verres crasseux de ses lunettes, doit se souvenir du

Dimanche rouge en 1905, quand l'armée impériale a massacré des centaines d'ouvriers venus pacifiquement présenter une pétition au tsar de toutes les Russies. Un tsar doit se souvenir des Lois de mai qui visaient les juifs, ainsi que des pogroms qui ont suivi. Un tsar doit… bon, il existe de nombreux autres exemples que je vais t'épargner. Mais avant tout, un tsar doit se souvenir de ce qui s'est passé dans la « maison à destination spéciale », la villa Ipatiev d'Iekaterinbourg où les Romanov ont été éliminés de la surface de la Terre, lardés de coups de baïonnette. En résumé, un tsar doit marcher sur des œufs. Penses-tu qu'il en aille de même pour notre glorieux président Poutine ?

Odrosov croisa les bras derrière le comptoir.

– Alors, si je comprends bien, tu voudrais un leader *plus faible* ? lança-t-il d'un ton incrédule. Écoute, Fiodor, Poutine nous a rendu la Crimée, pas vrai ? Et il a mis un terme aux actions de ces séparatistes tchétchènes, oui ou non ? Sans compter qu'il passe son temps avec des représentants de l'Église. Le Patriarche Cyrille de Moscou et les autres. Qu'est-ce que tu veux de plus ?

Fiodor soupira et reporta son attention sur la feuille qui émergeait de sa machine à écrire. Le Cosmonaute n'avait pas entièrement tort : il était vrai que Poutine était en partie responsable de la résurgence de la religion au cœur de la vie nationale russe. Mais si Odrosov n'était pas capable de voir la différence entre le régime actuel et ce que lui,

Fiodor, proposait, alors il était inutile de poursuivre la discussion avec quelqu'un d'aussi obtus.

Fiodor avait conscience que ses idées étaient largement minoritaires dans le village, où la popularité de Poutine restait immense malgré les conditions de vie difficiles. Il lui semblait souvent que plus le quotidien était compliqué et les mesures du gouvernement inefficaces, plus les habitants de Roslazny trouvaient des qualités à Vladimir Poutine. « Regardez tous les problèmes auxquels notre pauvre président doit faire face », disaient-ils. « Les oligarques ont mis le pays sens dessus dessous dans les années 1990, quand cet ivrogne d'Eltsine était au pouvoir. Mais Poutine va remettre de l'ordre dans notre pays. On peut dire ce qu'on veut sur la période soviétique, mais l'ordre régnait, en ce temps-là. Les gens connaissaient leur place et savaient y rester – ils n'abandonnaient pas le village de leurs ancêtres comme maintenant. De nos jours, les gens font ce qui leur passe par la tête, c'est devenu le Far West. Mais Poutine va nous sauver. » Toutefois, la façon dont il allait s'y prendre pour les sauver était rarement spécifiée.

À Roslazny, les gens finissaient souvent par mentionner les États-Unis lorsqu'ils parlaient de leur pays, avait noté Fiodor, et toujours pour les critiquer. Ils ne se rendaient pas compte des contradictions de leurs accusations : un jour, ils reprochaient aux États-Unis d'être à la tête d'une grande conspiration économique dont le seul but était de mettre la Russie à genoux, et le lendemain d'être un pays de cow-boys sans foi ni loi où régnait le chaos. Mais peu importait la cohérence ou la pertinence des critiques, tant qu'on vilipendait l'ennemi de toujours. Vladimir Solotov, par exemple, possédait un paillasson aux couleurs du drapeau américain qu'il se vantait de maculer chaque jour d'une épaisse couche de boue (il était également l'heureux propriétaire d'un poster retouché dont il avait fait l'acquisition à Taïga au cours du premier mandat du président Poutine, et sur lequel on pouvait admirer le chef de l'État torse nu sur un ours, une Kalashnikov dans une main et un lance-grenades dans l'autre). D'autres pays étaient également mal vus, pour diverses raisons : la France à cause de Napoléon, l'Allemagne à cause des guerres mondiales et les Néerlandais parce que… eh bien, simplement parce que les Russes n'aimaient pas trop les Néerlandais. Les Anglais n'étaient pas vraiment appréciés non plus, parce que l'Angleterre était considérée comme le petit toutou de l'Amérique. Mais dans la catégorie des pays détestés, les États-Unis restaient les incontestables champions.

Une détestation qui provoqua une fracture parmi les villageois lorsque Popov le boucher se présenta ce soir-là au Café Astana, porteur de palpitantes nouvelles.

– Je reviens tout juste du poste de police de Taïga où j'ai entendu des choses à propos du meurtre du Transsibérien, dit-il à Odrosov et à sa fille Svetlana.

J'y étais pour, heu… une affaire personnelle. Rien à voir avec des problèmes sanitaires dans ma boucherie, hein !

Popov sortit un mouchoir de sa poche et épongea son large front dégarni (Odrosov remettait constamment des bûches dans le poêle à bois du café pour que ses clients aient chaud et consomment davantage de boissons).

– Donc, reprit-il, alors que je venais d'arriver chez les poulets, je suis passé devant une salle de réunion dont la porte était entrouverte. Et devinez qui se trouvait dedans ? Le grand chef ! Ouais, Babikov en personne ! Vous voyez qui c'est, bien sûr ? Il passe tout le temps à la télé, en ce moment. Et tu m'as bien dit qu'il était venu ici même il y a quelques semaines, Odrosov ? Pour soulager sa vessie, si je me souviens bien.

Le Cosmonaute confirma d'un signe de tête.

– Quoi qu'il en soit, poursuivit le boucher de Roslazny, je l'ai entendu parler du touriste qui s'est fait balancer du train. Un étudiant en droit, ou quelque chose comme ça. J'ai même entendu son nom : Nathan *Brrryce*, dit Popov en roulant les *r*.Un nom à coucher dehors, si vous voulez mon avis. Mais bon, c'est un Américain, alors forcément…

– Alors forcément quoi ? dit Svetlana qui faisait briller un verre en le frottant avec le bas de sa jupe. Il est Américain, la belle affaire ! Tout le monde vient de quelque part, non ?

– Attendez un peu d'entendre la suite, dit Popov. Parce que moi j'ai continué à tendre l'oreille, vu que j'étais seul dans le couloir, et j'en ai appris de belles, vous allez voir. Bon, vous vous souvenez de Yevgeny Moltava, ce clochard qu'on a retrouvé dans la station d'épuration de Taïga, la veille de Noël ? Trachée ouverte à la scie, un vrai carnage. Mais avec ce *Brrryce*, ce n'était pas la même limonade. Ils ont dit que sa gorge avait été tranchée avec une précision chirurgicale. Une découpe parfaite, dont un artisan boucher comme votre serviteur n'aurait pas à rougir. Et ce n'est pas tout. Écoutez un peu ça : sa bouche était remplie d'or !

Lorsque Olga entra dans le café environ une heure plus tard pour y acheter de quoi faire à dîner, elle fut surprise d'y découvrir un aussi grand nombre de clients. Les révélations de Popov avaient fait le tour du village, et aux habitués du café – parmi lesquels Fiodor Katine et Anna Kabalevsky – s'étaient joints une multitude de villageois qui d'ordinaire ne fréquentaient pas les lieux, ou du moins pas à cette heure de la journée. Même sa tante Zia se trouvait là, prévenue par un appel téléphonique de Nadya, la femme de Popov, à côté de laquelle elle était à présent assise, buvant de la vodka dans un petit verre et affectant de ne pas s'intéresser à la façon dont un jeune Américain avait pu trouver la mort dans des circonstances aussi fascinantes – et à deux pas de Roslazny qui plus est !

– Ah, voilà notre enquêtrice ! lança Odrosov par-dessus le vacarme. Peut-être pourra-t-elle nous en dire plus sur l'or !

Le silence s'abattit sur la salle, tandis que toutes les têtes se tournaient vers Olga, figée dans l'embrasure de la porte du café, comme ce jour où elle avait reçu la lettre anonyme.

– Oh, je ne suis pas une enquêtrice, rectifia Olga. Mais il est vrai que j'ai apporté mon aide au brigadier Marouchkine, ce matin, lorsqu'il a commencé son investigation.

– Ferme cette porte, pour l'amour du ciel, et viens donc boire un verre au chaud avec nous, dit le Cosmonaute avant de croiser les bras, le front plissé. Et explique-nous pourquoi tu n'as parlé de l'or à personne.

– Quel or ? demanda-t-elle en fermant la porte.

– Eh bien… commença Odrosov.

Mais Popov, ravi de son nouveau rôle de conteur du village, ne comptait pas s'en faire déposséder si facilement, et encore moins par Odrosov qui, à deux reprises, était allé acheter de la viande de cheval à Taïga au lieu de la prendre chez lui.

– J'ai tout entendu, Olga, intervint le boucher du village. Au poste de police de Taïga, je veux dire. J'y suis passé aujourd'hui – pour une raison qui n'a rien à voir avec l'hygiène de mon commerce, je tiens une nouvelle fois à le préciser ! – et il se trouve que j'ai surpris une conversation entre des hauts responsables de la police. Ces messieurs disaient que l'homme qui t'est tombé sur le râble ce matin s'appelait Nathan *Brrryce*, et qu'il avait la bouche remplie de pièces d'or. Il y en aurait pour des millions de roubles !

– Non, dit Olga d'une voix lasse, avant d'embrasser sa tante Zia et de s'asseoir à côté d'elle, sur ce qui était sans doute le dernier siège libre de tout le café. Désolée de vous décevoir, Monsieur Popov, mais ce n'étaient que des pièces de dix roubles. Je l'ai dit à Anna, ce matin.

Odrosov lança un regard plein de reproches à Anna Kabalevsky.

– Pourquoi tu n'as rien dit ?

– Je ne suis pas la commère du village, rétorqua Anna. Pas plus que ne l'est l'agent Glazkov. Parce que vous étiez au courant, vous aussi, n'est-ce pas, Anatoly ?

Glazkov acquiesça d'un grognement sans relever la tête. Puis il avala une longue gorgée de bière avant de hausser les épaules comme pour dire *Je préfère me taire et garder mon boulot.*

– Quoi qu'il en soit, reprit Anna, même s'il y avait des pièces de monnaie dans sa bouche, je trouve ça horrible de discuter de la façon dont il est mort. Pensez un peu à ses pauvres parents ! C'était un si jeune homme. Et il était promis à un brillant avenir, apparemment. Un futur avocat, c'est bien ce que vous avez dit, Popov ? Ce malheureux allait passer sa vie à combattre l'injustice, à protéger les plus faibles et les plus vulnérables, à faire condamner les criminels pour leurs mauvaises actions…

Même si Anna brossait sans doute un tableau un peu idéalisé de cette profession – les avocats apparaissaient plutôt sous les traits de crapules dans les *soaps operas* qu'elle regardait le soir, lorsque son père allait enfin se coucher –, Olga sentait aussi son cœur se serrer lorsqu'elle songeait à ce destin brisé dans l'œuf. Elle savait qu'il avait été aimé : les larmes de ses amis, sur le quai de la gare de Taïga, ne laissaient aucun doute à ce sujet.

– Au moins, il n'était pas marié et il n'avait pas d'enfants, poursuivit Anna. C'est déjà ça. Mais à présent, ses parents vont devoir réclamer son corps. Ils devraient recevoir des cartes postales et des souvenirs, et non un corps à enterrer.

De retour chez elle, Olga raconta à son père ce qui s'était dit au Café Astana.

– Tu te rends compte ? Un étudiant en droit qui avait toute la vie devant lui.

– Et alors ? répondit Mikhaïl. Un Américain de moins, qu'est-ce que ça peut bien faire ? Bon débarras, si tu veux mon avis.

– Père ! s'exclama Olga. Imagine un peu ce que tu ressentirais si tu apprenais que ta fille avait été retrouvée morte au bord de la voie ferrée. D'ailleurs, ça a bien failli arriver ce matin même, tu sais !

– Je commencerai déjà par toucher l'argent de l'assurance décès que ta mère a contractée dans mon dos, maugréa Mikhaïl dans sa barbe.

Puis, à haute et intelligible voix, il lança :

– Tu sais bien que je serais accablé de chagrin, Olgakin.

Olga détestait qu'il l'appelle comme ça. Et elle n'aimait pas non plus son sourire forcé. Le surnom et le sourire factice allaient généralement de pair lorsqu'il souhaitait l'amadouer et obtenir quelque chose d'elle. De l'argent, le plus souvent, quand il avait épuisé son (très généreux) stock hebdomadaire de vodka avant la fin de la semaine, ou quand il devait s'acquitter d'une dette au terme d'une de ces parties de poker qu'il demandait à Olga d'organiser chaque été. Mais bien plus que les sentiments intéressés que son père exprimait à travers ce surnom, c'était le souvenir de sa mère Tatiana qui faisait de la peine à Olga, elle qui ne l'appelait que comme ça.

Olgakin… Son père n'hésitait pas à s'approprier cette tendre marque d'affection quand il se mettait en tête de retrouver la plus précieuse des possessions de Tatiana, ce dernier trésor reçu en héritage, caché quelque part sous les forêts qui murmurent… Et c'était dans ces moments-là que ça la blessait le plus, parce qu'Olga ne connaissait d'autre trésor que le souvenir de sa mère.

CHAPITRE 8
Un détenu inattendu

L'intérêt des villageois pour l'Américain assassiné s'estompait à mesure que passaient les jours sans nouvelle révélation. L'arme du crime n'avait pas été découverte, ni bien sûr celui qui s'en était servi pour égorger le touriste, et personne ne savait expliquer la présence de ces pièces de dix roubles, vierges de toute empreinte digitale selon les dernières informations du *Kemerovo Herald*. En partenariat avec une chaîne locale, la police avait organisé une émission télévisée destinée à faire le point sur l'enquête. Les téléspectateurs présents devant leur poste ce jour-là apprirent que si les autorités étaient certaines de l'identité de la victime, un jeune Américain du nom de Nathan Bryce, elles ignoraient tout du mobile de ce crime affreux. Qui pourrait vouloir tuer un étudiant en droit ? interrogea la femme qui animait l'émission. Qui avait pu s'en prendre à un homme encore trop jeune pour s'être fait des ennemis ? La police avait en outre établi que monsieur Bryce était bien mort par égorgement et en avait logiquement déduit que le crime avait été perpétré à l'aide d'une arme blanche, toujours introuvable malgré des recherches intensives. L'identité de l'égorgeur du Transsibérien restait également un mystère à ce stade de l'enquête. Le corps avait été découvert par une employée des Chemins de fer russes, expliqua un policier en réponse à une question de l'animatrice, mais son nom ne fut pas divulgué. Tout le monde sur le plateau convenait qu'il restait à comprendre pourquoi le meurtrier avait jeté sa victime du train, et pourquoi à hauteur du petit village de Roslazny.

Jusque-là, l'émission était conventionnelle, du moins selon les critères locaux. Mais le programme prit soudain une tournure étrange, chacun y allant de son hypothèse pour expliquer la présence de pièces de dix roubles dans la bouche de Nathan Bryce. Un invité estima que le meurtrier était peut-être riche et qu'il voulait le faire savoir – à tout le monde ou peut-être à une personne en particulier. Mais si quelqu'un tenait à se vanter de sa richesse, songea Olga devant son poste, ne lui suffisait-il pas de marcher à une heure d'affluence le long de Prospekt Kirova et de semer des roubles sur son passage ?

Une autre théorie, encore plus farfelue du point de vue d'Olga, fut alors avancée par un autre invité : ces pièces dans la bouche d'un Américain exprimaient une critique politique à l'encontre des États-Unis. Tandis qu'une ancienne gravure espagnole apparaissait à l'écran, l'homme parla d'une allusion détournée à la mort du conquistador Pedro de Valdivia, supplicié au Chili en 1553 par les Mapuches qui lui auraient versé de l'or fondu dans la bouche pour le châtier de son inextinguible soif d'or. Le meurtrier avait peut-être voulu créer une analogie pour attirer l'attention des Russes sur le caractère colonial du capitalisme américain, conclut l'invité. Mais tout ça semblait décidément tiré par les cheveux, pensa Olga : le rejet du capitalisme américain pouvait motiver des manifestations dans les rues de Moscou, mais sûrement pas le meurtre d'un touriste innocent (jusqu'à preuve du contraire, en tout cas) sur le Transsibérien.

Une troisième hypothèse, peut-être encore moins crédible que les autres, eut raison de l'attention d'Olga, ce flot de conjectures la laissant à la fois perplexe et découragée par le nombre d'explications qu'on pouvait donner à un même événement.

D'une oreille distraite, elle entendit l'animatrice conclure l'émission sur une note pessimiste : sauf rebondissement spectaculaire, cette affaire risquait de rester à jamais une énigme. Toutefois, tempéra-t-elle aussitôt, les habitants de l'oblast de Kemerovo pouvaient être certains que le lieutenant-colonel Babikov et ses hommes feraient l'impossible pour résoudre ce mystère et traduire le coupable en justice.

Si le manque de progrès de l'enquête était décevant, Olga devait admettre qu'elle ressentait un certain soulagement. Elle n'aimait pas être le centre de l'attention, comme c'était inévitablement le cas lorsqu'on parlait de cette affaire à Roslazny, et elle espérait que l'absence criante de nouvelles avancées dans l'enquête que venait de révéler cette émission télévisée amorcerait le déclin de l'intérêt public pour le meurtre du Transsibérien. Être considérée comme une personne capable et compétente qui pouvait être bien davantage qu'une simple cheminote était une chose, mais se faire interroger tous les jours à propos d'une investigation avec laquelle elle n'avait désormais plus rien à voir en était une autre. Olga avait également conscience que n'importe lequel de ces visages amicaux qui lui souriaient au Café Astana ou dans la rue pouvait être celui de l'auteur de la lettre anonyme, et cette pensée limitait singulièrement son envie de parler des récents événements avec ceux qui l'abordaient.

Des gens extérieurs au village l'avaient également harcelée, essentiellement des journalistes qui avaient découvert que l'employée des Chemins de fer russes dont le nom n'avait pas été divulgué était en réalité Olga Pouchkine, et qui cherchaient à donner un nouveau souffle à cette affaire en obtenant une interview exclusive. Ils avaient d'abord lourdement insisté pour qu'elle leur fournisse des détails macabres sur sa mésaventure, l'un d'eux n'hésitant pas à venir accompagné d'un illustrateur, prêt à dessiner le cadavre de Nathan Bryce, le visage entouré de centaines de pièces débordant de sa bouche, d'après le souvenir qu'en conservait Olga. Mais très vite, l'actualité plus brûlante de la course à la mairie de Kemerovo avait pris le pas sur le meurtre du Transsibérien, détournant l'attention des journalistes et offrant un répit bienvenu à Olga.

À la surprise générale, Babikov n'était presque plus apparu en public depuis le meurtre de l'étudiant américain, pas même dans ce programme télévisé imaginé par son service communication. Cela avait créé un vide que son rival Arkady Nazarov s'était fait un plaisir de combler, occupant l'espace médiatique pour remettre en cause la façon dont Babikov traitait ce dossier. Dans une mémorable vidéo publiée sur RuTube, Nazarov apparaissait au sommet d'un barrage construit sous son autorité. Vêtu de son habituel bleu de travail, il se livrait à une attaque en règle contre Babikov, détaillant une à une les erreurs que son adversaire politique avait commises dans la gestion de l'affaire du Transsibérien, tandis qu'apparaissaient en surimpression des photos granuleuses du corps de Nathan Bryce à la morgue municipale, ainsi que des captures d'écran de journaux étrangers dont les unes sous-titrées s'inquiétaient qu'en Russie, un touriste puisse trouver la mort sans trouver justice. À la fin de la vidéo, la caméra zoomait sur la silhouette trapue de Nazarov qui s'était mis à courir au sommet du barrage dans une de ces mises en scène viriles chères au président Poutine, avant de grimper à bord d'un hélicoptère loué à grands frais au petit aérodrome de Tomsk. « Grigor Babikov veut diriger la ville de Kemerovo », criait Nazarov par-dessus le vacarme des pales de l'hélicoptère, « mais il n'est même pas capable de diriger la police de notre oblast ! Votez pour un homme fort. Votez Nazarov ! »

Bientôt, les journalistes revinrent vers Olga, mais pour lui poser des questions d'un autre genre – des questions qui visaient surtout à mettre au jour d'éventuels manquements de l'enquête. Elle imaginait le petit homme à la barbe pointue grincer des dents face au terrible revers que ce meurtre non élucidé représentait pour la campagne de Babikov, et chercher frénétiquement une idée de génie qui lui permettrait de regagner le terrain perdu dans les sondages (elle avait fini par se dire qu'un homme si luxueusement vêtu ne pouvait pas être un simple assistant, mais plutôt une sorte d'éminence grise – stratège politique ou directeur de campagne).

Vassily Marouchkine était aussi poursuivi par les journalistes, qui assiégeaient le petit poste de police de Roslazny. Peut-être est-ce la raison pour laquelle il se montra assez distant avec Olga, lorsqu'elle alla le voir à la fin de sa journée de travail, ce vendredi-là, presque une semaine après le meurtre de Nathan Bryce.

Elle avait passé six journées agitées dans sa cabane de garde-barrière sans passage à niveau. Un supérieur moins obtus lui aurait sûrement accordé quelques jours de repos à la suite du choc physique et psychologique qu'elle avait subi lorsque ce pauvre jeune homme l'avait percutée au bord de la voie ferrée, mais Viktor Fandorine, qui avait eu vent de sa collaboration avec la police le matin dudit choc, lui avait donné l'ordre de retourner au travail dès le lendemain à la première heure, et tant pis si c'était un dimanche (Olga travaillait souvent le week-end). Oui, elle avait passé une semaine agitée dans sa cahute, à marcher de long en large entre les murs étroits, tournant et retournant dans sa tête ce qu'elle savait de cette affaire et se demandant ce que Vassily faisait pour l'élucider. L'audition des passagers et du personnel de bord avait-elle été finalement fructueuse ? Suivait-il quelques pistes depuis lors ? Pensait-il vraiment qu'Ivanka Kozar, la *provodnitsa* pleine d'entrain, lui cachait quelque chose ? Et si ce n'était pas le cas, pourquoi avait-il tapoté ses lèvres comme ça lorsqu'elle était partie ?

Lorsque était arrivé le jeudi soir et l'habituel détour par l'épicerie du Café Astana, puis par la maison de tante Zia pour lui livrer ses courses, Olga s'était résolue à faire preuve de patience – à attendre d'en apprendre plus par les médias, comme tout le monde. Pourtant, le vendredi matin, elle s'était réveillée avec un sentiment d'indignation. Certes, elle était soulagée que le meurtre de l'étudiant américain suscite moins d'intérêt à Roslazny et au-delà, mais ce n'était pas pour autant que sa propre curiosité s'était envolée. Ne méritait-elle pas d'être traitée un peu différemment du reste de la population, en tant que témoin principal de la chute du corps et victime collatérale du tueur ? Et s'il ne fallait rien attendre de la part de Viktor Fandorine, n'était-elle pas en droit d'espérer un peu plus d'attention de la police ? Vassily pourrait sûrement comprendre qu'elle méritait d'en savoir davantage qu'un citoyen lambda. Sans compter qu'il avait passé deux ou trois ans dans la même classe qu'elle. C'était un lien entre eux, non ? Elle décida de lui présenter ces arguments en personne, et au terme de sa journée de travail Olga se rendit au poste de police pour voir ce qu'il avait à en dire.

– Vassily Marouchkine ! cria-t-elle en frappant la porte délabrée de son poing ganté. Vassily ! C'est Olga ! Olga Pouchkine !

Elle entendit des pas qui approchaient et composa un sourire qu'elle espérait charmant. Elle avait soigné son apparence ce soir-là, faisant un rapide détour par chez elle pour se coiffer de sa chapka des grandes occasions et troquer son blouson de travail contre une parka plus féminine. Avant de quitter la maison, Olga avait même pris le temps d'appliquer du rouge à lèvres et de farder ses joues. Son intention n'était pas de se faire belle pour mieux convaincre Vassily – Olga n'était pas ce genre de femme –, mais de lui présenter un visage qui n'était pas celui d'une victime. Elle voulait qu'il chasse de son esprit l'image de cette modeste cheminote allongée inconsciente aux côtés d'un cadavre, le visage couvert de sang, et même l'image de ce gentil pot de colle qui avait insisté pour l'accompagner à la gare de Taïga et contribuer – bien peu au bout du compte – à une importante enquête de police. En d'autres mots, elle souhaitait qu'il la prenne au sérieux.

Ses efforts, en l'occurrence, se révélèrent vains.

– Ah, Olga Pouchkine, dit Vassily en tirant sur la porte qui peinait à s'ouvrir.

Elle entendit un lointain couinement derrière lui – sans doute son fameux furet.

– J'espère que tu es complètement remise, à présent, poursuivit-il du même ton poli, mais assez impersonnel. Que puis-je faire pour toi ?

Le sourire d'Olga se figea. Fallait-il vraiment qu'elle le précise ? Ça lui semblait pourtant évident.

– Eh bien, dit-elle, je me demandais s'il y avait du nouveau. Tu sais, dans la mesure où je suis le témoin principal… Et parce que j'ai contribué à l'enquête, à la gare de Taïga. Enfin, c'est ce que je comptais faire, avant que Babikov n'en décide autrement.

Vassily hocha la tête.

– Oui, oui, ta curiosité est bien naturelle. Mais j'ai bien peur de ne pas pouvoir parler d'une enquête en cours, Olga. Tu n'as plus de rôle à y jouer, tu comprends ? J'ai déjà recueilli ton témoignage et on a pu obtenir les renseignements dont on avait besoin auprès des vendeuses qui travaillent sur les quais.

– Je vois, dit-elle, son sourire s'effaçant lentement de son visage.

– Je suis vraiment désolé, Mademoiselle Pouchkine… heu… Olga. Mais j'ai les mains liées. C'est la loi, tu comprends ? Écoute, pourquoi tu n'entrerais pas un moment ? On pourrait boire un thé et évoquer nos souvenirs d'enfance.

– Non, merci. Je n'aime pas trop les furets et j'ai entendu dire que tu en possèdes un. Et puis de toute façon, je ne comptais pas m'attarder. Je me suis juste arrêtée en passant.

– En passant ? dit Vassily en balayant du regard la rue sombre et déserte qui ne menait nulle part.

Mais pour toute réponse, Olga lui tourna le dos et s'éloigna d'un pas raide. Si Vassily ne voulait pas lui ouvrir les coulisses de l'enquête, autant lui montrer qu'elle n'y avait jamais tenu tant que ça, et qu'elle n'avait pas de temps à perdre en visite mondaine.

Vassily la suivit des yeux un moment. Puis, haussant les épaules tandis que la silhouette d'Olga se faisait engloutir par la pénombre, il rentra dans le bâtiment décrépit pour préparer le dîner de Raspoutine. Les habitants de Roslazny pouvaient bien être obsédés par le meurtre du Transsibérien, les furets n'en avaient pas moins besoin de se nourrir pour autant.

***

Le lendemain, samedi, la chaîne de télévision locale annonça que les parents de Nathan Bryce avaient fait un passage à Kemerovo pour récupérer la dépouille de leur fils et la ramener à Cleveland, dans l'Ohio. Ils avaient absolument tenu à venir en personne, expliqua le reporter, parce qu'ils voulaient voir l'endroit où leur enfant avait perdu la vie. Ses compagnons de voyage, deux jeunes hommes et une jeune femme qui vivaient dans la ville où Nathan étudiait le droit, avaient mis un terme à leurs vacances pour s'installer à Kemerovo jusqu'à l'arrivée des parents de leur ami. Monsieur et madame Bryce avaient dû se sentir réconfortés de voir à quel point leur fils avait été aimé. L'image de la femme en tailleur passant le bras autour des épaules d'un jeune homme effondré revint à l'esprit d'Olga, et elle sentit son cœur se serrer comme à la gare de Taïga. Elle aurait aimé qu'on lui propose de rencontrer les parents et les amis de Nathan Bryce, songea-t-elle. Oui, elle aurait aimé en savoir plus sur lui – quel genre de garçon il avait été, ses centres d'intérêt, quels étaient ses rêves et ses ambitions, et ce qui lui avait donné envie de voyager sur le Transsibérien. Mais organiser ce genre de rencontre ne faisait pas partie de la culture policière. Peut-être aux États-Unis, mais sûrement pas en Russie. Pas tant que des hommes comme Babikov étaient aux commandes.

Néanmoins, elle était contente que les parents de Nathan Bryce soient venus et repartis avec le corps de leur fils. Contente pour eux, parce qu'ils allaient pouvoir l'enterrer chez eux, en Amérique, mais aussi parce qu'elle espérait que le rapatriement de la victime mettrait un point final à l'intérêt que les villageois portaient à cette affaire. Et c'est ainsi que se passèrent les choses. Aucune piste n'avait été trouvée, personne n'avait été placé en garde à vue ou arrêté, et rien ne permettait même d'accuser la police d'incompétence. Par conséquent, en dehors de la chute apparemment inexorable de Babikov dans les sondages, il n'y avait plus le moindre fait nouveau pour alimenter les conversations.

De plus, quelque chose d'autre vint bientôt accaparer l'attention des habitants de Roslazny ; quelque chose de tout aussi mystérieux, mais qui touchait cette fois-ci le cœur même du village. Tout commença par une visite de Nadya Popov, la femme du boucher, au nouveau brigadier.

– Quelqu'un a voulu me vendre de la cocaïne ! se plaignit-elle à Vassily.

Elle s'était présentée au poste de police dans un état de grande indignation, le visage cramoisi et toute tremblante de fureur à l'idée que pareille chose puisse se produire dans le village où elle avait vu le jour. On pouvait s'attendre à de telles pratiques à Novossibirsk et à Tomsk, voire dans certains quartiers de Taïga, mais aux yeux de madame Popov il s'agissait d'une chose inconcevable à Roslazny.

– On ne peut pas tolérer ça dans notre village, dit-elle à Vassily qui avait quitté le bureau d'accueil pour essayer de la calmer. Ça commence par un type louche comme ce dealer qui m'a abordée, avec ses cheveux gras, son long manteau en cuir et ses chaussures brillantes, et ça se termine avec des salons de massage et des néons à tous les coins de rue. Comment comptez-vous enrayer cette spirale infernale, brigadier ?

– Comme vous le savez, je suis très occupé avec une enquête pour meurtre, Madame Popov. Mais je vais voir ce que je peux faire. Et si je vous accompagnais jusqu'à l'endroit où cet homme vous a abordée ?

Mais l'homme avait disparu depuis longtemps lorsqu'ils arrivèrent sur place. Il ne restait de lui que quelques empreintes de pas, déjà presque entièrement recouvertes par une fine couche de neige fraîche, et Vassily ne put que rassurer madame Popov et lui promettre d'ouvrir l'œil.

Cet incident fut le premier d'une série d'événements déplaisants qu'Odrosov estimait dus à l'afflux de nouveaux-venus dans le village, tous liés d'une façon ou d'une autre à Bogdan Kabalevsky, le mari d'Anna qui se prenait pour un homme d'affaires.

– Ils sont tous fabriqués sur le même moule, dit-il à sa fille Svetlana, le lendemain de ce premier incident. C'est le même genre de petites frappes que ce type qui buvait un verre avec Bogdan, la semaine dernière – ou était-ce la semaine d'avant ? Tu sais, Sergeï quelque chose. J'ignore ce qu'ils viennent trafiquer ici, mais ces gars-là sont de mèche avec ce Sergeï, ça ne fait aucun doute. Mais il n'y a pas de raison de s'inquiéter, ma fille. On a Vassily

Marouchkine, maintenant. Et Anatoly Glazkov, bien sûr, quand il n'a pas un coup dans le nez.

Il tapota la surface de son comptoir.

– Sans compter mon fusil de chasse là-dessous, si ça tournait au vinaigre. D'un autre côté, je dois reconnaître que c'est bon pour les affaires. Tant qu'ils viennent boire un coup chez moi et qu'ils payent leur vodka, je n'ai pas de raison de me plaindre.

Svetlana secoua la tête.

– Crois-moi, père, ce genre de mecs n'apportent que des ennuis.

– Ah oui ? dit Odrosov le Cosmonaute. Et qu'est-ce que tu y connais, toi, à ce genre de mecs ?

C'était là une question à laquelle Svetlana pouvait difficilement répondre, surtout quand c'était son père qui la posait, et elle se retira prudemment dans sa chambre en affectant un air offensé. Odrosov la regarda monter l'escalier avec un haussement d'épaules et se mit à compter les bocaux de cornichons et d'œufs au vinaigre qu'il avait écoulés lors du service du déjeuner. Mieux que d'habitude, grâce aux nouveaux amis de Bogdan venus se restaurer dans son café. Une table de cinq qui avait bien consommé. Il laissa échapper un petit rire satisfait et se mit à faire le compte de ce que la journée lui avait rapporté jusque-là. À ce rythme, il pourrait bientôt se payer l'objet de collection qu'il avait toujours convoité : un gant de cosmonaute porté au cours d'une mission dans la station Mir.

Il vit toutefois les choses d'un autre œil lorsque Bogdan et ses nouveaux associés abusèrent un soir de son Carburant de fusée et qu'une dispute éclata avec le garagiste Koptev Alexeyev et ses amis mécaniciens de Taïga. La bagarre qui s'ensuivit réduisit en miettes trois des tables de piètre qualité qu'il avait récupérées lorsque le *bania* avait fermé, mais c'est lorsque ses précieuses affiches imprimées au temps de la conquête spatiale soviétique firent les frais de la rixe qu'il mit fin aux hostilités en tirant des coups de fusil au-dessus de la tête des vandales. Les balles creusèrent des trous grossiers dans les murs fins, le fracas des tirs faisant sursauter Olga qui passait à hauteur du café, en chemin vers la maison d'Anna Kabalevsky. Elle regarda Odrosov ouvrir la porte et expulser les indésirables l'un après l'autre, les abreuvant de noms d'oiseaux tandis qu'ils s'égaillaient dans la nuit.

Mais ils ne purent aller bien loin : alerté par le bruit des coups de feu, Vassily Marouchkine apparut bientôt à l'angle de la rue, pistolet au poing, et embarqua tout le monde au poste. Là, il les interrogea à tour de rôle, avant d'expliquer sans détour à Sergeï et à sa petite bande ce qui se passerait en cas de nouveaux troubles (il se montra plus compréhensif avec Alexeyev et ses amis qui, selon le témoignage d'Odrosov, n'avaient fait que réagir aux nombreuses provocations). Puis Vassily mit tout le monde dehors, non sans une dernière mise en garde. Olga lui avait trouvé de l'allure, lorsqu'elle l'avait vu débouler comme ça à l'angle de la rue, l'arme à la main, avant de se souvenir qu'elle lui en voulait toujours de l'avoir exclue de son enquête.

Après son intervention – et des rondes de nuit en alternance avec Glazkov –, le calme revint dans le village. Un peu trop au goût d'Olga, qui craignait que les fauteurs de troubles, plutôt que d'aller magouiller ailleurs, n'aient simplement décidé de se faire discrets.

Des craintes qui ne tardèrent pas à se vérifier. Trois jours seulement après la rixe au Café Astana, alors qu'elle passait devant l'ancien *bania* au retour d'une de ses livraisons bimensuelles chez Vladimir Solotov, Olga vit de la lumière filtrer à travers les stores en bois, derrière lesquels plus aucune lumière n'avait brillé depuis la fermeture du sovkhoze, une bonne décennie plus tôt. Elle balaya les alentours du regard. Il n'y avait pas un chat dans la rue et les quelques maisons du voisinage étaient sombres et abandonnées. Elle s'approcha de la fenêtre et glissa l'œil entre deux lattes, avant de faire un bond en arrière, la main plaquée sur la bouche. N'y avait-il pas suffisamment de films et de vidéos avec ce genre d'images pour qu'on éprouve le besoin d'en ajouter d'autres ? Et qui étaient ces femmes ? Ça ne pouvait tout de même pas être Ludmila, la serveuse, qui faisait *ça* ? Et n'était-ce pas ce bon à rien de Bogdan qu'elle avait vu là, à demi nu, en train de se repaître de la scène avec un sourire idiot ? Comment Olga pourrait-elle raconter une chose pareille à Anna ?

Son amie lui avait dit que Bogdan s'absentait de plus en plus souvent, soi-disant pour des voyages d'affaires à Taïga et Kemerovo. Elle lui avait également dit que son mari s'était acheté de nouveaux vêtements, récemment ; des habits coûteux dans le style de ceux que portait Sergeï – blousons en cuir, bottines à lacets et chemises à la dernière mode de Moscou ayant remplacé ses habituels T-shirts informes, pantalons de survêtement et fausses Crocs achetées au marché de Taïga. Elle avait toujours su que Bogdan était un sale type, mais jamais elle n'aurait imaginé qu'il puisse tomber aussi bas.

Elle rentra chez elle dans le silence ouaté des rues enneigées, se demandant que faire de ce qu'elle venait de découvrir. D'un côté, Anna avait le droit de savoir ce que son mari faisait dans son dos. Mais d'un autre, son amie devait déjà affronter tant de problèmes… Et si Bogdan se remettait à contribuer aux dépenses du ménage, cela valait peut-être la peine de fermer les yeux sur certaines choses. D'autant que les emprunts hebdomadaires d'Anna, qui ne seraient sans doute jamais remboursés, commençaient à sérieusement peser sur les finances d'Olga. Ça ne l'aidait pas à mettre de côté pour ses futures études. Mais c'était là une façon si égoïste de penser…

Elle secoua la tête. Elle était trop fatiguée pour continuer à réfléchir à tout ça maintenant, après une longue journée au bord de la voie ferrée, si chargée qu'elle n'avait même pas eu le temps d'écrire la moindre phrase. La nuit portait conseil, songea-t-elle. Elle y verrait plus clair demain.

Mais les événements du lendemain chassèrent Bogdan et Anna de son esprit pendant un moment. Elle se réveilla plus tôt que d'habitude à cause d'un cauchemar traversé par un train fou, et après s'être tournée et retournée en vain dans son lit pendant une heure, elle abandonna tout espoir de se rendormir et décida de se lever avec un soupir furieux.

Elle prit une douche express – l'eau n'était jamais vraiment chaude aux petites heures du matin –, puis s'habilla et se coiffa en tout juste dix minutes, avant d'aller se préparer, une fois n'était pas coutume, un vrai petit déjeuner. La plupart du temps, elle se contentait d'un paquet de gaufrettes et de quelques gorgées de café réchauffé de la veille, mais aujourd'hui elle avait besoin de faire le plein d'énergie. Le jour s'était à peine levé, et Olga sentait déjà que cette journée serait particulière.

En chemin vers le coin cuisine, elle retint son souffle à la vue d'une enveloppe à son nom, glissée par la fente de la porte. Une nouvelle lettre anonyme ? Mais elle se détendit en reconnaissant l'écriture de Pasha. Son frère se trouvait en Crimée, où l'armée n'autorisait pas les appels téléphoniques à la famille. Et comme le temps lui manquait pour écrire, cela faisait des mois qu'Olga et son père n'avaient pas eu de nouvelles de lui, pas plus que leur tante Zia avec qui Pasha se forçait à correspondre, lorsqu'il en trouvait le temps et surtout le courage.

Elle ramassa l'enveloppe et vit qu'elle était souillée d'une empreinte boueuse qui ressemblait fortement à la semelle de sa propre chaussure. Bien sûr : la lettre avait dû arriver la veille et elle ne l'avait pas vue en rentrant le soir, après avoir livré les courses chez Vladimir Solotov. Elle remarqua alors que le cachet de la poste indiquait une date vieille de deux semaines. Elle savait que les infrastructures laissaient à désirer, en Crimée, mais là, ça dépassait un peu les bornes.

Enfin, mieux valait tard que jamais, songea-t-elle en ouvrant la lettre et en anticipant le plaisir qu'elle prendrait à la lire. Mais son sourire céda bientôt la place à une expression perplexe, puis choquée. Pasha rentrait à la maison, mais pas à l'occasion d'une permission : il avait été *exclu de l'armée pour cause d'indignité* ! Olga n'avait jamais entendu parler d'une telle chose. Il écrivait qu'il serait de retour le 21 janvier, escorté par l'armée jusqu'à Taïga, puis jusqu'à Roslazny par la police. Le 21 ? C'était dans deux jours ! Son frère lui demandait de ne pas en parler à leur père, et s'excusait de ne pas en dire davantage dans sa lettre : il préférait tout lui raconter de vive voix. Il n'aurait jamais dû faire semblant, écrivait-il ; jamais dû se forcer à jouer un rôle. Il espérait que leur père ne le jugerait pas trop durement.

Elle s'affaissa sur le banc branlant qui se trouvait près de la porte d'entrée, se demandant ce que Pasha avait bien pu faire pour mériter une telle sanction.

Bien sûr, elle se réjouissait à l'idée de le revoir et de passer du temps avec lui, mais… *exclu de l'armée pour cause d'indignité* ? Leur père ne lui pardonnerait jamais.

Elle soupira. Elle n'avait pas encore eu le temps de prendre son petit déjeuner, et voilà qu'un nouveau souci venait ajouter son poids aux fardeaux qui pesaient déjà sur ses épaules. Avec des mouvements las, elle se leva du banc et reprit son chemin vers le coin cuisine. C'est alors qu'une pensée lui traversa l'esprit : et si elle faisait un saut au poste de police avant d'aller travailler, pour voir si Vassily savait quelque chose sur les ennuis de son frère ? Puisque la police était chargée d'escorter Pasha de la gare de Taïga jusqu'à Roslazny, le nouveau brigadier avait peut-être reçu des informations sur cette affaire.

Il était encore tôt, cela dit, et les horaires de travail d'un brigadier de village n'étaient sans doute pas aussi matinaux que ceux d'une cheminote : Vassily devait encore dormir. Sauf si son horrible furet l'avait réveillé, bien sûr. Oui, décida-t-elle après réflexion, il était raisonnable de penser que Vassily était levé à cette heure-ci, tout comme il était raisonnable d'estimer qu'il ne verrait pas d'inconvénient à lui confier des informations confidentielles, dans la mesure où elles concernaient son frère. Après tout, ce n'était pas comme si elle était une étrangère pour lui : ils avaient quand même passé plusieurs années dans la même classe, quand ils n'étaient encore que des adolescents. Et puis il l'avait envoyée sur les roses, lors de sa dernière visite. Il lui devait bien ça.

Elle abandonna le petit déjeuner, préférant se rendre sur-le-champ au poste de police. Pourtant, elle fit une halte devant le miroir fixé près de la porte d'entrée et décida que ses cheveux méritaient un nouveau coup de brosse. C'était la seconde fois qu'elle s'inquiétait de son apparence avant d'aller voir Vassily, réalisa-t-elle. Elle se persuadait que c'était uniquement pour qu'il la prenne au sérieux, pour donner d'elle l'image d'une femme forte sur laquelle on pouvait compter. Mais était-ce vraiment le cas ? se demanda-t-elle. N'était-ce pas surtout pour lui plaire ?

C'était un bel homme, admit-elle en se mettant en marche dans l'air froid du matin. Elle repensa à ce moment où elle l'avait revu pour la première fois depuis leur adolescence, quand il était entré dans sa chambre pour l'interroger, le matin du meurtre. L'esprit d'Olga était alors ailleurs, hanté par les yeux sans regard d'un jeune inconnu qui gisait dans la neige coloriée de son sang. Mais depuis lors, dans les moments où son travail et les diverses sollicitations lui laissaient un peu de répit, elle s'était souvent surprise à penser à Vassily Kirillovich Marouchkine. Le plus souvent, il lui apparaissait tel qu'elle l'avait redécouvert après toutes ces années, avec ses cheveux désordonnés d'un noir intense, sa silhouette haute et massive de rugbyman et son regard mélancolique. Ça faisait longtemps qu'elle n'avait pas croisé ce genre d'homme, même lorsqu'elle se rendait à Taïga. Vassily finirait par mettre la main sur la personne qui avait tué Nathan Bryce, elle en était persuadée. Il trouverait qui lui avait rempli la bouche avec des pièces de dix roubles, et pourquoi. La police avait de la chance de compter un homme comme lui dans ses rangs, songea-t-elle. Si tous les policiers étaient comme Vassily Marouchkine, la Russie serait sûrement un pays plus paisible.

Mais Vassily était un homme marié, se souvint-elle alors qu'elle passait devant la façade vert fané de la maison de sa tante. Elle avait noté qu'il portait une alliance. Nul doute qu'une jolie fille, une Feodora ou une Natalia, lui avait mis le grappin dessus aussitôt qu'elle l'avait vu. Elle imaginait une élégante créature, presque aussi grande que Vassily, vêtue avec recherche et usant d'un accent distingué pour lui murmurer des choses spirituelles. Elle se la figurait intelligente, parce que Vassily était intelligent et que les hommes qui avaient la tête bien faite voulaient être entourés de femmes qui l'avaient tout aussi bien faite. Elle avait suivi des études supérieures dans une prestigieuse université, bien entendu – pas d'Institut d'ingénierie ferroviaire pour une femme comme elle ! – et devait être bardée de diplômes soigneusement encadrés et accrochés aux murs de la maison qu'ils partageaient à Tomsk, à Novissibirk ou dans Dieu sait quelle autre ville animée dont le mode de vie trépidant et cultivé convenait à des gens comme eux. Il ne faisait guère de doute que Vassily n'était que de passage à Roslazny, le temps de dépoussiérer le vieux poste de police. Il ne tarderait pas à retourner à sa vie d'avant, à retrouver avec soulagement son appartement confortable au cœur d'une métropole, avec ses grandes artères commerçantes bordées de charmantes boutiques, ses superettes à tous les coins de rue et ses bars à vin chics au lieu du Café Astana et de Popov le boucher.

Non, les hommes comme Vassily n'étaient pas pour elle. Elle devait se résoudre à n'être – dans le meilleur des cas – qu'une simple amie pour le grand brigadier-chef au regard charbonneux. Cela dit, l'idée d'avoir un nouvel ami ne lui déplaisait pas. Et ça ne gâtait rien que l'ami en question soit plutôt bel homme.

Parvenue au poste, elle vit une voiture de police garée à côté du break Volvo de Vassily. Il arrivait que Glazkov se rende à Roslazny au volant d'un de ces véhicules surmontés d'une rampe de gyrophares, mais Olga l'imaginait mal venir de si bon matin. La police de Taïga avait peut-être confié une voiture à Vassily. Ça n'aurait rien de surprenant, vu l'état de délabrement de sa vieille suédoise.

Alors qu'elle sonnait à la porte, des voix lui parvinrent de l'intérieur malgré l'heure matinale. Elles se turent dès que le carillon retentit et Olga entendit des pas approcher. Mais l'homme qui lui ouvrit n'était pas Vassily.

– Anatoly Glazkov ?

– Heu… oui ? dit-il avec une mimique hésitante, comme s'il se trouvait face à une représentante de commerce venue lui fourguer sa marchandise.

– Je… je cherche le brigadier Marouchkine, bégaya-t-elle.

– Le lieutenant-colonel Babikov le cherchait aussi, dit Glazkov.

Une forte odeur d'alcool imprégnait son haleine.

– Quoi ? dit Olga. Je ne comprends pas.

– Le patron m'a appelé hier soir pour me donner l'ordre. Il voulait que j'agisse ce matin à la première heure, dit-il. Que les gens voient qu'on fait enfin des progrès dans la lutte contre les éléments véreux qui gangrènent la police.

Glazkov semblait un peu déboussolé et tenait des propos sans queue ni tête. Il devait encore être saoul, songea Olga.

– Monsieur Babikov vous a donné l'ordre de quoi, Glazkov ?

– Eh bien, d'arrêter le brigadier-chef Marouchkine.

Il tendit le pouce vers l'intérieur du bâtiment.

– Vassily est en cellule au moment où je vous parle. Enfin, il y passait toutes les nuits depuis qu'il a été affecté à Roslazny, de toute façon. Mais là, on a fermé la porte de l'extérieur. Il va rester détenu ici pendant dix ou quinze jours, le temps de rassembler d'autres preuves. J'ai pour mission de garder un œil sur lui – quand je ne suis pas en patrouille, bien sûr.

– *Arrêté* ? bredouilla Olga. Mais comment c'est… enfin, je veux dire… Pourquoi ? Pour quel motif ?

– Pour quel motif ? répéta Glazkov, sourcils levés comme si la question l'étonnait. Vous ne vous en doutez pas, Mademoiselle Pouchkine ? Pour meurtre, évidemment.

CHAPITRE 9

Ce que Popov n'a pas saisi

L'arrestation de Vassily avait pris tout le monde au dépourvu, Olga la première. Pourtant, comme pour beaucoup d'événements qui semblent imprévisibles, certaines personnes auraient pu voir venir les ennuis du nouveau brigadier de Roslazny. Popov le boucher, par exemple, aurait eu plus de choses à raconter au Café Astana, le soir du meurtre de Nathan Bryce, s'il avait été assez perspicace pour saisir ce qu'il avait entendu plus tôt ce jour-là à Taïga.

Nikolaï Popov avait été prié de se rendre dans les locaux de la police pour une raison qui n'avait rien à voir avec les conditions sanitaires dans lesquelles il exerçait son commerce. Du moins était-ce ce qu'il avait toujours soutenu lorsqu'il avait parlé de cette visite aux habitants de Roslazny. Alors qu'il attendait d'être reçu par un représentant du département de l'hygiène alimentaire, un remue-ménage du côté du hall d'accueil avait attiré son attention. Mû par une curiosité bien naturelle, le boucher était allé voir ce qui se passait et avait aperçu Grigor Babikov, de retour de la gare en compagnie du petit barbu appelé Wolansky, du nouveau brigadier de Roslazny et de trois policiers en uniforme qui escortaient quelques membres du personnel de bord du Transsibérien vers des salles où ils devaient subir un interrogatoire plus poussé.

Babikov et sa suite avaient rapidement disparu derrière des portes fermées, mais Popov avait reçu un certain nombre d'informations livrées par le policier en charge du standard téléphonique et de l'accueil, un certain Shchetkine avec qui il avait fini par sympathiser au fil de ses nombreuses convocations (toutes destinées à lui rappeler les règles sanitaires régissant l'exercice de la boucherie dans cette région de la Russie). En quelques phrases précipitées glissées entre deux appels, Shchetkine avait expliqué à Popov qu'un homme avait été tué à bord d'un train transsibérien, la gorge tranchée d'une oreille à l'autre, et que son corps, jeté à proximité de Roslazny, avait heurté une cheminote qui travaillait le long de la voie ferrée – une dénommée Olga Pouchkine qui avait perdu connaissance sous la violence du choc. Il avait ajouté que le grand patron s'était rendu à la gare où le train avait été immobilisé, et qu'il en revenait à l'instant comme Popov avait pu le constater par lui-même.

L'avalanche d'appels s'était calmée deux ou trois minutes plus tard et Shchetkine s'était tourné vers le boucher.

– Le truc bizarre, avait-il dit, c'est que j'ai reçu un appel d'un passager du train. Un type avec une drôle de voix. Il avait vu le corps tomber, je suppose.

– Qu'est-ce que ça a de bizarre ? avait demandé Popov.

– Eh bien, j'ai reçu cet appel avant même que cette employée des chemins de fer, celle qui s'est pris le corps de plein fouet, n'appelle à l'aide sur son talkie. Pour être du rapide, c'est du rapide ! Quand tu penses que la cheminote…

– Olga Pouchkine, je la connais bien, avait interrompu Popov.

– Ouais, eh bien quand tu penses que ton Olga Pouchkine a contacté les secours par radio presque aussitôt après la chute du corps, et l'autre qui m'appelle avant elle… Ah oui, et il m'a raccroché au nez avant que je puisse lui demander son nom et ses coordonnées. En fait, il a raccroché avant de finir son récit, en plein milieu d'une phrase ! La communication a peut-être été interrompue par le mauvais réseau, je…

Mais Shchetkine avait lui-même été interrompu par un nouvel appel en provenance du siège de Kemerovo. Il avait levé les yeux au ciel et s'était remis au travail.

Le boucher avait trouvé tout ça bien plus intéressant que la perspective de se faire sermonner une fois de plus sur les obligations sanitaires à respecter pour éviter d'empoisonner tout le village. Il avait décidé de faire faux bond au fonctionnaire qui l'attendait – il savait d'expérience qu'une petite somme versée à la bonne personne au titre de « frais administratifs » lui permettrait d'éviter toutes formes de sanction – et de se positionner à l'entrée du couloir qui menait aux bureaux et salles de réunions, l'air prétendument absorbé par ce qu'il regardait sur l'écran fissuré de son smartphone. Malgré la taille de sa bedaine, Popov était capable de se faire étonnamment discret lorsqu'il l'avait décidé, et l'endroit qu'il avait déniché lui avait semblé stratégique pour attendre la suite des événements tout en écoutant Shchetkine faire face au déluge d'appels téléphoniques des journalistes et des élus locaux.

Au bout de quelques minutes, Vassily Marouchkine avait émergé du fond du couloir et marché en direction de Popov, traversant le hall d'accueil vers une porte sur laquelle une feuille au format A4 indiquait ARKHIV[13]. Après l'avoir déverrouillée à l'aide d'un badge électronique, Vassily s'était dirigé à droite vers une série d'étagères que Popov avait vaguement distinguées à travers des vitres teintées. Le boucher s'était souvent demandé ce que contenait son dossier, sûrement épais et sûrement rangé quelque part sur une de ces étagères, mais ce jour-là il s'était surtout demandé de quelle salle était sorti Vassily. Tout au fond du couloir, il avait distingué une porte

13. Archives.

entrouverte, et qui disait porte entrouverte disait possibilité de surprendre une conversation.

– Quel couillon, disait une voix d'homme tandis que le boucher s'approchait sur la pointe des pieds. Il croit vraiment à toutes ces conneries.

– Quelles conneries ? avait demandé une autre voix masculine.

– Oh, tu sais, avait dit la première voix (identifiée par Popov comme étant celle du lieutenant-colonel Babikov, le roi des interventions télévisées sur les chaînes locales). Le sens du devoir et de l'honneur. L'amour de la loi et du service public. Protéger les plus faibles. Toute cette *der'mo*[14].

– Alors il n'a pas changé depuis son passage à Kemerovo, avait dit l'autre.

N'y tenant plus, Popov avait risqué un coup d'œil par l'entrebâillement de la porte et avait aperçu un petit homme avec une drôle de barbe taillée en pointe. Les yeux baissés sur ses mains, il tripotait les bagues qu'il portait aux doigts, une en argent sur la main gauche et une en or sur la droite.

– Toujours le même, avait confirmé Babikov. On aurait pu penser que deux années à Novossibirsk l'auraient déniaisé et qu'il serait devenu un peu plus pragmatique. Mais non, il continue à s'accrocher à ses beaux principes ! À faire toute une histoire des règles, des lois, de la procédure, des droits de l'homme, que sais-je encore ? C'est pour ça que j'ai

14. Merde.

demandé à Terekhine de le mettre à mon service. Un type comme ça n'a rien à faire dans la police, de nos jours. Il applique des méthodes d'un autre âge, qui prennent un temps fou pour des résultats incertains. Une police moderne doit savoir prendre des raccourcis, Wolansky. Ce ne sera pas une perte, crois-moi. Pas une perte du tout.

– Alors, si je comprends bien, tu cherchais quelqu'un d'intègre à qui tirer ton chapeau pour mieux l'en coiffer par la suite ? Ha, ha… Tu as pigé, Grigor ?

– Oui, j'ai compris. Mais l'heure n'est pas à la plaisanterie, Wolansky.

– Oh, détends-toi un peu, avait répliqué le petit homme. Ça t'a bien fait marrer quand je t'ai parlé de la mamie ouzbek.

– C'était différent, avait dit Babikov.

Le petit homme s'était penché vers lui.

– Tu crois vraiment que c'était si différent ? avait-il demandé. Est-ce qu'il n'avait pas fallu que quelqu'un meure, comme cette fois-ci ? Est-ce qu'il n'avait pas fallu s'occuper de l'Ouzbek, tout comme tu t'es occupé du paysan, du coursier, de l'ouvrier, du comptable et de tous les autres ? Ça s'est passé comme ça pour eux, et ça se passera comme ça pour lui – et pour *elle*. Sans compter les dégâts collatéraux, et l'Américain, bien sûr. Des pertes nécessaires. Ça fait partie du jeu et tu en connais les règles au moins aussi bien que moi. Les fameux œufs cassés de l'omelette, Grigor. Le prix à payer pour obtenir ce qu'on veut.

Popov avait regardé Babikov se renverser sur le dossier dur de sa chaise de bureau et se frotter les yeux. Puis, d'un seul coup, le lieutenant-colonel avait rebasculé vers l'avant, les pieds métalliques de la chaise raclant le sol en béton sous la brutalité du mouvement.

– Wolansky, avait-il dit sur un ton à la fois autoritaire et suppliant, Wolansky, tu en es sûr ? Est-ce que la fin justifie vraiment… ?

– Grigor, Grigor, l'avait interrompu Wolansky en prenant sa main entre les siennes. Quel est le but que tu poursuis ?

– M'emparer de la mairie de Kemerovo et en faire un tremplin pour conquérir Moscou.

– Et comment comptes-tu y parvenir ?

– En faisant régner l'ordre dans l'oblast de Kemerovo pour montrer aux électeurs que je suis l'homme de la situation.

– Et quels moyens comptes-tu employer pour convaincre les électeurs que tu fais régner l'ordre ?

– Tous les moyens possibles, avait répondu le chef de la police, comme un enfant récitant son catéchisme.

– Quels moyens, Grigor ?

– Tous. Les. Moyens. Possibles, avait répété Babikov d'une voix plus ferme, en détachant chaque mot.

– Parce que si Nazarov gagne, tu peux dire adieu à tes ambitions politiques. Que penses-tu qu'il adviendra de tes projets de cantine gratuite ? De vigiles armés dans les stades de foot ? De peines plus lourdes pour les délinquants et de conditions de vie plus dures dans les prisons ?

– Ils seront morts et enterrés avant même d'avoir existé, avait dit Babikov, fixant un point lointain du regard comme s'il contemplait un horizon rendu radieux par la mise en œuvre de ses mesures phares.

C'était Wolansky qui lui avait appris à faire ça pour les caméras de télévision. Puis il s'était tourné vers son conseiller.

– Tu as raison, Wolansky. On ne peut pas revenir en arrière.

– Pas de retour en arrière, avait acquiescé le petit homme en secouant lentement la tête. Et maintenant, Bryce doit occuper le centre de la scène. Lui et ses accessoires de théâtre.

– Ses accessoires ?

– Les pièces de dix roubles.

Les oreilles de Popov s'étaient dressées comme s'il avait entendu tinter l'argent.

– La bouche d'un jeune Américain, remplie de bons roubles russes, avait poursuivi Wolansky. Des pièces en si grande quantité qu'elles ont débordé et se sont répandues tout autour de lui comme des confettis à un mariage. Des confettis, mais en mieux ! Parce que qui peut dépenser des confettis, hein ? Une mise en scène à faire rêver n'importe quel publicitaire !

– Ton travail est de t'assurer que le rêve ne tourne pas au cauchemar, avait dit Babikov. Il faut que tu sois plus efficace, maintenant. Ensuite, on discutera de la prochaine étape.

– *Les* prochaines étapes, Grigor, *les*.

Le regard du petit homme avec sa drôle de barbe taillée en pointe s'était ensuite posé sur la porte entrouverte et Popov avait eu un mouvement de recul pour éviter de se faire repérer. Il avait entendu une dernière phrase avant que la porte ne se referme sèchement.

– Il ne faut pas précipiter les choses, Grigor. C'est seulement le premier acte. Les comédiens commencent tout juste à s'échauffer.

Malheureusement, à l'heure de réfléchir aux échanges qu'il avait surpris et d'en tirer les conclusions qui s'imposaient, Nikolaï Popov, à la manière d'un chien qui retrouve uniquement le dernier os qu'il a enterré, ne put se souvenir que de la dernière partie de cette conversation. Personne à Roslazny ne le jugea durement, dans les semaines qui suivirent, parce que la nature du boucher était connue de tous. Personne ne reprochait à une pie de s'emparer d'objets brillants ou chatoyants ni aux enfants de croire qu'une bague en plastique était un bijou de valeur. Il n'en était pas moins regrettable que la conversation entre Babikov et Wolansky ait été surprise par Popov, et non par quelqu'un d'un peu plus futé, comme Odrosov, Fiodor Katine ou même Mikhaïl Pouchkine.

C'est en tout cas ce que songea Olga, lorsque Popov se souvint plus tard, à la lumière des ultimes développements de l'affaire, qu'il en avait entendu bien davantage que la partie qui avait marqué son esprit et donc sa mémoire. Mais pour le moment, face à Anatoly Glazkov sous l'enseigne pendouillante du poste de police de Roslazny en ce dimanche matin, elle ne pouvait que bredouiller en fixant l'agent avec des yeux ronds, estomaquée par la nouvelle qu'il venait de lui apprendre : Vassily – *Vassily !* – était détenu dans une cellule, arrêté pour meurtre !

– Meurtre ? parvint-elle finalement à articuler. Meurtre *de qui* ? Sûrement pas celui de Nathan Bryce. Comment Vassily aurait-il pu le tuer ? Il est arrivé presque en même temps que vous, quand j'ai été assommée par le corps jeté du train !

– C'est vrai, dit Glazkov. Mais il avait peut-être un complice dans le train, qu'est-ce que vous dites de ça ? Un exécuteur des basses œuvres pendant que lui jouait au gentil policier. De toute façon, ce n'est pas le meurtre de Bryce qui lui est reproché. Pas encore, en tout cas.

– Quoi ? s'écria Olga. Vous êtes en train de me dire que quelqu'un d'autre a été tué ?

Glazkov hocha la tête, puis contempla ses chaussures, comme incapable de regarder Olga dans les yeux.

– Oui, dit-il. Il y a une nouvelle mort dont quelqu'un va devoir répondre, un autre cadavre qui réclame justice. Une *provodnitsa*, cette fois-ci.

– Une *provodnitsa* ? dit Olga en plaquant la main sur sa poitrine. Alors, c'est encore quelqu'un qui se trouvait à bord de ce train qui a été tué ? Comment s'appelle-t-elle ?

– Vasiliev, répondit Glazkov. Elle s'appelait Alyona Vasiliev.

– Oh, je me souviens d'elle, dit tristement Olga. Je l'ai vue quand vous interrogiez le personnel de bord, à la gare de Taïga. Je l'avais remarquée parce qu'elle semblait fatiguée. Fatiguée et en colère.

– Eh bien, elle ne l'est plus, à présent, dit Glazkov en relevant des yeux rougis qu'il se décida enfin à poser sur Olga.

– Que s'est-il passé ? demanda-t-elle.

– Elle a été tuée hier, près de Talovka. Écoutez, la police ne veut pas rendre cette information publique pour le moment, alors je vous demanderai de n'en parler à personne. Quelqu'un l'a… l'a… pendue dans sa propre maison ! C'était horrible… vraiment horrible.

– C'est vous qui l'avez trouvée, Anatoly ? Et qu'est-ce que Vassily a à voir avec cette histoire ?

– Non, non, ce n'est pas moi qui l'ai trouvée. Mais je suis arrivé sur place peu de temps après. Une femme nous a appelés. Elizaveta Medtner, une voisine de la victime. Elle est passée en voiture devant la maison d'Alyona Vasiliev, hier soir, et elle a vu que la porte d'entrée était entrouverte. Ça l'a alertée et elle a décidé de s'arrêter pour voir ce qui se passait.

Olga hocha la tête : les Sibériens ne laissaient jamais leur porte entrouverte au mois de janvier.

– Elle est entrée, et là… et là…

Olga regarda, pétrifiée, les yeux de plus en plus humides de Glazkov. Ce *ryadovoy politsii* aguerri par trente hivers au service de la loi allait-il fondre en larmes devant elle ? Elle avait du mal à suivre ses changements d'humeur. Mais elle se souvint alors qu'il souffrait d'un problème d'alcool. Elle était habituée à ce genre de comportement avec son père, qui pouvait passer en un clin d'œil par plusieurs états émotionnels, excessivement joyeux avant de devenir agressif, puis émotif et larmoyant.

– Et là ? dit-elle pour l'encourager à poursuivre.

Glazkov secoua la tête. Il restait muet de crainte que sa voix ne le trahisse. Il se souvenait de chaque mot qu'Elizaveta Medtner avait prononcé lors de sa déposition, de chaque pause pour reprendre sa respiration, de chaque sanglot étouffé et de chaque phrase qu'elle n'avait pu terminer. Il était retourné dans la salle où elle avait été entendue après que les autres en étaient sortis et avait écouté l'enregistrement de son témoignage, encore et encore, comme s'il pouvait en épuiser l'horreur à force de le réécouter. Anatoly Glazkov n'était pas réputé pour ses prouesses intellectuelles, mais il pouvait encore réciter par cœur cet enregistrement.

Elizaveta Medtner : Je roulais sur la route qui mène à Talovka, comme je le fais tous les soirs en rentrant du travail. C'est une route défoncée, vraiment pourrie. Plus de nids-de-poule que d'asphalte. Il y a des trous tellement profonds que le pot d'échappement racle parfois sur la chaussée, sans parler des bosses et des cailloux.

Il était 18 heures quand je suis arrivée à hauteur de la maison d'Alyona. La nuit tombait vite. On ne voyait aucune lumière chez elle, mais ça ne m'a pas surprise parce qu'Alyona travaille sur le Transsibérien, comme *provodnitsa*. Vous savez, elle s'occupe d'une des voitures du train. Enfin, elle s'occupait... Alors, bien sûr, elle était souvent absente. Mais du coin de l'œil, j'ai remarqué que la porte était ouverte. Enfin, pas grand ouverte, hein, juste entrebâillée. Là, je me suis dit qu'Alyona ne ferait jamais une chose pareille. Je veux dire, toute personne avec un minimum de jugeotte prend soin de bien fermer sa porte quand il fait froid comme en ce moment, non ? Du coup, j'ai décidé de m'arrêter.

Lieutenant-colonel Babikov (articulant chaque mot de sa voix haut perchée) : Vous êtes sortie de la voiture ?

Elizaveta Medtner : Oui. Je me suis garée de manière à ce que mes phares éclairent la porte d'entrée, et je suis descendue de voiture. Je n'étais pas loin de ma propre maison, mais je me suis sentie... comment dire ? Un peu vulnérable, toute seule comme ça. Franchement, j'aurais aimé avoir le pistolet de mon oncle. Ça m'aurait rassurée, vous comprenez ? Un moment, j'ai même hésité à regagner ma voiture et à filer sans demander mon reste. Mais Alyona est... je veux dire était... plus qu'une simple connaissance de voisinage. C'était presque une amie. Oh, Alyona...

Lieutenant-colonel Babikov (après avoir laissé le témoin pleurer pendant un moment) : Donc, vous êtes descendue de voiture...

Elizaveta Medtner (étouffant un sanglot) : Oui, je suis descendue de voiture et j'ai marché droit vers la porte. Enfin, pas vraiment droit parce que la lumière des phares m'aveuglait. En me déportant un peu sur le côté, je voyais mieux la maison, une grosse masse sombre qui se découpait dans la lumière déclinante. Je commençais vraiment à avoir peur, mais je ne pouvais pas me défiler, parce qu'on ne laisse pas tomber ses voisins, et encore moins ses amis. Alors, j'ai essayé de me raisonner et j'ai marché, un pas après l'autre, jusqu'à la porte d'entrée. On aurait dit une grosse bouche noire, ou l'ouverture d'un puits, et j'avais l'impression d'être dans un film d'horreur. Mais je voulais savoir s'il était arrivé quelque chose à Alyona et j'ai ouvert la porte en grand. Je me souviens qu'elle a grincé et que je me suis figée sur place, le cœur battant. Et puis je suis entrée et là, devant moi, j'ai vu... j'ai vu...

Lieutenant-colonel Babikov (d'un ton impatient) : Poursuivez, Madame Medtner, poursuivez.

Mais Elizaveta s'était effondrée sur la table, secouée de sanglots, et le chef de la police n'avait pas réussi à lui tirer un mot de plus. Au bout d'un moment, il avait soupiré avant de dire « Fin de l'enregistrement du témoin Elizaveta Medtner ». Glazkov se souvenait même du petit clic et du silence qui avaient suivi les mots du grand patron sur l'enregistrement.

Toutefois, l'agent Anatoly Glazkov connaissait la suite de l'histoire. Il l'avait apprise de la bouche même d'Elizaveta, lorsqu'il était arrivé sur place une vingtaine de minutes après qu'elle avait appelé la police. Terrifiée et en larmes, elle s'était jetée dans ses bras avant de lui raconter à voix basse, comme si elle craignait que le meurtrier ne l'entende, comment elle avait trouvé le courage d'ouvrir la porte d'entrée ; comment elle avait d'abord eu du mal à distinguer quoi que ce soit dans la maison plongée dans la pénombre ; et comment, finalement, un sorte de sixième sens lui avait fait lever les yeux vers l'escalier où elle avait vu une silhouette suspendue dans le vide, à peine éclairée par les phares de sa voiture. Elle s'était mise à hurler, avait-elle dit à Glazkov ; un long cri ininterrompu qui avait ébranlé le calme de la forêt et dispersé les oiseaux à travers les branches. Puis elle s'était enfuie et, prise d'un vertige au contact de l'air froid, elle avait brièvement perdu connaissance sur le sol neigeux. À peine ses esprits retrouvés, elle avait vomi d'épouvante avant de courir jusqu'à sa voiture, d'en verrouiller les portières et d'appeler la police de Taïga, bredouillant un appel à l'aide entrecoupé de sanglots.

– Anatoly ?

Glazkov tressaillit au son de la voix d'Olga, soudain conscient de s'être une nouvelle fois laissé aspirer par le récit glaçant d'Elizaveta Medtner.

– Vous devriez peut-être vous asseoir, proposa-t-elle.

L'agent hocha la tête, avant de se diriger d'un pas incertain vers la voiture de police et de s'asseoir sur son capot.

– Merci, dit-il en s'épongeant le front. Ça fait un peu trop pour moi, tout ça… Et maintenant, ce pauvre Vassily que j'ai dû mettre derrière les barreaux… Et dans le poste de police où il a vécu avec sa famille, en plus. Je me souviens de son père, vous savez. Et le patron qui n'est toujours pas satisfait, avec ça. Il voulait faire le grand ménage, cette fois-ci.

– Comment ça, le grand ménage ? demanda Olga, qui flairait une information intéressante derrière ces mots.

Elle se percha à côté de Glazkov sur le capot de la voiture de police.

La voix qui s'éleva derrière eux fit tressauter le policier à bout de nerfs.

– Agent Glazkov, j'espère que vous n'êtes pas en train de parler d'une enquête en cours à quelqu'un qui n'est pas de la maison.

– N-non, mon colonel, répondit-il en sautant à terre, les jambes un peu flageolantes. Non, pas du tout. Je… Je… J'étais juste…

– L'agent Glazkov m'expliquait que le brigadier Marouchkine est occupé pour le moment, c'est tout, intervint Olga en se tournant à son tour vers Babikov.

Il avait traversé silencieusement le couloir qui menait à la porte d'entrée et se tenait à présent bras croisés sous l'enseigne éteinte, le regard menaçant.

Glazkov lança un coup d'œil reconnaissant à Olga et ouvrit la bouche comme s'il s'apprêtait à dire quelque chose, mais il se ravisa finalement et regagna l'intérieur du bâtiment, tête basse et la démarche lourde. Avant que la porte ne se referme, Olga crut distinguer un autre policier en uniforme ; un homme corpulent et chauve dont le visage était mangé par une copieuse moustache.

– Écoutez, Mademoiselle Pouchkine, dit Babikov, resté seul dehors avec Olga. C'est bien ainsi que vous vous appelez, n'est-ce pas ? Je me souviens que vous aviez aimablement proposé votre aide à mes hommes, à la gare de Taïga. Je trouverais désolant qu'une respectable et serviable employée de nos beaux chemins de fer se retrouve inculpée d'ingérence dans les affaires de la police.

– Je ne suis pas certaine de comprendre où vous voulez en venir, Monsieur Babikov, dit Olga en s'efforçant d'ignorer les battements affolés de son cœur. Et j'ai bien l'intention de parler au brigadier Marouchkine, que ça vous plaise ou non.

Elle se laissa glisser sur le capot de la voiture et se campa face à lui.

– Je pourrais peut-être l'aider, poursuivit-elle. Une histoire a souvent deux facettes, vous savez.

– Non, répliqua sèchement Babikov. Ce poste de police est désormais considéré comme une prison, et je vous interdis de vous en approcher. J'ai personnellement chargé l'agent Glazkov de surveiller le prisonnier entre deux patrouilles. Et je lui dirai de garder tout spécialement un œil sur vous. Vous n'avez pas intérêt à rôder autour de cette prison. Sauf si vous voulez vous attirer des ennuis, bien sûr. Écoutez, Mademoiselle Pouchkine, reprit-il d'un ton plus conciliant, je n'aurais pas fait arrêter le brigadier Marouchkine s'il n'y avait pas de sérieux éléments de preuve contre lui, croyez-moi. Sérieux et même accablants, pour tout vous dire. Le chef de la police de Novossibirsk, le colonel Terekhine, les a personnellement passés en revue. Et on n'a vraiment pas besoin qu'une personne extérieure à l'enquête vienne fourrer son nez dans notre travail. C'est bien clair, jeune femme ?

Piquée au vif par ces derniers mots, Olga faillit réagir avec humeur. Mais elle se ravisa juste à temps.

– Oui, Monsieur, dit-elle. Je comprends.

Elle s'éloigna sur ces paroles en espérant avoir paru suffisamment intimidée et contrite. Lorsqu'une minute plus tard elle pivota brièvement la tête vers le poste de police, elle vit que Babikov la suivait toujours des yeux. Elle attendit d'avoir tourné à l'angle de la rue pour serrer les poings et jurer entre ses dents. Elle en avait tellement marre de tous ces hommes qui lui donnaient des ordres : son père Mikhaïl et son horrible ami Vladimir Solotov ; ce misogyne de Viktor Fandorine, son chef d'équipe... Même Odrosov s'était montré grossier avec elle, l'autre jour, l'interrompant alors qu'elle lui demandait des légumes frais pour essayer de lui fourguer ses boîtes de conserve. Ils semblaient tous penser que les femmes étaient des êtres humains de seconde catégorie. Qu'avaient donc fait ces hommes pour mériter d'avoir un statut social plus élevé que le sien ? Qu'avaient-ils donc accompli qui leur donnait le droit de la regarder de haut ? Et maintenant c'était Babikov, un autre de ces hommes plus fanfarons qu'intelligents, qui venait lui faire la leçon dans son propre village. C'étaient pourtant les roubles qu'elle donnait aux impôts qui permettaient à ce monsieur d'avoir un salaire, non ? C'était grâce à son argent, après tout, ainsi qu'à celui de milliers d'autres Olga, Ekaterina et Anna qu'on avait pu construire les postes de police de Taïga et de Roslazny, et qu'on pouvait aujourd'hui rémunérer ceux qui y travaillaient.

Voilà pourquoi Olga pensait avoir le droit d'aller parler à Vassily Marouchkine à travers les barreaux de sa cellule, si tel était son désir. Au-delà de l'intérêt qu'elle portait au brigadier incarcéré et du mal qu'elle avait à l'imaginer dans la peau d'un meurtrier, elle était à peu près certaine que Glazkov, tout malheureux qu'il était, avait des choses à se reprocher. Il avait exprimé des regrets à propos de l'arrestation de Vassily, puis évoqué un mystérieux « grand ménage » voulu par son patron, avant que ce dernier ne l'empêche d'en dire plus. Et même si Olga était bien placée pour savoir que les hommes vieillissants portés sur la bouteille étaient sujets à de brusques changements d'humeur, les fardeaux qui pesaient sur la conscience de Glazkov semblaient bien plus concrets que les misères vagues et alcoolisées dont Mikhaïl Pouchkine se plaignait chaque jour. Pour Olga, il ne faisait guère de doute qu'Anatoly Glazkov cachait quelque chose, et elle estimait de son devoir de découvrir ce dont il s'agissait.

Elle commençait à se dire que lorsqu'un problème survenait, il valait mieux le résoudre soi-même. Ça ne servait à rien d'attendre que quelqu'un d'autre s'en occupe ou que les autorités s'en mêlent, surtout si les autorités elles-mêmes semblaient être le problème.

Oui, elle irait parler à Vassily, mais pas maintenant. D'abord, elle devait aller travailler comme le faisaient les femmes russes, jour après jour. Elle était déjà en retard pour commencer la journée chargée qui l'attendait au bord de la voie ferrée, avec seize trains de fret et deux trains de passagers en provenance de Tomsk qui devaient passer devant sa cahute, sans compter un engin de maintenance ferroviaire. Et entre les trains, il faudrait inspecter les rails, nourrir Dimitri le hérisson, et coucher de nouvelles idées sur le papier pour son livre *Trouvez le bon aiguillage : cent leçons de vie inspirées par le Transsibérien.* Sa visite au prisonnier de Roslazny allait donc devoir attendre que toutes ces missions soient remplies, y compris celle de faire à dîner pour son père. Glazkov était censé passer ses soirées au poste – et peut-être même ses nuits – pour surveiller Vassily, mais Olga ne doutait pas que son penchant pour l'alcool finirait par le faire sortir à la tombée du jour pour prendre la direction du Café Astana. Et une fois qu'il serait occupé à boire le *samogon* d'Odrosov, elle pourrait sans risque se rendre au poste de police. Là, elle verrait ce que son ancien camarade de classe Vassily Marouchkine, hier policier d'avenir à Novossibirsk et aujourd'hui suspect principal dans une affaire de meurtre (et peut-être même deux), aurait à dire pour sa défense. Elle était lasse d'entendre les propos creux ou méprisants de tous ces phallocrates, mais Vassily était un homme qui valait peut-être la peine d'être écouté.

CHAPITRE 10

Rat, rat, Raspoutine

Le ciel s'était dégagé lorsque Olga termina sa journée de travail, ce mercredi-là, et elle regagna Roslazny dans la lueur froide et bleutée d'un ciel étoilé. Elle marcha aussi vite que possible jusqu'à chez elle et se dépêcha de préparer le dîner pour son père, une épaule de bœuf achetée en début de semaine à Popov pour quelques centaines de roubles. Elle lui servit un verre de vodka rempli à ras bord pour accompagner son repas, dans l'espoir de prévenir toute récrimination sur la hâte qu'elle mettait à exécuter son devoir filial. Bientôt, il se retrouva avachi sur le canapé du salon, la bedaine remplie et la télévision beuglant à plein volume. C'est à peine s'il nota son départ.

Elle jeta un coup d'œil à sa montre avant de quitter la maison. Pour un citoyen respectable, il était certes encore un peu tôt pour aller se désaltérer chez Odrosov, mais Glazkov ne correspondait pas vraiment à l'idée qu'Olga se faisait d'un citoyen respectable. Décidant de s'en tenir au plan qu'elle avait élaboré, elle marcha jusqu'à une maison abandonnée dont la façade décrépite se dressait un peu en retrait de la rue, face au Café Astana. Là, cachée derrière une citerne de gaz rouillée, elle vit arriver les habitués, la tête rentrée dans les épaules pour échapper à la morsure du froid. Le premier fut Fiodor Katine, avec sa vieille machine à écrire sous le bras, puis Popov le boucher, suivi de près du garagiste Koptev Alexeyev et de sa bande d'amis, dont certains portaient encore les marques de la bagarre avec les petits voyous que fréquentait Bogdan. Elle en vit d'autres encore passer la porte du café, chacun en provenance d'une partie différente du village, mais tous attirés par la chaleur humaine et la brûlure du Carburant de fusée.

Elle regarda son haleine givrée s'élever vers le ciel étoilé. Ça l'avait toujours fascinée que le souffle puisse devenir visible comme ça. C'était si intime, songea-t-elle, cet air qui entrait en vous et en ressortait aussitôt, construisant des nuages de vapeur glacée dont la silhouette vaporeuse s'attardait un instant au-dessus du visage, suspendue comme un autre soi. Mais ces autres soi étaient aussi mystérieux que le corps dont ils étaient sortis, songea-t-elle encore. Eux non plus ne livraient aucun secret. Des secrets, les meurtres de Nathan Bryce et d'Alyona Vasiliev en renfermaient beaucoup – des secrets enfouis à Roslazny et à Kemerovo, le long de la voie ferrée et au sein des forces de police, dans la forêt et dans la ville…

Tout le monde avait des secrets. Glazkov devait en accumuler un certain nombre derrière son visage rougeaud de *ryadovoy politsii*. Un agent de police ne pouvait exercer son métier dans la même localité pendant aussi longtemps sans empiler quelques cadavres dans son placard. Il avait parfois dû détourner le regard ou classer discrètement une affaire mineure contre quelques billets, arrondir ses fins de mois avec des petites combines – rien de comparable avec les faits bien plus graves auxquels il avait peut-être participé récemment. Elle savait par la presse que bon nombre de policiers n'hésitaient pas à rendre service à des connaissances haut placées, et si leurs interventions se limitaient le plus souvent à étouffer des affaires de fraude ou de corruption, il arrivait aussi qu'ils participent directement à des meurtres pour le compte du crime organisé. Il n'était pas rare qu'une société florissante fasse faillite à cause de manquements à la réglementation inventés de toutes pièces, et que sa dépouille soit partagée entre des policiers, des juges et des politiciens locaux. Mais Glazkov n'avait sûrement pas la carrure pour se lancer dans de tels stratagèmes criminels. Au mieux, il pouvait servir de factotum à quelqu'un de plus malin que lui. Je dois faire preuve de prudence, songea-t-elle. Anatoly Glazkov n'était sûrement qu'un petit poisson dans un banc de requins.

Une demi-heure plus tard, Glazkov n'avait toujours pas montré le bout de son nez, et Olga décida d'abandonner sa planque et de rentrer chez elle. Elle pourrait parler à Vassily un autre jour, après tout. Lui ne risquait pas de quitter sa cellule, alors qu'elle avait de bonnes chances de se retrouver à l'hôpital si elle ignorait une minute de plus le froid intense qui était en train de lui geler les doigts et les orteils. Et un séjour à l'hôpital de Taïga était une perspective qui ne réjouissait personne. Mais à peine eut-elle émergé de derrière la citerne rouillée qu'elle s'y cacha de nouveau, aussi vite et discrètement qu'elle le put, à la vue d'une silhouette rebondie en uniforme de police qui venait d'apparaître à l'angle de la rue. Glazkov se matérialisa bientôt dans la flaque de lumière que jetaient les fenêtres du café, et Olga le regarda se faire gober par la chaleur et les éclats de voix. Enfin, elle pouvait être tranquille : Glazkov ne bougerait pas d'ici pendant un bon moment, et elle allait disposer de tout le temps nécessaire pour discuter en tête-à-tête avec Vassily.

Par précaution, elle attendit encore une ou deux minutes avant de quitter sa cachette et de prendre la direction du poste de police, remontant au pas de course la rue qui passait devant l'ancien *bania* pour réchauffer ses membres gelés. La vue du bâtiment fermé depuis des années lui rappela qu'elle n'avait toujours pas décidé si elle devait dire à Anna qu'en fait de voyages d'affaires à Taïga et Kemerovo, son mari s'adonnait à la luxure à quelques rues de chez eux. Tout était sombre et silencieux ce soir derrière les stores en bois, mais Olga ne doutait pas qu'ils reviendraient sous peu. Elle déciderait plus tard si elle devait en parler à son amie, se promit-elle.

Prendre la décision de différer une décision n'était pas vraiment prendre une décision, lui souffla une petite voix intérieure, mais elle préféra l'ignorer : des choses plus urgentes réclamaient son attention ce soir. La réputation d'un policier, et même sa liberté, étaient en jeu. Et puis elle avait beaucoup trop froid pour gérer deux situations complexes à la fois – trop froid pour faire quoi que ce soit, d'ailleurs, sinon courir jusqu'à ce que la circulation sanguine redonne un peu de vie à ses membres et remette un peu d'ordre dans ses pensées.

Elle aperçut la façade du poste de police au terme de quelques minutes de jogging et se remit à marcher. Il lui sembla que les bouffées de vapeur gelée – son autre soi – la rendaient plus visible dans la lumière blafarde qui coulait des fenêtres basses du bâtiment, et elle s'efforça de reprendre le contrôle de sa respiration. Elle scruta les alentours, mais ne vit rien dans la nuit froide, sinon les contours indistincts de maisons abandonnées qui semblaient s'affaisser sous le poids de la neige. Des dizaines d'yeux auraient pu l'observer derrière leurs fenêtres noires sans qu'elle n'en sache rien. Prise d'une envie soudaine de renoncer à son entreprise, Olga faillit tourner les talons. Mais ses jambes en décidèrent autrement, et elle fut presque surprise de se retrouver devant la porte d'entrée, la main sur la poignée.

Lorsque la porte résista, elle crut d'abord qu'elle était fermée à clef, avant de se souvenir que Vassily lui-même avait eu des difficultés à l'ouvrir. Au prix d'un effort et d'un bon coup d'épaule, elle parvint à ménager un espace suffisant pour se glisser à l'intérieur. Ses yeux se posèrent sur le décor vieillot et les affiches jaunies. C'était défraîchi, mais loin d'être aussi sale qu'elle s'y était attendu. Visiblement, quelqu'un avait fait de son mieux pour nettoyer les lieux. Vassily, probablement, parce qu'elle avait du mal à imaginer Glazkov manier le balai et la serpillère.

Derrière un bureau d'accueil se trouvait une porte qui menait aux cellules. Glazkov l'avait laissée grand ouverte et Olga put apercevoir une rangée de barreaux métalliques, vaguement éclairée par ce qui ressemblait à la lumière d'une lampe à pétrole, ainsi que le bout d'un banc qui devait faire office de lit. À en croire les pieds glissés dans de grosses chaussettes de laine qu'elle vit bientôt se soulever du banc, la cellule était occupée.

– Glazkov ? lança une voix. Vous avez déjà bu tout le stock d'Odrosov ?

Olga contourna le bureau et passa la porte, les battements de son cœur s'accélérant un peu plus à chaque pas. C'était ridicule, songea-t-elle, de se mettre dans des états pareils à l'idée de revoir Vassily.

– C’est moi, dit-elle. Olga.

Elle s’arrêta face à lui, et Vassily la regarda pendant de longues secondes, stupéfait, avant de bondir sur ses pieds.

– Olga Pouchkine… Mais qu’est-ce que tu fabriques ici ?

– En voilà une façon d’accueillir une dame, dit-elle avec un sourire. Surtout une dame venue t’aider.

– Oui, pardon, je… Comment ça, venue m’aider ?

– Eh bien, je veux t’aider à retourner du bon côté des barreaux. Tu es censé enfermer les criminels, pas être enfermé. Il y a peut-être des policiers qui mériteraient d’être arrêtés, par ici, mais je ne pense pas que ce soit ton cas.

– Écoute, Olga, dit Vassily en se rasseyant sur le banc. Je suis touché que tu me penses innocent, mais…

– Mais rien du tout ! s’exclama Olga. On a été dans la même classe, pas vrai ? Ce n’est pas comme si on était des étrangers l’un pour l’autre. Les gens du village doivent se serrer les coudes, et tu es l’un des nôtres ! Sans compter qu’on a besoin d’hommes intègres dans la police, avec tous ces Babikov et ces Glazkov qui la déshonorent. Des hommes comme toi, Vassily.

Elle s’interrompit un instant, le front plissé.

– Au fait, reprit-elle, et Ivanka Kozar ? Tu sais, cette *provodnitsa* que tu soupçonnais ? Tu t’es tapoté la lèvre supérieure, après son départ.

Vassily la regarda avec de grands yeux.

– Je me suis tapoté la lèvre supérieure ?

– Mais oui ! Après que vous l'avez interrogée le jour du meurtre, Glazkov et toi, à la gare de Taïga. Tu t'es levé et tu l'as regardée s'éloigner comme si tu hésitais à la rappeler, et ensuite tu t'es rassis en te tapotant trois fois la lèvre. Je me suis dit que ça voulait sûrement dire quelque chose – que tu la soupçonnais sans doute. Et comme elle avait justement trois dents en or, je…

– En effet, l'interrompit Vassily, elle avait trois dents en or. Mais ça n'avait rien à voir avec le geste que j'ai fait.

– Ah bon ? Mais qu'est-ce que tu avais en tête, alors ?

– J'avais mal aux dents, ce jour-là. Et je me suis probablement levé parce que j'avais oublié de prendre ses coordonnées. Certains d'entre eux sont partis sans nous laisser leur numéro de téléphone, ce jour-là. Manque de rigueur, je sais, mais c'était difficile de rester concentré sur ces détails fastidieux avec un mal de dents et après une nuit sans sommeil dans cette même cellule, dit-il en désignant l'espace étroit dans lequel il était désormais confiné. Même si la porte était encore ouverte, à ce moment-là, ajouta-t-il avec un sourire. Et puis je ne pouvais pas vraiment compter sur Glazkov et sa gueule de bois pour rattraper mes oublis.

– Oh, dit Olga avec un sentiment de déception.

Être enquêteur était peut-être plus compliqué qu'elle ne l'avait imaginé. Tu dois garder à l'esprit qu'il est toujours possible de mal interpréter quelque chose, se dit-elle, et que l'explication qui te semble la plus évidente n'est pas nécessairement la bonne.

– Eh bien, reprit Olga, même si tu n'as pas de piste pour retrouver le meurtrier du Transsibérien, je suis certaine que les informations récoltées, les éléments de preuve… tout ça finira par démontrer que tu es innocent. La vérité va forcément éclater à un moment ou un autre, et tu seras blanchi.

Vassily sourit malgré lui. L'affaire de meurtre à laquelle le hasard avait mêlé Olga avait clairement aiguisé son appétit pour le travail d'investigation. Mais le regard qu'elle portait sur le déroulement d'une enquête de police était bien candide. Comment aurait-il pu en être autrement ? Elle était cheminote et non policière, et lui-même n'imaginait pas les difficultés que présentait son travail sur la voie ferrée.

– Et si tu t'asseyais ? dit-il avec un geste vers la chaise en bois qui se trouvait devant sa cellule. Je ne peux pas te demander de m'aider, tu sais. Et pour une raison très simple : je suis coupable.

À peine assise, Olga se releva d'un bond.

– Quoi ? Tu es *coupable* ? Coupable de *meurtre* ?

– Oui, je suis coupable de meurtre – du moins selon Babikov. Il lui manque juste la preuve qui m'enverra définitivement en prison. Mais à dire vrai, je suis aussi coupable d'autres crimes.

Il s'interrompit un instant, regardant Olga avec une petite grimace.

– Mais je ne peux pas parler de ça, reprit-il. Comme je te l'ai dit l'autre jour, je ne suis pas autorisé à commenter une enquête en cours. Si je te donne la moindre information, je ne ferai qu'aggraver mon cas – et je t'attirerai des ennuis par la même occasion. Babikov n'aura aucun scrupule à t'inclure dans son sinistre spectacle, et crois-moi, tu risques de ne pas aimer le rôle qu'il va te faire jouer.

Elle le regarda intensément, comme si les traits de son visage pouvaient lui apprendre à qui elle avait vraiment affaire. Les apparences étaient parfois trompeuses – il n'y avait qu'à regarder le vieux Vladimir Solotov qui avait l'air d'un saint sur une icône jusqu'à ce qu'il se retrouve seul avec une femme. Mais Vassily Marouchkine avait le visage d'un homme bon, elle en aurait mis la main à couper. Non, se dit-elle en étudiant son regard mélancolique, sa mâchoire bien dessinée et les rides qui s'étiraient au bord de ses yeux comme des rayons doux : Vassily *était* un homme bon.

Un tel visage n'était donné qu'à ceux qui avaient souffert. Et la souffrance n'était-elle pas la clef qui menait à la bonté ? Olga n'avait jamais rencontré quelqu'un de bon qui n'ait traversé de dures épreuves.

– Vassily, dit-elle. Ça ne te dérange pas que je t'appelle par ton prénom, n'est-ce pas ?

Il la rassura d'un signe de tête.

– Vassily, tu dois tout me dire. Je peux t'aider, je le *sais*. Je me fiche de prendre des risques. Tu es quelqu'un de bien et les bonnes personnes méritent qu'on leur tende la main s'ils ont des problèmes, ce qui est incontestablement ton cas. Tu n'as donc pas envie de quitter cette cellule ? Je suis certaine que quelqu'un s'inquiète pour toi. Quelqu'un qui partage ta vie et attend impatiemment que tu sois libéré. La femme qui t'a donné l'alliance en or que tu portes au doigt, par exemple.

Il détourna le regard.

– Je n'ai pas de femme. Pas d'enfant non plus, dit-il. J'avais un fils, Kliment, et Rozalina était ma femme. Mais je les ai perdus. Ils m'ont été enlevés.

Il la regarda de nouveau, droit dans les yeux.

– Ils ont disparu il y a longtemps, et je n'ai eu de cesse de les rechercher. J'ai fait toutes sortes de choses pour essayer de les retrouver, mais…

Il haussa les épaules.

– Quoi que tu aies fait, dit-elle, je suis certaine que c'était justifié.

– Écoute, Olga. Je t'ai déjà dit que j'étais coupable. Pas de meurtre, mais de choses aussi graves qu'un meurtre aux yeux de certaines personnes. Pires, peut-être, pour ceux qui nous gouvernent aujourd'hui. Je pourrais être exécuté – de façon officieuse, bien entendu. Mais mourir en prison d'un coup de couteau artisanal ou sous le feu d'un peloton d'exécution, quelle différence au bout du compte ?

– Qu'est-ce que tu as donc fait ? demanda-t-elle. Quelles sont ces choses, Vassily Marouchkine, dont tu te dis coupable ?

Vassily la considéra un moment en silence. Se confier à la femme qui se trouvait devant lui serait prendre le risque de mettre à nouveau sa vie en danger. Ignorant qu'elle avait fait de même quelques minutes plus tôt, il étudia le visage d'Olga à la recherche de certitudes. Mais pourquoi serait-elle venue ici, si ses intentions n'étaient pas pures ? Qu'avait-elle à gagner en l'aidant, sinon la satisfaction de faire ce qu'elle estimait juste ?

Il décida de lui faire confiance. Ils avaient partagé les bancs de la même classe, après tout.

– Je ne saurais même pas par où commencer si je te racontais tout ce que j'ai fait, dit-il. Mais tu veux connaître mon dernier crime ? Il y a deux semaines, j'ai cambriolé les archives militaires de Novossibirsk.

– Tu as fait *quoi* ? s'écria-t-elle, horrifiée à l'idée des risques qu'il avait pris.

Elle savait par son frère Pasha que l'armée ne reculait devant rien pour préserver ses secrets.

– Tu as bien entendu, Olga. Je me suis introduit par effraction dans les locaux où sont conservées les archives de l'armée.

Il respira lentement, avec le sentiment qu'un poids immense venait de quitter ses épaules. Le colonel Terekhine avait deviné ce qui guidait le parcours professionnel de Vassily, mais même le haut gradé ignorait jusqu'où son subordonné était allé pour essayer de retrouver les siens. Après quinze années de solitude passées en tête-à-tête avec ses secrets, il se libérait enfin de ce fardeau en ouvrant son cœur à quelqu'un.

– Tu vois, reprit Vassily, c'est un ancien soldat, une ordure du nom de Pavel Prokofy, qui a enlevé ma femme et mon bébé. Ça fait près de quinze ans que je suis à la poursuite de ce type, et j'ai pensé que je découvrirais peut-être quelque chose sur lui dans ces archives. On m'en a interdit l'accès, alors je me suis servi tout seul. Mais je n'ai rien trouvé du tout, c'était encore une impasse… une de plus. J'ai pris de gros risques, comme je l'avais fait avant ça à Iekaterinbourg et à Perm, pour un résultat toujours semblable : *voobshche nichego.* Rien du tout. Ils ont disparu sans laisser de trace, comme deux cailloux jetés dans un puits sans fond.

Ils restèrent silencieux un moment, Olga ne sachant que dire et Vassily fixant les barreaux de sa cellule d'un regard absent. Confesser les moyens illégaux qu'il avait employés pour retrouver sa famille lui avait procuré un grand soulagement, mais cela n'avait pas apaisé son chagrin qui avait depuis longtemps revêtu les traits amers d'un deuil sans fin.

– Ma foi, dit finalement Olga, j'ai le sentiment que tu as fait ce que toute personne ferait, ou souhaiterait faire, en pareilles circonstances.

Il lui adressa un sourire reconnaissant et elle poursuivit :

– Mais dis-moi, est-ce que Babikov sait quoi que ce soit de ce que tu viens de me confier ?

– Oh, non. Pas à ma connaissance, en tout cas. Mais maintenant qu'il m'a fait arrêter, il va se mettre à fouiller mon passé, si ce n'est déjà fait. Et qui sait ce qu'il va trouver ? Au moins, je suis certain qu'il n'obtiendra rien de Terekhine.

– Terekhine ? répéta Olga, alertée par la consonnance familière de ce nom.

– Le colonel Terekhine, précisa Vassily. Il a passé une partie de la journée d'hier ici, et il est aussi venu ce matin. C'est le chef de la police de Novossibirsk, et c'est toujours mon patron. Je suis simplement en détachement à Roslazny, et j'étais censé rentrer à Novossibirsk au bout de six mois.

Bien sûr, songea-t-elle, Babikov avait mentionné le colonel Terekhine lorsqu'ils s'étaient parlé, ce matin. Et elle se souvenait de l'homme qu'elle avait brièvement aperçu, avant que Glazkov ne referme la porte du poste de police.

– Un homme d'une soixantaine d'années, chauve et avec une grosse moustache ? demanda-t-elle.

– Oui, c'est bien lui. Alors, tu l'as vu ici ? Babikov est théoriquement sous son autorité parce que Terekhine a un grade plus élevé, sauf que dans la pratique, ça dépend de l'oblast où ils se trouvent. Mais quoi qu'il en soit, Terekhine est suffisamment haut placé pour contraindre Babikov à respecter les règles, et c'est tout ce que je souhaitais.

– Qu'est-ce que tu veux dire ? demanda Olga.

– C'est moi qui ai fait venir Terekhine ici, expliqua Vassily. J'ai réussi à lui envoyer un texto quand j'ai été arrêté, avant qu'ils ne confisquent mon téléphone. Le colonel s'est rendu à Taïga sur-le-champ et il est arrivé juste à temps. Enfin, juste à temps pour sortir Ivanka du pétrin. Mais il a pu m'aider, moi aussi. Il a exprimé suffisamment de doutes sur ce qui a motivé mon arrestation pour permettre que je reste détenu ici, à Roslazny, au lieu d'être envoyé dans un des trous à rats qui servent de prisons, dans la région. Crois-moi, il ne fait pas bon être flic quand on est incarcéré dans une de ces maisons d'arrêt. Et il a empêché Babikov de rendre mon arrestation publique – figure-toi qu'il s'apprêtait à faire une annonce à la télévision ! Mais Terekhine lui a dit qu'il y aurait des poursuites judiciaires si mon innocence était finalement reconnue. Heureusement que le colonel est intervenu, conclut-il avec un long soupir.

– Attends une seconde… dit Olga en s'efforçant d'y voir clair dans le flot d'informations dont il venait de la bombarder. Alors, si je comprends bien, Ivanka Kozar était là, elle aussi ? Dans une autre cellule ? Parce que c'est bien Ivanka Kozar dont tu parles ? La *provodnitsa* ?

– Oui, c'est elle dont je parle, et non, elle n'était pas incarcérée ici. Elle se trouvait au poste de Taïga. Mais elle a été relâchée et elle est sans doute à bord d'un train, à l'heure qu'il est. Ils ne lui ont pas interdit de quitter la ville.

Olga resta silencieuse lorsqu'il se tut, mais son visage perplexe était éloquent.

– D'accord, dit-il. Je ferais peut-être bien de reprendre au début.

– Je veux bien, oui.

– Eh bien, voilà : on est victimes d'un coup monté, Ivanka Kozar et moi. Quelqu'un essaie de nous faire porter le chapeau pour les meurtres de Nathan Bryce et Alyona Vasiliev – le vrai coupable, j'imagine. Cela dit, pourquoi nous avoir choisis, nous, je n'en ai pas la moindre idée. Quoi qu'il en soit, tout a commencé hier soir. Ou peut-être un peu plus tôt, si on part de la découverte du morceau de tissu.

– Le morceau de tissu ?

– Oui, Babikov dit que grâce à un tuyau, ses hommes ont découvert un bout de tissu arraché à un uniforme de brigadier, hier après-midi. Il était accroché sur un buisson épineux à proximité de la maison d'Alyona Vasiliev. Il n'y avait pas le moindre indice à se mettre sous la dent sur la scène de crime, apparemment, mais Babikov affirme que quelqu'un qui passait par là a vu le bout de tissu déchiré sur le buisson et a fait son devoir de citoyen en appelant la police. Et ensuite, sur la foi d'un autre tuyau, les hommes de Babikov ont fouillé les maisons abandonnées qui entourent le poste, ici à Roslazny, et ils sont tombés *comme par hasard* sur une de mes vieilles vestes d'uniforme dans la maison la plus proche, celle juste de l'autre côté de la rue.

Et bien entendu, il manquait le bout retrouvé près de la maison de la victime. J'avais remarqué que cette veste avait disparu, mais elle était tellement vieille que je ne me suis même pas donné la peine de la chercher.

– La police a reçu deux renseignements par téléphone, l'un pour un morceau de tissu et l'autre pour la veste d'uniforme à laquelle il avait été arraché ? Et ils n'ont pas trouvé ça louche ?

– Tu plaisantes ? dit Vassily. Babikov donnerait n'importe quoi pour élucider ces deux meurtres, surtout avec les élections municipales qui arrivent. C'est sa seule chance d'être élu maire de Kemerovo. Il va se ruer sur tout ce qu'il peut trouver, même sur une preuve indirecte comme un morceau d'uniforme. Ça ne suffira pas à me faire condamner, mais même avec Terekhine venu se porter à mon secours, ça a suffi pour me maintenir en détention quelques jours, le temps qu'ils trouvent d'autres preuves. Ou qu'ils en cherchent, en tout cas… Après tout, je n'ai pas d'alibi pour la nuit où madame Vasiliev a été tuée. J'étais là, mais ce n'est pas Raspoutine, mon furet, qui va en attester ! Et les choses se seraient mal présentées pour moi si les charges qui pesaient contre Ivanka avaient été retenues.

– Quelles charges ?

– Ex-charges, dit Vassily. Le dossier a été abandonné grâce à l'intervention de dernière minute du colonel Terekhine, mais il s'en est fallu d'un rien pour qu'elle se retrouve derrière les barreaux, elle aussi.

Il se pencha en avant, les coudes sur les genoux et le menton posé sur ses mains jointes.

– Tu te souviens que j'ai examiné le contenu du téléphone de certains membres du personnel de bord, à la gare de Taïga ? Il me semble bien que celui d'Ivanka en faisait partie. C'est comme ça qu'on travaille, à Novossibirsk, mais ça a dû donner une idée à un petit malin qui cherche visiblement à me nuire et qui a murmuré à l'oreille de la police de Kemerovo. Probablement une nouvelle initiative de celle ou celui qui essaie de nous faire porter le chapeau, à Ivanka et moi. Si c'est le cas, je dois reconnaître que la mise en scène était plutôt bien réglée : juste après la découverte miraculeuse d'une veste d'uniforme, Babikov confisque mon téléphone portable et y trouve une ribambelle de textos que je n'ai jamais vus de ma vie et qui ont été envoyés par une certaine *Ivanka K*. Une fois que Babikov a découvert ça, il avait un motif solide pour arrêter Ivanka Kozar, du moins en apparence.

– Et je parie que ces textos étaient compromettants, dit Olga en se coiffant une fois de plus de sa casquette d'enquêtrice. Attends, attends… laisse-moi deviner, Vassily : ils se sont débrouillés pour donner l'impression que vous étiez de mèche, Ivanka et toi. Que vous vous étiez mis d'accord pour tuer Alyona, sa collègue *provodnitsa*. Pour la pendre dans sa propre maison !

– C'est l'un des rouages de ce qui ressemble bien à une machination, mais c'est loin d'être tout, dit Vassily. Comme je te l'ai dit, la personne qui est derrière tout ça – le meurtrier, très certainement – essaie de nous mettre les deux homicides sur le dos : celui d'Alyona Vasiliev mais aussi celui de Nathan Bryce. Et le scénario auquel cette personne veut faire croire, c'est que ces deux meurtres sont liés – qu'on a tué Vasiliev parce qu'elle a vu Ivanka égorger Bryce à bord du train et qu'on a décidé de se débarrasser de ce témoin gênant. Dès que Babikov a compris que le vrai coupable essayait de nous faire porter le chapeau, il s'est jeté sur l'occasion. Il sait qu'il n'arrivera sûrement pas à coincer le meurtrier avant les élections municipales, alors que là, on lui sert des coupables sur un plateau d'argent ! Du coup, il essaie de finir le travail prémâché par le meurtrier, tu comprends ? Il a dû demander à son conseiller en communication de fabriquer un récit qui nous accable à partir de ces éléments de preuve. Et si j'en juge par les questions que m'a posées Babikov, je dirais que le scénario qu'ils ont élaboré est le suivant : Ivanka a fait appel à mes services pour l'aider à tuer un touriste qui voyageait sur le Transsibérien. Le mobile du crime ou le choix de la victime, à ce stade, n'ont pas vraiment d'importance. Ils trouveront une explication plus tard.

– Tu es sûr que c'est le scénario qu'ils ont en tête, Vassily ? l'interrompit Olga. La semaine dernière, ils n'ont rien dit de tel à la télévision. Ils privilégiaient la piste d'un meurtre anti-américain, et ils disaient que les roubles dans sa bouche signifiaient que le meurtrier était riche, ou peut-être la victime, je ne sais plus…

– La semaine dernière, ils n'avaient pas les éléments de preuve sur lesquels ils ont construit cette fable, puisque le morceau de tissu, la veste d'uniforme et les prétendus messages dans mon téléphone n'ont été découverts qu'hier. Et puis tu sais, Olga, notre police aime bien entretenir le suspense. Ils mettent le public sur une fausse piste et soudain – grand coup de théâtre ! – ils annoncent un beau matin un dénouement entièrement différent de ce à quoi on s'attendait. C'est plus palpitant comme ça. Et plus c'est palpitant, plus les gens ont envie d'y croire. C'est comme le scénario d'un de ces téléfilms policiers, tout est dans le rebondissement de dernière minute.

Olga hocha la tête et se mordit la lèvre, l'esprit entièrement occupé par ce qu'elle venait d'entendre. C'était surprenant. Et intéressant. Depuis toujours, elle savait qu'il lui faudrait un jour apprendre l'art de construire une intrigue si elle voulait être capable d'écrire un grand roman russe – c'est pour ça qu'elle voulait étudier la littérature à l'université d'État de Tomsk –, mais elle ne s'attendait pas à entendre parler de l'importance d'une narration maîtrisée à propos d'une enquête de police.

– Donc, reprit Vassily, selon le scénario monté par Babikov, Ivanka voulait tuer un touriste qui voyageait sur le Transsibérien. Et si elle a dû m'enrôler, c'est parce qu'elle avait besoin de quelqu'un pour se débarrasser du corps une fois qu'elle l'aurait jeté hors du train. Et qui de mieux qu'un ripou – ton serviteur en l'occurrence – pour faire disparaître un macchabée sans poser de questions ? Et quel meilleur endroit qu'un village tranquille et reculé comme Roslazny pour permettre au policier véreux en question – toujours moi – d'opérer en toute tranquillité ? Donc, selon Babikov, je me suis débrouillé pour me faire affecter ici, en lui demandant de persuader Terekhine de me laisser partir six mois à Roslazny. Bien entendu, rien ne prouve que j'ai effectué cette démarche auprès de Babikov, mais rien ne prouve non plus que je ne l'ai *pas* effectuée. Et toujours selon Babikov, si Ivanka a rempli la bouche de Nathan Bryce de pièces de monnaie, c'est pour payer mes services de façon théâtrale – le goût du spectaculaire de certains psychopathes – tout autant qu'une façon de signer son crime.

– De le *signer* ?

– Oui, les tueurs font ça, parfois. Les tueurs en série, en tout cas. C'est un pied-de-nez à la police, une façon de défier les autorités. Bien sûr, puisque Ivanka est censée être la meurtrière, il s'agirait d'une évidente allusion à ses dents en or. En tout cas, d'après la version que semble défendre Babikov, j'étais censé venir chercher le corps, empocher l'argent, et cacher l'arme du crime qu'elle aurait balancée en même temps – même si Glazkov peut témoigner qu'il n'y avait pas la moindre arme à proximité du cadavre. C'est donc comme ça que les choses auraient dû se passer, toujours selon Babikov, sauf que ta présence et ensuite celle de Glazkov, prévenu par ton appel radio, auraient contrecarré mes plans. Incapable de cacher le corps comme prévu et comprenant que les carottes étaient cuites, je me serais mis à enquêter sur le meurtre comme si je n'avais rien à voir avec ce qui venait de se passer.

Olga prit le temps de réfléchir à ce que Vassily venait de lui raconter : une histoire inventée par Babikov et basée sur des preuves fabriquées de toutes pièces par le tueur qui, pour de mystérieuses raisons, avait choisi de mettre ses crimes sur le dos de Vassily et d'Ivanka Kozar… Une fois de plus, elle songea qu'une enquête policière pouvait décidément être un travail bien complexe.

– Et le samovar ? dit-elle après de longues secondes de réflexion. Comment Babikov peut-il affirmer qu'elle a tué un passager du train alors qu'elle a assisté ce mécanicien ferroviaire qui réparait le samovar pendant toute la matinée ?

– Comment es-tu au courant de ça ? s'exclama Vassily.

Olga se sentit rougir. Elle n'avait pas prévu de lui dire qu'elle avait espionné ses échanges avec le personnel de bord, à la gare de Taïga, mais il était désormais inutile d'en faire mystère.

– Eh bien, dit-elle, mal à l'aise, il se trouve que je buvais mon café à proximité de l'endroit où tu interrogeais les *provodnitsas* et les autres, et que je t'ai entendu parler avec Ivanka. À un moment, elle a fait venir ce mécanicien, là, cet Andrian quelque chose…

– Zonov, dit Vassily. Andrian Zonov.

– Oui, c'est ça. Et je me souviens qu'ils ont parlé d'un samovar en panne qui les avait occupés toute la matinée.

– Hum… fit Vassily en levant un sourcil. Il va falloir que je fasse attention à ce que je dis en ta présence, Olga Pouchkine ! On dirait qu'il n'y a pas grand-chose qui échappe à tes oreilles et à ton sens de l'observation. Mais tu as raison : l'alibi du samovar a compliqué les choses pour Babikov. C'est pour ça qu'il nous a arrêtés pour le meurtre d'Alyona Vasiliev plutôt que pour celui de Nathan Bryce.

– Juste pour le meurtre d'Alyona ? Mais alors, tout ce scénario dont tu m'as parlé ? La signature du meurtre avec ces pièces cerclées de métal jaune qui font allusion aux dents en or d'Ivanka ? La rémunération théâtrale pour tes services ? Ton rôle de policier véreux recruté pour faire disparaître le corps ?

– Eh bien, je suis certain que Babikov compte toujours imputer le meurtre de Bryce au couple diabolique que je suis censé former avec Ivanka Kozar. Il attend juste de trouver des éléments de preuve contre nous, quitte à se les faire offrir par le vrai coupable ou peut-être même à les fabriquer lui-même. Imagine un peu les gros titres ! Une démoniaque *provodnitsa* aux dents en or de mèche avec un flic corrompu, le cadavre d'un touriste américain avec la bouche remplie de pièces de monnaie, un meurtre sur le Transsibérien... Mais pour le moment, Babikov n'a pas de quoi désigner officiellement un suspect. Et sans suspect, pas de gros titres favorables à ses ambitions politiques. Alors, je pense qu'il veut se servir du second meurtre pour nous accuser du premier. D'abord, il nous met la mort d'Alyona Vasiliev sur le dos, et une fois qu'on a l'étiquette de meurtriers collée sur le front, il dira qu'on doit aussi être derrière l'assassinat de Nathan Bryce. Il trace d'abord les contours de notre culpabilité, il dessine une image grossière mais frappante pour les médias, et il se chargera plus tard des détails du tableau. Il a déjà élaboré un récit qui tient la route ; maintenant, il ne lui reste qu'à le peaufiner. Et tu sais, sans l'intervention de Terekhine, je crois que ce récit aurait suffi tel quel. Le public se serait focalisé sur les pièces de dix roubles et le reste serait passé tout seul, comme l'accompagnement un peu fade d'une viande bien pimentée. J'imagine mal les juges du coin avoir le cran de souligner les failles d'un tel scénario, surtout s'il est défendu par le chef de la police qui sera peut-être demain le nouveau maire de la capitale administrative de l'oblast dont ils dépendent. Oui, ça a failli fonctionner…

Olga hocha la tête, le visage concentré, tandis qu'elle s'efforçait d'assembler les morceaux du puzzle. Avec son visage un peu penché de côté comme pour y voir plus clair et ses joues encore rosies par le froid sur lesquelles ondulaient de délicats bouquets de cheveux blonds, elle était bien jolie, cette Olga Pouchkine, songea Vassily avec une pointe de culpabilité. Il tendit la main pour éteindre la lampe à pétrole dont la mèche, presque entièrement consumée, s'était mise à crépiter. La faible lumière qui éclairait la salle déclina encore davantage, et la masse hostile de la cellule se fondit dans la demi-obscurité, jusqu'à disparaître entièrement. Même les barreaux en acier qui séparaient Olga et Vassily furent avalés par la pénombre, leur donnant soudain le sentiment d'être assis l'un près de l'autre sans qu'aucun obstacle ne s'interpose entre eux.

Mais il vit bientôt les yeux d'Olga s'agrandir dans la maigre lumière en provenance de la pièce principale.

– Qu'est-ce que c'est que ça ? s'écria-t-elle sur un ton horrifié, se dressant comme un ressort avant de désigner une grosse boîte en carton qui s'était mise à bouger sous le banc de la cellule. Oh, c'est un rat !

Vassily éclata de rire.

– Mais non, ce n'est que Raspoutine. Sa sieste du soir doit être terminée. Viens, mon grand. Viens dire bonjour à Olga.

Il s'empara de la boîte pour lui présenter l'animal qui cligna des yeux en les regardant à tour de rôle, hébété et désorienté au sortir de son somme.

Olga poussa un cri étouffé.

– Oh, repose-le, Vassily ! Je croyais qu'on te l'avait retiré, quand tu as été arrêté.

– Pour l'emmener où ? demanda Vassily. Cette prison est aussi ma maison, et cette cellule était ma chambre avant même qu'on ne m'y enferme. Écoute, Olga, c'est un petit bonhomme très câlin. Pas vrai, Raspoutine ?

Vassily lui décocha un sourire qu'elle ne lui rendit pas.

– Bon, dit-il en s'adressant au furet, je crois que tu vas devoir retourner sagement dans ton château en carton jusqu'à ce que la méchante dame s'en aille. Désolé, mon garçon.

– Comment peux-tu vivre avec une telle créature ? demanda-t-elle une fois la grosse boîte refermée et glissée hors de sa vue sous le banc. Tu ne sais donc pas que les furets mangent les hérissons ?

– Il faut bien qu'ils se nourrissent, argumenta Vassily. Et puis pourquoi tiens-tu tellement aux hérissons ?

– J'ai un hérisson domestique, figure-toi.

– Ah, d'accord. Personne n'est parfait. Mais être capable de s'occuper d'un animal supérieur comme le furet n'est sans doute pas donné à tout le monde. Bref, dit-il en reprenant son sérieux, tes suppositions étaient justes – à propos des textos qu'ils ont retrouvés dans mon téléphone, je veux dire. Ce sont des messages qui corroborent le scénario selon lequel Ivanka et moi sommes de mèche – des échanges sur la nécessité d'effacer toutes les traces qu'on avait pu laisser derrière nous. À commencer par un témoin plus que gênant, à savoir Alyona Vasiliev.

– Mais pourquoi ont-ils laissé repartir Ivanka, si ces textos l'incriminent ?

– Parce que le véritable auteur de ces textos s'est planté, expliqua Vassily. La chance a voulu qu'Ivanka ait modifié son contrat téléphonique quelques jours avant que sa collègue n'ait été retrouvée pendue. Et un nouveau numéro lui a été attribué. C'est le colonel Terekhine en personne qui me l'a dit – il a assisté à son interrogatoire à Taïga. Et dans la mesure où Terekhine était présent, Babikov n'a pu faire autrement que de vérifier auprès de Rostelecom, l'opérateur téléphonique, qui a confirmé les déclarations d'Ivanka. Son ancien numéro n'a plus servi depuis qu'on lui en a donné un nouveau, sauf pour composer les messages bidons retrouvés dans mon téléphone. La police a aussi perquisitionné son domicile, mais ils n'ont rien trouvé. D'après Glazkov, l'endroit était tellement propre et bien rangé qu'on aurait dit un showroom. Du coup, ils ont dû la libérer et je crois qu'elle a repris son travail sur le Transsibérien. À l'heure qu'il est, elle doit être quelque part entre ici et Vladivostok.

Raspoutine poussa de petits cris et Vassily jeta un rapide coup d'œil sous le banc.

– Donc, le tuyauteur de la police – sans doute le tueur – a fait une erreur qui a permis à Ivanka de s'en sortir, du moins pour le moment, reprit-il. Babikov était furax, hier, quand il a compris qu'il allait devoir la laisser partir – pas de tueuse du Transsibérien aux dents en or pour nourrir les gros titres de la presse –, et plus furieux encore quand Terekhine lui a imposé un silence médiatique sur la mort de Vasiliev. Je suis sûr que Wolansky était déjà dans les starting-blocks pour parler de mon arrestation à quelques journalistes qui lui mangent dans la main.

– Qui est Wolansky ? demanda Olga.

– Il s'occupe de la communication de Babikov. De son image, des relations avec la presse, ce genre de choses… Je ne saurais pas te donner son prénom. D'ailleurs, je ne crois pas l'avoir jamais entendu. Les gens l'appellent juste Wolansky. C'est un type curieux – petit, barbe taillée en pointe, cheveux en broussaille, bottines aussi pointues que sa barbe. Quelque part entre le dandy, le savant fou et le leprechaun. Il s'était même teint un petit morceau de barbe en rouge, la dernière fois que je l'ai vu. C'est un excentrique, le genre de gars qui fait exprès de porter des chaussettes de couleurs différentes.

Tu l'as sans doute vu à la télé, jamais bien loin de Babikov quand il y a des micros et des caméras. Je crois qu'ils sont très proches, tous les deux.

Alors Wolansky était le nom du drôle de petit bonhomme qui l'avait intriguée à la gare de Taïga, pianotant furieusement sur son smartphone quand il n'était pas entouré d'une nuée de journalistes. Elle avait donc eu raison de déduire qu'il était davantage qu'un simple assistant. Encore une preuve qu'elle avait l'étoffe d'une enquêtrice !

– Tu sais, reprit Vassily, Babikov a peut-être réussi à me mettre derrière ces barreaux avec l'histoire qu'il a fabriquée, mais ce n'est qu'une histoire. Il y a au moins une personne qui sait ce qui s'est *vraiment* passé, et peut-être davantage. Il a bien fallu que quelqu'un envoie ces textos sur mon téléphone, et il a bien fallu que quelqu'un vole ma veste d'uniforme. Que quelqu'un en arrache un morceau, le place sur ce buisson près du domicile de la seconde victime et cache la veste dans cette vieille baraque située en face du poste de police. Et il a bien fallu que quelqu'un tue Nathan Bryce et Alyona Vasiliev, évidemment. Il s'agit très probablement d'une seule et unique personne dont on ignore tout, mais Babikov se fiche pas mal de ne pas savoir qui c'est, tant qu'il a des noms à livrer en pâture aux journalistes lors de ses fichues conférences de presse ! Et pour le moment, ma défense consiste juste à clamer mon innocence sans être capable de la prouver.

– Et si quelqu'un t'en voulait personnellement, Vassily ? Tu y as pensé ? Tu dois t'être fait tout un tas d'ennemis avec le métier que tu exerces. Des gens qui ont croupi des années en prison à la suite d'une de tes enquêtes.

Vassily laissa filer quelques secondes avant de répondre.

– Oui, dit-il, je reconnais que ça m'a traversé l'esprit. J'ai passé en revue les affaires dont je me suis occupé au cours de ma carrière. Celles dont je me souviens, en tout cas. Mais qui se donnerait tout ce mal pour se venger, au lieu de me loger une balle dans la tête à la nuit tombée, dans une rue tranquille de Roslazny ou de Taïga ? Ce serait absurde d'élaborer ce genre de coup monté pour se payer un flic. C'est trop de complications pour un résultat trop incertain. Je veux dire, regarde ce qui s'est passé : Terekhine a pu empêcher Babikov de me brandir comme un trophée devant les caméras, parce qu'il n'y a pas de preuves assez solides contre moi. Crois-moi, quand un voyou veut régler ses comptes, il utilise une méthode plus directe.

– D'accord, mais Ivanka Kozar ? Après tout, vous êtes censés être complices et elle est sur la sellette, elle aussi. Elle a peut-être des ennemis.

– C'est vrai, admit-il, mais s'occuper des passagers d'un train n'est pas vraiment un métier à risques, et j'imagine mal une *provodnitsa* se faire des ennemis aussi acharnés. Ça me paraît improbable.

– Improbable mais pas impossible, insista Olga. Tu m'as dit avoir fouillé ton passé, à la recherche de quelqu'un qui pourrait t'en vouloir à mort. Tu devrais peut-être aussi fouiller le passé d'Ivanka. Qui sait si elle n'est pas la véritable cible depuis le début, et si tu ne t'es pas retrouvé mêlé à ça par hasard, utilisé comme un simple moyen de l'atteindre, elle.

Olga se leva et se mit à faire les cent pas devant les deux minuscules cellules.

– Quelqu'un, quelque part, sait quelque chose, et c'est à nous de découvrir ce dont il s'agit, point final, reprit-elle sans cesser de marcher. Ivanka Kozar est liée aux deux meurtres d'une manière ou d'une autre. Si le tueur veut la piéger, elle et pas quelqu'un d'autre, c'est qu'il doit y avoir une raison. Tu sais qu'il y a deux *provodnitsas* qui se partagent la même voiture dans les trains qui roulent sur le Transsibérien, n'est-ce pas ? Une hôtesse de jour et une hôtesse de nuit. Alors pourquoi Ivanka et pas sa doublure…

– Yelena quelque chose, intervint Vassily. Oui, Yelena Koriakine. On lui a posé des questions, à elle aussi, mais elle est blanche comme neige.

– Pourquoi Ivanka Kozar et pas sa collègue qui travaille dans la même voiture… répéta Olga comme si elle se parlait à elle-même. Même si c'est juste à cause de ses dents en or qu'elle a été choisie, ça pourrait nous dire quelque chose du tueur, non ?

– Je suppose, dit Vassily. Et je suis d'accord avec toi, ça vaudrait peut-être la peine de s'intéresser à Ivanka d'un peu plus près. Sans compter qu'il s'agit d'une femme.

– Qu'est-ce que ça change ? demanda Olga.

– Oh, c'est juste quelque chose dont m'a parlé Terekhine pour me convaincre de venir travailler à Roslazny, répondit Vassily avec un geste vague. D'après certaines rumeurs, une tueuse en série sévirait dans la cambrousse.

– Parce que, bien sûr, Roslazny et Taïga, c'est la « cambrousse » pour des policiers de Novossibirsk, dit Olga avec humeur.

Vassily éclata de rire.

– Je voulais simplement dire que celui qui est derrière tout ça a pu décider de faire porter le chapeau à une femme qui vit dans ces coins *champêtres*, à cause des rumeurs qui courent sur la présence d'une tueuse en série.

– Eh bien, heureusement pour toi, je connais beaucoup de monde dans ces coins champêtres, et j'en connais aussi beaucoup qui travaillent pour les chemins de fer, dit Olga. Je suis sûre que je peux trouver des renseignements sur le passé d'Ivanka pendant qu'elle est à bord du train. Et ensuite, on pourra l'interroger à son retour de Vladivostok. Je suis certaine qu'on va dénicher quelque chose qui va nous aider à faire la lumière sur tout ça et à te disculper.

Mais Vassily secoua la tête. Toutes ces années passées à rechercher sa famille en vain avaient jeté une ombre pessimiste sur son caractère.

– Je crois que tu te laisses emporter par ton imagination, Olga, dit-il. Je sais que les gens aiment penser que la vérité finit toujours par triompher, que la justice finit toujours par l'emporter ou tout autre cliché dans ce genre, mais dans la réalité ça ne se passe pas comme ça, désolé. Je suis dans la police depuis de nombreuses années, maintenant, et crois-moi, ça ne se passe pas comme ça. Pas en Russie, en tout cas.

– Peut-être que ça ne s'est pas passé comme ça pour toi jusque-là, répondit-elle. Mais ça ne veut pas dire que ça n'arrivera jamais. Écoute, Vassily, je *sais* que tu es innocent et que la vérité est là, quelque part, ajouta-t-elle avec un geste vers la fenêtre striée de barreaux derrière laquelle les contours enneigés d'une maison abandonnée se devinaient sous la lueur d'une seule étoile.

– Malheureusement, je ne pense pas que tu aies beaucoup de chances de la découvrir, Olga. Je veux dire… Je ne peux pas t'aider, enfermé ici. Et tu n'as pas accès comme moi aux ressources policières – dossiers, bases de données, réseaux d'informateurs, etc.

– C'est vrai, mais il faut parfois aborder les choses autrement. Faire preuve de créativité et mener l'enquête en réfléchissant comme un écri… comme quelqu'un qui a de l'imagination.

Olga ne voulait pas lui dire qu'elle était écrivain avant d'être en mesure d'appuyer cette affirmation sur quelque chose de tangible. Un livre publié, par exemple, ou une carte d'étudiante en littérature à l'université d'État de Tomsk. Elle était trop fière pour accepter d'être prise pour un de ces rêveurs qui s'illusionnent sur leur avenir littéraire. Ça, c'était le destin de Fiodor Katine, pas le sien.

Vassily tira la mèche de la lampe à pétrole et craqua une allumette.

– Tu as sans doute raison, dit-il tandis que son visage se dessinait à nouveau dans la lueur jaune. Même si ce n'est pas exactement comme ça qu'on m'a présenté les choses à l'école de police. Mais essaie d'être rigoureuse. Le travail d'investigation consiste davantage à fermer des portes qu'à ouvrir celles de ton imagination.

– Fermer des portes ?

– Ça veut dire explorer les pistes les unes après les autres et éliminer au fur et à mesure celles qui ne donnent rien.

Elle sourit, heureuse d'avoir acquis une connaissance qui ferait d'elle une meilleure enquêtrice, mais surtout heureuse qu'il semble disposé à lui faire confiance pour mener ce travail.

– Alors, on fait équipe ? dit-elle en passant le bras à travers les barreaux.

Vassily secoua lentement une tête incrédule. Une heure plus tôt, il était allongé sur ce banc, attendant dans un silence nimbé de désespoir que son sort s'accomplisse – le procès, la prison ou même pire –, et voilà qu'à présent il regardait les yeux d'Olga Pouchkine briller dans la lumière chaude de la lampe à pétrole, son visage plein d'énergie et de détermination agissant sur son moral à la manière d'un remontant. Bien sûr, elle n'était qu'une modeste employée des chemins de fer. Que pouvait-elle bien faire contre un tueur, voire une serial killeuse, et contre toutes les forces de police de l'oblast de Kemerovo ?

Il haussa les épaules et, souriant à son tour, serra la main qu'elle lui tendait. Entre décider de faire confiance à Olga et se laisser aller au désespoir, le choix était vite fait.

– On fait équipe, dit-il.

CHAPITRE 11
Olga enquête

Le lendemain, un jeudi, était l'une des rares journées où Olga ne travaillait pas. C'était Viktor Fandorine, le chef d'équipe en poste à la gare de Taïga, qui était chargé de mettre en place le tableau de service définissant les horaires de travail, et il s'assurait toujours que les techniciens de maintenance de troisième catégorie se voient octroyer le minimum légal de journées de repos. Son raisonnement était simple : plus il y avait de techniciens en service, moins il y avait de chances pour qu'un problème survienne sur la voie. Et les jours sans incident, la probabilité qu'on remarque son absence était bien moindre. Si Viktor Fandorine abandonnait son poste plusieurs fois par semaine, c'était pour se rendre chez Misha, un bar à hôtesses de la rue Privokzalnaya, à Taïga. Misha avait récemment recruté de nouvelles filles à la peau douce et aux pommettes hautes qui venaient des confins orientaux de la Russie – du Kamchatka ou d'une région exotique de ce genre –, et le vieux staliniste ne pouvait résister au plaisir de goûter à leurs charmes à l'heure du déjeuner, du thé ou de l'apéritif, et parfois même à ces trois heures combinées. Mais tout chef qu'il était, il n'était pas autorisé à priver entièrement ses employés de congés. À son grand regret, la loi le contraignait à inscrire un grand « R » pour « Repos » une fois par mois sur le planning des techniciens de maintenance, même de troisième catégorie. Et ce jeudi-là, c'était au tour d'Olga de bénéficier du grand « R ».

Elle passait généralement sa journée de repos au lit avec un bon livre, même s'il lui arrivait aussi d'aller à Tomsk, lorsqu'elle s'autorisait exceptionnellement à dépenser de l'argent pour elle-même. Ces jours-là, elle marchait jusqu'à la gare de Taïga et y achetait le billet de train le moins cher, comme elle le faisait autrefois avec sa mère, il y avait des années de cela. Rendue dans la grande ville, elle allait s'installer dans un café situé à proximité de l'université et y commandait le plat le moins cher du menu, s'attachant à le manger aussi lentement que possible pour faire durer le moment, tandis qu'elle rêvait d'une vie d'auteur à succès. Au bout d'une heure ou deux, elle allait se promener sur le campus et admirer les bâtiments, avant de se renseigner sur les dernières modifications de tarifs et de dates d'inscription au bureau des admissions. Si elle le pouvait, Olga se faufilait en douce au fond d'un amphithéâtre et y restait assise un moment, s'imaginant dans la peau d'une étudiante comme les autres, portant des vêtements excentriques et lisant des livres savants aux titres incompréhensibles. Après avoir rêvé d'une vie différente pendant quelques heures, il était temps pour elle de regagner la gare et de monter dans un train pour Taïga, puis de marcher jusqu'à la maison qu'elle partageait avec son père.

Mais aujourd'hui, pour sa journée de repos, Olga ne comptait ni rester au lit avec un livre ni s'offrir une escapade rêveuse à Tomsk. Aujourd'hui, elle allait se lancer sur la piste d'un tueur sans pitié (elle estimait qu'il s'agissait d'un homme, en dépit des rumeurs dont Vassily lui avait parlé, parce que la plupart des choses horribles dont on entendait parler aux informations étaient commises par des hommes) ; un meurtrier prêt à tout, semblait-il, pour contraindre des innocents à endosser ses crimes. À présent que Vassily se trouvait derrière les barreaux, c'était à elle de faire tout ce qui était en son pouvoir pour que cet assassin ne parvienne pas à ses fins – afin de sortir Vassily de ce mauvais pas, bien sûr, mais aussi parce que c'était ce que lui dictait sa morale. Elle ne voulait pas que les habitants des autres pays voient la Russie comme un endroit horrible, un repaire de voleurs et de criminels de tout poil ; une terre de voyous qui se débrouillaient pour que les autres paient pour leurs mauvaises actions. Vladimir Solotov et sa clique pouvaient dire ce qu'ils voulaient sur Poutine, Olga savait que l'image de la Russie s'était beaucoup dégradée sous sa présidence, et un meurtre non résolu sur le célèbre réseau transsibérien ne ferait qu'entacher davantage la réputation de son pays. Mais si elle passait sa journée de repos à collecter des informations sur Ivanka Kozar, la *provodnitsa* à l'entrain débordant et au sourire serviable, peut-être pourrait-elle aider à rééquilibrer un peu la balance. Si elle parvenait à comprendre pourquoi le meurtrier avait choisi de piéger Ivanka, elle pourrait contribuer à redorer l'image de son pays dans le monde, à montrer à tous ces étrangers que les Russes savaient maintenir l'ordre chez eux et que la loi de la jungle ne régnait pas en Russie, avec le Kremlin et l'armée dans le rôle du lion.

L'armée, songea-t-elle, le ventre brusquement noué. *Pasha*.

C'est à lui qu'elle avait pensé en premier lorsqu'elle s'était réveillée ce matin-là, regrettant d'avoir omis de demander à Vassily s'il savait quelque chose sur les ennuis de son frère. L'excitation qu'elle avait ressentie à l'idée de se battre pour la justice aux côtés d'un policier aguerri avait chassé le retour de Pasha de son esprit. Sans doute avait-elle également été distraite par la façon dont les yeux de Vassily avaient brillé dans la lueur de la lampe à pétrole, si elle était honnête avec elle-même – par la chaleur de sa voix dans la pénombre du poste de police délabré.

Certes, être accusé de meurtre était plus grave que de se faire exclure de l'armée, mais oublier son frère bien-aimé au profit d'un homme qu'elle connaissait à peine n'en restait pas moins inexcusable. D'un autre côté, Vassily était un homme bon, un policier intègre à qui un ancien soldat sans scrupule avait pris tout ce qu'il aimait. Pasha n'avait jamais voulu être soldat, mais il serait sûrement d'accord avec elle pour dire que ce Pavel Prokofy était une honte pour l'armée. Peut-être son frère connaissait-il cette crapule, songea-t-elle. On avait vu des coïncidences plus extraordinaires. Elle se promit de lui poser la question quand il rentrerait de Crimée. Mais elle avait une mission à accomplir avant ça.

Elle s'habilla avec un sentiment d'excitation inhabituel et avala son petit déjeuner à la hâte. Était-ce horrible de sa part d'éprouver une forme d'euphorie à la perspective se lancer aux trousses d'un meurtrier ? Non, se dit-elle en enfilant ses bottes fourrées. Ce qui serait horrible, ce serait d'être euphorique à l'idée de commettre un meurtre. Et puis, entre son travail, les corvées ménagères, les courses et les services qu'elle rendait, Olga n'avait-elle pas passé suffisamment de temps comme ça à faire toujours les mêmes choses ? Ne méritait-elle pas d'injecter une petite dose d'excitation dans la monotonie de sa vie ?

Popov était l'un des rares habitants de Roslazny à posséder une voiture, et moyennant une somme exorbitante versée la veille au soir, Olga s'en était assuré l'usage pour sa journée d'enquête. Elle quitta la maison aussitôt son petit déjeuner terminé et prit la direction du domicile de Popov où l'attendait une Opel Corsa immatriculée en 2002. Comme convenu avec le boucher, elle trouva les clefs sous une grosse pierre posée près de la porte d'entrée. Elle démarra la voiture, faisant de son mieux pour ignorer la forte odeur de viande en décomposition qui imprégnait l'habitacle défraîchi. Une fois le moteur et le chauffage en marche, elle ressortit pour gratter l'épaisse couche de givre qui couvrait le pare-brise. Cette tâche accomplie au prix de quelques efforts, elle se mit au volant et étudia un moment la position des vitesses sur le pommeau avant de passer la première, le véhicule se mettant en branle avec des soubresauts. Olga était un peu rouillée, faute d'avoir eu beaucoup d'occasions de conduire, et il allait falloir que les subtilités de l'embrayage lui reviennent en mémoire.

Le ciel était resté dégagé et les étoiles de la nuit avaient laissé place à un bas soleil d'hiver qui risquait de l'éblouir sur la route de Taïga. Mais elle s'en moquait. Les journées comme celle-là, quand les rayons pâles coloriaient les champs blanchis d'une teinte dorée qui scintillait sous un ciel bleu poudré d'une pureté absolue, Olga pouvait rêver qu'elle était encore cette petite fille qui courait en riant dans la neige immaculée, main dans la main avec sa mamouchka, lors de ces hivers insouciants désormais si lointains. Elles s'effondraient ensuite devant les flammes crépitantes d'un feu de bois, et Tatiana lui racontait des histoires du pavillon de chasse d'Astrazov, de Lubov la gouvernante, du comte Lichnovsky et de la comtesse douairière, ainsi que des récits fabuleux de l'ancienne Russie qui mettaient en scène de belles tsarines, des cygnes et des créatures enchantées auxquelles il ne fallait pas faire confiance. Un sourire inconscient se forma sur ses lèvres tandis que la voiture de Popov rebondissait sur la route étroite et accidentée, son regard portant loin entre les arbres nus qui la bordaient.

Son sourire disparut bientôt au souvenir de la maladie de sa mère, mais aussi des années qui l'avaient précédée et au cours desquelles la joie de Tatiana s'était fanée peu à peu. À l'époque, Olga n'avait pas compris pourquoi sa mère semblait s'étioler de la sorte, comme si elle perdait un peu plus ses couleurs vives avec chaque mois qui passait. Mais lorsqu'elle posait aujourd'hui son regard d'adulte sur cette période, Olga voyait à quel point Mikhaïl l'avait rendue malheureuse avec ses absences, ses excès de boisson, la violence de son langage et de son comportement. Peut-être avait-il provoqué sa maladie, songea-t-elle pour la première fois. Pas en l'empoisonnant littéralement – malgré tous ses défauts, Mikhaïl n'avait pas le tempérament d'un assassin –, mais en la rendant malade, peut-être, de la même façon qu'on fait dépérir une plante en l'enfermant dans la nuit d'un placard. Lorsque la comtesse avait épousé l'homme des bois, elle ignorait qu'il avait d'exigeantes maîtresses dont les noms étaient vodka et paresse, cupidité et égoïsme.

– *Suka, blyat !* lança-t-elle comme elle l'avait fait après avoir brûlé cette lettre fielleuse.

Il n'y avait personne pour l'entendre dans cette voiture qui traversait seule le paysage glacé, et elle se mit à jurer sans la moindre retenue, libérant le ressentiment et la colère qu'elle avait accumulés contre son père, jour après jour, mois après mois, année après année. De tous ces vieux ronchons qui lui pourrissaient la vie, Mikhaïl était le pire. Il avait brisé sa femme, envoyé son fils à l'armée et emprisonné sa fille dans une cage dont les barreaux étaient faits de rails ; une peine de prison à vie à Roslazny pour la garder éternellement à sa disposition, à son service. Eh bien, c'était fini tout ça, se dit-elle. Quand cette affaire de meurtre serait résolue et que Vassily Marouchkine serait libre, elle comptait avoir une sérieuse discussion avec son père. Et Anna agirait peut-être de même avec Bogdan, une fois qu'elle saurait ce qu'il faisait dans son dos. Avec l'aide de Vassily, Olga avait également l'intention de débusquer la personne malveillante qui se cachait derrière cette lettre anonyme, et elle lui dirait deux mots, à elle aussi. Les choses allaient évoluer à Roslazny, et dans le bon sens.

C'est ce qu'elle avait dit à Vassily la veille au soir, après qu'ils avaient décidé de faire équipe. Mais elle n'était plus aussi sûre d'elle, à présent, tandis qu'elle roulait prudemment en périphérie de Taïga, puis dans les rues qui menaient au centre-ville. Ce qui avait semblé si excitant la veille, assise dans la pénombre avec Vassily, semblait brusquement intimidant toute seule et dans la lumière froide du matin.

Elle dut rassembler tout son courage pour poursuivre sa route jusqu'au centre-ville, pour contourner le square et se garer à proximité de la gare, pour traverser le hall et enfin marcher jusqu'aux hautes portes vitrées qui donnaient sur le quai, à la recherche de son amie Ekaterina.

– Ekaterina Chezhekov, lança Olga d'une voix sonore lorsqu'elle la repéra avec son éventaire garni de cigarettes.

Sa voix trahissait son soulagement : l'idée que la liberté de Vassily puisse dépendre de sa sagacité la rendait nerveuse, et elle se sentit réconfortée à la vue d'un visage familier.

– Ah, te voilà, Olga Pouchkine, dit Ekaterina avec un sourire.

C'était une petite femme potelée d'un âge indéterminé, dont le visage avait pu traverser quarante comme soixante hivers. Elle avait la tête enveloppée dans un foulard et un cache-oreilles en fourrure l'aidait à se protéger du froid. Elle fumait, comme toujours – Olga se demandait si elle ne fumait pas plus de cigarettes qu'elle n'en vendait –, adossée à l'abri du vent contre la paroi d'un kiosque de restauration où s'était aussi réfugié Burian Menandrov, un des porteurs qui véhiculaient les bagages des touristes le long des passerelles métalliques en échange de quelques roubles.

Olga lui fit signe de la rejoindre et Ekaterina s'excusa auprès de Burian avant de trottiner jusqu'à elle.

– Comment vas-tu, ma jolie ? dit la vendeuse. Tu as réussi à dormir après notre petite conversation d'hier soir ?

– Pas beaucoup, répondit Olga. Mais je me sentirais tout de suite moins fatiguée si tu me disais que Fandorine n'est pas là.

Une mimique comique tordit les traits d'Ekaterina.

– Ha ! Bien sûr qu'il n'est pas là, ce vieux cochon. J'ai fait ce que tu m'as dit : je lui ai raconté qu'il y avait une nouvelle fille tout juste arrivée de Vladivostok, une vraie beauté si j'en croyais la rumeur, et il a filé chez Misha en moins de temps qu'il n'en faut pour le dire.

C'était une excellente nouvelle, dans la mesure où Olga avait un plan dont l'exécution serait grandement facilitée par l'absence de son chef d'équipe. Mais c'était également un moment terrifiant, parce qu'après quinze années de bons et loyaux services, la technicienne de maintenance ferroviaire de troisième catégorie Olga Pouchkine s'apprêtait à enfreindre pour la première fois le règlement intérieur des Chemins de fer russes.

Sous le regard médusé de son amie, elle tendit le bras vers le plateau ambulant et piocha une cigarette dans un paquet ouvert. Elle la coinça entre ses lèvres et l'alluma, inspirant profondément tandis que ses yeux se fermaient.

– Hé, mais tu ne fumes pas ! s'écria Ekaterina. Du moins, c'est ce que je croyais…

– J'ai été fumeuse, il y a quelques années, dit Olga. Et je le redeviens juste pour aujourd'hui. J'ai besoin de me calmer les nerfs. Tiens, donne-moi dix paquets, s'il te plaît. Ne fais pas cette tête, voyons ! Ce n'est pas pour moi. J'ai besoin de soudoyer un aiguilleur.

***

Une demi-heure plus tard, le Transsibérien apparut dans le lointain, sa locomotive rouge vif visible à bonne distance. Le sol se mit à trembler sous les pieds d'Olga alors qu'approchait la colossale masse en mouvement, les freins grinçant sous l'effort pour ralentir le monstre de six tonnes qui tanguait sur les aiguillages, ses roues poussant des hurlement stridents, métalliques, comme une colère contre les rails entrelacés, une clameur furieuse bientôt rejointe par le son assourdissant des attelages qui s'étiraient puis se rétractaient avec des bruits de forge tandis que l'interminable train s'immobilisait enfin le long du quai en béton. Le brouhaha habituel prit rapidement le relais, une vague de passagers qui descendaient se brisant sur une autre vague, tout aussi importante, de passagers qui cherchaient à monter. À l'intérieur, personnel de bord et voyageurs envahissaient les étroits couloirs, ceux lestés de bagages bloquant le passage des *provodnitsas* impatientes et des touristes désireux de sortir pour se dégourdir les jambes, prendre quelques photos et acheter quelque chose à manger. Sur le quai, les voix des vendeuses ambulantes se télescopaient avec les aboiements des porteurs et le crachotement des haut-parleurs dont le message, aussi inintelligible qu'assourdissant, ne renseignait personne. Les chiens errants de la gare étaient aussi au rendez-vous, arpentant le quai dans l'espoir que des touristes au grand cœur partagent avec eux quelques miettes de leur repas.

L'arrêt en gare de Taïga devait durer vingt minutes. Au bout d'un quart d'heure, l'effervescence était presque entièrement retombée et les annonces inaudibles s'étaient tues. Chacune devant sa voiture, les *provodnitsas* fusillaient les retardataires d'un regard froid et fumaient en douce des cigarettes qu'elles dissimulaient dans leur dos. Bientôt, elles remontèrent à bord, tirant les petites échelles derrière elles et refermant les portes avec des claquements sonores. Et pourtant le train resta à quai.

Au bout d'un moment, l'impatience se fit sentir à bord. Des touristes se penchèrent par toutes les fenêtres qu'ils parvenaient à ouvrir, tandis que les employés du train s'emparaient de leurs talkies-walkies et s'efforçaient de se renseigner sur l'incident. Mais personne ne semblait avoir d'information. De longues minutes s'égrenèrent encore avant que le directeur de la gare et ses collaborateurs ne sortent de leurs bureaux et s'agglutinent sur le quai, discutant entre eux des causes possibles de ce retard et passant des appels agacés aux techniciens aiguilles. Finalement, après une dizaine de minutes supplémentaires, le train reçut le signal de départ et se remit à gronder avant de s'ébranler. Alors qu'il quittait lentement la gare, une personne – une femme vêtue d'une parka doublée de fourrure dans laquelle disparaissait une de ses mains – se faufila hors d'un bureau et pressa le pas vers la sortie principale. Un train de marchandises entrait à présent en gare sur une voie parallèle à la ligne principale, mais la femme n'y jeta pas un regard : elle conservait la tête baissée et marchait de plus en plus vite, comme sur le point de se mettre à courir. Alors qu'elle s'engouffrait par une porte qui menait au café, le train de marchandises passa dans un roulement de tonnerre, tirant cinquante wagons de minerai de fer vers Novossibirsk. Lorsque les dernières voitures du Transsibérien laissèrent enfin la gare de Taïga derrière elles, la femme avait quitté les lieux.

***

Olga claqua la portière de la Corsa.

– Et d'un, dit-elle en tapotant le dossier écorné posé à côté d'elle sur le siège passager. Plus que deux.

D'un jaune passé sur lequel des tasses de café avaient laissé plusieurs cercles bruns, le dossier renfermait des documents de différentes tailles et couleurs – toutes les informations qu'Olga avait pu trouver sur Ivanka Kozar dans l'espace exigu du bureau du personnel. L'Opel était stationnée suffisamment loin de la gare, mais être en possession de documents qu'elle venait d'y voler la rendait tout de même nerveuse. Le bon sens aurait voulu qu'elle démarre la voiture de Popov et s'éloigne le plus vite possible du lieu où elle avait commis son larcin. Mais le bon sens ne faisait pas le poids face au pouvoir de la curiosité.

Elle ouvrit le dossier et passa les documents en revue. Juste un coup d'œil rapide, se dit-elle. Calendrier de rotation et horaires de travail – ça pourra être utile plus tard. Un formulaire de demande de promotion interne – rejetée. Cours obligatoires de gestion du temps à la suite de retards récurrents sur une période de plusieurs mois… Un autre formulaire de demande de promotion, également rejetée. Plusieurs arrêts de travail, tous liés au stress… Des plaintes de passagers : impolitesse, couvertures manquantes, mauvais service.

Elle referma le dossier et se redressa sur son siège. Apparemment, Ivanka traversait une période compliquée. Olga avait imaginé une employée modèle, toujours disponible, courtoise et souriante, mais à en croire ces documents, elle était tout le contraire, et sur le point de se faire renvoyer. Qu'avait-elle dit à Vassily, le jour où il l'avait interrogée dans la gare ? Qu'elle avait « la cervelle pleine de trous » ? Peut-être était-elle le genre de personne qui se lassait vite d'un emploi… On ne savait jamais ce qui se cachait derrière un visage, aussi souriant fût-il. On ne savait tout simplement jamais.

Elle tourna la clef de contact.

Il ne restait plus qu'à espérer que Fandorine n'ait pas besoin de ces documents, songea-t-elle tandis que l'Opel, après une série d'à-coups ponctuée d'un inquiétant raclement d'embrayage, s'éloignait dans un nuage de fumée grise. S'il prenait à son chef d'équipe l'envie de fouiller l'étagère des archives à la recherche de renseignements sur la *provodnitsa* aux dents en or, il découvrirait vite que tout ce qui la concernait avait laissé place à un grand vide. Mais Olga ne voyait pas pourquoi Viktor Fandorine irait jeter un œil au dossier d'Ivanka. À moins que…

Fandorine était peut-être lui-même impliqué dans tout ça, songea-t-elle. Après tout, c'était lui qui l'avait envoyée réparer ce moteur d'aiguille bloqué à plus d'un kilomètre de sa cahute, le matin où Nathan Bryce avait été égorgé. Il avait dû penser que la réparation lui prendrait beaucoup plus de temps. De fait, Olga serait revenue bien après la chute du corps sans l'astuce de l'essence à briquet qu'elle tenait de son père. Et il s'attendait à ce qu'elle le contacte une fois le mécanisme débloqué, mais la mauvaise réception radio l'en avait empêchée.

Maintenant qu'elle y pensait, comment ce moteur d'aiguille avait-il pu se bloquer ? Et si c'était Fandorine qui l'avait trafiqué plus tôt ce matin-là, dans le seul but de l'éloigner de sa cahute ? Son père Mikhaïl lui avait dit que les moteurs Valnejy se bloquaient quand il faisait très froid et que quelqu'un les actionnait plusieurs fois d'affilée. Se pouvait-il que Fandorine ait été ce quelqu'un ? L'image de son supérieur lui vint à l'esprit : un petit homme ni mince ni gros dont le crâne chauve était constamment coiffé d'un képi de cheminot décoré en son centre d'une étoile rouge. Sous la visière dardait le regard noir et perçant de petits yeux rapprochés, ainsi que la chair veinée d'un nez imposant qui avançait au-dessus d'une moustache grisonnante et ébouriffée que la nicotine avait tachée de jaune, juste au-dessus des lèvres. Oui, il avait le visage d'un homme qui défendrait le communisme jusqu'à son dernier souffle, et qui pourtant était prêt à tout pour de l'argent. Mais en soi, cela ne prouvait pas grand-chose.

Un long coup de klaxon la fit bondir sur son siège, et Olga se rendit compte qu'elle était plongée dans ses pensées – et presque dans le fossé par la même occasion. Elle fit une embardée pour remettre les roues dans l'axe de la route et s'excusa d'un geste de la main auprès de l'automobiliste qui la suivait. Elle jeta un regard inquiet dans le rétroviseur central, décidant de se concentrer sur sa conduite et de remettre ses réflexions sur l'enquête à plus tard. Mais son livre en profita pour occuper l'espace laissé libre, et une nouvelle idée lui vint à l'esprit. Leçon de vie n° 73 : *L'existence avance plus sûrement quand on fait une seule chose à la fois. Essayer de gagner du temps en faisant deux choses à la fois, c'est prendre le risque de verser soit dans l'erreur, soit dans le fossé.*

Olga aimait bien cette leçon de vie. Non seulement elle lui rappelait de se polariser sur la route quand elle était au volant, mais elle était en phase avec ses objectifs de la journée, qu'elle avait soigneusement consignés ce matin au dos d'un vieux calendrier des Chemins de fer russes :

1. Se procurer le dossier personnel d'Ivanka Kozar, y compris ses récents plannings de travail.

2. Parler aux gens qui ont connu Ivanka lorsqu'elle était enfant et adolescente.

3. Avoir une discussion avec son ancien petit ami.

Il n'était que dix heures du matin et Olga avait déjà rempli la première de ses trois missions, ce qui lui semblait un très bon début. Vassily allait être content : c'est lui qui avait évoqué les documents que la compagnie ferroviaire conservait forcément sur Ivanka et qui devaient contenir des renseignements utiles. Certes, il ne lui avait jamais conseillé de prendre des risques pour se les procurer, mais c'était fait, maintenant, et elle s'en était bien tirée. Olga pressentait toutefois que les deux autres missions risquaient de se révéler un peu plus épineuses.

Quel dommage de ne pas pouvoir parler directement à la *provodnitsa* elle-même, songea-t-elle. Ce serait tellement plus simple et plus rapide si elle pouvait discuter en tête-à-tête avec Ivanka, de femme à femme. Elle était certaine qu'une conversation autour d'un bocal de cornichons malossols et de quelques verres de vodka lui permettrait de comprendre ce qui avait poussé le meurtrier à jeter son dévolu sur elle. Devoir enquêter sur Ivanka en son absence avait quelque chose de frustrant. Mais que pouvait-elle faire d'autre ? La *provodnitsa* aux dents en or se trouvait loin d'ici, cheminant vers l'Extrême-Orient russe à bord du Transsibérien, en charge d'un *spalny wagon*. C'était la vie sur les rails. Une vie dont les horaires bien réglés étaient décidés par d'autres.

Pourtant, malgré le stress et le sentiment de frustration, Olga ne pouvait nier le plaisir que lui procurait la sensation d'avoir traversé l'écran pour entrer dans une de ces séries policières qu'elle avait pu voir à la télévision. Une règle commune à ces programmes était que toute investigation criminelle digne de ce nom commençait par une enquête de terrain. Il y avait toujours un inspecteur qui cherchait à en savoir plus sur l'enfance des protagonistes de l'affaire et qui allait discuter avec ceux qui partageaient ou avaient partagé leur vie – l'entretien avec l'ex-petit ami était un classique des séries diffusées l'après-midi. Sa deuxième et sa troisième mission s'étaient donc pratiquement inscrites toutes seules sur sa liste.

La veille au soir, Olga avait été étonnée d'apprendre de la bouche d'Ekaterina qu'Ivanka Kozar vivait aussi près de chez elle, à une quinzaine de kilomètres de Taïga. Les gens qui travaillaient d'une façon ou d'une autre sur le Transsibérien se connaissaient presque tous dans le coin, au moins de vue, et pourtant elle n'avait jamais croisé Ivanka lors d'une de ces sorties ou de ces réunions qui rassemblaient de temps à autre les cheminots de la région de Taïga. Selon Ekaterina, Ivanka menait une vie solitaire quand elle ne travaillait pas, et personne ne savait exactement où se trouvait sa maison. La police connaissait son adresse, bien entendu – Vassily lui avait dit que les hommes de Babikov avaient perquisitionné son domicile lorsqu'ils l'avaient arrêtée, sans résultat. Et si la police n'avait rien trouvé de compromettant, cela ne valait vraiment pas la peine qu'Olga fasse des pieds et des mains pour découvrir où elle habitait ni qu'elle prenne le risque de pénétrer chez elle par effraction.

La seule chose que tout le monde savait sur l'enfance d'Ivanka, lui avait aussi dit Ekaterina, c'est qu'elle avait grandi dans une famille d'accueil à Iachkino, une autre ville ferroviaire située à une vingtaine de kilomètres de Taïga. Ivanka avait laissé échapper cette information des années plus tôt, un soir où son train s'était retrouvé bloqué par des congères et que le système de chauffage avait rendu l'âme. Ekaterina avait une amie, Julya Brentanov, qui se trouvait également à bord de ce train (mais pour une affaire de cœur – et plus précisément pour rester proche de Karol, le conducteur) et qui lui avait par la suite rapporté les confidences d'Ivanka. Ce soir-là, le personnel de bord avait tenté de se réchauffer en partageant quelques bouteilles du *samogon* de Karol, un gin fait maison à côté duquel, avait assuré Julya, le Carburant de fusée d'Odrosov avait un goût d'eau minérale. Après plusieurs verres du puissant breuvage, Ivanka avait baissé la garde et s'était confiée sur son enfance, racontant à ceux qui l'entouraient les circonstances dans lesquelles ses parents avaient perdu la vie alors qu'elle était âgée de onze ans, tués par des petits mafieux qui n'avaient pas apprécié que son père refuse de se faire soudoyer pour faciliter leurs combines. D'après Julya, Ivanka Kozar avait eu l'air un peu étrange lorsqu'elle avait parlé du meurtre de ses parents, ses yeux écarquillés fixant un point invisible comme si elle revivait la scène atroce qu'elle avait découverte devant chez elle, un après-midi en rentrant de l'école. Elle avait semblé de plus en plus agitée au fur et à mesure qu'elle relatait son malheur, bientôt animée d'une étrange excitation comme si elle racontait quelque chose qui s'était passé le matin même et non vingt ans plus tôt.

Ivanka leur avait parlé du couple âgé qui avait fini par l'adopter, après une succession de placements infructueux dans d'autres familles d'accueil. Mais parvenue à ce point de son récit, elle s'était brusquement tue comme si elle estimait en avoir trop dit, s'enfermant dans un silence duquel elle était rarement sortie depuis lors. Elle ne se joignait jamais aux virées nocturnes des autres *provodnitsas* dans les bars de Taïga, pas plus qu'elle ne répondait aux invitations de ses collègues lorsqu'ils organisaient un mariage, un baptême ou un anniversaire. Ses sourires n'étaient jamais spontanés, avait affirmé Julya, et elle filait la plupart du temps sans demander son reste une fois le travail terminé.

Cela ne correspondait pas du tout à ce qu'Olga avait observé à la gare de Taïga, le jour où Vassily et Glazkov avaient interrogé le personnel de bord. N'avait-elle pas vu Ivanka discuter, tout sourire, avec ses collègues ? Ne l'avait-elle pas vue plaisanter avec eux pendant qu'ils attendaient de répondre aux questions des policiers ? Peut-être avait-elle évolué depuis l'époque où Julya Brentanov avait raconté tout ça à Ekaterina. Ou alors, consciente d'être menacée de licenciement, elle avait pensé sage de troquer ses manières taciturnes contre une attitude plus ouverte. Oui, songea Olga, pour réussir sa vie professionnelle, il fallait nécessairement y injecter une dose de comédie.

Olga avait remercié Ekaterina pour les renseignements qu'elle lui avait fournis, mais après avoir raccroché elle s'était dit qu'elle n'avait pas grand-chose à se mettre sous la dent. Pourtant, alors qu'elle peinait à s'endormir, l'esprit occupé par l'enquête qu'elle s'apprêtait à mener, une idée lui était venue : et si elle se rendait au bureau des affaires sociales de Iachkino, la ville où Ivanka avait grandi, pour y glaner des informations ? Ses questions avaient de fortes chances de se heurter à des refus, mais Olga savait que les fonctionnaires qui travaillaient dans ce type de structures étaient mal payés, et la vue de billets de banque aurait sans doute le pouvoir de délier quelques langues. C'est pourquoi, lorsqu'elle avait quitté sa maison au matin pour aller chercher la voiture de Popov, Olga avait lesté son sac à main d'une jolie petite liasse de billets de cent roubles, puisés dans la réserve d'urgence qu'elle conservait sous son matelas.

Mais alors qu'elle comptait le nombre de billets qu'elle s'apprêtait à enfouir dans les profondeurs de son sac, Olga avait eu un moment d'hésitation : se rendait-elle bien compte qu'elle comptait graisser la patte de fonctionnaires d'État avec de l'argent qu'elle avait économisé à la sueur de son front, tout ça dans l'espoir *incertain* d'obtenir un renseignement utile sur Ivanka Kozar ?

Et sur quels critères allait-elle se baser, s'était ensuite demandé Olga, pour décider de ce qui était utile ou non à son enquête ? Les informations récoltées – *si* elle en récoltait – n'allaient pas lui être confiées préalablement triées selon leur degré de pertinence pour l'enquête. Était-il raisonnable de risquer de s'attirer des ennuis – de *sérieux* ennuis – pour ce qui risquait de n'être qu'une flopée d'anecdotes sans intérêt sur une *provodnitsa* ? Ça ne semblait pas très prudent. Et son père ne lui avait-il pas dit que la prudence était une vertu russe ?

Mais Olga en avait par-dessus la tête d'entendre son père parler de vertu ou de sens du devoir. C'était comme écouter Poutine louer les mérites de la démocratie ou souligner l'importance d'une presse libre. L'hypocrisie ne servait que les intérêts de l'hypocrite et certaines choses auraient dû changer depuis longtemps dans la vie d'Olga. Mais mieux valait tard que jamais : à partir de maintenant, c'est elle et non son père qui allait décider de ce qui était prudent ou ne l'était pas. Elle et non Mikhaïl Pouchkine qui allait décider si, dans certaines circonstances, il était même prudent de faire preuve de prudence.

Et c'est ainsi qu'au terme d'un trajet de vingt minutes environ, Olga Pouchkine se gara devant le bâtiment du bureau des affaires sociales de Iachkino dans un état qui, à sa relative surprise, ressemblait davantage à de l'excitation qu'à de l'appréhension. Tandis qu'elle poussait les portes battantes d'un geste déterminé et enfonçait la main dans son sac, la liasse de billets produisant de petits craquements sous la pression de ses doigts, elle se sentit gagnée par un inhabituel sentiment de puissance. Comme tout le monde, elle avait eu maintes occasions de souffrir des effets de la corruption qui gangrénait le pays : les queues interminables, les frais administratifs sortis de nulle part et les avalanches de paperasses qui semblaient ne jamais atterrir dans le bon bureau ni parvenir dans les bons délais. Ce ne serait que justice, se dit-elle, que la corruption généralisée serve pour une fois une bonne cause. Verser un pot-de-vin à un employé du service public, comme elle s'apprêtait à le faire, n'était pas vraiment de la corruption à partir du moment où on le faisait par civisme.

Aucun pot-de-vin ne fut toutefois nécessaire dans le cas présent. Le fonctionnaire qui reçut Olga, un certain Leonid Almosya, semblait tout disposé à partager gracieusement des informations privées, tant que cela lui permettait de briser la monotonie de ses journées. Il se contenta de hocher la tête face aux demandes d'Olga avant de disparaître dans une pièce située derrière son guichet du bureau des adoptions.

– Vous pouvez venir, lança-t-il au bout d'une ou deux minutes.

Olga hésita un instant, puis contourna le guichet en bois pour le rejoindre. Elle le trouva assis devant le moniteur massif d'un ordinateur antédiluvien qui s'allumait avec d'inquiétantes vibrations.

– Kozar, c'est bien ça ? marmonna-t-il en pianotant sur le clavier branlant. Ivanka Kozar ? Ça me dit quelque chose. Ah oui, voilà… Placée en famille d'accueil à onze ans… Passée de famille en famille, des séjours très brefs, un mois ici et deux mois là, et finalement adoptée en 1995, juste avant ses douze ans. Ses parents biologiques ont été tués. Une histoire sordide de mafia locale, à ce que je lis. Et vous voudriez parler à la famille adoptive, si je comprends bien ? Ah, voici le document qu'il nous faut. Ah, zut… J'ai bien peur qu'ils ne soient morts, eux aussi. Décédés en 1999 tous les deux, et le même jour qui plus est. Bizarre… Mais apparemment, ils étaient déjà assez âgés quand ils ont adopté la petite, d'après ce que je vois.

Olga fit un rapide calcul.

– Donc, elle devait avoir quinze ou seize ans quand ils sont morts, dit-elle. Et elle a été adoptée par un autre couple après ça ? Comment ça fonctionne ?

– Pas de nouvelle adoption, dit Leonid Almosya. Encore des familles d'accueil. Elle a été réintégrée dans le système quand ses parents adoptifs ont passé l'arme à gauche. Placée chez les Nikitine, une famille domiciliée près de Taïga. Puis une autre après ça, il me semble, même si je ne peux pas l'affirmer avec certitude. Cette partie de son dossier n'a pas encore été numérisée, mais on dirait bien que c'est ce qui est arrivé d'après les éléments que j'ai sous les yeux. Pas l'enfance rêvée, ajouta-t-il d'un ton blasé.

– C'est inhabituel qu'un gamin passe comme ça de famille en famille ? demanda Olga.

– Pas vraiment, répondit Almosya. Surtout quand ils ont subi un traumatisme comme elle. Ça les perturbe, vous comprenez ? Ils ne tiennent pas en place.

– Oui, je comprends, dit Olga. Et vous avez plus d'informations sur la première famille d'accueil dans laquelle Ivanka a été placée après la mort de ses parents adoptifs ? Celle qui vivait près de Taïga ?

Almosya soupira et se tourna de nouveau vers l'écran, ses doigts parcourant maladroitement le clavier tandis qu'il fixait le gros moniteur gris pâle d'un œil myope.

– Hum… fit-il. On dirait bien qu'ils l'ont fichue à la porte. Leurs propres enfants vivaient encore sous leur toit, à l'époque, et ce n'était pas l'entente cordiale avec Ivanka, apparemment. Du coup, retour à la case départ pour elle et comme je l'ai dit, sans doute un nouveau placement après ça.

Olga le vit froncer brusquement les sourcils.

– C'est curieux… murmura-t-il comme s'il se parlait à lui-même. On dirait qu'il y a une sorte de blocage dans le système. La police peut bloquer l'accès à certaines informations, quand quelqu'un fait l'objet d'une enquête. Mais seulement dans le cas d'affaires graves, comme un homicide ou une escroquerie de grande ampleur, ce genre de choses. J'imagine mal les Nikitine être impliqués dans des crimes de cette importance. Les familles d'accueil sont choisies avec soin, vous savez. Peut-être ont-ils été victimes d'une dénonciation calomnieuse. Des voisins mal intentionnés, par exemple. Ça arrive, croyez-moi. En tout cas, c'est tout ce que je peux vous dire, alors inutile de m'en demander plus.

Sur ces mots, il éteignit l'ordinateur, qui poussa une sorte de long hoquet aigu avant de retourner à son coma.

Olga comprit que Leonid Almosya s'ennuyait à nouveau et qu'il avait envie de se débarrasser d'elle. Elle l'observa avec curiosité, essayant d'imaginer comme sa vie serait pénible si elle s'ennuyait aussi vite que cet homme. Le moment de distraction qu'elle avait apporté au fonctionnaire était terminé, mais elle s'estimait néanmoins heureuse d'avoir pu lui soutirer toutes ces informations, et sans sacrifier le moindre rouble de sa réserve d'urgence. Pourtant, quand le siège conducteur de l'Opel de Popov salua son retour d'un pitoyable grincement, son excitation avait entièrement disparu, remplacée par une insondable tristesse.

Pauvre Ivanka… D'abord ses parents biologiques se faisaient assassiner par des voyous, puis c'était au tour de ses parents adoptifs de décéder le même jour, et enfin la famille d'accueil qui l'avait recueillie après ce nouveau traumatisme la chassait de chez eux. Et après ce cruel passé, elle devait aujourd'hui affronter la menace d'un licenciement et une accusation de meurtre. Une fois qu'une *provodnitsa* perdait son poste, les possibilités de reconversion n'étaient pas nombreuses, si elle voulait continuer à travailler à bord d'un train. Faire le service dans un wagon-restaurant, peut-être.

Et encore, si les Chemins de fer russes acceptaient de la garder. C'était peut-être pour ça qu'elle était devenue une cible, songea Olga. Pour ça et pour ses dents en or. Le tueur avait dû voir en elle une proie facile, une femme faible et traumatisée qui confesserait n'importe quel crime une fois sous pression. Eh bien, Ivanka leur avait donné tort, pas vrai ? se dit Olga avec une bouffée de fierté féminine. La *provodnitsa* n'avait pas flanché quand elle avait été arrêtée pour le meurtre d'Alyona Vasiliev : elle n'avait pas avoué un crime qu'elle n'avait pas commis ni supplié qu'on l'épargne. Les femmes russes étaient coriaces – plus coriaces que les hommes à bien des égards. Et il était grand temps qu'ils en prennent conscience.

Olga inspira profondément, rassemblant ses pensées. Ce qu'elle venait d'apprendre était intéressant, mais elle ne pouvait pas rester toute la journée à cogiter dans la voiture de Popov, d'autant qu'il lui restait une mission à accomplir, maintenant qu'elle avait rayé les deux premières de sa liste : l'ancien petit ami d'Ivanka. C'était une nouvelle fois Ekaterina qui l'avait mise sur cette piste, quand Olga lui avait demandé si Ivanka avait déjà eu une relation amoureuse. Ekaterina connaissait un homme qui lui-même connaissait un certain Igor Troponovich, un policier dont l'un des amis était l'ancien (et le seul et unique, apparemment) petit ami d'Ivanka Kozar.

– Igor m'a dit que c'était un drôle de mec, l'avait prévenue Ekaterina. Un dingue de la chasse, limite survivaliste. Des armes à feu et des couteaux plein son appartement, et toujours vêtu avec des imprimés camouflages. Enfin, tu vois le genre. Il habite à Pikhatch, une petite ville située à quelques kilomètres au nord de Roslazny, et il s'appelle Tarass Sviatoslav.

Une petite demi-heure après avoir quitté le bureau des adoptions d'Iachkino, Olga se gara devant l'adresse que lui avait donnée son amie. Elle se dépêcha de sortir de l'Opel Corsa, soulagée d'échapper à l'odeur de viande avariée qui n'avait fait que s'intensifier au cours de la matinée. Elle passa devant une voiture sans roues en équilibre sur des parpaings et un canot pneumatique posé sur une remorque, et arriva devant la porte d'une petite maison. Le nom qu'elle cherchait se trouvait bien là, sous la sonnette. Elle appuya et attendit. Puis appuya encore. Et encore. Finalement, elle entendit du bruit derrière la porte, qui s'entrouvrit bientôt de quelques centimètres, juste assez pour laisser passer un œil endormi.

– Qu'est-ce que c'est ?

– Je… je suis une cheminote, dit Olga d'une voix qui manquait un peu d'assurance. Mais je collabore avec la police sur une enquête. J'aimerais juste vous poser quelques questions. Je peux entrer ?

– Hein ? fit la voix.

Olga soupira. De toute évidence, il allait falloir faire preuve de patience.

– Écoutez, dit-elle en élevant la voix et en articulant chaque mot, je souhaiterais vous parler dans le cadre d'une enquête de police à laquelle je collabore. Vous connaissez Ivanka Kozar, n'est-ce pas ? Vous avez eu une relation sentimentale avec elle, si mes renseignements sont…

La porte se referma brusquement lorsqu'elle mentionna Ivanka, et Olga eut un mouvement de recul, la tête rentrée dans les épaules. Puis elle entendit le cliquetis d'une chaîne qu'on retire et la porte s'ouvrit en grand, tout aussi brusquement qu'elle s'était refermée, révélant un homme en surpoids au visage mangé par une barbe hirsute. Fidèle à la description d'Ekaterina, il portait un treillis de combat et un sweat-shirt camouflage.

– Entrez, dit l'homme. Je m'appelle Tarass, mais j'imagine que je ne vous apprends rien. Qui vous a parlé de mon histoire avec Ivanka ?

– Igor Troponovich, répondit Olga, en pénétrant d'un pas prudent dans la maison.

Une odeur de renfermé, mélangée avec des remugles d'anchois et de fromage fort, lui fit plisser le nez. Pour mener des enquêtes, semblait-il, il fallait être prêt à supporter toutes sortes d'odeurs désagréables.

– Il m'a dit que vous ne verriez pas d'inconvénient à me parler d'Ivanka, ajouta-t-elle.

– Igor, hein ? dit Tarass en libérant deux fauteuils des piles de vêtements qui les encombraient.

Les vêtements atterrirent sur le sol, s'ajoutant au désordre indescriptible qui rapetissait l'espace, et Olga regarda Tarass Sviatoslav s'asseoir avec un grognement sourd, sa main s'agitant dans l'air nauséabond pour inviter Olga à l'imiter.

– Ce n'est pas le mauvais bougre, même s'il me doit six cents roubles, poursuivit-il. Alors, comme ça, vous travaillez avec la police ? Qu'est-ce qu'elle a encore fait, Ivanka ?

– Eh bien… commença Olga en s'asseyant avec réticence sur le fauteuil crasseux.

Elle prit son temps, à la recherche de la meilleure façon de présenter les choses.

– Ce n'est pas tant ce qu'elle a fait que ce qu'on lui a fait, dit-elle finalement. Écoutez, j'ai quelques questions à vous poser, si vous le permettez. Je peux vous demander où vous vous êtes rencontrés, tous les deux ?

Tarass haussa les épaules.

– Elle s'est pointée à une fête chez Troponovich, il y a un an environ. Elle était toute pomponnée et elle ne m'a pas quitté de la soirée. C'était sympa. J'ai passé un bon moment et on a échangé nos numéros de téléphone. Après ça, on s'est revus plusieurs fois. Elle venait même dormir chez moi de temps à autre. Le truc qui m'a frappé, c'est que mon foutoir ne la dérangeait pas. D'autres gens m'ont fait la réflexion, mais Ivanka, c'était presque le contraire – on aurait dit qu'elle faisait exprès de mettre encore plus de désordre, toujours à fouiller ici et là. Alors, qu'est-ce que ça vous inspire ? Je veux dire, ça pourrait avoir un rapport avec votre enquête ? Vol ? Usurpation d'identité ?

– Ma foi... hésita Olga.

Elle se tortilla nerveusement sur son fauteuil, à la recherche d'un moyen d'éviter sa question.

– Je reconnais que ça semble un peu étrange, ce que vous me racontez là.

– Oh, dit Tarass, ce n'est rien par rapport à toutes les autres choses dingues qu'elle pouvait faire. Laissez-moi réfléchir... Eh bien, par exemple, elle cuisinait des plats vraiment louches, avec de la viande de baleine ou un truc comme ça, qu'elle achetait à un Chinois à Taïga. Aussi, quand on regardait la télé, il fallait voir dans quel état elle se mettait ! Genre, si ça parlait de célébrités ou de gens pleins de fric qui enfreignent la loi en toute impunité, c'était comme si ça la mettait en colère de ne pas être comme eux. De ne pas pouvoir être au-dessus des lois. Comme si ce qu'elle était ne lui convenait pas, vous voyez ? Moi, je lui disais qu'il n'y avait pas de honte à travailler dans un train. On ne peut pas tous être riches, pas vrai ? Ni célèbres, d'ailleurs. Ah oui, un autre truc bizarre qu'elle faisait : elle semblait obsédée par la police. Elle voulait savoir qui je connaissais dans les forces de l'ordre, quels amis j'avais chez les flics de Taïga, ce genre de choses. J'avais beau lui dire qu'Igor était le seul policier que je connaissais, elle revenait tout le temps à la charge. C'était comme si quelqu'un lui avait dit que j'étais pote avec tous les flics de la région, et qu'elle me prenait pour un menteur quand j'essayais de la détromper.

Olga hocha la tête, songeant qu'il n'était pas étonnant qu'Ivanka soit envieuse des gens riches et célèbres, compte tenu des conditions terribles dans lesquelles elle avait grandi et des difficultés professionnelles qu'elle rencontrait aujourd'hui. Quant à l'intérêt débordant qu'elle semblait manifester pour la police, Olga ne savait trop comment l'interpréter. *Mais si, bien sûr !* songea-t-elle tandis que son visage s'éclairait d'un sourire. Ivanka devait songer à se reconvertir dans le maintien de l'ordre. Une *provodnitsa* rétrogradée à des emplois subalternes n'avait pas beaucoup d'avenir dans les Chemins de fer russes, et la meilleure solution était sûrement, comme le faisait sans doute Ivanka, de chercher du travail dans un autre secteur, ainsi que des contacts susceptibles de lui faciliter la tâche.

– J'ai dit quelque chose de drôle ? demanda Tarass.

– Oh, non… Non, pas du tout, répondit Olga en se promettant de mieux contrôler les expressions de son visage, à l'avenir, et en se demandant quelle question elle devait poser maintenant.

Elle n'y avait jamais pensé avant, mais elle était en train de se rendre compte qu'une grande part du travail d'enquête consistait à poser les bonnes questions. Que ferait Vassily à sa place ? Il s'attacherait sûrement à tout vérifier – à poser des questions dont les réponses confirmeraient, sans l'ombre d'un doute, qu'Ivanka Kozar était innocente. Olga savait qu'elle l'était, bien sûr, puisque le vrai coupable essayait de la piéger, tout comme il essayait de piéger Vassily. Mais il existait une différence entre avoir une intime conviction et pouvoir apporter la preuve de ce que l'on avançait. Elle rendrait un grand service à Ivanka si elle pouvait établir son innocence une fois pour toutes, en particulier dans l'affaire du meurtre de Nathan Bryce. Quand la police avait retrouvé le corps pendu d'Alyona Vasiliev, Ivanka avait pu être disculpée grâce au contrat qui la liait à son opérateur téléphonique. Mais une telle preuve irréfutable de son innocence n'existait pas en ce qui concernait l'autre affaire, celle du touriste américain. Seule l'histoire du samovar en panne et le témoignage d'Andrian Zonov lui avaient permis d'échapper aux griffes de la police, lors de la première enquête, et Zonov n'était pas le témoin le plus convaincant qui soit. Le problème, c'est qu'Olga ignorait *comment* s'y prendre pour prouver l'innocence d'Ivanka. La seule chose dont elle était certaine, c'est qu'il valait mieux ne pas aborder le sujet trop directement. Dans les séries télévisées, les inspecteurs de police faisaient toujours des détours pour atteindre leur but, comme un voilier qui louvoie pour se jouer du vent de face. Elle décida de se lancer et d'ajuster le tir au fil des réponses de Sviatoslav.

– Heu… commença-t-elle. Est-ce qu'Ivanka… Avez-vous déjà entendu Ivanka se plaindre des touristes ? Je parle des passagers dont elle devait s'occuper à bord du train, bien sûr. Peut-être qu'elle avait une dent contre eux ? Qu'ils l'agaçaient avec leurs exigences ou qu'elle les enviait comme elle enviait les célébrités ?

– Non, je ne crois pas, dit Tarass en se grattant la tête. Elle ne parlait pas tellement de son boulot, en fait. Comme je vous l'ai dit, j'avais l'impression qu'elle n'était pas satisfaite de son sort et qu'elle aurait voulu être quelqu'un d'autre.

Olga hocha la tête, concentrée.

– Et vous l'avez déjà vue avec une grosse quantité de pièces de dix roubles ? Est-ce qu'il lui est arrivé de faire un retrait à la banque en demandant qu'on ne lui donne que des pièces ?

– Ça me fait penser au truc que j'ai lu sur le type qui s'est fait zigouiller dans le train. Attendez une seconde… Ne me dites pas qu'elle est impliquée dans cette histoire ?

– On n'en sait rien à ce stade de l'enquête, vraiment, répondit Olga. Il se trouve juste qu'elle était à bord de ce train, comme des centaines d'autres personnes. Vous pouvez répondre au sujet des pièces de monnaie ?

– Je ne l'ai jamais vue avec un sac de pièces, non, dit Tarass. Pourquoi se trimballer avec des tonnes de pièces alors qu'on peut avoir des billets de banque ou une carte de crédit ? Même Ivanka n'est pas aussi stupide.

– Vous pensez qu'elle est stupide ? demanda Olga du tac au tac.

– Je n'ai pas dit ça. Mais vous l'avez rencontrée, non ? Il faut reconnaître que ce n'est pas une intello. Disons que ce n'est pas Viktoriya Panovsky.

Olga lui lança un regard vide.

– Mais si ! insista Tarass. Vous savez, la présentatrice télé sur la 2 ? Celle qui est aussi mannequin. Oh, vous devriez l'entendre parler de foot ! La beauté *et* l'intelligence.

– D'accord, dit Olga. D'accord. Et, heu… à propos de…

Mais aucune question ne lui vint à l'esprit. Il se pouvait que Tarass ne sache rien qui puisse contribuer à disculper Ivanka, après tout. Et s'il détenait une information essentielle, Olga n'était peut-être pas suffisamment habile pour lui tirer les vers du nez. Elle décida qu'il était plus sage d'en rester là.

– En fait, je crois que je sais tout ce que j'ai besoin de savoir, Monsieur Sviatoslav, dit-elle en s'efforçant d'adopter un ton professionnel.

– Oh, pas de monsieur entre nous, lança-t-il avec empressement. Appelez-moi Tarass.

Olga se leva du fauteuil.

– Eh bien, merci de m'avoir accordé du temps, Tarass.

– Vous ne voulez pas une tasse de thé ? Ou des cornichons, peut-être ?

– Non, merci beaucoup. Il faut que je vous laisse, maintenant, dit-elle en se déplaçant lentement vers la porte d'entrée.

Il bondit hors du fauteuil.

– Attendez, j'ai peut-être quelque chose qui pourrait vous intéresser. Je viens juste de m'en souvenir. Ça m'a rafraîchi la mémoire, quand vous avez parlé des touristes. Prenez donc une tasse de thé avec moi, ajouta-t-il d'un ton presque suppliant. Ce n'est pas souvent que j'ai de la visite.

– Oh, dit Olga, qui se réjouissait déjà de fuir l'odeur qui régnait dans cette pièce, même si c'était pour retrouver la puanteur de l'Opel. Eh bien, si vous vous souvenez de quelque chose, je… Oui, c'est gentil à vous, je veux bien une tasse de thé.

Tarass se précipita dans la kitchenette pour préparer le breuvage, retournant finalement dans le salon les bras chargés d'un plateau garni de cornichons au vinaigre, de tasses fumantes et de toutes sortes de choses qu'on pouvait avoir envie de mélanger à son thé.

– Que faites-vous dans la vie, Monsieur… enfin, Tarass, je veux dire ? demanda-t-elle, réalisant qu'elle avait oublié de lui poser la question.

– Je travaille avec des animaux, répondit-il en posant le plateau sur une petite table basse qu'il avait rapprochée des fauteuils d'un coup de pied. Dans un abattoir, en fait, ajouta-t-il en s'asseyant.

– Un abattoir, vraiment ? dit-elle avec un frisson de dégoût qu'elle s'efforça de cacher derrière un sourire. Ça doit être, heu… intéressant.

– Oui, dit-il. Enfin, je suppose. Je n'y ai jamais réfléchi, pour être honnête. Cela dit, ça plaisait à Ivanka.

– Ça lui *plaisait* ?

– C'est l'impression que j'avais, en tout cas. Comme je vous l'ai dit, elle aimait la viande, et même des animaux qu'on ne penserait pas forcément à becqueter, hein. J'imagine que ça l'intéressait de connaître le processus qui permet d'avoir un bon steak dans son assiette. Au moins, elle n'était pas comme tous ces citadins qui s'imaginent que la barbaque pousse dans des emballages sous cellophane.

Olga secoua la tête avec une mimique incrédule, comme si elle n'en revenait pas de l'ignorance dont les gens pouvaient faire preuve en matière de production de viande.

– Alors comme ça… commença-t-elle, en espérant trouver quelque chose à dire. Alors comme ça, Ivanka s'intéressait à votre travail de… à votre travail avec les animaux ? Et ça vous faisait plaisir d'en parler avec elle. On dirait que vous aviez une bonne relation, tous les deux. Que s'est-il passé pour que vous décidiez de la quitter ? Vous vous êtes lassé de ses questions ?

– Ce n'est pas moi qui l'ai quittée, dit Tarass. Même si j'aurais sûrement dû. J'y pensais, mais l'occasion ne s'est pas présentée, je suppose. En fait, elle a brusquement cessé de m'appeler il y a deux ou trois mois. Du jour au lendemain, je n'ai plus eu de nouvelles. J'imagine qu'elle a trouvé quelqu'un d'autre… Je l'ai aperçue une fois, à Taïga, mais elle a fait comme si elle ne m'avait pas vu et elle a filé dans la direction opposée. Je n'ai pas eu d'autres copines depuis, ajouta-t-il avec une mine de chien battu.

Comme c'est étonnant, songea Olga en promenant le regard sur le chaos puant du salon.

– Mais entre nous, poursuivit Tarass, je me dis souvent que ce n'est sans doute pas plus mal qu'elle soit partie.

– Ah oui ? Et pourquoi ça ?

Il se pencha vers elle, si près qu'elle pouvait sentir les cornichons au vinaigre qui parfumaient son haleine.

– Eh bien, c'est justement ce dont je viens de me souvenir. Un jour, j'ai surpris une conversation qu'elle avait au téléphone, quelques semaines avant notre séparation. Le truc, c'est qu'elle pensait que j'étais aux toilettes. Sa cuisine me causait des petits problèmes de transit, et parfois ça me prenait du temps pour… enfin, bref, vous n'avez pas envie d'entendre parler de ça. Toujours est-il que ça ne sortait pas – je crois que c'étaient ces fichues pattes d'ourson marinées qui me bloquaient encore une fois –, et du coup je suis revenu dans la cuisine alors qu'elle me croyait sur le trône. Et ce que j'ai entendu était… comment dire ? Eh bien, ça faisait un peu froid dans le dos. Encore plus que quand elle éclatait de rire sans raison, même si ça aussi, ça me fichait la chair de poule à chaque fois. Mais au moins, si quelqu'un rit, c'est qu'il est censé être joyeux, non ? Alors que là… Vous auriez vu sa tête quand elle s'est aperçue que j'étais juste derrière elle et que je l'avais probablement entendue. C'était franchement flippant. Du coup, quand elle a fini par sortir de ma vie, je me suis dit que ça valait sans doute mieux comme ça. Peut-être qu'elle était trop bizarre pour moi, en fin de compte.

Olga hocha la tête tandis que son regard se promenait rapidement de la tenue militaire de son hôte aux arbalètes fixées au mur, en passant par les yeux vitreux de lièvres et de lapins dont les corps empaillés se dressaient ici et là parmi le désordre de la pièce.

– Oui, je… je peux tout à fait comprendre, dit-elle. Je me mets à votre place, Tarass. Un peu de singularité, ça peut être charmant, mais quand quelqu'un devient trop bizarre, on bascule dans autre chose. Mais… qu'est-ce qu'elle disait au téléphone ? Vous vous en souvenez ?

– Assez précisément, oui. C'est le genre de trucs qui ne s'oublie pas facilement, voyez ? Le genre de trucs qu'on n'a pas vraiment envie d'entendre dans la bouche de sa copine, hein. On aurait dit qu'elle parlait d'un boulot – une tâche dont elle avait chargé la personne qui se trouvait à l'autre bout du fil.

« Ça se passera après la nouvelle année », elle a dit. « Avant, ce n'est pas possible. Ne me fais pas faux bond, tu entends ? N'oublie pas que tu as besoin de l'argent pour continuer tes recherches. Et motus et bouche cousue, c'est compris ? Tu sais comment on traite ceux qui ne savent pas tenir leur langue, par ici. » Ouais, c'est presque mot pour mot ce qu'elle a dit.

Tarass s'interrompit, mais Olga se contenta de boire son thé en silence, sentant qu'il n'en avait pas tout à fait terminé.

– Mais c'est ce que j'ai entendu ensuite qui m'a vraiment glacé le sang, reprit-il en effet. Au début, elle parlait normalement, mais après elle a pris cette voix suraiguë et intense, comme une fillette possédée, voyez ? On se serait cru dans un film d'horreur.

– Elle a poussé un cri ? demanda Olga.

– Non, elle a continué à parler, juste quelques phrases, mais ce n'est pas à cause de ce qu'elle a dit que j'ai senti mes cheveux se dresser sur ma tête. C'est cette voix qu'elle a prise pour le dire. Parce qu'en soi, ça n'avait rien de très passionnant, hein. Mais peut-être que ça vous parlera, à vous. Elle a dit : « Le nom ? Oh, même toi, tu n'auras aucun mal à t'en souvenir. Tu as les oreilles grandes ouvertes ? Son nom c'est : *n'importe qui.* »

Tarass piocha un cornichon dans le bocal et se renversa sur son fauteuil.

– Vous m’avez écouté ? demanda-t-il au bout d’une minute de silence.

Olga tressaillit. Elle venait à nouveau de se laisser absorber par ses pensées, mais cette fois-ci sa rêverie avait l’effrayante noirceur d’un cauchemar.

***

Olga ramena la voiture de Popov à Roslazny bien avant qu’elle ne puisse espérer voir l’agent Glazkov pousser la porte du Café Astana pour y recevoir sa dose nocturne de vodka, et donc bien avant qu’elle ne puisse rendre visite à Vassily. Devoir attendre pour lui faire le compte-rendu de sa matinée d’enquête lui sembla horriblement frustrant. Parce que les informations qu’elle venait de récolter étaient indubitablement de première importance : enfin, elle comprenait pourquoi Ivanka s’était retrouvée mêlée à ces deux affaires de meurtres, une question qui l’avait intriguée depuis le début. Elle s’était retrouvée mêlée à ces affaires tout simplement parce qu’elle était la meurtrière.

Tout ce qu’Olga avait appris ce jour-là l’avait confortée dans l’idée que la *provodnitsa* aux dents en or était innocente, mais voilà qu’au hasard d’une conversation, à la manière d’un de ces coups de théâtre dont avait parlé Vassily, elle avait entendu parler d’un appel téléphonique qui semblait révéler la préméditation d’un crime aveugle. *N’importe qui*… Tout le monde ne s’était-il pas interrogé sur le mobile du crime ? Sur la raison qui avait poussé le meurtrier à choisir Nathan Bryce parmi les centaines de passagers qui se trouvaient ce jour-là à bord du train ? Eh bien, maintenant, on avait la réponse. Ivanka se fichait de savoir qui allait mourir sur le Transsibérien, tant que *quelqu'un* mourait, *n'importe qui* !

Mais qui sait si au bout du compte, elle n'avait pas opéré une sorte de sélection ? Après tout, la victime était américaine – un homme aisé selon les critères de la plupart des Russes, même s'il n'était qu'un étudiant en droit ; un jeune homme qui portait des habits luxueux et arborait une dentition parfaite. Ivanka éprouvait du ressentiment envers les riches et les célèbres, avait dit Tarass Sviatoslav ; envers ces gens qui se croyaient au-dessus des lois. Et qui – toujours d'un point de vue russe – enfreignait plus de lois que les Américains sur la scène internationale ? Qui inondait le monde avec ses célébrités – tous ces acteurs, ces rappeurs et ces *people* ridicules ? Alors Ivanka avait peut-être décidé de trouver un touriste américain, de lui trancher la gorge et de lui remplir la bouche avec de l'argent, comme un symbole de la richesse destructrice des États-Unis, avant de le jeter hors du train, non sans avoir pris soin d'élaborer un alibi avec le mécanicien Andrian Zonov. Non qu'Olga suspectât vraiment Zonov d'être impliqué dans le meurtre de Bryce : comme Glazkov, il était trop peu futé pour être autre chose qu'un suiveur ou une marionnette, mais il avait été utile à Ivanka dans le rôle du complice *malgré lui*. À tous les coups, elle lui avait apporté un peu d'alcool pour soigner sa gueule de bois – « le poil du chien qui t'a mordu », selon l'expression qu'utilisait le père d'Olga pour dire qu'il fallait soigner le mal par le mal –, et Zonov, ravi de se voir offrir une vodka matinale, avait complaisamment oublié le court moment où la *provodnitsa* n'était pas restée avec lui. Un court moment toutefois suffisant pour commettre un meurtre. Pas étonnant que Tarass l'ait entendue rire à gorge déployée sans raison apparente : c'étaient des rires de triomphe qui célébraient l'ingéniosité de son stratagème.

Quant à Alyona Vasiliev, elle avait peut-être assisté au meurtre par hasard, ou remarqué un détail compromettant pour Ivanka, et il avait fallu l'éliminer pour l'empêcher de parler. N'avait-elle pas semblé nerveuse et irritable face à Vassily et Glazkov, le matin du crime ? À moins qu'Alyona ne soit la personne qu'Ivanka avait appelée depuis la maison de Tarass, bien avant que Nathan Bryce ne soit égorgé, pour lui parler de son projet de tuer n'importe quel étranger à bord du train où elles travaillaient, et la menaçant de terribles représailles si elle n'acceptait pas d'être sa complice, un sort funeste qu'elle avait malgré tout fini par connaître.

Vassily avait bien entendu été impliqué dans cette histoire par un simple concours de circonstances, tout comme Glazkov et Olga elle-même. Ivanka n'avait pas choisi l'endroit où elle avait jeté le corps de Nathan Bryce, et elle s'était bien fichue de savoir qui le découvrirait ou s'il risquait de percuter quelqu'un avant d'atteindre le sol. Elle avait un alibi pour les deux meurtres, et ce qui pouvait arriver aux autres était le cadet de ses soucis. Mais il restait l'énigme des textos retrouvés dans le téléphone de Vassily. Se pouvait-il qu'Ivanka elle-même ait voulu piéger Vassily, trouvant un moyen d'envoyer ces messages à partir d'un numéro qui n'était plus le sien depuis peu, de sorte qu'on ne puisse l'accuser d'en être l'auteur ? Mais comment une simple *provodnitsa* comme Ivanka Kozar aurait-elle pu accomplir une telle prouesse ? Avait-elle un complice encore dans l'ombre qui possédait les compétences nécessaires pour exécuter ce tour de passe-passe ? Elle cogita pendant un moment là-dessus, sans parvenir à trouver des réponses satisfaisantes. C'était trop complexe pour qu'elle puisse résoudre ça toute seule. Les nouvelles technologies n'étaient vraiment pas son fort, mais peut-être Vassily y verrait-il plus clair quand elle irait lui rendre visite.

Enquêter sur des meurtres était décidément intéressant, songea Olga, si on oubliait la souffrance des victimes et de leur famille. Vassily avait raison : comme dans ces séries et ces téléfilms policiers qu'elle aimait regarder, un faisceau d'indices semblaient accabler une personne qui s'avérait finalement innocente – ou à l'inverse, comme dans l'affaire qui l'occupait, faisaient croire à l'innocence de quelqu'un jusqu'à ce que le dénouement final révèle sa culpabilité. Ivanka avait failli s'en sortir sans payer pour son crime. En fait, elle *aurait* échappé à la justice si Olga n'avait pas pris contact avec son ex ! Elle frissonna tandis que l'image du sourire d'Ivanka dévoilant l'or de ses dents lui venait à l'esprit – un sourire qui lui apparaissait à présent comme un rictus diabolique – et il lui sembla entendre son rire qui éclatait brusquement, sans raison apparente, puis sa voix suraiguë de fillette possédée portant les mots sinistres qu'elle adressait à un ou une complice.

Olga brûlait d'envie de raconter tout ça à Vassily, mais à dix-neuf heures ce soir-là, il n'y avait toujours pas de Glazkov en vue devant le Café Astana. Elle hésita un moment à marcher malgré tout jusqu'au poste de police, mais la crainte de croiser l'agent en chemin lui fit renoncer à ce projet. Essayant de se convaincre que la patience était une vertu, elle décida finalement d'attendre à l'intérieur même du café, s'offrant une boisson et une petite discussion avec Fiodor Katine pour faire passer le temps. Fiodor avait laissé tomber son projet de restauration du régime des tsars et consacrait désormais toute son énergie à promouvoir les bienfaits du servage, sa nouvelle obsession.

– Si on rétablissait le servage, on aurait tous les avantages du communisme sans l'insupportable machinerie du parti, dit-il à Olga par-dessus sa machine à écrire. Songes-y un instant : on pourrait passer nos matinées à travailler pour assurer nos besoins – agriculture, mécanique ou que sais-je encore –, et on aurait quartier libre l'après-midi et le soir !

– Et qui prendrait toutes les décisions ? demanda Olga. Ces mêmes aristocrates qui nous ont asservis pendant si longtemps ? Fiodor, c'est juste une autre forme de cette monarchie que tu voulais rétablir !

– Non, tu ne comprends pas, dit-il. Ça serait assez différent. Il s'agirait de remettre à l'honneur les qualités naturelles du paysan russe – toutes ces caractéristiques que nous avons perdues au fil du temps, mais qui restent présentes tout au fond de nous, dans notre sang même !

Pendant que Fiodor poursuivait ses discours enflammés, Olga s'offrit une nouvelle boisson et une assiette de harengs marinés. Finalement, quand son verre et son assiette furent vides malgré la lenteur avec laquelle elle avait bu et mangé, elle dut accepter que Glazkov ne viendrait pas ce soir. C'était tellement frustrant de devoir garder ses découvertes pour elle alors que Vassily était là, à quelques minutes à pied du Café Astana, et qu'il aurait été ravi d'entendre ce qu'elle avait à dire. Mais l'exaspération ne devait pas lui faire perdre sa lucidité. Se rendre au poste maintenant n'était pas raisonnable : si elle tombait sur Glazkov en chemin ou (pire encore) à l'intérieur même du poste de police, Babikov serait aussitôt mis au courant et il pourrait décider de transférer Vassily ailleurs, et peut-être même d'arrêter Olga. Non, le jeu n'en valait pas la chandelle et il allait falloir patienter jusqu'au lendemain.

Elle dit au revoir à Fiodor, fit quelques pas en direction de la porte, et s'arrêta net, le visage blême. Devant elle se tenait un homme qu'elle n'avait pas vu depuis près de deux ans.

– Pasha ! s'écria-t-elle.

CHAPITRE 12

Les chaises musicales

Pasha avait les mêmes cheveux blond pâle qu'Olga, mais il était plus grand qu'elle, avec une silhouette élancée qui rappelait davantage celle de leur mère Tatiana que celle de Mikhaïl. Les jeunes filles de Roslazny, du temps où on en croisait encore au village, n'avaient pas tari d'éloges sur l'allure qu'avait le jeune Pasha dans son uniforme, lorsqu'il s'était engagé dans l'armée en 1999. Sur la plupart des hommes, affirmaient-elles en chœur, ces tenues tombaient affreusement mal, informes et froissées comme un sac de patates. Odrosov, qui avait fait partie de la police militaire et qui portait encore son vieil uniforme pour nettoyer les toilettes du Café Astana, tous les deux mois environ, en était le parfait exemple. Pourtant, à en croire l'avis général de ces demoiselles, les motifs gris terne de la tenue camouflage de Pasha lui donnaient une inexplicable prestance romantique. Le cœur d'Anna Kabalevsky – elle s'appelait encore Anna Sorokin – n'avait pas été le seul à s'alourdir ce matin-là, quand par une belle journée d'été le grand frère d'Olga avait quitté Roslazny d'un pas vif, paquetage à l'épaule, pour rejoindre la gare de Taïga où un train de l'armée devait le transporter vers une caserne de Novossibirsk. Anna avait rencontré Bogdan Kabalevsky la semaine suivante.

Et voilà que la porte du Café Astana encadrait une fois de plus sa silhouette familière de retour de la grande ville. Sa chevelure était peut-être un peu moins épaisse que lors de sa dernière visite, et sa blondeur plus pâle encore qu'à l'ordinaire, mais il était toujours aussi grand et mince. Ces dernières années, Pasha avait profité de la moindre permission pour revenir au village, fièrement vêtu de son uniforme. Ce soir, pourtant, avec son jean, son pull et son blouson doublé de fourrure, le frère d'Olga était habillé comme n'importe quel citoyen de l'oblast de Kemerovo. Il ne semblait pas très à l'aise dans sa tenue civile, comme s'il s'agissait d'un nouvel uniforme auquel il n'avait pas encore eu le temps de s'habituer.

– Pasha Pouchkine, ça par exemple ! Et en civil par-dessus le marché ! s'exclama Odrosov depuis le comptoir. Alors, ils se sont enfin décidés à te chasser de l'armée ?

Olga lui lança un regard noir.

– Vous, le Cosmonaute, occupez-vous de vos affaires, dit-elle avant de poser la main sur le bras de son frère. Allez, viens Pasha, ajouta-t-elle en le poussant vers la sortie.

– J’ai dit une bêtise, c’est ça ? demanda Odrosov alors qu’Olga venait de claquer la porte derrière elle.

Mais Fiodor le détrompa d’un mouvement de tête.

– Je crois que c’est tout le contraire, mon ami. Il se pourrait bien que tu aies, par pur hasard, dit un peu trop de choses vraies.

À l’extérieur, Olga prit Pasha dans ses bras et le serra avec ferveur.

– Quel plaisir de te retrouver, dit-elle. Et un jour plus tôt que prévu, en plus. Il s’est passé tellement de choses, ici… J’ai plus que jamais besoin de toi, tu sais.

– Alors je suis heureux d’être rentré, petite sœur.

– Mais quelle égoïste je fais ! s’écria Olga. Tu as tes propres soucis, bien sûr, et moi qui bavasse sur les miens comme si j’étais seule au monde. Tes ennuis avec l’armée, la police qui t’a escorté jusqu’ici… Il faut que tu me racontes tout ça.

Pasha sourit brièvement comme il le faisait toujours, une émotion assombrissant son regard sans toutefois le mouiller.

– Pas ici, répondit-il. Je préfère que père soit là aussi pour entendre ce que j’ai à dire.

– Oh, Pasha, dit Olga, la main sur la bouche. Qu’est-ce qui a bien pu t’arriver ?

– Olga, Olgakin… La moindre de tes paroles trahit ta bonté. Certains me demanderaient : « Qu’est-ce que tu as bien pu faire ? » Mais toi, tu me demandes ce qui m’est arrivé.

– Ce n'est pas de la bonté, répondit-elle. Je sais simplement que mon frère ne pourrait jamais commettre une mauvaise action.

– J'espère que tu penseras toujours la même chose dans un quart d'heure. Allez, viens ! Rentrons à la maison. J'ai fait un long voyage et je veux me décharger de ce fardeau.

– Mais… Pasha, dit Olga, contrainte de trottiner pour suivre le rythme des longues foulées de son frère, ça fait longtemps que tu n'es pas rentré et… Père est devenu vraiment pénible, je t'assure. Ses mauvais côtés ont empiré. Il n'est jamais de bonne humeur, et les seules fois où je l'entends rire, c'est quand ses amis viennent le voir. Tu sais, ces types affreux, le vieux Solotov et toute la petite bande. J'ai peur qu'il réagisse mal en apprenant que tu as été exclu de l'armée.

– On verra bien. J'ai pris ma décision, Olga. C'est comme ça que je veux que ça se passe. J'ai assez enduré, assez souffert comme ça depuis vingt ans. Je n'en peux plus ! Il est temps que je dise ce que j'ai sur le cœur.

– Ne parle pas comme ça, Pasha. Je ne supporte pas l'idée que tu aies pu souffrir. Pourquoi as-tu gardé le silence ? Pourquoi ne nous as-tu pas dit que tu étais malheureux ?

– Sois patiente, tu vas tout savoir.

Après ça, elle ne parvint plus à lui tirer un seul mot sur le sujet et ils arrivèrent bientôt devant la porte de la maison, frappant leurs bottes sur le paillasson pour les débarrasser de l'excès de boue et de neige. Il faisait entièrement nuit à présent, et leur père ayant pour habitude de ne pas bouger du salon après le déjeuner, les autres pièces étaient plongées dans le noir. Olga jeta un regard à son frère tandis qu'il refermait la porte derrière eux, son visage avalé par la pénombre. Qu'avait-il donc de si terrible à raconter ? Qu'est-ce qui avait pu le faire souffrir pendant vingt ans ? Elle aurait aimé qu'il lui en parle maintenant, de sorte qu'elle puisse trouver un moyen de présenter les faits de façon moins abrupte à Mikhaïl. Pasha ne connaissait pas l'homme qu'il était devenu et elle redoutait le face-à-face entre le père et le fils, persuadée que ça tournerait mal. Mais, rejetant sa dernière tentative murmurée, il lui pressa affectueusement le bras et pénétra dans le salon défraîchi.

***

– Ça s'est plutôt bien passé, non ? demanda Pasha vingt minutes plus tard, alors qu'Olga venait de le rejoindre dehors.

– Oh, *Pasha*, dit-elle en lui prenant le bras. Qu'est-ce qu'on va faire, maintenant ?

Comme elle s'y était attendue, Mikhaïl avait mal réagi en apprenant que son fils avait été exclu de l'armée pour cause d'indignité. Mais il avait réagi plus mal encore en apprenant la raison de cette sanction.

– Tu es *quoi* ? avait-il rugi en bondissant sur ses pieds sans l'aide de la béquille qui ne le quittait jamais.

– Je suis gay, père, avait répété Pasha sans se démonter, impassible devant le visage furibond qui n'était plus qu'à quelques centimètres du sien. Homosexuel, si tu préfères, ajouta-t-il.

– Je sais ce que gay veut dire, bordel de merde, avait hurlé Mikhaïl. Ça veut dire indigne de faire partie de l'armée russe, voilà ce que ça veut dire ! Alors, c'est pour me raconter ces horreurs que tu reviens ici après deux ans d'absence ; deux années pendant lesquelles monsieur n'a presque jamais daigné donner de ses nouvelles ? Mais tu sais quoi ? Je ne t'en voulais pas de ton silence, parce que j'étais fier que mon fils soit soldat. Tellement mieux que tout ce que les autres crétins du coin ont fait de leur vie. Et maintenant, ça ? Est-ce qu'ils t'ont surpris avec un autre homme dans une chambre de la caserne en train de… Oh, je ne peux même pas en parler tellement ça me dégoûte ! À moins que tu n'aies invité le colonel à un dîner romantique, c'est ça ? Non, ne me dis rien. Ça me révulse. Ça me fait *honte*.

Ces larmes qui étaient montées aux yeux de leur père, Olga ne les avait plus vues depuis la défaite de la Russie face au Japon, lors de la Coupe du monde de football, en 2002.

– Mais père, avait-elle plaidé, qu'est-ce que ça change, au fond ? C'est toujours notre Pasha, n'est-ce pas ? Toujours ton petit garçon, ton premier enfant. Pense un peu à ce que maman dirait si elle t'entendait lui parler comme ça !

– Ah, j'aurais dû me douter que tu prendrais la défense de ton frère ! Vous n'êtes que des bons à rien, l'un comme l'autre. L'une qui s'habille comme un homme avec une queue-de-cheval et l'autre qui n'est rien qu'une tapette. Grâce à vous, je n'aurai jamais de petits-enfants !

Il s'était mis à arpenter le salon, se frayant un chemin entre les piles de magazines et les cendriers en équilibre précaire, lançant les bras en l'air avec des grimaces de martyr.

– Père, tu vas avoir une crise cardiaque, si tu continues comme ça, avait dit Pasha.

– Qu'est-ce que ça peut bien te faire ? Et puis j'aimerais autant être mort que d'avoir à écouter ces ignominies. Sache que si je m'écroule raide mort, ce sera de ta faute !

Il avait vraiment l'air d'un homme au bord de l'infarctus, avait songé Olga. Ses yeux semblaient jaillir hors de leurs orbites dans un visage devenu violacé, et il serrait si fort les poings que leurs articulations ressortaient comme des champignons blancs.

– Je crois qu'on ferait mieux de le laisser seul, Pasha, avait-elle dit. Allons boire un verre au Café Astana. On reviendra plus tard, père, quand tu te seras calmé.

– Va au café si ça te chante, avait hurlé Mikhaïl, mais tant que je serai vivant, aucune pédale ne mettra les pieds dans cette maison. Allez, ouste ! Je ne veux plus te voir ici ! Et tu peux partir avec lui, Olga. J'en ai ma claque de toi aussi.

Il s'était précipité vers la cheminée et s'était emparé du gros tisonnier qu'il avait brandi d'une main tremblante.

– Fichez le camp tous les deux ! Attention, hein… je ne plaisante pas. Mieux vaut que je reste seul, sinon je ne réponds plus de rien.

Olga l'avait fixé du regard pendant de longues secondes, s'autorisant enfin à admettre la haine qu'elle lui vouait. Elle le haïssait d'avoir traité sa mère avec si peu de considération ; d'avoir trahi les rêves de bonheur de Tatiana, d'avoir limité son horizon aux quatre murs de cette maison froide et humide qui avait scellé son sort, de l'avoir laissée seule s'occuper des enfants et des tâches ménagères pendant qu'il buvait le peu d'argent dont ils disposaient. Elle le haïssait aussi de s'être montré tellement insensible avec elle, Olga, d'avoir toujours dénigré ses succès, son caractère et même son apparence physique. Pourtant, malgré sa colère, quitter la maison qu'elle partageait depuis si longtemps avec lui était un grand pas à franchir. Ce n'était pas son père qu'elle craignait de regretter, mais le souvenir de sa mère qui flottait encore sous ce toit. C'était la maison qu'elle avait remplie de tous ces trésors de famille, de tous ces objets précieux qui avaient accompagné les beaux jours du pavillon de chasse d'Astrazov et que Mikhaïl avait vendus sans vergogne ; la maison où Tatiana avait donné naissance à ses deux enfants ; la maison dans laquelle une sage-femme venue de Taïga l'avait accouchée à deux reprises dans cette même chambre aujourd'hui encombrée de piles de DVD, de vieux papiers d'emballages et de paquets de cigarettes vides. Si Olga était restée si longtemps ici, ce n'était pas pour réunir plus vite la somme nécessaire à ses cours de littérature, mais parce que cet endroit avait fait partie de la vie de sa mère et qu'il en conservait la trace sensible. Et à présent, elle allait devoir s'en aller parce que Mikhaïl Pouchkine n'acceptait pas son fils tel qu'il était. Toutes ces années à son service ; toutes ces années de patience où elle n'avait presque jamais eu un mot plus haut que l'autre ; tout ce qu'elle avait enduré pour satisfaire son père, et voilà comment il la remerciait.

Elle avait laissé traîner les yeux encore quelques secondes sur le visage cramoisi de ce père ingrat qui les fusillait du regard comme s'ils venaient de confesser le massacre du village tout entier, puis, brusquement, l'immense réserve de patience dans laquelle Olga puisait depuis tant d'années s'était retrouvée à sec.

– Très bien, avait-elle dit d'un ton froid. Tu viens m'aider à faire mes valises, Pasha ?

– Avec plaisir, avait répondu son frère en jetant un regard tout aussi glacial à son père, qui avait fini par détourner le sien. Je suis peut-être une *tapette*, mais ceux que j'aime savent qu'ils peuvent compter sur moi.

Olga avait fourré quelques affaires dans une vieille valise qui avait appartenu à sa mère et qu'elle conservait sous son lit. Ça n'avait pas pris bien longtemps. C'était pitoyable de voir le peu qu'elle possédait : un maigre tas de vêtements et de chaussures, quelques accessoires pour se protéger du froid, deux sacs à main, quelques produits de maquillage et de toilette, et le couvre-lit en patchwork d'Astrazov. Il y avait aussi sa chère table rouge et or récupérée dans la benne à ordures de Taïga, ainsi que le canapé du salon. Mais bien entendu, il était hors de question d'emporter le canapé avec elle. Il était bien trop imposant, sans compter qu'il dégageait une odeur désagréable dont elle s'autorisait enfin à admettre l'existence. Que son père le garde et qu'il pourrisse sur son brocart jaunissant et puant, s'était-elle dit dans un accès de colère. Cet homme n'était bon qu'à rester vautré devant la télévision en cuvant sa vodka. De toute façon, les biens les plus précieux d'Olga étaient les livres que lui avait achetés sa mère, et ils étaient en sécurité dans sa cahute au bord de la voie ferrée.

– Allez, on s'en va, avait-elle dit à Pasha.

Pourtant, alors que son frère s'éloignait avec sa valise, Olga était restée un moment immobile sur le seuil de sa chambre. Elle y avait dormi tant de nuits, et tant de soirs elle y était revenue au terme d'une longue journée de travail sur la voie transsibérienne. Mais ce n'était pas à ces dernières années qu'elle pensait au moment de dire adieu à sa chambre. C'était au temps plus lointain où sa mère s'asseyait sur le rebord du lit pour lui lire une histoire, la chatouiller ou simplement la regarder dormir. Les lits et les murs gardent-ils la mémoire des moments qu'ils ont partagés avec nous ? s'était-elle demandé. Conservent-ils quelque chose de leur ancien propriétaire – une sorte de parfum subtil qu'ils transmettent au nouveau venu, si celui-ci est assez sensible pour le percevoir ? Si c'était le cas, avait-elle songé, alors que cette chambre se souvienne d'elle comme elle s'était souvenue de sa mère. *Comme ça, nous resterons toujours ensemble.* Elle avait ravalé un sanglot et s'était mise en marche vers la porte d'entrée que venait de franchir Pasha.

– Bon débarras ! avait lancé Mikhaïl derrière eux.

Olga avait secoué la tête. C'était précisément ce qu'il avait dit à propos du jeune Américain assassiné.

Puis elle avait rejoint son frère dans la nuit, prenant soin de bien refermer la porte derrière elle.

***

Après leur départ de la maison qu'elle ne partageait plus avec son père Mikhaïl, Olga entraîna son frère vers le centre de Roslazny, mais sans destination particulière en tête. Ils ne pouvaient pas se réfugier chez Anna Kabalevsky – les chambres de l'auberge étaient toutes occupées, pour une fois, et de toute façon Pasha n'avait jamais apprécié Bogdan. Il y avait bien des chambres à louer au Café Astana, au-dessus du bar, mais Olga les avait visitées en compagnie de Svetlana, la fille d'Odrosov, et elles appartenaient définitivement à la catégorie des lieux où l'on ne se résolvait à dormir qu'une fois toutes les autres solutions épuisées. En dehors de se faire arrêter et de rejoindre Vassily et Raspoutine dans la salle des cellules, Olga ne voyait d'autre solution que de demander l'asile à leur tante Zia.

– Zia ? dit Pasha tandis qu'ils progressaient péniblement dans les rues sombres, Olga se fatiguant à porter la vieille valise sans roues et Pasha courbé sous la table rouge et or en équilibre sur son épaule. Tu sais bien qu'elle sera d'accord avec père ! Elle va nous chasser de chez elle dès qu'il lui aura expliqué la raison de notre dispute.

– Elle ne nous mettra pas à la porte, parce que père ne parlera jamais de cette histoire à personne.

– Bien sûr, dit doucement Pasha. Je suis tellement répugnant.

– Tant pis pour lui s'il est assez bête pour avoir honte de toi, Pasha. Et puis on se fiche de ce qu'il pense. On se fiche de ce que tout le monde pense !

Elle laissa tomber la valise dans la neige et l'entoura de ses bras, manquant de se prendre le pied de la table chinoise dans la figure.

– Tu seras toujours mon grand frère, promit-elle, et si quelqu'un a un problème avec toi, il aura affaire à moi !

– Tu as changé, Olgakin, dit Pasha en baissant les yeux sur elle. Il y a chez toi une force, une intensité que je ne connaissais pas. Tu me fais penser à… à une tigresse de Sibérie. Qu'est-ce qui t'est arrivé ?

– J'ai beaucoup de choses à te raconter, mais pas tout de suite. Pour le moment, parle-moi plutôt de toi.

– Moi aussi, j'ai beaucoup de choses à te raconter, dit Pasha. Et le mieux est sans doute de commencer par Ruslan, parce que… Eh bien, parce que c'est avec lui que tout a commencé.

– Ruslan Yozhin ? Ton ami de Taïga ?

– Oui, Ruslan Yozhin.

Il lui expliqua avoir découvert qu'il éprouvait des sentiments pour Ruslan lorsqu'il était allé lui dire au revoir, la veille de son départ pour l'armée.

– N'est-ce pas le propre des adieux ? dit-il alors qu'ils se remettaient à marcher, naviguant bientôt entre les carcasses gelées qui couvraient le sol autour de la boucherie de Popov. C'est souvent quand on perd quelque chose qu'on prend vraiment conscience de sa valeur. Il y en a eu d'autres depuis, mais Ruslan a été le premier, celui qui m'a ouvert les yeux.

– Je me souviens de ce garçon, dit Olga, tandis que lui revenait en mémoire l'image d'un jeune homme mince aux pommettes hautes, bien dessinées, avec une chevelure dense et désordonnée à la Vassily Marouchkine. Alors c'est pour ça que vous vous écriviez tout le temps ? Je me rappelle que tu avais rapporté toute une liasse de lettres de la caserne, lors de ta première permission.

Pasha sourit, toujours à sa manière, avec la fugacité d'un rayon de soleil qui perce un court instant à travers un ciel couvert.

– Oui, c'était pour ça. Mais sa mère est tombée sur mes lettres et ça s'est arrêté là. Ils l'ont envoyé dans la famille de son père, du côté de Perm, pour qu'on ne risque plus de se croiser par ici. Je ne l'ai jamais revu.

– Oh, Pasha, dit-elle, devinant l'ombre de cette ancienne blessure dans le regard de son frère. Mais tu m'as dit avoir fait d'autres belles rencontres. Tu es tombé amoureux d'un autre soldat ? C'est comme ça qu'ils ont su, à l'armée ?

– Non, non, répondit Pasha alors qu'ils passaient devant le Café Astana. Ils ont découvert que j'étais homosexuel de la même façon que la mère de Ruslan : en lisant les lettres que je conservais depuis des années. Je n'ai jamais pu me résoudre à jeter ma correspondance avec Ruslan, même si j'avais conscience qu'elles étaient comme une bombe à retardement dans mon casier. Au fond de moi, je crois que j'ai toujours su que quelqu'un finirait par avoir des soupçons et par fouiller dans mes affaires. Ça arrive tout le temps. Et peut-être que d'une certaine manière, je l'espérais. En tout cas, je suis soulagé, maintenant – de ne plus m'inquiéter que quelqu'un le découvre, je veux dire. De ne plus avoir à me cacher, à faire semblant. Mais j'éprouve aussi de la tristesse. Père m'a obligé à rejoindre l'armée, mais contre toute attente, j'ai adoré ça, Olga ! L'entraînement physique, le maniement des armes, les déploiements secrets en terrain étranger... Je ne suis pas un admirateur de Poutine, et lui non plus ne serait pas fan de moi, s'il me connaissait. Je sais ce qu'il pense des homosexuels. Mais cela n'empêche que j'aime l'armée qu'il a créée. C'est dingue, non ? Et maintenant, je n'ai plus de boulot et je ne sais rien faire d'autre que porter un uniforme et me servir d'une arme à feu. Comment je vais pouvoir gagner ma vie, ici ?

Ils venaient d'arriver devant la maison de leur tante, dont la façade vert passé virait au jaune sous la faible lumière d'un réverbère. Olga alla sonner à la porte avant de se tourner vers Pasha.

– Tu t'inquiéteras de ça plus tard, dit-elle. Pour le moment, je crois que j'ai trouvé de quoi t'occuper quelques jours.

***

Avant que leur tante ne leur propose deux chambres situées côté jardin, à l'arrière de la maison, Olga dut lui expliquer pourquoi ils étaient partis de chez son frère Mikhaïl. Mais puisque Pasha n'était pas prêt à dévoiler la véritable raison de cette fâcherie, elle raconta à sa tante qu'il avait été contraint de quitter l'armée à la suite d'une bagarre avec un haut gradé. La nouvelle avait rendu Mikhaïl furieux et Olga avait également fait les frais de sa colère lorsqu'elle avait pris la défense de son frère. Elle n'aimait pas mentir, mais elle se rassura en songeant qu'elle le faisait pour son Pasha. Et puis la dernière partie de ce mensonge n'en était pas un.

– Mais il ne faut pas que tu dises à père qu'on est là, tante Zia. Il serait capable de t'en vouloir, fâché comme il est. Inutile d'attiser sa colère, tu ne crois pas ?

– Sans doute, dit Zia Kuznetsov. Mais vois-tu, ma chère, quand on est une veuve qui vit modestement, avoir des invités sous son toit pèse sur les finances. Je peux vous donner les deux chambres du fond, pour plus de discrétion. Et il faudra également vous montrer discret durant la journée – je n'ai pas envie de vous avoir dans mes pattes quand j'ai besoin d'un peu de tranquillité, tu comprends ? Je ne sais pas… C'est un grand service que vous me demandez là, même pour des membres de la famille.

Olga soupira.

– Bien sûr, ma tante, on peut te payer pour les chambres, si ça peut t'aider.

– Me payer ? dit Zia en prenant un air offensé. Oh, non, je ne peux accepter d'argent de la part de ma nièce et de mon neveu. Pas question de vous *louer* des chambres, en tout cas. Non, non… Pas de bail et de loyer entre nous, voyons ! Peut-être juste quelques roubles pour participer aux frais, hein ? Pour acheter à boire et à manger. C'est que vous, les jeunes, vous avez un sacré appétit, pas vrai ? Et si tu me donnais deux mille roubles tout de suite, pour que le frigo soit rempli demain, et ensuite trois mille roubles par semaine ? Pour vous deux, bien sûr. Ça me semble honnête, qu'en dis-tu ? Et je vais tout de suite vous réchauffer quelque chose pour le dîner – à mes frais, ça va sans dire.

– C'est d'accord, ma tante, répondit Olga avec un sourire las.

C'était une nouvelle dépense qu'elle pouvait à peine se permettre, d'autant qu'elle allait devoir supporter seule les coûts de ce séjour, songea-t-elle tandis qu'elle plongeait la main dans son sac et posait deux mille roubles sur le buffet. Elle savait que Pasha n'avait plus un kopeck depuis son exclusion de l'armée, qui s'était accompagnée d'une amende très salée. Elle allait devoir puiser une fois de plus dans l'argent qu'elle mettait de côté pour l'université d'État de Tomsk, du moins jusqu'à ce que Pasha trouve un moyen de gagner sa vie. Avec un peu de chance, il ne resterait pas longtemps sans emploi, et elle pourrait recommencer à économiser – plus lentement qu'avant, parce que désormais elle ne serait plus logée gracieusement. Mais elle devrait quand même réussir à mettre environ mille roubles de côté par semaine, d'autant qu'elle n'aurait plus à faire les courses pour son père, songea-t-elle avec un regain d'espoir. Et puis le dîner de ce soir était gratuit, c'était toujours ça de pris.

– Et si on allait s'installer ? proposa-t-elle à Pasha. Je ne sais pas pour toi, mais moi je suis prête à me mettre au lit dès qu'on aura dîné.

– Oui, je suis crevé moi aussi, répondit-il en la suivant dans l'escalier qui menait à leurs chambres. Mais pas question d'aller manger avant que tu m'aies raconté ce qui se passe à Roslazny.

– Non, je préfère t'en parler après dîner. Je ne peux rien dire avec tante Zia dans les parages. Encore un peu de patience et tu connaîtras tous mes secrets !

Mais la soirée ne se déroula pas exactement comme prévu. Ils venaient de finir ce que leur tante appelait un dessert (et qui n'était rien d'autre qu'un petit bol de lait concentré sucré sur lequel Zia avait versé du chocolat en poudre éventé), lorsque le portable d'Olga se mit à sonner.

– C'était Anna, dit-elle à Pasha au terme d'une conversation brève et précipitée. Bogdan fait encore des siennes. Il est chez eux, complètement saoul, et Anna m'a dit qu'il avait menacé de taper sur les enfants. On ferait bien d'y aller.

– *Taper sur les enfants* ? répéta Pasha d'un ton aussi choqué qu'incrédule. Quel genre d'homme menace de faire une chose pareille ? Allons-y tout de suite. Dommage que j'aie dû rendre mon couteau de combat.

Ils enfilèrent leurs blousons et leurs bottes à la hâte et sortirent en trombe de la maison de Zia, ignorant ses protestations.

– Vous ne pouvez pas rentrer à des heures indues, au risque de me réveiller ! Et je vous demanderai de bien vouloir n'utiliser que la porte de derrière. Songez un peu à ce que mes voisins pourraient dire si…

Le reste se perdit dans la nuit.

– Quels voisins ? s'étonna Pasha tandis qu'ils marchaient d'un bon pas dans la boue neigeuse. Roslazny ne m'a jamais paru aussi vide.

– Et pourtant toujours plein de *priduroks*, dit Olga, songeant à son père, à Sołotov, à Bogdan et à l'auteur de la lettre anonyme.

– Des abrutis, il y en a partout, maugréa Pasha.

– Pas à Tomsk, protesta Olga. Pas à l'université, en tout cas. Là-bas, ce sera plein de gens comme… eh bien, comme mamouchka, j'espère.

Pasha lui jeta un regard plein de tendresse.

– Je l'espère aussi, Olgakin.

Il ne leur fallut que quelques minutes pour parvenir à l'Auberge Kabalevsky. Pasha y était souvent venu en compagnie d'Olga lorsqu'il était adolescent, à l'époque où une Anna encore toute jeune cherchait à attirer son attention. Mais même si ça avait été sa première visite, les cris l'auraient guidé aussi sûrement que ses souvenirs.

– Tu es *répugnant*, hurlait Anna. Comment as-tu pu te livrer à de telles *dégueulasseries* ? Et devant une caméra, en plus ! Tu te rends compte que nos enfants pourraient tomber sur ces films, lorsqu'ils grandiront ? Et je ne te parle pas des gens du village ! Tu peux imaginer comme ça a été *humiliant* pour moi d'apprendre par un inconnu que mon mari se livrait à des parties de jambes en l'air filmées ? Ce vieil infirmier libidineux s'est souvenu de t'avoir vu avec les enfants et moi à l'hôpital et il a fait le lien avec le… *l'acteur porno* du film qu'il venait de regarder !

– Je croyais que tu voulais que je gagne du… du… du fric, se défendit Bogdan d'une voix traînante et pâteuse.

Olga se représentait déjà son visage enlaidi de bêtise et rougi par la vodka d'Odrosov.

– Pas de cette façon-là, pauvre crétin ! cria Anna.

Puis ils entendirent des bruits assez inquiétants, comme si quelqu'un avait entrepris de tout casser dans la maison.

Olga songea à la rangée d'assiettes en porcelaine exposées sur le buffet du salon, un cadeau de mariage de la mère d'Anna.

– On ferait bien d'entrer, dit-elle.

– Oui, avant qu'*elle* ne le tue, répondit Pasha.

– Oh, mais qui voilà ? lança Bogdan lorsqu'ils poussèrent la porte du salon. Alors, comme ça, tu as appelé tes amis à la res… rescousse ? Olga

Pouchkine et… ça alors, c'est toi, Pasha ? Salut, Pasha ! Comment vas-tu, mon vieux ?

– Le moment me semble mal choisi pour échanger des politesses, dit Pasha. Regarde-toi un peu !

Bogdan avait trouvé refuge derrière la porte d'un placard à balais à demi refermée sur lui, pour se protéger du service de table qui volait dans la pièce. Anna se tenait à l'autre bout du salon, rouge de fureur, une assiette dans chaque main. À l'étage, on entendait les pleurs des enfants. Si les clients de l'auberge avaient dîné ici, ils avaient battu en retraite depuis longtemps.

– Pose ces assiettes, Anna, dit Olga. Et sors de là, Bogdan. Ça ne peut plus continuer comme ça.

La tête d'ivrogne de Bogdan émergea à nouveau du placard.

– Tu as foutrement raison, ça ne peut pas continuer comme ça, dit-il en sortant du placard. En fait, j'en ai… j'en ai ras-le-bol de tout ça, de… de… de me prendre tout le temps des remarques pour un oui ou pour un non ! Si elle ne peut pas accepter ce que je fais pour nourrir ma famille, qu'elle aille se faire voir ailleurs ! Ouais, tu m'as bien entendu, Anna ! Je suis chez moi, ici. J'ai fait mettre mon nom sur les documents de la banque ou de je ne sais plus qui. Alors, vous pouvez tous dé… dégager ! Les enfants aussi. Je n'en peux plus de leurs pleurnicheries.

Olga lui jeta un regard horrifié. Avait-elle provoqué la seconde éviction de la journée en disant que ça ne pouvait plus continuer comme ça ?

– Sois raisonnable, Bogdan, dit-elle en espérant le calmer, tu ne peux pas chasser ta femme et tes enfants du jour au…

– Oh que si, je peux, Mademoiselle Olga Pouchkine qui se croit mieux que tout le monde mais qui n'est qu'une petite cheminote de rien du tout ! Tu vas voir, si je ne peux pas ! Je vais les fou… foutre dehors moi-même ou demander à l'autre flic, là, comment il s'appelle déjà ? Ah ouais, Glazkov ! Eh ben, je vais lui dire de le faire pour moi, parce que c'est la loi. Oui, madame ! L'Auberge est à mon nom !

Olga se sentit soudain débordée par une vague de colère.

– Alors, c'est toi qui as écrit cette horrible lettre, espèce de *pridurok* ? Et il faut que tu sois saoul comme un cochon pour trouver le courage de me dire en face ce que tu m'as écrit anonymement, comme le lâche que tu es !

Bogdan la regarda avec de grands yeux hébétés, l'air brusquement dégrisé.

– Hein ? Quelle lettre ?

– Oh, arrête ton cinéma, dit Olga. Ça ne sert à rien de jouer les innocents, maintenant que je t'ai pris la main dans le sac.

– Olga, c'est à peine s'il est capable d'aligner deux mots de suite avec un stylo, intervint Anna, qui semblait plus calme maintenant que l'abcès avait enfin été crevé. C'est à peine s'il peut même aligner deux mots de suite en *pensée* ! J'ignore de quelle lettre tu parles, mais c'est forcément quelqu'un d'autre qui l'a écrite. Quoi qu'il en soit, Bogdan a raison, pour une fois. Il est grand temps qu'on s'en aille d'ici. Olga, tu veux bien m'aider à préparer les enfants ? Et Pasha, contente de te revoir. Désolée que ce soit en pareilles circonstances. Tu veux bien surveiller mon mari pour s'assurer qu'il ne s'en prenne pas aux enfants quand on quittera cette maison ?

Mais Bogdan, décidant que la position debout n'était pas des plus sûres dans son état, se laissa tomber sur le canapé où il s'endormit presque aussitôt, à moins qu'il ne fît semblant.

– Tu es bien certaine de vouloir partir, Anna ? demanda Olga. Il aura sûrement changé d'avis demain, tu sais – s'il se rappelle seulement de t'avoir demandé de partir. Et puis, où vas-tu aller ? Je t'aurais bien hébergée, mais c'est impossible en ce moment. Je t'expliquerai plus tard.

– Demain, il va passer la moitié de la journée aux toilettes à rendre tripes et boyaux, voilà ce qu'il va faire. Et j'ai déjà gâché bien trop de journées de ma vie comme ça, à l'écouter vomir. Non, même s'il me suppliait, j'ai pris ma décision. On va s'installer dans les chambres du Café Astana en attendant de trouver un meilleur endroit pour les enfants. Je préfère vivre dans des conditions sordides que vivre avec… avec *ça*, dit-elle en pointant du doigt la masse ronflante de son ivrogne de mari. Pour une fois qu'on avait des clients, ils ont fichu le camp. Ils ne supportaient plus les cris, et je ne leur jette pas la pierre.

Comprenant qu'elle ne pourrait pas la faire revenir sur sa décision, Olga alla aider son amie à entasser les affaires des enfants dans des valises et à les rassurer. Tandis qu'elle leur expliquait qu'ils allaient vivre dans un café pendant un moment, et que ça allait être formidable – comme des vacances ! –, Anna regarda Olga et songea qu'elle avait beaucoup de chance d'avoir une amie comme elle.

Elle pensa la même chose une demi-heure plus tard au Café Astana, quand Olga insista pour lui offrir une semaine de loyer. C'était une somme rondelette, dans la mesure où Anna avait besoin des deux chambres pour loger les enfants et toutes leurs affaires, mais Olga lui affirma que ça lui faisait plaisir et que c'était la moindre des choses entre amies, sans compter qu'elle se réjouissait qu'Anna ait trouvé le courage de se débarrasser de ce bon à rien de Bogdan.

– Ça fait des années que j'aurais dû partir, dit Anna. Je te rembourserai dès que possible, Olga – je ferai la plonge pour Odrosov si nécessaire. À présent, nous allons pouvoir ouvrir un nouveau chapitre de notre vie, si Dieu le veut, vivre en paix sans ce boulet de Bogdan pour nous tirer constamment vers le bas.

Elle posa la main sur le bras d'Olga et se tourna vers l'escalier que Pasha était en train de descendre. Il était resté avec les enfants pour vider leurs valises, les mettre au lit et leur raconter une histoire. Tandis qu'Anna disparaissait à l'étage, il s'assit sur un tabouret du bar à côté d'Olga et commanda deux grands verres de vodka.

– *Za vashe zdorovie*[15] ! fit-il en entrechoquant son verre contre celui de sa sœur.

– Je crois que j'en ai besoin, dit-elle avant d'avaler une sérieuse gorgée. Ça a été une longue journée. Et même un long mois, pour tout te dire.

—Alors, tu vas enfin me raconter ce qui s'est passé ? demanda Pasha. On n'est au courant de rien en Crimée, tu sais. La hiérarchie nous empêchait d'accéder à Internet ou de lire les journaux. La Sibérie toute entière aurait pu être dévorée par les flammes que je n'en aurais rien su. C'était quoi, cette lettre dont tu as parlé à Bogdan ?

Olga reposa son verre sur le comptoir.

– J'ai reçu une lettre anonyme, écrite par quelqu'un du village, je crois. Elle était si méchante, Pasha… Sur le moment, ça m'a beaucoup affectée. J'aurais dû la conserver, pour la montrer à la police, mais je l'ai brûlée. Bogdan a dit quelque chose qui m'a fait penser au contenu de cette lettre…

Elle but une nouvelle gorgée du *samogon* d'Odrosov.

– Enfin bref, reprit-elle, d'autres choses bien plus graves se sont produites depuis.

– Plus graves qu'une lettre malveillante adressée à mon Olgakin ? demanda Pasha avec une colère retenue.

---

15. À ta santé !

– Oui, plus graves, confirma Olga. Par où commencer ? Je vais te parler d'un meurtre sur le Transsibérien ; d'un samovar saboté pour procurer un alibi ; d'un touriste américain égorgé et jeté sur la voie ferrée, la bouche remplie de pièces de dix roubles ; d'une pauvre *provodnitsa* réduite au silence au bout d'une corde et d'une autre *provodnitsa*, dangereuse celle-là, une femme dont le sourire dévoile des dents en or et cache des intentions de meurtre…

CHAPITRE 13
Le tour d'écrou

Adossé au mur de la loge maquillage, Wolansky regardait une jeune femme appliquer du fond de teint sur le visage, le cou et la nuque de Babikov, tandis qu'une autre brossait délicatement son costume. D'ordinaire, le lieutenant-colonel se délectait de l'attention des maquilleuses, invariablement fraîches et jolies, mais aujourd'hui il semblait avoir l'esprit ailleurs, se contentant d'esquisser un sourire lorsque Natasha fit semblant de trébucher, atterrissant comme par hasard sur ses genoux. Affectant d'être vexée par son désintérêt, elle s'éloigna en boudant sur ses talons aiguilles, laissant Samara lui appliquer seule les dernières touches. Wolansky eut de la peine pour elles, contraintes d'être aux petits soins avec des hommes qui ne leur plaisaient pas et se transformant en escort-girls, le soir venu, pour joindre les deux bouts. Babikov ne ressentait guère de pitié pour les filles comme elles : de son point de vue, elles jouaient un rôle comme tout le monde dans la comédie de la vie et leurs prestations étaient rémunérées à leur juste valeur – mieux en tout cas que celles d'un simple policier. Mais Wolansky voyait les choses autrement : pour lui, on n'accordait jamais assez de valeur au jeu d'un bon acteur.

Tandis qu'il regardait Natasha quitter le plateau de télévision en claquant des talons, Wolansky se demanda combien de temps leur propre mise en scène allait pouvoir tenir. Babikov avait persuadé le colonel Terekhine de l'opportunité d'une conférence de presse télévisée pour faire le point sur l'affaire Alyona Vasiliev, et le patron de Marouchkine avait donné son accord. Mais à la dernière minute, Terekhine avait appelé le patron de la chaîne pour demander avec la plus grande fermeté que le nom de Vassily ne soit pas cité à l'antenne tant que de nouveaux éléments accablants n'auraient pas été découverts. La conférence de presse avait déjà été annoncée et Babikov n'avait d'autre choix que de la donner comme prévu, mais l'intervention du colonel l'avait plongé dans une colère noire.

– Maudit Terekhine ! avait-il hurlé lorsque Wolansky lui avait appris la nouvelle. Veux-tu que je te dise pourquoi il a attendu le dernier moment pour appeler la chaîne ? Pour m'humilier, voilà pourquoi ! À quoi bon donner une putain de conférence de presse si on n'a pas de suspect ?

– Ne t'inquiète pas, Grigor, je vais gérer la situation, avait répondu Wolansky.

Mais en réalité, il ne pouvait pas faire grand-chose en si peu de temps. Il avait écrit un communiqué de presse dans lequel il laissait entendre qu'un policier véreux était au centre de l'affaire, puis avait passé quelques coups de fil à des rédacteurs en chef qui lui étaient redevables, leur demandant d'envoyer des journalistes qu'il savait favorables à son patron plutôt qu'à Arkady Nazarov, le rival de Babikov dans la course à la mairie. Wolansky serait sans doute en mesure d'en faire davantage plus tard, en sous-main, mais bien qu'il puisse se targuer d'avoir quelques miracles médiatiques à son actif, il n'existait aucun moyen de contourner l'embargo que Terekhine avait mis sur le nom de Vassily Marouchkine. Et ce nom était celui que Babikov avait absolument envie de mentionner devant les caméras, dans la mesure où Ivanka Kozar était hors jeu pour le moment. C'était elle qui avait toujours eu les faveurs de Babikov, du pain bénit pour la presse avec son sourire métallique et son passé trouble, mais d'un autre côté les journalistes locaux avaient toujours eu un faible pour les histoires de ripoux. Et au bout du compte, tout ce dont Babikov avait besoin était un bouc émissaire à livrer en pâture à ses futurs électeurs pendant que son taux d'élucidation grimpait de pair avec les intentions de vote en sa faveur. Mais tant que le véto de Terekhine restait en vigueur, leurs possibilités d'action étaient réduites et peu enthousiasmantes.

– Ce ne sera pas pour cette fois, Grigor, maugréa Wolansky pour lui-même alors que le lieutenant-colonel, à présent suffisamment maquillé pour affronter les impitoyables projecteurs du plateau de télévision, avalait nerveusement un verre d'eau. Pas tant que Terekhine est encore de ce monde.

Il se demanda si la situation était finalement en train de lui échapper. Mais ce n'était pas le moment de flancher : pousser Babikov à suivre la voie qu'il traçait pour lui était déjà assez compliqué comme ça sans qu'il ait en plus à se convaincre lui-même. Après tout, il poursuivait le même but que le lieutenant-colonel, mais pas pour les mêmes raisons. Pouvait-on vraiment se hisser au sommet du pouvoir municipal, puis fédéral – en s'emparant d'abord de la mairie de Kemerovo, puis de celle de Moscou – par la simple qualité de son jeu d'acteur ? Peut-être, mais viendrait un moment où il faudrait faire tomber le rideau sur cette pièce – quand ça irait trop loin, que justice serait suffisamment rendue. Restait à sentir quand ce moment arriverait, c'était là toute la difficulté.

Il n'était pas encore arrivé, en tout cas : Wolansky savait au moins ça. Alors il s'avança vers la loge maquillage où Babikov se concentrait avant son intervention télévisée, le visage enfoui dans les mains. Le moment était venu d'aider son champion à rassembler ses idées et de lui prodiguer quelques paroles d'encouragement.

– Grigor, souviens-toi de ce dont on a parlé – le meurtre brutal d'une pauvre employée de nos beaux Chemins de fer russes. Un crime odieux très certainement lié à l'affaire Nathan Bryce. L'enquête avance, beaucoup de pistes prometteuses. Montre de la confiance, de l'énergie. Tu incarnes la force, une police qui agit ! Et n'oublie pas de préparer le terrain pour Marouchkine en te désolant de ces policiers véreux qui déshonorent encore la police malgré le ménage que tu as entrepris. Parce que la corruption vient de tes prédécesseurs, bien sûr. C'est de la faute de Ryanov et Moussakin, et des autres avant eux. Une bande d'escrocs, tous autant qu'ils sont, qui s'en mettaient plein les poches au lieu d'être, comme toi, au service des citoyens. D'après nos avocats, tu peux laisser entendre qu'on a déjà arrêté quelqu'un, mais rien de plus. Ne parle surtout pas de Marouchkine ou de Roslazny, et encore moins de Kozar !

Babikov secoua la tête d'un air dégoûté. Toutes ces règles et ces restrictions lui sortaient par les yeux. Comme il regrettait les conférences de presse qu'il tenait hier encore, ce grand cirque médiatique dont il était l'attraction principale – le dompteur de fauves dont toutes les grandes villes de Russie enviaient l'efficacité. Mais les choses avaient changé depuis l'affaire Bryce. Parfois, il aurait aimé n'avoir jamais entendu parler de ce foutu Transsibérien.

– C'est bon, Wolansky, dit-il. J'ai pigé. Dieu sait ce que les gens vont en penser. Une conférence de presse de la police sans suspect, c'est comme un match de foot sans buts, ça laisse tout le monde sur sa faim !

***

Plus tard ce jour-là, Igor Odrosov exprima la même pensée au Café Astana, bien qu'en termes plus crus, puisant sa comparaison du côté des salons de massage des quartiers chauds de Moscou.

– Non mais sans blague, poursuivit-il, à quoi bon venir montrer sa tronche à la télé quand on n'a rien à dire ? Regarde-le un peu !

Il lança la main en direction de la télévision, sur laquelle on voyait Babikov se tortiller nerveusement face à un parterre de journalistes qui levaient la main tous ensemble, bras tendu aussi haut que possible pour attirer l'attention du chef de la police.

– Il est dans la merde jusqu'au cou, claironna le Cosmonaute. Deux meurtres et pas de vrais suspects ! Nazarov est peut-être plus compétent que ce type, après tout.

Il s'adressait à Popov, qui avait fait une halte au café pour lui vendre des saucisses d'origine indéterminée. Le boucher haussa les épaules :

– Qu'est-ce que ça change que ce soit l'un ou l'autre ? dit-il. Une fois au pouvoir, ils n'en font qu'à leur tête.

Il se tapota le bout du nez.

– Je vais t'apprendre un truc, Odrosov. Les promesses de campagne, ces gars-là les oublient le jour où ils sont élus. Ils te promettent la lune, mais la lune qu'ils décrochent, elle est tout juste bonne pour les cosmonautes de comptoir comme toi !

– Et c'est toi qui dis ça ? s'exclama Odrosov. C'est l'hôpital qui se moque de la charité ! Tu me promets de la bavette d'aloyau et tu te pointes avec du cul de bouc !

Popov prit un air indigné et fit mine de partir, mais Odrosov posa la main sur son épaule.

– C'est bon, je les prends. Vingt roubles la saucisse ?

– Marché conclu, dit Popov en lui tendant les saucisses avec une précipitation suspecte.

Par chance, Pasha et sa sœur avaient déjà avalé un rapide dîner chez leur tante Zia quand Olga poussa plus tard la porte du Café Astana, ce qui lui permit de passer une nuit relativement tranquille, contrairement aux clients qui eurent la mauvaise idée de goûter aux saucisses qu'Odrosov proposait ce soir-là en plat du jour. Parmi ces dîneurs malchanceux se trouvait Sasha Tsaritsyne, son ancien camarade de classe devenu journaliste qu'elle avait récemment revu à la gare de Taïga, le jour du meurtre de Nathan Bryce.

– Olga Pouchkine ! s'écria Sasha lorsqu'elle pénétra dans le café. Viens partager des saucisses et de la vodka avec moi.

– Juste un peu de vodka, merci, répondit-elle. J'ai déjà dîné.

Elle s'assit à côté de lui au comptoir et le regarda avec un sourire.

– Ça me fait plaisir de te voir, Sasha. Quel bon vent t'amène à Roslazny ?

– Le même vent qui m'a amené à Taïga la dernière fois qu'on s'est vus, dit Sasha entre deux bouchées de saucisses d'on ne savait trop quoi. Le vent du meurtre, ajouta-t-il en faisant signe à Odrosov de servir un verre de vodka à Olga.

– Tu parles d'un bon vent, maugréa le Cosmonaute en versant son Carburant de fusée. Franchement, j'ai assez entendu parler comme ça de ce qui est arrivé à ce Nathan *Brrryce*. C'est du réchauffé.

– Pas le meurtre de Bryce, précisa Sasha. Celui de la *provodnitsa* qu'on a retrouvée pendue. Vous savez, Alyona Vasiliev.

Il pivota sur son tabouret et lança le menton en direction de la télévision, posée en hauteur dans un angle de la salle.

– Vous n'avez pas vu Babikov à la télé, cet après-midi ?

– Si, mais cette pauvre fille n'a pas été tuée à Roslazny, objecta Odrosov. Babikov a dit qu'on l'avait retrouvée pendue chez elle, à Talovka.

– Oui, mais on a d'autres infos quand on est en relation avec son conseiller en communication, dit Sasha en lui adressant un clin d'œil. L'homme qui murmure à l'oreille du chef de la police… Et parfois à celle des journalistes.

– Qu'est-ce que Wolansky t'a dit ? demanda Olga, craignant que ce ne soit de mauvais augure pour Vassily.

– Parce que tu connais Wolansky, toi ? s'étonna Sasha. Alors tu sais sans doute que c'est un type qui peut s'avérer dangereux. Voilà pourquoi je ne vais pas te répéter ce qu'il m'a confié. En revanche, je peux te dire que c'est à cause de ce qu'il m'a confié que je suis ici.

Alors Wolansky renseignait bien les journalistes, comme s'en était douté Vassily, songea-t-elle. À mots plus ou moins couverts, il avait sûrement fait comprendre à Sasha qu'un policier de Roslazny était soupçonné d'avoir tué Alyona Vasiliev, et qu'il était incarcéré au poste. Pasha et elle allaient devoir faire preuve de prudence, plus tard dans la soirée.

Autre chose préoccupait Olga. Une fois de plus, elle repensait à cette matinée à la gare de Taïga où elle avait écouté Vassily et Glazkov interroger le personnel de bord du Transsibérien.

– C'est lui qui t'a dit de venir à la gare de Taïga, le jour du meurtre de Nathan Bryce ? Les journalistes sont arrivés sur place étonnamment vite, non ?

Sasha la regarda sans répondre, s'autorisant tout juste un petit sourire amusé. Puis il leva son verre de vodka à hauteur du visage d'Olga, avant de le vider d'un trait. Après quoi, il plongea la main dans son vieux blouson en cuir craquelé et en sortit quelques billets qu'il jeta sur le comptoir, à côté des restes de son plat.

– Merci, Igor, dit-il. Gardez la monnaie. Allez, bonne soirée à tous !

Et sur ces mots, il sortit du café.

Était-ce un oui ou un non ? se demanda Olga. Et si c'était un oui, cela voulait-il dire que Wolansky

– et par conséquent Babikov – avaient été au courant des desseins meurtriers d'Ivanka et du jour où elle comptait passer à l'acte ? Ou cela voulait-il simplement dire que Wolansky était particulièrement bien informé – qu'il avait des yeux et des oreilles dans tous les trains, peut-être ; des informateurs qui lui rapportaient tout ce qui se passait à bord ? Il faudrait vérifier le timing, songea-t-elle, notant dans un coin de sa tête de parler de ça à Vassily.

C'est alors qu'Odrosov interrompit ses pensées.

– Il ne manque pas de culot, celui-là ! lança le patron du Café Astana en comptant les billets que Sasha avait laissés sur le comptoir. « Gardez la monnaie », qu'il m'a dit ! Un pourboire de six roubles ! Qu'est-ce que tu veux faire avec ça ? Il aurait consommé davantage si tu ne l'avais pas fait fuir avec tes questions, Olga. Garde tes remarques féministes pour toi, la prochaine fois !

Il s'éloigna à son tour en direction de la cuisine, laissant Olga seule et perplexe au comptoir : avait-il la moindre idée de ce qu'était le féminisme ? Pensait-il que ce terme désignait tout ce que disait une femme, à partir du moment où ses paroles ne lui convenaient pas ? Après tout, c'était une définition qui en valait une autre, songea-t-elle. Au fond, elle était ravie de dire des choses qui ne convenaient pas à des hommes tels qu'Odrosov ; des hommes qui avaient toujours pu compter sur le dévouement d'une femme pour s'occuper d'eux. On aurait pu penser que la perte de son épouse Henrika, qui avait pris la poudre d'escampette six ans plus tôt avec un vendeur de tapis de Perm, lui aurait remis les idées en place. Mais sa fille Svetlana était revenue ventre à terre de Novossibirsk (ou Tomsk ou Dieu sait quelle ville dans laquelle elle était partie vivre une fois le lycée terminé), et elle avait repris le flambeau abandonné par sa mère, prenant soin de son père et s'activant en cuisine, voire derrière le bar quand il avait trop bu. Parfois, nous sommes nos pires ennemies, songea Olga. Elle-même, avec son père… À quoi bon se dire féministe si on faisait ce genre de choses ?

L'idée qui lui vint alors à l'esprit la mit mal à l'aise : Ivanka se considérait-elle comme une féministe ? Se voyait-elle comme une pionnière dans le combat des femmes, parce qu'elle était une tueuse dans un monde où la très grande majorité des meurtres étaient commis par des hommes ? Elle réfléchit à cette question en laissant la vodka couler lentement dans sa gorge. Puis, son verre vidé, elle salua les habitués et alla une nouvelle fois prendre position derrière la citerne rouillée pour surveiller l'arrivée de Glazkov, qui ne pouvait tout de même pas résister deux soirs de suite aux sirènes du Carburant de fusée.

Non, décida finalement Olga, tapie dans sa cachette, Ivanka ne pouvait en aucun cas être considérée comme une féministe. Dans l'esprit d'Olga, le féminisme était une recherche de liberté et de bonheur. Or, ôter la vie à quelqu'un ne contribuait pas au bonheur des gens – ou du moins ça ne devrait pas, songea-t-elle, même si la victime était un supérieur imbuvable qui n'allait pas manquer à ses subordonnés ou un parent riche dont l'héritage serait apprécié. Et elle ne voyait pas quelle liberté pouvait vous faire gagner un meurtre, sans compter que ça ne servait pas la cause des femmes. Au contraire, en faisant ça, Ivanka imitait les hommes dans ce qu'ils avaient de moins aimable, à savoir leur violence.

Enfin, la silhouette rebondie et titubante de Glazkov apparut, déjà imbibée d'alcool, apparemment. Certains seraient tentés de penser que la mort d'un homme comme lui ne constituerait pas une grande perte pour la société, songea-t-elle. Si Glazkov décédait, son salaire pourrait revenir à une personne plus jeune, plus motivée et peut-être plus compétente, qui serait capable de traverser une journée sans s'enfiler un litre de vodka pure toutes les six heures. Mais cette façon de penser ne s'accordait pas avec les valeurs que lui avait transmises sa mère Tatiana, se dit Olga tandis qu'elle mettait le cap sur le point de rendez-vous fixé avec Pasha. C'était la façon de penser du Kremlin, pour qui les gens n'étaient guère que des statistiques sur l'ordinateur d'un organisme d'État, des données sans âme et aussi interchangeables que des grains de sable. Elle avait entendu dire que Glazkov aurait dû prendre sa retraite depuis longtemps, mais qu'il continuait à travailler pour payer la maison d'accueil médicalisée où séjournait sa mère. Il s'agissait d'une critique, dans la bouche de la personne qui avait livré cette information – d'une façon de dire que Glazkov était un vieux croûton qui avait fait son temps et qui prenait la place d'un plus jeune. Mais dans l'esprit d'Olga, c'était au contraire quelque chose qui parlait en sa faveur.

– Qui est là ? s'écria-t-elle, tressaillant à l'approche d'une silhouette qui venait d'émerger des abords d'une maison inhabitée et se dirigeait droit sur elle.

Mais ce n'était que Sasha Tsaritsyne.

– Oh, c'est toi, Sasha. Tu m'as fichu la trouille ! Qu'est-ce que tu fabriques à traîner comme ça dans le noir autour de cette vieille baraque ?

– Désolé, Olga, dit-il, son visage pâle et couvert de sueur tordu par une étrange grimace. Je prenais juste l'air. Mais ces fichues saucisses… Il m'avait bien semblé qu'elles avaient une drôle d'odeur. Il faut que je retourne au café.

Il passa devant elle, s'éloignant avec une démarche décidément bien curieuse, une main gantée sur le ventre et l'autre cramponnée à ses fesses.

Plaquant la paume contre son cœur comme on le fait parfois après avoir eu peur, Olga pressa le pas en direction du vieux carrefour où Pasha lui avait demandé de la retrouver. Malgré l'insistance d'Olga, il n'avait pas voulu l'accompagner au café pour se réchauffer autour d'un verre de vodka avant leur visite à Vassily, préférant l'attendre à proximité du poste de police plutôt que de devoir répondre à la tonne de questions que ne manqueraient pas de lui poser les clients d'Odrosov, voire le patron lui-même.

– Comme tu veux, avait répondu Olga. Moi non plus, je n'aurais pas envie de me faire bombarder de questions, à ta place. Mais je te préviens, Glazkov n'est pas réglé comme du papier à musique. Ne m'en veux pas si tu es à moitié gelé quand j'arriverai !

Lorsqu'elle atteignit le point de rendez-vous, Pasha la fit rire en lui annonçant que seul un tiers de son corps avait finalement gelé. Elle lui raconta la fuite piteuse du pauvre Sasha vers les toilettes du Café Astana, et ce fut au tour de Pasha d'éclater de rire.

– Bien fait pour lui ! Tu te souviens que quelqu'un a mis des laxatifs dans mon bortsch, en 1989, le jour de la fête de la révolution d'octobre ? Eh bien, je suis sûr que c'était un coup de Sasha ! Bon, reprit-il avec un petit sourire, tu as pensé aux clopes de ton protégé, j'espère ?

Olga lui avait parlé de son intention de ravitailler Vassily en cigarettes, pour qu'il ne se retrouve pas à court, et Pasha en avait fait tout un plat, la taquinant parce qu'elle s'inquiétait du bien-être de cet homme et se délectant de l'embarras qui colorait les joues de sa petite sœur. Si elle était honnête avec elle-même, elle n'avait pas seulement songé au bien-être de Vassily, mais aussi à son regard mélancolique, à son physique imposant et à la façon dont ses cheveux noirs trouvaient toujours un moyen de s'échapper de son ouchanka de policier…

Quand elle se surprenait à s'abandonner à de telles pensées, elle se disait aussitôt qu'elle serait tout aussi soucieuse du bien-être de n'importe quelle autre personne emprisonnée à tort. Et qu'est-ce que cela pouvait bien faire si elle n'arrivait pas vraiment à s'en convaincre ?

Dans le cas présent, toutefois, l'attention qu'elle avait eue pour lui s'avéra inutile.

– Oh, c'est gentil, dit Vassily quand ils arrivèrent au poste et qu'elle sortit les cigarettes de son sac. Mais il ne fallait pas. Glazkov m'en a donné toute une cartouche, hier. J'ai apprécié le geste, même si j'espère ne pas rester suffisamment longtemps ici pour toutes les fumer.

– On dirait qu'il a mauvaise conscience, nota Pasha. En tout cas, ça me fait plaisir de te revoir, Vassily, même si j'aurais préféré que ce ne soit pas à travers des barreaux. Ça doit bien faire vingt ans, non ?

– Au moins, dit Vassily en lui serrant la main à travers lesdits barreaux. J'ai appris ce qui t'est arrivé à l'armée et je trouve ça désolant. J'aurais aimé être celui qui t'a escorté jusqu'au village, mais j'étais retenu ailleurs.

– C'est le cas de le dire, s'amusa Pasha.

Mais son sourire ne resta qu'un instant sur ses lèvres.

– Moi aussi, je trouve ça désolant, reprit-il. J'aimais beaucoup l'armée. Mais je crois que ma sœur m'a trouvé un nouveau job.

– Alors comme ça, elle t'a enrôlé, hein ? dit Vassily. Bon, je vois que vous avez apporté une deuxième chaise, alors asseyez-vous, les Pouchkine. Je suis ravi que vous soyez là, et pas seulement pour profiter de votre compagnie. J'ai des nouvelles à vous annoncer !

– Des nouvelles, Vassily Marouchkine ? s'étonna Olga. Mais comment diable les nouvelles te parviennent-elles alors que tu es enfermé ici ?

– Il semblerait que toute situation ait ses avantages, y compris les moins enviables, répondit-il avec un sourire. Pour être plus précis, être enfermé présente un certain nombre d'inconvénients, mais ça donne aux brigadiers-chefs qui n'aiment pas rester les bras croisés ce dont ils manquent d'ordinaire : du temps pour réfléchir.

– Et à quoi réfléchit un brigadier-chef qui n'aime pas rester les bras croisés, quand il se retrouve injustement emprisonné ? demanda Olga.

– Oh, à des tas de choses, répondit Vassily. À la naissance des étoiles, aux trous noirs, à notre place au sein de l'univers… Et à l'identité des meurtriers qui tranchent la gorge des touristes et leur remplissent la bouche de pièces de dix roubles.

Olga hocha la tête.

– Eh bien, plaisanterie à part, figure-toi que je ne suis pas restée les bras croisés, moi non plus, dit-elle. Je crois que je sais qui a commis ces deux meurtres.

– Vraiment ? dit Vassily. Comment as-tu fait pour comprendre que c'était…

– Ivanka ! lança triomphalement Olga.

– … Babikov ? termina Vassily, le prénom de la *provodnitsa* aux dents en or et le nom du chef de la police télescopant leurs sonorités dans l'air confiné de la salle des cellules.

Un court silence s'ensuivit, seulement rompu par les petits cris aigus de Raspoutine dans sa boîte en carton. Vassily fut le premier à retrouver la parole :

– *Ivanka* ? dit-il en ouvrant de grands yeux.

– *Babikov* ? s'écria Olga. Non, c'est Ivanka Kozar ! La *provodnitsa.* Je tiens mon information de Tarass Sviatoslav.

– Tarass Sviatoslav ?

Bien sûr, il ne pouvait pas savoir qui était Tarass, se souvint Olga, puisqu'elle n'avait pas eu l'occasion de lui parler de l'enquête de terrain qu'elle avait effectuée la veille. Avec une fierté non dissimulée pour la curiosité investigatrice dont elle avait fait preuve, Olga lui raconta par le menu ses expéditions à Taïga, Iachkino et Pikhatch où vivait Tarass Sviatoslav, l'ancien compagnon d'Ivanka. Vassily hocha la tête, sourit et poussa des exclamations comme elle l'avait espéré, mais avant qu'elle ne termine son récit, Olga sentit dans son regard que quelque chose le chiffonnait.

– Tu vois, Vassily, dit-elle en guise de conclusion, c'est Ivanka qui est derrière tout ça. Elle voulait tuer pour tuer, comme elle l'a dit au téléphone chez Tarass Sviatoslav : elle voulait tuer *n'importe qui.*

Et je pense que c'est à Alyona Vasiliev qu'elle disait ça. Elle…

Mais Vassily l'interrompit :

– Olga, Olga… Attends une seconde, s'il te plaît. Tu as fait du très bon travail, digne des meilleurs enquêteurs de Novossibirsk, et tu as découvert des choses importantes. Mais tout n'est pas résolu. Tu dois comprendre qu'on peut à la fois avoir raison et tort quand on enquête, et que les gens peuvent être coupables de différentes façons.

– Qu'est-ce que tu nous chantes là, Vassily Kirillovich ? intervint Pasha. Comment quelqu'un pourrait à la fois avoir tort et raison, ou être coupable de différentes façons ?

– Ce que tu viens de me raconter cadre parfaitement, Olga, mais ça cadre avec une autre histoire. Tout ça démontre que Babikov est coupable – ainsi que Wolansky, Glazkov et qui sait d'autre encore –, mais *pas* Ivanka. Elle est la victime dans cette affaire, enfin… *nous* sommes les victimes, Ivanka et moi, rassemblés dans un petit tableau dessiné avec soin par Babikov et consorts, et destiné à être accroché dans une cellule, ou plutôt deux. J'ai observé sa façon de faire quand j'ai travaillé sous son autorité, à Kemerovo, et crois-moi, c'est du pur Babikov. J'ai eu le temps de réfléchir à tout ça, assis sur ce foutu banc sans rien d'autre à faire, et j'ai fini par comprendre. On pensait qu'il agissait en s'appuyant sur des renseignements sans doute fournis par le vrai coupable, qu'il inventait un scénario basé sur les tuyaux d'une personne qui tentait maladroitement de nous faire porter le chapeau, à Ivanka et moi. Mais non ! s'écria-t-il, faisant sursauter Olga et son frère. C'est Babikov lui-même qui est derrière tout ça ! C'est sa façon d'opérer, je te dis. Il se débrouille depuis des années pour mettre des crimes sur le dos d'innocents, tout ça pour améliorer son image auprès de la population sans même se donner la peine de résoudre les crimes. Les prisons de l'oblast sont pleines de détenus victimes de ses coups montés.

– Babikov se débrouille pour faire condamner des innocents ? demanda Olga d'un ton sceptique. Mais qui sont ces gens qu'il envoie injustement en prison ?

– Tu dois comprendre que la police s'appuie toujours sur un réseau d'informateurs locaux qui leur fournissent des informations souvent essentielles à l'élucidation d'une affaire. Ces indicateurs sont des petits délinquants, pour la plupart, des dealers et des escrocs de bas étage qui font ça en échange de l'indulgence de la police. Mais Babikov a donné une autre dimension à ces pratiques – il est connu pour ça, jusqu'à Novossibirsk. Il s'est constitué tout un réseau de gens qui lui sont redevables, non seulement des informateurs mais aussi des agents provocateurs – tu sais, ces gens qui bossent pour la police et qui poussent les truands à commettre des actes illégaux pour mieux les coincer une fois qu'ils ont mordu à l'appât. Mais les gens qui renseignent la police ne sont pas tous des délinquants qui jouent double jeu par intérêt, même si c'est souvent le cas. On trouve aussi des redresseurs de torts, des gens qui aiment se mêler de la vie des autres, d'autres qui veulent se venger… Et on trouve même parfois des gens qui ont simplement à cœur d'aider les forces de l'ordre. J'ai assisté au recrutement de certains de ces informateurs quand je travaillais à Kemerovo. Babikov leur jurait sur un exemplaire de la constitution que leur anonymat serait préservé, avant de parler de devoir et d'honneur, ce genre de choses, bien que je doute que ces notions aient la moindre valeur pour lui. Je me souviens des visages de ces petits délinquants et de ces citoyens crédules enrôlés par Babikov. Et la mémoire de ces visages m'a été très utile, figure-toi.

– Et qu'est-ce qu'ils avaient de si particulier, ces visages ? demanda Olga avec un peu d'humeur.

Elle cherchait avant tout à découvrir la vérité, bien sûr, mais elle trouvait vraiment dommage qu'elle émerge aux dépens de son brillant travail d'enquête.

– Récemment, j'ai revu ces visages, dit-il. Dans un rapport sur les homicides commis dans l'oblast de Kemerovo.

– Et alors ? En quoi est-ce étrange qu'ils apparaissent dans ce genre de dossier, s'ils aident la police ?

– Pardon, je n'ai pas été assez clair, dit Vassily. Ils n'apparaissaient pas en marge du rapport, dans une annexe sur les moyens utilisés ou un encadré louant l'implication des citoyens dans la lutte contre le crime. Ils apparaissaient en tant qu'*auteurs des meurtres*. Ces gens dont je n'ai pas oublié le visage ont tous été arrêtés pour homicide, et parfois d'autres crimes. *Tous*, Olga. On peut admettre que trois ou quatre d'entre eux, se croyant peut-être protégés par leur statut d'indics, aient fini par commettre des actes graves. Après tout, comme je te l'ai dit, beaucoup étaient déjà des délinquants qui collaboraient avec la police pour pouvoir faire leurs petites combines en toute tranquillité. Mais quelle est la probabilité que *tous les informateurs* dont je me souviens se soient transformés en violeurs, en braqueurs ou en tueurs ? Nulle, si tu veux mon avis, mais il n'empêche que c'est très malin de la part de Babikov, parce que personne ne va mettre en doute la culpabilité de gens qui ont un passé de délinquance. Et pour ceux d'entre eux qui n'étaient que des redresseurs de torts ou des mauvais coucheurs, les raisons pour lesquelles ils ont décidé d'aider la police apparaîtront automatiquement suspectes : tout le monde les soupçonnera d'être en réalité des délinquants, eux aussi, et d'avoir noué des liens avec la police dans le seul but de mieux dissimuler leurs activités délictueuses. Comme je l'ai dit, c'est très malin.

Vassily se pencha en avant.

– Mais ce n'est pas tout, dit-il dans un souffle, baissant la voix comme s'il craignait d'être entendu.

Parce que, pour pouvoir mettre un crime sur le dos de quelqu'un, encore faut-il qu'il y ait un crime, n'est-ce pas ? Pour faire condamner quelqu'un pour meurtre, encore faut-il qu'il y ait une victime. Mais ce n'est pas un problème pour un chef de la police ingénieux et sans scrupule comme Babikov – oh, non, pas pour lui ! Grigor Babikov n'est pas du genre à laisser des détails aussi insignifiants que la vie humaine se mettre en travers de sa route.

Olga fixait intensément Vassily du regard.

– Tu n'es quand même pas en train de dire que…

– Si, c'est bien ce que je suis en train de dire. Je pense que le lieutenant-colonel Babikov commet lui-même ces meurtres ou les fait commettre par ses sbires. Quant à Wolansky, je suis certain qu'il joue un grand rôle dans tout ça, comme une sorte de chef d'orchestre, un lutin maléfique qui murmure à l'oreille de Babikov, perché sur son épaule.

Plus tôt au Café Astana, Sasha Tsaritsyne avait prononcé presque les mêmes paroles, songea Olga : *L'homme qui murmure à l'oreille du chef de la police...*

– Tout ça n'a été qu'une pièce de théâtre depuis le début ! poursuivit Vassily. Le touriste assassiné avec des pièces de monnaie dans la bouche, les faux textos, le mystérieux informateur et ses tuyaux miraculeux, la veste d'uniforme et le bout de tissu manquant… Tout semblait indiquer que le véritable tueur voulait nous faire endosser son crime, à Ivanka et moi, mais… Tout ça n'était que le programme du *Grand théâtre Babikov*, un spectacle offert par le chef de la police et son homme de l'ombre !

– Alors, si je comprends bien, dit Olga, d'après toi Babikov a voulu vous piéger, Ivanka et toi, en assassinant Nathan Bryce avant de le balancer hors du train à hauteur de Roslazny, la bouche pleine de pièces dorées comme si Ivanka avait signé son crime. Et toi tu te serais trouvé sur place, attendant le corps au bord de la voie ferrée comme si tu étais de mèche avec Ivanka, prêt à revêtir les habits du complice parfait sous le regard d'Anatoly Glazkov, témoin officiel de ta participation au crime et…

Pasha l'interrompit.

– Attends un peu, dit-il à Vassily. Comment Babikov pouvait-il savoir que tu serais là auprès du corps, comme si tu l'attendais ?

– Babikov avait sûrement demandé à quelqu'un de signaler immédiatement le meurtre, et c'est ce qu'il se serait passé si Olga n'avait pas appelé avant lui, dit Vassily. Le poste de Roslazny est le plus proche de cette partie de la voie ferrée, et si quelqu'un avait contacté la police de Taïga, ils m'auraient prévenu par radio et envoyé sur place en premier. Bien sûr, Babikov aurait trouvé le moyen de faire croire que je m'y étais rendu de ma propre initiative.

– Mais pour que ta théorie tienne, il faudrait que Babikov ait connu Ivanka avant le meurtre, non ? demanda Olga. Ou au moins qu'il sache qu'elle a des dents en or, pour décider de remplir la bouche de

Bryce avec des pièces dorées et donner le sentiment qu'elle a signé son crime.

– C'est ce que j'essaie de t'expliquer, dit patiemment Vassily. Comme tu le sais maintenant, Babikov a pour habitude de mettre des crimes sur le dos de ses informateurs, quitte à commettre lui-même le crime dont il les accuse, pour accroître sa popularité sans se donner le mal de conduire une enquête, qui risque de surcroît de n'aboutir à rien. Tu m'as bien dit que les parents d'Ivanka étaient morts quand elle n'était encore qu'une fillette, sauvagement assassinés par des voyous ? Eh bien, c'est sûrement ce qui l'a motivée à donner un coup de main à la police – une forme de vengeance ou un besoin de justice, si tu préfères. Elle a sans doute proposé ses services à l'occasion d'un contrôle de routine, à moins que Babikov ou un de ses sbires ne l'ait contactée. Maintenant que j'y pense, c'est à peu près ce qu'elle nous a expliqué quand je l'ai questionnée à la gare de Taïga. Elle nous a dit que rien ne lui faisait plus plaisir que d'aider la police, ou quelque chose comme ça.

– Le timing du meurtre est aussi intéressant, dit Pasha. Juste avant les élections municipales.

– Absolument ! approuva Vassily. Babikov sait qu'il est à la traîne dans les sondages et que ses chances d'être élu maire sont quasi nulles sans une remontée spectaculaire. Et pour regagner rapidement du terrain, il a besoin de résoudre une grosse affaire, quelque chose qui passionne les médias et le public. Et quoi de mieux que d'élucider un meurtre commis sur le Transsibérien, de faire preuve de son efficacité sous le regard du monde entier ? Alors, il s'est peut-être demandé s'il n'avait pas un informateur parmi les employés des trains transsibériens ; quelqu'un dont le profil correspondrait au personnage qu'il avait en tête pour incarner le ou la coupable de sa pièce. Et Ivanka s'est imposée comme la candidate idéale. Je veux dire, elle est parfaite pour les médias avec ses dents en or, ses manières étranges, son enfance tragique et tout le reste. Après ça, il s'est demandé quel policier affecter à Roslazny pour lui faire porter le chapeau. Et Babikov a dû se souvenir de moi. Je l'ai un peu pris à rebrousse-poil quand j'ai travaillé à Kemerovo, il y a trois ans de ça, et il a sûrement gardé une dent contre moi. Me sacrifier pour la réussite de son opération médiatique n'allait sûrement pas lui tirer des larmes.

Vassily sortit une cigarette d'un paquet déjà ouvert, mais il la conserva entre ses doigts sans l'allumer.

– Mais voilà que tu es entrée en scène de façon imprévue au cours du premier acte, reprit-il en s'adressant à Olga, et que tu as bouleversé ses plans. Alors il a dû modifier sa pièce, écrire un deuxième acte dans lequel il pouvait mettre le meurtre d'Alyona Vasiliev sur mon dos et celui d'Ivanka. Comme je te l'ai dit la dernière fois qu'on s'est vus, Olga, il peut se servir du second meurtre pour nous accuser du premier. Vu la façon dont les médias fonctionnent, de nos jours, c'est le genre de tour de prestidigitation qui marche à tous les coups.

– Mais, Vassily… intervint Olga. Et le coup de fil que Tarass Sviatoslav a surpris, quand Ivanka était chez lui ? Tu ne peux pas faire comme si elle n'avait pas dit ces choses !

– Tu accordes beaucoup de crédit au témoignage d'un homme qui, selon tes propres dires, n'a pas très bonne réputation. Mais même en admettant qu'il ait vraiment surpris cette étrange conversation, tu penses réellement qu'Ivanka Kozar, si elle était la meurtrière endurcie et maîtresse ès fourberie que tu crois, aurait *involontairement* tenu des propos compromettants à portée d'oreilles d'un type comme ton Tarass Machin-Chose ? Aucune chance !

– Mais alors, pourquoi ? demanda Olga, déconcertée. Pourquoi aurait-elle passé un coup de fil pareil, avec le risque que quelqu'un l'entende proférer ces paroles accablantes ?

– Pourquoi les comédiens disent leur texte à haute et intelligible voix sur scène ? Pour être entendus ! Pense à ce qu'elle a dit. Que ça devait se passer après le Nouvel An. Et que son interlocuteur avait besoin de l'argent, pour continuer ses recherches. Eh bien, ces mots dessinent le portrait de qui, à ton avis ? Ils dessinent *mon portrait*, Olga. Ce n'est qu'après la nouvelle année que je suis arrivé ici, n'est-ce pas ? Et je continue à chercher ma femme et mon fils, non ? J'ai donc besoin d'argent pour obtenir des renseignements. En l'occurrence, c'est la pure vérité : j'ai dépensé jusqu'à mon dernier kopeck pour graisser des pattes dans toute la région. Alors je pense que Babikov a demandé à Ivanka de faire en sorte que son petit copain l'entende, de manière que plus tard, quand la police se mettrait à enquêter sur elle, cette conversation téléphonique puisse devenir une nouvelle preuve accablante qu'Ivanka Kozar et Vassily Marouchkine forment un duo diabolique. Sauf que tu es arrivée chez le petit copain en question avant la police, parce qu'Ivanka, par chance, a des alibis en béton armé. Donc, pour résumer, je pense que ce coup de fil était une scène de cette fameuse représentation théâtrale dont le producteur n'est autre que notre cher lieutenant-colonel Babikov, avec Wolansky en coulisse, à la fois dramaturge et metteur en scène. Je mettrais ma main au feu que Wolansky a écrit lui-même le texte de cette conversation téléphonique et qu'Ivanka l'a récité dans son portable, comme si elle parlait à quelqu'un.

Il reprit sa respiration, passant la main dans ses cheveux en bataille.

– Babikov a dû faire miroiter des choses à Ivanka pour la convaincre de se rapprocher de Tarass. Il a dû lui demander de le flatter, de s'intéresser à son travail à l'abattoir. Il lui a probablement fait croire que Tarass était suspect dans une affaire de meurtre et qu'elle devait essayer de lui soutirer des aveux, de percer ses secrets, peut-être de dire des choses affreuses en sa présence et de voir s'il mordait à l'hameçon. Mais Tarass n'avait rien à cacher – rien de bien méchant, en tout cas –, et elle l'a quitté du jour au lendemain comme on jette un objet devenu inutile, sans doute sur ordre de Babikov. Mais elle avait déjà laissé derrière elle des éléments dont cette fripouille de lieutenant-colonel comptait se servir plus tard pour démontrer sa culpabilité. Si ce samovar n'était pas tombé en panne dans la voiture dont Ivanka avait la charge, et si le hasard n'avait pas voulu qu'on lui attribue récemment un nouveau numéro de téléphone, Babikov l'aurait déjà coffrée depuis longtemps, claironnant devant les caméras qu'il tenait la coupable et s'assurant qu'elle ne ressorte jamais de la geôle dans laquelle il l'aurait jetée.

Le silence s'abattit sur la salle des cellules tandis qu'Olga et Pasha digéraient la démonstration de Vassily.

– Je suppose qu'il y a une certaine logique dans tout ça, dit Pasha en lançant un regard circonspect à Olga.

Il ne voulait pas la blesser, conscient qu'elle s'était sentie très fière du travail qu'elle avait accompli la veille. Mais il fut surpris de la voir hocher distraitement la tête, comme si elle avait l'esprit ailleurs. Il ignorait que les mots de Vassily avaient rafraîchi la mémoire de sa sœur et que les bribes d'une conversation surprise à la gare de Taïga étaient en train de lui revenir.

– Il a dit qu'elle ne verrait rien venir, murmura-t-elle.

Puis, face au regard interrogateur de Vassily, elle précisa d'une voix plus claire :

– Wolansky, je veux dire. Je me suis un peu approchée de lui, mine de rien, pendant qu'il parlait avec Babikov à la gare de Taïga, et… quoi ? Ne me regarde pas comme ça, Vassily ! Ça fait partie du métier de laisser traîner ses oreilles. En tout cas, Wolansky disait qu'ils avaient toujours – je cite – leur « meneuse de revue » et que cette femme était – je cite encore – « l'héroïne de la pièce ». Après ça, il a parlé d'une occasion de se racheter pour quelqu'un, un homme je crois, mais j'ignore de qui ou de quoi il était question. Sur le moment, j'ai cru que ça concernait la campagne pour la mairie de Kemerovo, mais si ta thèse est juste, Vassily, il ne fait pas de doute que la « meneuse de revue » désignait Ivanka. Elle avait été choisie pour être le personnage principal d'un show médiatique visant à tresser des lauriers à Babikov – la star de sa grosse production –, sauf qu'elle l'ignorait complétement. Je suis désolée, Vassily, j'aurais dû t'en parler plus tôt, mais je t'avoue que ça m'était un peu sorti de la tête.

Pasha émit un petit sifflement et s'apprêta à intervenir, mais Olga reprit aussitôt la parole, le plaisir de réunir des fils disparates pour tisser une histoire accélérant les battements de son cœur.

– Il y a autre chose, dit-elle, à propos de la façon dont Babikov est entré dans le hall de la gare de Taïga. Il a déboulé comme s'il avait couru, l'air très nerveux, et il a enfilé son pardessus. Qui entre dans un hall de gare bien chauffé et *enfile* son manteau ? Un homme qui vient tout juste de se débarrasser d'un déguisement ! Il devait se trouver à bord du train où il venait d'égorger Nathan Bryce, déguisé en contrôleur ou en touriste. Oh, on aurait dû comprendre à ce moment-là que c'était lui, le meurtrier, mais on a été stupides et on l'a laissé continuer. On l'a laissé tuer Alyona Vasiliev.

Les yeux d'Olga brillaient à présent, comme lorsque l'inspiration lui venait dans sa cahute au bord des rails.

– Je me souviens aussi d'une phrase qu'a prononcée Glazkov, le soir où je suis venue ici après ton arrestation. Quelque chose à propos de son patron qui n'était pas content, parce qu'il voulait faire le grand ménage, cette fois-ci. Je suppose qu'il voulait dire que Babikov avait envie de voir Ivanka derrière les barreaux, elle aussi. Qu'il était furieux qu'elle lui ait échappé à deux reprises, d'abord à cause du samovar et ensuite parce qu'elle avait changé de numéro de téléphone.

– Tiens, tiens, dit Vassily. Alors ça confirmerait que le vieux Glazkov est impliqué dans cette machination, lui aussi… Maintenant que j'y pense, ça lui aurait été facile de voler la vieille veste d'uniforme dont ils se sont servis pour m'accuser du meurtre de

Vasiliev. Et pour le meurtre de Bryce, ça expliquerait qu'il soit intervenu si vite après que le corps a été jeté du train. Oui… c'est étonnant qu'il soit arrivé si rapidement sur place, comme tous ces journalistes qui se trouvaient déjà à la gare de Taïga, sans doute prévenus par Wolansky. Ça doit être Glazkov que tu as vu disparaître derrière ta cabane, juste avant que le corps de Bryce ne te percute.

– J'aimerais en être sûre, dit Olga en secouant la tête. Mais je ne peux vraiment pas être catégorique, Vassily. Je pense avoir vu quelqu'un, mais de là à affirmer qu'il s'agissait de Glazkov… Je t'avoue que tout ça est assez flou dans mon esprit.

– Ne t'en fais pas, ça te reviendra peut-être plus tard. La mémoire nous joue de drôles de tours, parfois. J'ai déjà vu des gens se souvenir brusquement de choses qu'ils croyaient avoir oubliées à jamais. Pour revenir à Glazkov, je pense qu'il avait l'intention de prendre une photo compromettante – moi agenouillé près du corps, prêt à le faire disparaître comme convenu avec ma complice. La veille, j'ai entendu Babikov lui dire de ne pas oublier l'appareil photo, soi-disant pour photographier des nids-de-poule. Quant au choix de Roslazny, il est assez logique, au fond. Les trains ralentissent en passant devant ta cabane, à cause du terrain accidenté. Et ils savaient qu'il y avait une chance pour que j'arrive avant que le train n'ait entièrement disparu, si je fonçais. Ça aurait fait une belle photo, pas vrai, le coupable penché sur le corps avec le Transsibérien en arrière-plan ? C'est sûrement ce que Babikov avait en tête ; les médias auraient adoré cette image !

– Oui, dit Olga, dont l'excitation était palpable. Mais il a échoué, n'est-ce pas ? Il a oublié qu'il était censé te photographier quand il m'a vue au sol, inanimée. Sa bonne nature a pris le dessus, et même s'il savait que tu devais arriver, il n'a pas eu le cœur de m'abandonner là sans secours. Alors, s'il a échoué dans sa mission près de ma cabane, peut-être Glazkov est-il l'homme dont parlait Wolansky – tu sais, l'homme qui devait se racheter. Mais comment aurait-il pu se racheter, ce matin-là ? Il ne pouvait quand même pas remonter le temps pour aller prendre la photo que Babikov lui avait réclamée !

– Non, dit Vassily, mais il pouvait faire autre chose. Cette conversation entre Babikov et Wolansky, tu l'as entendue avant ou après qu'on a auditionné le personnel de bord ?

– C'était avant, dit-elle.

– Alors Glazkov avait une chance de se rattraper en essayant d'imputer le meurtre à l'une des personnes que vous interrogiez, murmura Pasha. Même si Babikov et ses hommes ne pouvaient plus te pointer du doigt dans cette affaire, Vassily, ils pouvaient toujours essayer de mettre Ivanka en difficulté lors de cette audition. Mais ils ignoraient qu'elle avait passé la matinée à réparer ce samovar avec ce mécanicien, là, ce…

– Zonov, termina Olga en voyant que son frère avait oublié le nom de l'homme qui corroborait l'alibi d'Ivanka. Vassily, tu te souviens de la tête qu'a faite Babikov quand Glazkov lui a dit que vous n'aviez rien à vous mettre sous la dent ? reprit-elle. Il était tout pâle et il avait même l'air un peu perdu.

Vassily se souvenait parfaitement de la perplexité du lieutenant-colonel.

– Oui, dit-il, il avait dû placer tous ses espoirs sur une mise en cause de Kozar, puisqu'il n'avait rien contre moi. Et là, il s'est rendu compte que même Ivanka allait lui filer entre les doigts.

Olga se pencha vers lui, l'éclat de ses yeux trouant la pénombre de la salle des cellules.

– Je crois que tu as raison, Vassily. C'est bien Babikov qui est derrière tout ça.

– C'est la seule explication plausible, acquiesça-t-il.

Pasha changea de position sur sa chaise.

– Et Fandorine ? dit-il. Cette histoire de moteur d'aiguille bloqué. Olga pense que…

– J'ai pensé à Viktor Fandorine, moi aussi, le coupa Vassily en allumant la cigarette qu'il tenait toujours entre ses doigts. Mais je crois qu'il n'est qu'un figurant dans cette affaire. J'imagine que Babikov, Wolansky ou Glazkov l'ont contacté anonymement et lui ont proposé d'endommager ce moteur en échange de quelques milliers de roubles. Une façon de t'éloigner de ta cabane de travail, qui était l'endroit convenu pour jeter le corps.

– Il m'a demandé de le prévenir une fois la réparation effectuée, dit Olga, les yeux plissés tandis qu'elle se remémorait le début de cette étrange matinée. Mais je n'ai pas pu, parce que la réception radio était très mauvaise. Je pense qu'il s'attendait à ce que ça me prenne plus longtemps, mais je connais une astuce pour débloquer ces moteurs. Du coup, je suis sûrement rentrée plus tôt qu'il ne s'y attendait, et sans pouvoir le prévenir. Je l'ai entendu rire à travers les crachotements du talkie et dire des grossièretés sur moi, parce qu'il s'imaginait que je ne pouvais pas l'entendre.

– Il se marrait peut-être à ce moment-là, dit Vassily, mais il a dû comprendre depuis qu'il avait apporté son concours à un homicide. Je parie qu'il n'en mène pas large, aujourd'hui. Eh bien, on le ramassera dans notre filet en même temps que les autres.

– En même temps que les autres ? répéta Olga.

Vassily souffla la fumée de sa cigarette jusqu'à ce que les traits de son visage se brouillent sous un voile gris.

– On va tous les faire tomber, Olga. Babikov, Glazkov, Fandorine, Wolansky… toute la bande. Mais d'abord, il va falloir passer quelques coups de fil. On va commencer par joindre le colonel Terekhine, qui devrait pouvoir nous fournir une aide logistique, et ensuite on appellera ton amie qui travaille à la gare de Taïga. Comment elle s'appelle, déjà ? Celle qui connaît tout le monde et qui est au courant de toutes les rumeurs…

– Ekaterina Chezehkhov ?

– Oui, tu m'avais parlé d'elle, le jour du meurtre de Nathan Bryce. Dis-lui qu'on a besoin de contacter une *provodnitsa* qui se trouve actuellement loin d'ici, sur le Transsibérien, et que c'est urgent. Des vies en dépendent peut-être ! Sans compter le sort d'un pauvre brigadier-chef enfermé au poste de Roslazny, avec un furet pour toute compagnie.

Tandis qu'Olga se mettait au travail sur son téléphone, son frère sortit une flasque de son blouson. Vassily lui indiqua où se trouvait la cuisine et Pasha revint rapidement avec trois verres remplis d'une bonne dose de vodka. Moins de vingt minutes plus tard, les verres étaient vidés, les appels passés, les réseaux d'Ekaterina activés et Ivanka localisée puis contactée. Elle se trouvait à Vladivostok, terminus de la ligne, à des milliers de kilomètres de Roslazny. Tout ce qu'elle put leur dire confirma la thèse de Vassily jusque dans les moindres détails, y compris les mots qu'elle avait prononcés chez Tarass Sviatoslav et qui avaient été écrits de la première à la dernière ligne par un certain Wolansky, le responsable des relations publiques de la police de Kemerovo.

– Je n'arrive pas à y croire, dit la voix menue d'Ivanka Kozar à travers le haut-parleur du téléphone d'Olga. Après tout ce que j'ai fait pour la police… pour le lieutenant-colonel… Il m'a promis qu'il me trouverait un nouvel emploi, que ça ne faisait rien si les Chemins de fer russes ne voulaient plus de moi… Et maintenant, vous me dites que c'est un *assassin* ? Une sorte de tueur en série ?

Elle éclata en sanglots.

– Je suis désolée, reprit-elle entre deux hoquets. C'est juste que… Toutes ces morts autour de moi… Mes parents, puis mes parents adoptifs, d'autres encore, et maintenant ce pauvre innocent jeté sur la voie et ma collègue retrouvée pendue chez elle… Oh, c'est plus que je ne peux en supporter. Dites-moi que vous allez appréhender tous les coupables – non, *promettez-le-moi* ! Je veux que ces gens horribles soient mis hors d'état de nuire, c'est tout ce qui m'importe.

– Ne vous inquiétez pas, Ivanka, dit Olga. C'est tout ce qui nous importe, à nous aussi. Et on a un plan pour mettre ces criminels sous les verrous.

– Vraiment ? articula Pasha.

Olga hocha la tête avec assurance et leva son verre presque vide à hauteur des visages de son frère et du brigadier-chef, comme l'avait fait Sasha Tsaritsyne au Café Astana.

– On en a un, maintenant, murmura-t-elle.

Alors que les rues glaciales de Roslazny rêvaient sous un ciel étoilé, Olga Pouchkine avala les dernières gouttes de vodka perdues au fond de son verre et se mit à parler, expliquant à Ivanka Kozar, la *provodnitsa* aux dents en or, ce qu'elle réservait au lieutenant-colonel Babikov et à ses complices.

Lorsqu'elle se tut, le silence ne dura qu'un instant, presque aussitôt rompu par le rire d'Ivanka ; un rire sonore, métallique, qui éclata dans le petit haut-parleur du téléphone d'Olga.

– Ça va fonctionner, dit-elle. On va les dévorer tout crus et il y aura assez à manger pour tout le monde. Oh oui, assez pour tout le monde.

CHAPITRE 14

Le retour de Baba Yaga

Juste avant neuf heures du matin ce samedi-là, une silhouette pouvait être aperçue sur le chemin forestier qui menait à la petite cabane en bois où travaillait la technicienne de maintenance ferroviaire de troisième catégorie Olga Pouchkine. Vêtue de l'ample tenue des Chemins de fer russes que portait chaque jour Olga et coiffée d'une ouchanka en fourrure dont les parties rabattables couvraient ses oreilles, la silhouette semblait, derrière ses lunettes de soleil, préparée à affronter les climats les plus rigoureux. Peut-être même un peu trop préparée, vu la température relativement douce de moins cinq degrés Celsius. Non seulement cette silhouette était habillée trop chaudement, mais sa démarche empruntée donnait aussi le sentiment qu'elle n'était pas à l'aise dans les vêtements d'Olga. Sans compter qu'une fois devant la cahute, elle sembla peiner à ouvrir la porte, comme si c'était la première fois qu'elle la déverrouillait.

Tous ces mystères se dissipèrent quand la silhouette se courba légèrement pour entrer, déposa la sacoche au sol et ôta son chapeau en fourrure avec un soupir de soulagement, découvrant une tête qui n'était autre que celle de Pasha, venu remplacer sa sœur pour la journée. Olga avait tenu sa promesse de lui trouver une occupation, le transformant en Olga de rechange.

– On a de la chance, lui avait-elle dit plus tôt ce matin-là tandis qu'ils avalaient un petit déjeuner chiche chez leur tante Zia. Ça va être une journée calme. Quelques trains de fret à qui faire signe de passer, les inspections habituelles des rails et des vérifications hebdomadaires à effectuer en fin d'après-midi, après le passage du dernier train. Du gâteau pour un soldat ! Et si tu portes mon ouchanka et mes lunettes de soleil dehors, et que tu restes à bonne distance des locomotives, personne ne fera la différence. Si tu dois utiliser le talkie-walkie, fais comme si tu avais la gorge prise. Mais je ne pense pas que tu auras à t'en servir, aujourd'hui.

– Mais si je découvre un problème ? avait demandé Pasha. Un rail endommagé, une voiture abandonnée au milieu de la voie ferrée, que sais-je encore ?

– Oh, ne t'en fais pas pour ça, avait-elle répondu avec désinvolture. Ça n'arrive presque jamais.

– Oui, mais si ça arrive ? avait insisté Pasha, qui commençait à transpirer en imaginant un train de cinq mille tonnes dérailler par sa faute.

– Pense à la raison pour laquelle on fait ça, au lieu de te focaliser sur les problèmes qui pourraient survenir, lui avait-elle répondu avec autorité, se mettant brusquement à mener son frère à la baguette comme quand elle avait dix ans. C'est la seule solution pour que je puisse quitter mon travail sans que Fandorine soit au courant. Souviens-toi qu'il semble être impliqué dans cette affaire, lui aussi. Et n'oublie pas non plus qu'il y a un policier innocent en prison pendant que plusieurs de ses collègues sont en liberté alors qu'ils ont du sang sur les mains.

– Un policier innocent en prison, c'est d'autant plus inacceptable quand il est bel homme, tu ne trouves pas ? avait demandé Pasha avec un petit sourire.

Mais elle s'était contentée de lui donner un coup de poing dans le haut du bras, avant de le sangler dans sa tenue des Chemins de fer russes. Sa sœur avait décidément bien changé depuis la dernière fois qu'il l'avait vue, s'était alors dit Pasha. Mais ce qui le surprenait le plus, c'était cette impression de voir une ancienne version d'Olga plutôt qu'une nouvelle. Il se souvenait comme elle avait changé après la mort de leur mère, se repliant sur elle-même et décidant que l'obéissance à son père devait primer sur tout, comme si elle pouvait prévenir, en faisant preuve d'abnégation filiale, la disparition de son autre parent. Depuis lors, elle avait adopté un profil essentiellement effacé et soumis, pâle version de la femme qu'elle aurait sans doute été si Tatiana Pouchkine avait vécu plus longtemps. Mais voilà qu'elle semblait enfin redevenir elle-même.

Toutefois, le sentiment que sa sœur avait retrouvé son véritable caractère n'avait fait qu'accroître son inquiétude quant aux projets d'Olga pour cette journée de samedi. L'enjeu était de taille : innocenter Vassily Marouchkine et rendre justice aux victimes de Babikov, parmi lesquelles Nathan Bryce et Alyona Vasiliev, mais aussi les nombreux informateurs que le chef de la police avait injustement fait condamner dans le seul but de faire son propre éloge, comme le prouvaient les photos que Vassily avait vues dans ce rapport. À tous ces malheureux, il fallait ajouter les gens que Babikov avait sans doute assassinés (ou fait assassiner) pour créer de toutes pièces des affaires à élucider facilement à l'aide de sa réserve de coupables idéaux. Cet homme était manifestement dangereux et sans scrupules, et à présent Olga prenait le risque d'être sa prochaine victime. Mais Pasha s'était efforcé de ne rien lui montrer de sa peur : Olga devait être assez inquiète comme ça pour qu'il lui ajoute le fardeau de sa propre inquiétude.

– Tout va bien se passer, lui avait-il assuré avant de prendre la direction de la cabane de travail où il se trouvait à présent. J'en suis absolument convaincu. Aucun policier sur Terre, fût-il lieutenant-colonel, ne peut prendre le dessus sur Olga Pouchkine.

– J'espère que tu as raison, avait-elle répondu en levant vers lui des yeux soudain embués. Merci, Pasha. Je veux seulement que tu saches…

– Je sais, l'avait-il coupée. Moi aussi. Et maintenant, je ferais bien d'y aller ! On se retrouve ce soir au Café Astana, sauf si tu passes me chercher avant à la cabane. J'ai promis à Anna que je jouerai avec les garçons.

Olga avait hoché la tête, ravalant ses larmes tandis qu'elle regardait Pasha quitter la maison de tante Zia et s'éloigner en direction de la voie ferrée. Ça faisait longtemps qu'elle n'avait pas ressenti avec autant de force à quel point tous ces gens qui faisaient partie de sa vie comptaient pour elle. Pasha, bien entendu, mais aussi Anna et ses enfants, et même Popov le boucher et Fiodor Katine le Rêveur ; même Odrosov le Cosmonaute et sa fille Svetlana. Ils formaient une communauté, après tout. Peut-être n'avaient-ils pas grand-chose en commun, mais ils vivaient tous dans le même village et avaient le droit d'y mener une existence sûre et paisible. Si ses yeux s'étaient remplis de larmes, ce n'était pas parce qu'elle craignait pour sa propre sécurité, mais parce qu'elle ne pouvait supporter l'idée que Pasha ou les autres puissent être victimes des crimes de Babikov ou d'un autre meurtrier qui rôderait dans les parages.

Et puis il y avait Vassily Marouchkine, dont le visage quittait rarement ses pensées. Elle adorait collaborer avec lui sur cette affaire, et pas seulement à cause du trouble qu'elle ressentait lorsqu'elle croisait son regard. Elle se sentait revivre depuis ce jour où il avait accepté de faire équipe avec elle, oubliant la morne routine de son quotidien éternellement semblable et concentrant toute son énergie sur son désir de le voir libre à nouveau. Ensemble, ils avaient déjà accompli beaucoup de choses, mais une tâche devait encore être menée à bien.

Après le départ de Pasha, Olga avait essayé de se vider l'esprit en s'asseyant sur son lit avec une énorme pile d'exemplaires de *La Femme soviétique*, un magazine auquel sa tante avait été abonnée dans les années 1980. Mais il était difficile de penser à autre chose qu'à ce qu'elle s'apprêtait à faire, et malgré le danger qu'elle courait, Olga se sentit soulagée de sortir enfin de la maison pour aller à son rendez-vous. Tandis qu'elle laissait le centre de Roslazny derrière elle, portée par ses foulées volontaires et le balancement déterminé de ses bras, sa mâchoire serrée s'entrouvrit pour interpeller Grigor Babikov à voix haute :

– Gare à vous, lieutenant-colonel. Je ne suis peut-être qu'une technicienne de maintenance ferroviaire de troisième catégorie, mais nous autres, les cheminots, on a notre propre façon de traiter les problèmes. Et on n'aime pas voir des cadavres encombrer la voie ferrée !

***

Selon son habitude, l'agent Anatoly Glazkov quitta ce soir-là le poste de Roslazny à l'heure où la soif se faisait sentir, marmonnant un au revoir à Vassily avant d'enfiler ses gants doublés de fourrure tandis qu'il se fondait dans la nuit froide. Il emprunta son itinéraire coutumier, le long de l'ancien *bania*, puis à travers le cimetière qui s'étendait jusqu'aux ruines de l'église Saint-Alexandre. Ses nombreux allers-retours entre le poste de police et le Café Astana avaient tracé un chemin dans la neige, un large sillon boueux et verglacé plus traître que le manteau immaculé dans lequel il avait été creusé. Mais Glazkov ne changeait pas pour autant de parcours, convaincu qu'il s'agissait du plus court chemin jusqu'au Carburant de fusée d'Odrosov.

Malgré les risques de glissade, il pressait davantage le pas chaque soir, de plus en plus impatient d'engloutir le contenu d'une bouteille qui anesthésierait ce sentiment glacé de désespoir qui ne le quittait pas de la journée. Si seulement il avait pu parler à quelqu'un, se défaire de ce poids, confesser ses mauvaises actions à la manière d'un pécheur repentant, oublier toute prudence et éprouver le bonheur d'être honnête… Mais parler de ce qu'il avait fait scellerait son destin. Les gens ne comprendraient pas. Les gens ne lui pardonneraient pas, même s'il leur expliquait pourquoi il avait apporté son aide aux funestes projets de Grigor Babikov ; même s'il leur expliquait qu'il aurait fait n'importe quoi pour le bien-être de sa vieille mère – pour qu'elle puisse bénéficier des meilleurs soins possibles dans cet établissement dont les factures s'élevaient chaque mois à…

Non, il ne pouvait pas parler. Seul le contenu d'une bouteille de vodka pouvait l'aider, la délicieuse sensation d'oubli qui l'envahissait au fur et à mesure que l'alcool de contrebande d'Odrosov glissait dans sa gorge. Mais plus il buvait pour oublier, plus il se sentait mal le jour d'après, englué encore plus profondément dans le désespoir qui l'accablait.

Et malgré tout, il devait remplir ses missions policières – s'occuper du poste de police à la place de Marouchkine, faire des patrouilles quotidiennes pour s'assurer que les nouveaux amis de Bogdan Kabalevsky ne dépassaient pas les bornes, et éluder les questions embarrassantes des journalistes et des villageois sur les meurtres de Nathan Bryce et d'Alyona Vasiliev. Il savait que Wolansky avait quelques gratte-papier à sa solde, mais récemment ils se faisaient bien agressifs pour des types qui ne crachaient pas sur un bakchich. Ce changement d'attitude s'inscrivait peut-être dans une nouvelle stratégie que Wolansky développait dans le dos de Babikov, songea-t-il. Glazkov n'avait jamais vraiment eu confiance en cet homme. Il n'était pas des leurs. Il n'avait pas prouvé sa valeur de policier au fil des années, contrairement à lui qui avait des décennies de travail sur le terrain au compteur ; des décennies à se battre au quotidien contre le chaos et à s'efforcer de maintenir un équilibre délicat entre la rigidité de la loi et la souplesse nécessaire lorsqu'on était un simple agent de police qui voulait joindre les deux bouts. S'adjoindre les services d'un olibrius comme Wolansky était risqué, et plus encore de s'embarquer avec lui dans une si sombre affaire. Comment être certain qu'on pouvait se fier à lui ? L'heure de rendre des comptes pouvait sonner à tout moment et leur valoir de graves ennuis à tous. Mais pour le moment, Glazkov n'avait d'autre choix que de suivre l'angoissant mouvement de cette fuite en avant, et il en serait ainsi tant que sa mère vivrait.

– Putain de neige, grommela-t-il tandis qu'une fois de plus le ciel se chargeait de nuages et que de gros flocons se mettaient à tomber.

Il rentra la tête dans les épaules et accéléra l'allure autant qu'il l'osait, surveillant le bord du chemin du coin de l'œil pour éviter les trois tombes basses sur lesquelles il avait déjà trébuché à plusieurs reprises, parfois douloureusement. Mais il dut bientôt s'arrêter, proférant un nouveau juron alors que son portable sonnait dans sa poche. Qui pouvait bien l'appeler à une heure pareille ?

Il jeta un coup d'œil à l'écran – numéro masqué – et décida qu'il valait mieux décrocher.

– Agent Glazkov, j'écoute.

– C'est moi, Babikov, dit une voix étouffée à l'autre bout du fil. Je suis à Roslazny. Il faut qu'on se voie. Tout de suite.

– Tout de suite ? répéta Glazkov en se décomposant. Ça ne peut pas attendre, mon colonel ?

En pensée, il était déjà au Café Astana devant une bouteille de vodka et une assiette de cornichons marinés, discutant comme toujours avec Odrosov le Cosmonaute et Katine le Rêveur ou lançant une plaisanterie à la fille du patron quand elle émergeait de la cuisine, cigarette au bec, pour servir ce qu'elle venait de préparer à un client assez courageux pour l'avoir commandé.

– Non, ça ne peut pas attendre, répondit la voix étouffée. Il y a eu du changement et il faut qu'on en parle. C'est urgent.

Glazkov éloigna l'appareil de sa bouche, le temps de laisser échapper un soupir.

—Très bien, mon colonel. Dites-moi où vous êtes et je vous rejoins.

– Je suis à la périphérie du village, au bord de l'ancienne route de Taïga. Devant un vieil entrepôt avec des machines.

– C'est bon, je sais où c'est, dit Glazkov.

L'ancien entrepôt avait abrité une usine de transformation agricole du temps du sovkhoze, les produits transformés partant ensuite par camion à destination de Taïga. À l'époque, il existait une meilleure route pour se rendre à la ville, mais la municipalité avait fait arracher le revêtement pour le revendre après la fermeture du sovkhoze, et la route était désormais envahie par la végétation. L'entrepôt était un autre de ces bâtiments vides depuis de longues années, seulement visité de temps à autre par des adolescents désœuvrés qui voulaient boire et fumer à l'abri des regards.

– Mais je suis encore au centre du village, reprit Glazkov, et je ne peux pas marcher vite, avec toute cette neige. Ça va me prendre quelques minutes pour arriver là-bas.

– Je vous attends.

Inutile de chercher à négocier, d'autant qu'il n'y avait plus personne au bout du fil. À contrecœur, Glazkov fit demi-tour, rebroussant chemin dans la neige boueuse qu'il venait tout juste de fouler, jusqu'à ce qu'il rejoigne le chemin sinueux qui conduisait à l'ancienne route de Taïga. S'il avait regardé derrière lui après avoir passé le *bania* abandonné, au bout de la rue menant au poste de police, il aurait peut-être vu un homme émerger de la pénombre et pénétrer dans le poste, puis en ressortir presque aussitôt, accompagné d'un autre homme. Et s'il avait ensuite jeté des coups d'œil par-dessus son épaule, tandis qu'il marchait vers l'ancienne usine de transformation, il se serait rendu compte que ces deux hommes le suivaient à bonne distance. Mais à aucun moment Glazkov ne se retourna. Il avançait d'un pas lourd dans la neige, qui tombait à présent si fort qu'elle semblait avoir éteint les lampadaires, rares et espacés, qui jetaient d'ordinaire une maigre lumière sur cette partie du village. C'est à peine si Anatoly Glazkov voyait à un mètre devant lui.

– Qu'il aille au diable ! grogna-t-il pour lui-même. Foutu crétin de Babikov… On ne peut même plus boire un verre en paix, maintenant ?

Il aperçut enfin l'ancienne route recouverte d'herbes folles, et bientôt l'entrepôt abandonné vers lequel il se dirigea, trébuchant sur les nids-de-poule dissimulés sous le manteau neigeux. L'un d'eux avala son pied alors qu'il pénétrait dans le bâtiment, et Glazkov s'affala de tout son poids contre la porte branlante qui sortit à moitié de ses gonds.

– Quelle entrée, Anatoly Glazkov, dit une silhouette qui peinait à émerger de l'obscurité.

Serrant les dents sous l'effet d'une douleur aiguë au tibia, il se releva péniblement et plissa les yeux pour essayer de distinguer la personne qui venait de commenter sa chute. Tandis que son regard s'acclimatait à la pénombre, il vit une femme en jupe, bottes fourrées et blouson bouffant, la hanche appuyée contre le bord d'un établi.

– Qu'est-ce que vous faites là ? demanda-t-il.

– Le lieutenant-colonel m'a convoquée, répondit-elle. Vous ne savez donc pas que je travaille avec lui ?

– Bien sûr que je le sais. Mais je croyais que vous étiez sur les rails, à des milliers de kilomètres d'ici.

– Eh bien, je suis de retour. Une vraie montre suisse, Anatoly. Vous pourriez régler la vôtre sur moi. Tiens ! À propos de précision, voilà le lieutenant-colonel, pile à l'heure.

Glazkov se tourna et vit Babikov dans le cadre de la porte, désormais impossible à refermer. Il reconnut aussitôt la barbe taillée en pointe du petit homme qui se tenait derrière lui, en retrait, regardant le bâtiment abandonné comme s'il hésitait à entrer. Babikov lui fit signe d'approcher et se pencha vers son oreille, de sorte que les autres ne puissent l'entendre.

– Comment savoir si on peut toujours lui faire confiance ? Si elle ne joue pas double jeu ? C'est vrai, elle a toujours été docile, mais elle est tellement naïve que je me demande parfois si elle n'est pas un peu dingue. C'est bizarre qu'elle nous demande de la retrouver ici.

– Ne t'inquiète pas, Grigor. Si elle mijote un mauvais coup, je le verrai. Je sais reconnaître quand quelqu'un joue la comédie.

Babikov hocha la tête et avança précautionneusement dans l'usine désaffectée, s'arrêtant à quelques mètres de la porte tandis que Wolansky se positionnait encore plus près de la sortie.

– Agent Glazkov, dit Babikov en saluant son subordonné d'un bref mouvement de tête.

Puis il reporta son attention sur la femme.

– Je dois vous dire que je n'ai pas l'habitude d'être convoqué de la sorte, Mademoiselle Kozar, et que je n'apprécie guère de devoir quitter un restaurant au milieu d'un bon repas pour me rendre dans un entrepôt abandonné. Sachez par ailleurs que je ne permettrai jamais à un de mes collaborateurs de me menacer, et encore moins à une personne dont les liens avec la police sont loin d'être officiels.

– Je ne vous menace pas, répondit la femme. Je voulais simplement clarifier quelques points avec vous.

Babikov ne répondit pas tout de suite. Lorsqu'il reprit la parole, son ton était perplexe.

– Votre voix a changé, dit-il. Vous avez un rhume ?

– Ce n'est pas moi qui ai changé, lieutenant-colonel. C'est vous.

– Qu'est-ce que vous voulez dire ?

– C'est juste que je commence à me demander… Écoutez, quand vous m'avez recrutée, vous m'avez tenu tout un discours sur le sens du devoir, du service et de la justice.

– Oui, j'ai sans doute parlé de ça. Et alors ?

– Eh bien, ensuite vous m'avez demandé de me rapprocher de cet homme, Tarass Sviatoslav. De me mettre en couple avec lui. Ça ne m'a pas semblé très… *déontologique*. Et je n'ai pas compris pourquoi vous m'avez dit de m'intéresser à son travail à l'abattoir, de rire toute seule de temps en temps et de… de préparer des plats bizarres. Et après ça, vous m'avez demandé de le larguer comme une vieille chaussette, sans lui donner d'explications. Vous m'avez expliqué que vous aviez obtenu ce que vous vouliez de lui.

– Je ne me souviens pas de vous avoir dit tout ça, déclara Babikov.

Tout comme Glazkov, il avait les yeux rivés sur la femme, et ni l'un ni l'autre ne remarqua que Wolansky reculait lentement vers la sortie en tirant de sa poche un objet qui ressemblait à un smartphone.

Wolansky s'arrêta avant d'avoir passé la porte, posant une dernière fois les yeux sur Babikov avant de quitter l'entrepôt. Le moment était enfin arrivé, songea-t-il. Il avait dit à Babikov qu'il savait reconnaître quand quelqu'un jouait la comédie, et c'est précisément ce qu'il venait de sentir. Il ne savait pas au juste à quoi jouait Ivanka Kozar, mais elle manquait vraiment de naturel et ça lui suffisait. Le rideau était sur le point de tomber, et il n'avait pas l'intention d'être là quand les lumières se rallumeraient dans la salle. Il adressa un sourire bref, presque triste, au dos de Babikov, puis sortit à pas feutrés dans la nuit froide, ombre ténue sous les flocons dansants qui l'avalèrent bientôt.

– Vous m'avez aussi demandé de lui poser des questions sur les gens qu'il connaissait dans la police, sans que je comprenne pourquoi je devais faire ça, poursuivit la femme.

Elle n'avait pas bougé du recoin sombre où elle s'était positionnée pour les accueillir, comme collée à l'établi contre lequel elle s'appuyait.

– Et puis vous avez voulu que je récite ce texte au téléphone devant Tarass, comme si je parlais à quelqu'un, alors qu'en fait il n'y avait personne à l'autre bout du fil !

Ces mots arrachèrent un sourire suffisant à Babikov.

– Ah, ça, je m'en souviens, dit-il en se tournant vers la porte, persuadé que Wolansky s'y trouvait encore. Où est-il passé ? demanda-t-il à Glazkov, qui haussa les épaules avec une mimique d'ignorance.

– Aucune idée, mon colonel.

– Il va revenir, dit Babikov. Il est aussi loyal qu'un chien de berger, toujours à mes côtés.

Il reporta son attention sur la femme, frappant dans ses mains.

– Bon, Mademoiselle Kozar, je vois que certaines questions vous tracassent et j'en suis navré, croyez-le bien. Mais vous comprendrez que je ne puisse pas tout vous dire. Sachez que tant que vos petites inquiétudes restent entre nous et que vous poursuivez votre important travail au service de la police, tout se passera bien. À ce propos, je n'ai pas oublié le coup de pouce que je vous ai promis pour un nouvel emploi. En revanche, s'il vous venait l'idée fâcheuse de parler de tout ça à qui que ce soit d'autre – à la presse, par exemple –, ma foi, ce serait une tout autre histoire.

La femme resta silencieuse quelques secondes.

– Mais je ne vous ai pas dit tout ce qui m'inquiète, Monsieur Babikov, répondit-elle finalement. Comme le fait que mon nom semble associé à des meurtres. Ou comme ces textos que j'aurais soi-disant envoyés à un policier véreux, à partir d'un numéro de téléphone dont je ne me sers plus. Ou encore comme le sort qu'a connu une de mes collègues – une pauvre *provodnitsa* qui se trouvait elle aussi à bord du train dans lequel ce touriste s'est fait égorger –, découverte morte chez elle, son corps se balançant au bout d'une corde qu'elle ne s'est pas passée elle-même autour du cou… Vous voyez, Monsieur Babikov, les gens tombent comme des mouches autour de moi, et il semblerait que je sois dans le collimateur de vos services pour des meurtres que je vous soupçonne d'avoir commis ou au moins d'avoir commandités. Oh que non, je ne vais pas garder mes soupçons pour moi ! Soyez certain au contraire que je vais tout raconter aux journalistes. On verra ce qu'il restera de votre campagne pour la mairie de Kemerovo, une fois qu'ils auront publié ce que j'ai à dire.

La femme se tut, comme à bout de souffle au terme de son furieux monologue. Le silence qui lui succéda fut interrompu par le rire de Babikov.

– Ne vous inquiétez pas pour ma campagne, Mademoiselle Kozar, elle va très bien se passer. Elle se passera même mieux que jamais dans une demi-heure environ, le temps de préparer une petite mise en scène. Encore une mort par pendaison, peut-être ? À moins qu'on essaie autre chose, histoire de varier les plaisirs. Quelque chose de plus créatif, comme pour l'Américain. Oui, c'est une idée qui me plaît ! On pourrait se servir de ces vieilles machines à découper, qu'est-ce que vous en dites ? C'est sûr que ça ferait sensation dans les journaux ! Attendez un peu que Wolansky prenne les choses en main !

Mais la femme ne répondit pas. Elle regardait de côté, comme si elle attendait un signal, une permission. Puis elle fit un petit signe de tête et alla se placer derrière l'établi. Brusquement, une série de projecteurs s'allumèrent en même temps, baignant Babikov et Glazkov dans une violente lumière, crue et aveuglante. Au même moment, deux hommes surgirent de derrière une machine rouillée, pistolet au poing, et leur hurlèrent de se mettre à genoux, mains sur la tête.

Comme sonnés, ils s'exécutèrent sans opposer de résistance, leurs yeux affolés dardant en tous sens tandis qu'ils essayaient de comprendre ce qui leur arrivait. Ivanka Kozar était-elle venue avec des amis armés ? Des chasseurs ou des survivalistes qu'elle connaissait grâce à Tarass Sviatoslav, peut-être ? Ou bien, pressentant qu'elle serait la prochaine victime, elle avait engagé des professionnels pour les tuer avant de se faire tuer… Mais alors, Babikov vit les brassards fluorescents qui entouraient les bras des deux hommes, ainsi que les insignes familiers sur le devant de leurs ouchankas, et il comprit enfin ce qui venait de se passer. Ivanka avait saisi ce qui se tramait dans son dos et des collègues haut placés avaient fini par enquêter sur lui. Et dire qu'il la croyait simplette… Il poussa un grognement et s'affala au sol.

– Vous faites bien de ne pas chercher à résister, lança une voix de stentor.

Babikov leva les yeux, la main en visière. Le colonel Terekhine s'avançait vers lui, flanqué de Vassily Marouchkine.

– Vassily ! hoqueta Glazkov, qui avait laissé le brigadier-chef enfermé dans sa cellule il n'y avait pas une demi-heure de cela. Comment êtes-vous sorti ?

– Je me suis fait un plaisir de libérer Marouchkine moi-même, répondit Terekhine à la place de Vassily. Mademoiselle Pouchkine m'a appelé de sa part hier et m'a présenté suffisamment d'éléments pour me convaincre d'intervenir à nouveau – et de façon plus décisive, cette fois-ci.

Il se tourna vers Babikov.

– Nous n'avons pas manqué une seule des paroles que vous avez prononcées, Grigor. La partie est finie. Mais n'allez surtout pas vous imaginer que ça me fait plaisir, lieutenant-colonel, poursuivit Terekhine tandis que Vassily aidait un des policiers de Taïga à le menotter, mains dans le dos. Aucun flic ne devrait se trouver un jour contraint d'en arrêter un autre.

– Figurez-vous que ça ne me fait pas plaisir non plus, *mon colonel*, éructa Babikov alors que Vassily le hissait sur ses pieds. Se faire piéger par une abrutie de *provodnitsa* !

– Je vous avais dit que Kozar puait les emmerdes, grommela Glazkov du coin de la bouche, tandis qu'il se faisait menotter à son tour.

– Oh, ce n'est pas Ivanka Kozar, dit Terekhine en désignant la femme qui se tenait toujours derrière l'établi. Kozar se trouve à bord d'un train, quelque part à l'est d'Irkoutsk. Travail bâclé, Grigor. Vous auriez dû vérifier les horaires du Transsibérien avant de vous rendre dans cet entrepôt.

– Comment ça, ce n'est pas Ivanka ? glapit Glazkov. Alors qui... ?

Médusés, Glazkov et Babikov regardèrent Olga s'extraire de l'obscurité qui masquait ses traits, retirant le rembourrage qu'elle avait glissé dans son blouson avant d'exécuter une petite révérence.

Glazkov ne put retenir un sourire.

– Eh bien dites donc, Mademoiselle Pouchkine, dit-il avec une moue admirative, vous avez drôlement bien imité Ivanka.

Mais elle ne lui sourit pas en retour.

– Je me demande si je dois être flattée, Anatoly, répondit-elle. Je n'apporte pas beaucoup de crédit aux compliments des meurtriers.

– *Meurtriers ?* s'exclama Babikov d'un ton faussement surpris. Personne n'a parlé de meurtre, ici.

Olga et Vassily échangèrent un regard.

– Si, dit-elle. *Vous* en avez parlé, il y a cinq minutes.

– Et malheureusement pour vous, ajouta Vassily en allant chercher un petit appareil dissimulé derrière un étau rouillé, nous avons pris la liberté d'enregistrer votre conversation avec mademoiselle

Pouchkine, en vue des poursuites judiciaires dont vous allez faire l'objet.

– Vous avez déjà avoué les meurtres de Nathan Bryce et d'Alyona Vasiliev, Grigor, intervint le colonel Terekhine. Et dans la mesure où le brigadier-chef Marouchkine a mis à profit son séjour en cellule pour faire la lumière sur votre mode opératoire…

– Le brigadier-chef Marouchkine *et* mademoiselle Pouchkine, l'interrompit Vassily.

– Et dans la mesure où le brigadier-chef Marouchkine *et* mademoiselle Pouchkine ont fait preuve de suffisamment de perspicacité pour faire la lumière sur votre mode opératoire, rectifia le colonel avec un petit signe de tête à l'attention d'Olga, nous avons décidé de rouvrir de nombreux dossiers d'homicides, à commencer par ceux que vous vous vantez d'avoir élucidés dans votre fameux rapport. Nom d'un chien, Grigor ! Vous pensiez vraiment que vous alliez pouvoir faire ça éternellement sans jamais vous faire prendre ? Tuer des gens et faire porter le chapeau à vos indics ? Tuer des femmes et des adolescents à Kemerovo, des familles d'accueil à Iachkino…

– Ce n'était pas mon idée, répondit Babikov. C'est Wolansky, mon responsable des relations publiques, qui a organisé tout ça dans mon dos. C'est lui, le vrai coupable. Où est-il ? Il était là, il y a encore cinq minutes ! Il doit être dehors, allez donc l'arrêter. Vite, avant qu'il ne s'échappe !

Terekhine lança le menton en direction d'un des policiers de Taïga, qui se mit à parler d'un ton urgent dans la radio accrochée à sa poitrine, avant de dégainer à nouveau son arme de service et de s'élancer à la poursuite du fuyard. Mais il ne tarda pas à revenir bredouille : Wolansky s'était volatilisé dans la nature, les traces de ses pas déjà recouvertes par la neige qui tombait en abondance.

Terekhine se tourna vers Babikov, mais Glazkov fut le premier à parler.

– Des familles d'accueil à Iachkino ? dit-il. Nous n'avons pas commis ces crimes-là, n'est-ce pas, mon colonel ? À moins que j'aie oublié ? Ou alors vous avez fait ça tout seul, comme les meurtres de Bryce et de Vasiliev. Mon Dieu, il y en a tellement…

– Fermez-la, Glazkov, grommela Babikov.

Mais son ton était plus résigné que menaçant. Il savait qu'il était trop tard.

– Des familles d'accueil ? dit Olga. À Iachkino ?

Pourquoi cette information avait-elle déclenché une alarme sous son crâne ?

La vieille locomotive à vapeur exposée à la gare de Taïga prit soudain possession de ses pensées, tirant une suite interminable de voitures à travers la nuit sibérienne, d'abord lentement puis avec une vitesse croissante, des créatures démoniaques apparaissant derrière ses vitres illuminées d'un éclat surnaturel : gnomes velus, lutins édentés, ogres et vampires, satyres et diablotins hilares. Mais la pire d'entre elles était aux commandes du train. Olga se retrouva propulsée devant la vitre de la cabine de conduite dont l'habitacle, incendié par la lumière rougeoyante des flammes d'une chaudière, abritait un être malfaisant. Elle distinguait des jupons qui claquaient dans l'air brûlant tandis que la locomotive accélérait encore l'allure, filant à tombeau ouvert. Les ressorts à lames, les roues et les crochets d'attelage hurlaient dans la nuit et la conductrice spectrale qui hantait la motrice entraînait toujours plus vite le train et sa cohorte de voitures infestées d'abominables créatures…

Une main osseuse lui agrippa le bras et la tira dans la cabine. La conductrice était là, de dos, courbée sur le foyer flamboyant de la chaudière. Mue par une force extérieure à sa volonté, Olga s'avança vers elle. Puis ce fut au tour de sa main de prendre sa liberté et de se tendre vers la forme recroquevillée devant le feu. Olga ne maîtrisait pas davantage ses mouvements qu'un pantin animé par les doigts d'un marionnettiste. Se produisit alors ce qu'elle redoutait par-dessus tout : sa main toucha la silhouette voûtée qui se redressa d'un coup et fit volte-face, plus grande qu'elle ne lui avait paru lorsqu'elle était ramassée sur elle-même, et révélant le visage maléfique d'une sorcière dont les dents en or étincelaient dans la lumière des flammes. Elle éclata de rire dans un tourbillon de vêtements d'un noir plus profond que les ténèbres, puis fondit sur Olga pour l'envelopper dans une étreinte meurtrière…

Olga eut le sentiment de se réveiller pour la deuxième fois de la journée : elle venait de revivre le cauchemar qu'elle avait fait alors qu'elle somnolait au petit matin, le sommeil perturbé par la crainte de la journée qui l'attendait. Et c'était comme si l'usine désaffectée s'était endormie, elle aussi, le chuintement des flocons qui s'écrasaient sur le toit donnant à Olga le sentiment que le bâtiment respirait dans son sommeil.

Mais cela ne dura que quelques secondes, le calme étrange bientôt rompu par des petits coups répétés, lointains et feutrés, comme l'extrémité d'un fauteuil à bascule cognant contre un mur. Olga n'était pas seule à l'entendre : toutes les têtes s'étaient tournées, visages concentrés, pour essayer de déterminer l'origine de ce bruit. Même Babikov et Glazkov semblaient intrigués par ce son dont l'écho se répercutait aux quatre coins de l'entrepôt comme s'il venait de partout à la fois. Mais un coup particulièrement fort se fit soudain entendre, arrachant un cri étouffé à Olga. Elle pivota vers le fond du bâtiment d'où semblait provenir le bruit. Les deux policiers réquisitionnés par Terekhine avaient-ils vérifié qu'il n'existait pas d'entrée discrète à l'autre bout de l'entrepôt ? Olga repensa au moment où ils s'étaient retrouvés ici, dans l'après-midi, pour recevoir les instructions du colonel. Perchée comme les autres sur des bonbonnes de gaz qui avaient curieusement conservé leurs vives couleurs d'antan, elle avait attentivement écouté le plan mis au point pour capturer Babikov, Wolansky et Glazkov, mais elle ne se souvenait pas que le colonel ait mentionné une entrée à l'arrière au cours de ce briefing. Et c'était elle qui se trouvait le plus près de cette partie de l'entrepôt.

Un autre coup sonore lui parvint aux oreilles, encore plus violent que le premier. Effrayée, elle pensait maintenant à Baba Yaga, la vieille femme qui vivait dans les bois et se déplaçait à l'aide d'un mortier volant, gouverné par un pilon dont elle se servait parfois comme d'une pagaie pour se mouvoir plus vite et rattraper Vassilia-la-très-belle. Brusquement, la lumière crue des projecteurs s'éteignit, les plongeant dans l'obscurité. Sous l'effet de la surprise, quelques jurons retentirent dans le noir et Olga devina le geste des policiers qui dégainaient une nouvelle fois leurs pistolets. Elle laissa échapper un cri et s'accroupit contre l'établi poussiéreux dont elle agrippa les pieds métalliques, horrifiée à l'idée que de nouveaux coups puissent annoncer l'arrivée imminente de la sorcière parmi les machines rouillées de l'usine fantôme, et redoutant qu'une main osseuse ne vienne l'agripper, la forçant à faire face à une bouche hideuse qui lui soufflerait l'haleine fétide du mal en plein visage.

Mais les coups cessèrent et le silence emplit de nouveau le vaste espace de l'entrepôt abandonné, suffisamment longtemps pour qu'Olga se demande si elle avait imaginé ces bruits. Ou peut-être n'étaient-ce que de vieux volets métalliques qui avaient claqué contre une façade du bâtiment sous la force du vent ? À présent qu'elle y prêtait attention, il y avait bien du vent, même s'il était léger ; une brise qui s'engouffrait juste à sa droite par un carreau cassé. Elle respira lentement, profondément, essayant de se raisonner tandis que l'air froid pénétrait ses poumons. L'un des policiers de Taïga murmura quelque chose, et des rires lui répondirent. Il sortit sa lampe torche, bientôt imité par son collègue, et l'atmosphère se détendit. Après tout, les pannes d'électricité étaient monnaie courante, à Roslazny.

Mais alors qu'Olga venait de se relever, une voix résonna derrière l'établi.

– Glazkov ! fit-elle d'un ton chantant. Oh, Glazkov… Babikov ! Oh, Babikov…

C'était une voix criarde, fracturée comme la surface d'un lac gelé au premier redoux – une voix de femme, de sorcière maléfique, pleine d'une cruauté et d'une haine ancienne. Cette abominable imitation d'une fillette dérangée remplissait d'autant plus Olga de terreur que le son semblait désormais proche, juste derrière elle. La créature s'était introduite dans l'usine désaffectée par un passage dérobé, puis avait progressé discrètement, avec d'infinies précautions, slalomant comme un serpent entre les machines et le désordre qui encombraient l'espace, frappant doucement le sol pour les tourmenter, avec une fourche ou peut-être le pilon d'un mortier, comme la menace de coups à venir.

– Glazkov, Babikov, êtes-vous là, mes enfants, mes vilains petits garnements ? dit la voix.

De nouveau accroupie, Olga osa un bref regard par-dessus l'établi et distingua les contours ténébreux d'une femme. De taille moyenne, elle semblait presque massive dans son blouson d'hiver de *provodnitsa*, sous lequel on devinait une jupe et des bottes fourrées. Sa main ne serrait ni fourche ni pilon, mais une barre rouillée qu'elle avait dû ramasser dans l'entrepôt. Puis elle tourna lentement la tête et le cœur d'Olga fit un bond quand elle vit l'immonde rictus de la femme, sa bouche déformée par un sourire cruel qui lançait des éclats métalliques. Mais il n'y avait pas de reflets dorés sous les lambeaux de lumière poudrée qui traversaient les fenêtres : Ivanka Kozar, la *provodnitsa* aux dents en or était devenue Baba Yaga, la sorcière aux dents de métal.

– Je suis là, dit Glazkov, et Olga tressaillit au son de sa voix.

La silhouette replète du vieil agent de police se découpait dans le cadre de la porte dégondée derrière lequel la blancheur irréelle de la neige contestait la nuit. Olga vit qu'il avait peur, qu'il avait compris lui aussi qui était responsable des décès qui avaient frappé les familles d'accueil d'Iachkino. Que comme elle, il avait conscience d'être en présence d'un esprit dont le pouvoir maléfique possédait des racines ancestrales, bien plus sombres et profondes que celles qui alimentaient l'ambition criminelle du petit Machiavel de province qu'était Grigor Babikov.

Alors que les autres restaient figés, Anatoly Glazkov marcha lentement en direction d'Ivanka, comme un condamné à mort vers l'échafaud, sans défense, les mains menottées dans le dos, et Olga songea qu'elle n'avait jamais rien vu d'aussi courageux.

– Et qu'est-ce qu'Anatoly veut dire à Ivanka ? demanda la *provodnitsa*, toujours de cette voix de petite fille possédée, tandis qu'elle avançait aussi vers lui.

– Je suis dé-désolé, Ivanka, bégaya Glazkov. Je com-comprends qu'on vous a sous-estimé. On n'aurait pas dû vous traiter comme…

– Comme une idiote ? suggéra Ivanka.

À présent, elle était assez proche de lui pour l'atteindre avec la barre de fer qu'elle tenait à la main. Elle la tendit à la manière d'une épée, l'extrémité rouillée touchant la gorge de Glazkov, tandis que de l'autre main elle se masquait le nez et la bouche sous un épais foulard.

– Oui ma-madame, répondit le vieux policier d'une voix tremblante, les yeux baissés sur la barre rouillée qui s'enfonçait sous son menton. Comme une idiote. Je suis désolé, répéta-t-il. C'était une… une grave erreur.

Ivanka éclata de rire. Même étouffé par le foulard, le son vrilla affreusement les tympans d'Olga, comme si une pile d'assiettes et de couverts dégringolaient d'un placard.

– Je suis heureuse que tu en sois conscient, Anatoly.

– Oh oui, j'en suis vraiment conscient, dit-il précipitamment. Vraiment, vraiment… J'espère que vous pourrez nous pardonner.

Babikov retrouva la parole.

– Glazkov a raison, dit-il en se libérant de la poigne de Terekhine avec une surprenante facilité. On peut trouver un arrangement qui conviendra à tout le monde. Enfin… à *presque* tout le monde.

D'un signe de tête, il désigna ceux qui étaient venus l'arrêter.

– On n'a pas besoin d'eux. Ni de Wolansky, s'il s'avisait un jour de réapparaître. Tout comme vous, Ivanka, nous sommes des hommes *d'expérience*, Glazkov et moi. Nous pourrions travailler ensemble, qu'est-ce que vous en dites ? Je reconnais qu'on vous a sous-estimée, poursuivit-il dans un effort manifeste d'humilité. Nous… nous n'aurions jamais dû… nous n'aurions jamais…

Soudain pris de haut-le-cœur, Babikov laissa sa phrase en suspens et se courba en avant, comme plié par une vive douleur. Il essaya de se redresser, mais son corps se plia de nouveau et Olga vit le chef de la police plaquer les mains sur son estomac avant de s'écrouler, muet et inerte sur le sol poussiéreux. L'étrangeté de cette touffe neigeuse au milieu de ses cheveux foncés s'imprima quelque part dans un coin de la tête d'Olga, lui faisant songer à la fourrure noire striée de blanc d'elle ne savait quel animal. Un blaireau ! Bien sûr, un blaireau. Mais un blaireau gisant au sol au lieu de le fouiller ; un blaireau abattu ou anesthésié.

Anesthésié, songea-t-elle. Anesthésié ou drogué d'une manière ou d'une autre… Ivanka avait drogué Babikov – elle les avait tous drogués. Non, *gazés* : les bonbonnes, près de la porte du bâtiment – ces bonbonnes aux couleurs pimpantes et sans trace de rouille – lui revinrent en mémoire. Elles étaient en bien trop bon état pour dater de l'époque du sovkhoze. Ivanka les avait cachées sous leur nez, trop visibles pour être suspectes. Même le colonel Terekhine s'était assis sur une de ces bonbonnes ! Et maintenant qu'Olga y pensait, ce chuintement des flocons qui s'écrasaient sur le toit de l'usine silencieuse… Des flocons seuls n'auraient pas fait tant de bruit. Mais elle devait déjà être intoxiquée par la substance qui s'était insidieusement diffusée dans le vieil entrepôt – voilà pourquoi elle n'avait pas saisi tout de suite qu'il se passait quelque chose d'anormal. Oui, elle était sous l'emprise de ce gaz, mais peut-être pas autant que les autres. Pourquoi ? Le vent qui s'engouffrait doucement par la vitre cassée, à sa droite, lui donna la réponse.

– Alors, Babikov est le premier, s'esclaffa Ivanka d'un rire lourd de menace derrière l'épais foulard.

Foulard ? Ça devait être un masque à gaz, songea mollement Olga, l'esprit au ralenti. Elle avait l'impression d'essayer de courir dans un mètre de neige.

– Quel dommage, reprit Ivanka. Je voulais qu'il sache. Après tous ces mois à me donner des ordres, à me traiter comme une idiote – comme un membre de sa pitoyable armée de citoyens dévoués ou comme un de ces ignobles mouchards, un de ces voyous à la petite semaine qui travaillent pour lui… Je voulais qu'il sache que c'était *moi* qui tirais les ficelles depuis le début. Je savais tout de la ridicule machination qu'il avait élaborée avec ce clown à la barbe pointue – ce Wolansky –, et comment il comptait me faire tomber dans un piège en compagnie de ce cher brigadier-chef Marouchkine. Oh, vous avez compris deux ou trois choses, Marouchkine, je vous l'accorde. Vous et votre petite cheminote, vous êtes parvenus à reconstituer une partie de la vérité à l'aide des miettes d'information que j'ai laissées ici et là, pour le plaisir. Vous avez été plus perspicace que je ne m'y attendais, je dois dire. Et quand vous m'avez appelée, hier, j'ai compris qu'il fallait que je revienne d'urgence. Cela dit, j'étais certaine que vous ne devineriez jamais que j'avais saboté moi-même le samovar et que j'avais demandé à Zonov de prendre tout son temps pour le réparer, en échange de quelques bouteilles de vodka, ni que j'avais délibérément donné mon ancien numéro de téléphone à Glazkov après mon audition à la gare de Taïga, au cas où des petits génies de l'informatique à la solde de Wolansky s'amuseraient à s'en servir pour me nuire – en l'utilisant pour envoyer des faux textos, par exemple. C'était si facile que j'ai commencé à m'ennuyer.

Elle caressa le menton de Glazkov avec sa barre rouillée.

– Mais *ça*, c'est excitant ! s'écria-elle derrière son masque. Je me sens revivre ! Alors, merci, colonel Terekhine – vous n'avez pas l'air dans votre assiette, dites-moi –, et merci Marouchkine, Pouchkine et les autres d'avoir organisé cette petite réunion. Le risque m'excite, que voulez-vous que j'y fasse ? lança-t-elle en éclatant à nouveau de rire. Mais malgré tout le plaisir que je prends en votre compagnie, je ne vais pas pouvoir m'attarder trop longtemps. C'est que j'ai envie de continuer à m'amuser pendant encore quelques années, vous comprenez ?

À nouveau, elle leva la barre de fer à hauteur du cou de Glazkov, la pressant doucement contre sa gorge.

– Alors, à qui le tour ? demanda-t-elle. Ce n'est pas juste de toujours donner la priorité aux gradés. Le lieutenant-colonel a déjà été servi, c'est peut-être le moment de nous intéresser au bas de la hiérarchie. Alors, pourquoi pas un *ryadovoy politsii*, hein ? Pourquoi pas l'agent Glazkov ?

– Non ! s'écria Glazov. Je suis innocent. C'est lui qui m'a contraint à faire ces choses.

Il ponctua ces mots d'un signe de tête en direction de Babikov, toujours inerte au sol, mais le mouvement lui fit perdre l'équilibre et il tomba à genoux.

– Pitié, Ivanka ! Pensez à ma pauvre mère, dit-il, le produit qu'il respirait depuis de longues minutes donnant à sa diction quelque chose de comique. C'est pour elle que j'ai fait tout ça. Pour elle que j'ai commis tous ces meurtres depuis des années. Pour elle que j'ai aidé Babikov à mettre la mort d'Alyona Vasiliev sur le dos de Vassily, à le piéger avec le cadavre de l'Américain… Mais je n'ai fait qu'exécuter les ordres. S'il vous plaît, donnez-moi une chance de me rattraper. Une chance de vous aider, Ivanka.

Le piéger avec le cadavre de l'Américain… songea Olga, comme dans un état de transe. Alors, c'était bien Glazkov qu'elle avait aperçu ce jour-là derrière sa cahute, se cachant derrière les conifères enneigés en bordure de forêt… C'était déjà leur hypothèse, mais elle était à présent confirmée de la bouche même de l'intéressé.

Comme Babikov, le vieil agent de police se courba en deux et sembla sur le point de vomir. Mais alors qu'Olga le regardait vaciller sur ses genoux, prêt à basculer de côté, il se redressa avec l'énergie du désespoir et la supplia de l'épargner, de le prendre à son service comme l'avait proposé Babikov, de penser à sa pauvre mère qui ne survivrait pas s'il n'était plus là pour lui rendre visite et régler les frais de sa maison d'accueil médicalisée. Puis, à bout de forces et d'arguments, il lui demanda simplement de lui donner une autre chance.

– Une autre chance ? s'écria Ivanka derrière son masque à gaz. Personne ne m'a donné une autre chance, à moi ! On m'a dit que j'étais bizarre, inquiétante, *pas normale*. Une fille étrange, voilà ce qu'on murmurait derrière mon dos. Et ce sont mes propres parents que j'ai surpris en train de dire ça ! En voilà deux que je n'ai pas regretté de voir partir. Et ensuite, les croulants qui m'ont adoptée m'ont sorti les mêmes saloperies, sauf qu'ils me l'ont dit en face. Et quand je leur ai détaillé les choses que j'avais faites pour me distraire, et celles que je comptais bientôt leur faire subir, ils se sont donné la mort le jour-même, m'évitant d'avoir à m'en occuper moi-même. La meilleure décision qu'ils aient jamais prise. À cette époque, j'avais déjà appris à faire durer le plaisir. Les couples chez qui j'étais passée et qui m'avaient traitée comme une moins que rien, les Nikitine, les Rybakov et les Zhuravlev, ont dû attendre que je m'occupe de leur cas. Jusqu'au mois de décembre dernier, pour être précise, où je suis revenue les voir. J'ai pensé que ce serait un beau cadeau de Noël pour leurs enfants – leurs *véritables* enfants, qu'ils trouvaient bien trop précieux pour se mélanger avec une fille bizarre comme moi !

Glazkov se mit à vomir sans qu'Ivanka ne lui prête la moindre attention.

– Mais je ne voulais pas perdre la main en attendant, poursuivit-elle. J'aime que le travail soit bien fait. Sans compter que c'était marrant, de les chasser comme du gibier – les parasites, je veux dire. Tous ces gens qui n'en ont jamais assez et qui gravitent autour des rupins pour que leur vie de privilégiés devienne encore plus douce – les gestionnaires de fortune, les avocats, les gouvernantes, les coaches personnels et tous les autres *priduroks* qui vivent au crochet des riches, tranquilles comme des chihuahuas dans le sac à main d'une femme d'oligarque ! Vous savez ce que ça veut dire, d'être riche et célèbre ? Ça veut dire être *accepté*. Même si vous enfreignez la loi ! Pas besoin de convaincre les gens, de supplier, de quémander un travail ou de l'affection, parce que ça vient tout seul quand vous avez un compte en banque bien garni. Et maintenant que j'ai tué suffisamment de ces parasites, je vais passer au niveau supérieur, aux riches eux-mêmes, aux oligarques, aux magnats de la presse, aux politiciens, aux acteurs, aux vedettes de la télé et de la chanson – à tous ces gens qui se croient mieux que moi. Le lieutenant-colonel n'a pas eu le nez creux quand il a essayé de me faire payer les pots cassés à sa place, mais il a pris une bonne décision en égorgeant ce touriste plein de fric. Tous ces *crétins* qui se pavanent en pyjama, en *sous-vêtements*, dans *ma* voiture, qui me donnent des ordres comme si j'étais leur boniche, je veux ci, je veux ça, un oreiller supplémentaire, un thé avec deux sucres, non mais pour qui se prennent-ils ? Et si on fait quoi que ce soit qui ne leur plaît pas, c'est directement une plainte au contrôleur et on est bonnes pour un avertissement…

Elle baissa les yeux vers Glazkov.

– Non, Anatoly Glazkov, je n'ai jamais eu droit à une deuxième chance. Alors pourquoi toi et pas moi ?

Sans crier gare, elle brandit la barre de fer et le frappa violemment à la tête. Glazkov eut le temps de voir le coup partir et tenta d'esquiver, mais ses réflexes étaient trop émoussés par le gaz toxique et des décennies d'abus d'alcool. Le métal rouillé lui percuta le crâne avec le son d'une noix qui se brise, un *crac !* ignoble aussitôt suivi du bruit sourd de son corps tombant sans retenue sur le sol, tandis que du sang lui jaillissait de la tête.

Vassily et les autres observaient la scène en silence, le regard absent et vitreux. Olga se sentait aussi partir, de moins en moins capable de retenir une pensée.

– Oh, oubliez donc Glazkov, mes chers policiers, mes chers laquais des riches, dit Ivanka.

Ses mots atteignirent Olga à travers sa stupeur et ramenèrent ses pensées brumeuses au présent.

– Il n'a jamais eu d'importance, pas plus que Grigor Babikov ou son petit toutou de Wolansky – à moins que ce ne soit l'inverse ?

Elle éclata brusquement de ce rire glaçant.

– Vous ne comprenez donc pas ? À partir du moment où j'ai donné ces *matriochkas* à Babikov, plus rien de ce qu'il faisait – plus rien de ce qu'il *pensait*, même – ne m'a échappé.

Des poupées russes ? songea Olga. Qu'est-ce que des *matriochkas* avaient à voir avec cette histoire ? Comment une figurine pouvait-elle espionner un policier ?

– Non, reprit Ivanka, aucun de ces flics stupides n'a jamais eu d'importance. Regardez-moi ces deux-là, dit-elle en pointant du doigt les deux policiers de Taïga que Terekhine avait réquisitionnés pour soutenir l'opération et qui venaient de s'écrouler au sol comme Babikov. Ils consomment de l'espace pour rien. Ils consomment de *l'air* pour rien. Si tu ne peux pas être malin, si tu ne peux pas être *original*, ne consomme pas l'oxygène de ceux qui le sont.

– Espèce de sorcière, articula péniblement Terekhine.

Il voulut s'élancer vers elle, mais arrêta aussitôt son mouvement, vacillant sur ses pieds. Puis il se mit à vomir comme les autres avant lui, et comme les autres avant lui il tomba à genoux. Vassily tenta de l'aider à se relever, mais ils chutèrent tous les deux, s'entraînant l'un l'autre vers le sol où ils restèrent recroquevillés, incapables de se remettre sur pied. Les paupières d'Olga se fermaient, mais au prix d'un effort immense elle parvint à les rouvrir, poussée par un instinct de survie vers ce carreau cassé qui laissait passer un filet d'air pur. Tandis que le souffle vivifiant du vent froid dissipait un peu la brume qui enveloppait son esprit, la sensation d'un regard hostile planté dans sa nuque comme une flèche empoisonnée la fit se retourner. Ivanka la dévorait avec des yeux plissés qui trahissaient le sourire que dissimulait son masque à gaz. Si seulement elle avait pu briser la vitre et s'échapper… Mais les carreaux étaient bien trop petits entre les croisillons métalliques de la fenêtre.

D'un pas rapide, la *provodnitsa* se dirigea vers elle, mais Olga s'éloignait déjà vers le fond de l'entrepôt, à la recherche du passage par lequel Ivanka était entrée. Son idée était de faire ensuite le tour du bâtiment pour la prendre à revers, exactement comme elle-même les avait surpris. Peut-être pourrait-elle même récupérer un des pistolets des policiers et régler définitivement son compte à la tueuse aux dents en or.

Olga se mit à réfléchir à toute vitesse. Ainsi donc, Ivanka était bien une meurtrière, comme elle l'avait pensé avant que Vassily ne lui expose sa thèse. Elle était bien la Baba Yaga dont avait parlé Fiodor Katine, le monstre sans pitié dont la sinistre réputation avait rayonné dans la région, jusqu'à Novossibirsk.

Tandis qu'elle se faufilait aussi vite que possible entre les câbles entrecroisés, les machines rouillées et les divers objets qui jonchaient le sol, Olga sentit qu'elle retrouvait sa force et sa lucidité. Bien sûr :

elle s'éloignait des bonbonnes qui, devant l'entrée principale, diffusaient leur gaz débilitant. Cette prise de conscience lui redonna un regain de courage, mais elle devait encore trouver la porte dérobée par laquelle la tueuse en série s'était introduite dans le bâtiment. Et elle l'entendait progresser derrière elle, envoyant valser les obstacles qui se trouvaient sur son chemin avec sa barre en métal et lui criant de cette horrible voix de crécelle ce qu'elle comptait lui faire subir lorsqu'elle l'aurait rattrapée.

Enfin, Olga repéra une poignée dans l'obscurité. Elle l'actionna, tirant de toutes ses forces jusqu'à ce que ses mains deviennent douloureuses, mais en vain. Puis elle essaya plutôt de pousser et la porte s'ouvrit brusquement. Emportée par le mouvement, Olga se retrouva à quatre pattes dans la neige.

– Je sais où tu es, maintenant, ma petite oie, lança Ivanka derrière elle en accélérant le pas. Tu ne te souviens donc pas que j'ai dit qu'on allait les dévorer tout crus ? Bien sûr, tu ignorais que tu faisais partie du festin, toi aussi. Arrête de t'agiter comme ça, ma mignonne, tu sais que tu vas terminer dans mon gosier.

Elle parlait comme les personnages des histoires que Lubov, la gouvernante du pavillon de chasse d'Astrazov, racontait à la jeune Tatiana, la dernière des Lichnovsky. Comme si Olga et Ivanka étaient elles-mêmes les personnages d'un de ces contes russes à la fois merveilleux et inquiétants, et que la tueuse était *vraiment* une sorcière venue du fond des bois hanter les rêves des enfants à bord de son mortier volant.

Olga secoua la tête : Ivanka était une femme de chair et de sang comme tout le monde et non une sorcière aux pouvoirs surnaturels. Une femme qui avait besoin d'un masque pour ne pas s'écrouler comme les autres sous l'effet du gaz qui empoisonnait l'atmosphère.

Elle se releva et balaya les alentours du regard, l'air froid comme un bain d'air pur sous la caresse des flocons. Devant elle et sur sa droite, de hauts murs de clôture s'élevaient parmi d'épaisses broussailles. Mais à sa gauche, un étroit passage assez bien dégagé semblait longer le bâtiment. Des empreintes de pas encore visibles sous une fine couche de neige dessinaient un chemin jusqu'à la porte qu'elle venait de franchir. Mais ce n'était pas le moment de s'intéresser à ça : elle entendait les chaussures d'Ivanka résonner dans l'entrepôt caverneux, frappant de plus en plus vite le sol au fur et à mesure qu'elle approchait de la porte.

Pourtant, alors qu'elle venait de s'élancer le long de la piste tracée par les empreintes de pas, Olga s'arrêta net, se tournant sur sa droite et s'efforçant d'analyser ce qu'elle avait sous les yeux. À quelques mètres d'elle s'élevait un mamelon neigeux aux airs d'énorme champignon blanc dont le sommet se creusait en forme de cuvette. Olga sut aussitôt de quoi il s'agissait. Toute personne née à Roslazny l'aurait compris aussi vite qu'elle. Mais Ivanka n'avait pas grandi ici, n'est-ce pas ? Olga s'efforça en vain de se souvenir si elle avait appris quelque chose à ce sujet au cours de son enquête : son esprit n'avait pas recouvert toutes ses capacités, et sa mémoire ouvrait ses portes bien trop lentement pour qu'elle puisse insister davantage. Elle allait devoir tout miser sur le postulat que ce petit monticule couvert de neige n'allait rien évoquer à sa poursuivante.

Aussi vite qu'elle le put, elle se glissa derrière le chapeau du gros champignon blanc, prenant garde de ne pas abîmer l'enveloppe de neige immaculée qui masquait le piège qu'elle réservait à Ivanka. Les empreintes de pas qu'elle avait laissées conduiraient forcément la sorcière du Transsibérien jusqu'à elle, mais Olga prit tout de même soin de recouvrir grossièrement celles qui se trouvaient autour du monticule, de sorte à donner l'illusion qu'elle cherchait à se cacher – à donner l'illusion qu'elle était toujours la proie bien qu'elle fût désormais le chasseur.

Elle entendit la *provodnitsa* se glisser à son tour à travers l'étroite porte à l'arrière du bâtiment. Puis son rire résonna dans la nuit, mais cette fois-ci c'était une sorte de hennissement haut perché qui tétanisa Olga, ses poings se crispant sous la piqûre des notes cassantes tandis qu'un frisson glacé lui parcourait le corps.

– Ah, te voilà, petite oie fugueuse. Te voilà, ma mignonne, prête à être dévorée, dit Ivanka en fouettant l'air avec son arme. Je te vois, vilaine fille. Et maintenant, dit-elle en brandissant la barre rouillée, ma baguette magique va te transporter au cœur d'un rêve. Un rêve sans fin…

Elle s'approcha encore davantage, retirant son masque à gaz d'une seule main, et Olga se recroquevilla derrière la cloche de neige comme une enfant qui s'imaginerait échapper à la sorcière en se faisant si petite qu'elle ne pourrait être vue. Mais Ivanka la voyait, et elle ne voyait même qu'elle, oubliant de faire attention où elle mettait les pieds tant elle était pressée de dévorer sa proie.

Le destin, toutefois, en décida autrement.

– Viens, petite oie, répétait sans cesse Ivanka, tandis qu'elle s'approchait toujours plus près, ses bottes marquant la neige sur les bords du renfoncement qui creusait le sommet du monticule.

Son pied droit s'aventura trop près de cette dépression, de quelques centimètres seulement, mais ce fut suffisant pour causer sa perte : Olga avait compris qu'il s'agissait d'un ancien puits fermé par un couvercle en bois ; un équipement frappé de la faucille et du marteau que le régime soviétique avait produit en masse au siècle dernier, pour les sovkhozes de l'oblast de Kemerovo et les infrastructures qui en dépendaient. Le bois pourri gémit quand la botte fourrée de la *provodnitsa* se posa tout au bord du vieux couvercle. La gangue de glace qui s'était formée autour du bois l'empêcha de se briser immédiatement, mais presque aussitôt il émit un craquement, les fibres pourries se déchirant sous le poids d'Ivanka Kozar. Puis le couvercle céda d'un coup, comme l'avait espéré Olga. La tueuse en série poussa un cri tandis que sa jambe plongeait dans le gouffre qui s'ouvrait sous elle. La barre lui échappa des mains et elle chercha à se retenir, ses mains grattant désespérément la neige, mais ce fut au tour de son autre jambe d'être happée par le vide, son pied se posant miraculeusement sur une brique qui faisait saillie.

Son bras se tendit comme un ressort et ses doigts agrippèrent la manche d'Olga qui poussa un cri étranglé, entraînée à son tour vers le puits. *In extremis*, elle parvint à allonger la jambe, bloquant du pied sa lente progression vers le vide. Mais la pression exercée par le poids d'Ivanka, à la limite du supportable, donnait à Olga la sensation que son bras était sur le point de se faire arracher. Le visage soudain tordu par un sourire factice, une grimace pitoyable, la *provodnitsa* leva des yeux implorants vers Olga.

– Oh, s'il vous plaît, Mademoiselle Pouchkine, aidez-moi, *par pitié*. Je confesserai tous mes crimes, tout ce que vous voulez. Je tuerai vos ennemis, à commencer par Viktor Fandorine ! Ou si vous préférez, je ferai célébrer une divine liturgie pour le salut des âmes de mes victimes. Tout un mois de prières ! Aidez-moi à sortir, je vous en prie, *chère, chère* Mademoiselle Pouchkine !

Olga sentait ses forces faiblir, consciente qu'elle n'allait pas tarder à basculer en avant et à être engloutie elle aussi par les ténèbres du puits sec.

Son cœur battait beaucoup trop vite et la sueur coulait sans discontinuer le long de son dos tandis que la jambe qui bloquait sa chute tremblait de plus en plus fort et que la douleur dans son bras devenait intolérable. C'était elle ou Ivanka ; sauver sa peau ou essayer de sauver une tueuse sans pitié. Si elle tentait de la tirer hors du puits, elles finiraient très probablement au fond toutes les deux dans un mélange d'os brisés. Et si par miracle elle parvenait à la hisser sans tomber, il y avait toutes les chances pour qu'Ivanka essaie de la tuer une fois sortie d'affaire.

Lentement, elle attrapa la main d'Ivanka et entreprit de desserrer l'étreinte de ses doigts. Ivanka se mit à hurler et Olga sentit ses poils se hérisser le long de sa nuque tandis que le visage de la *provodnitsa* se transformait, son sourire suppliant cédant la place à un rictus haineux et à une bordée d'injures d'une violence inouïe. Elle se transforma en une créature vile et malfaisante qui suintait le mal – une chose qu'il fallait écraser comme un cafard venimeux et éradiquer de la surface de la Terre –, et cela aida Olga à aller au bout de ce qu'elle avait décidé de faire. Elle s'attaqua aux deux derniers doigts d'Ivanka – des tenailles dont les mâchoires s'enfonçaient dans ses muscles. Puisant dans ses ultimes forces et avec un hurlement de désespoir, elle parvint finalement à se libérer. Ivanka Kozar s'enfonça dans le néant avec un dernier cri dont l'écho atteignit la conscience vacillante d'Olga jusqu'au fracas final, bruit lugubre d'une vie qui s'éteint brutalement.

Olga retomba sur le dos dans la neige. *Vassily*... voulut-elle dire, mais cela resta à l'état de pensée, comme si elle n'avait plus assez d'air en elle pour souffler ce prénom rassurant dans la nuit froide.

Vassily...

Ses yeux se révulsèrent et elle s'évanouit au bord du puits.

CHAPITRE 15

Voyage à Astrazov

C'était dimanche, le lendemain de la mort d'Ivanka Kozar, et Pasha était assis auprès de sa sœur, alitée dans la chambre qu'elle occupait chez leur tante Zia. De nouveau appelé à son chevet, le docteur Zinovev avait livré, avec une certaine prudence, un diagnostic encourageant. Selon le médecin, Olga avait toutes les chances de se remettre de sa mésaventure sans souffrir de séquelles. Ivanka les avait intoxiqués avec un mélange anesthésiant utilisé dans l'abattoir où travaillait Tarass Sviatoslav, un gaz aux effets puissants mais temporaires. Olga frissonna en se demandant ce qu'Ivanka avait prévu de leur faire subir, une fois qu'ils auraient tous été inconscients. N'avait-elle pas parlé de les dévorer tout crus ?

Une personne assez imprudente pour piquer un somme dans l'hiver sibérien doit s'attendre à se réveiller en état d'hypothermie et avec des gelures, voire à ne pas se réveiller du tout. Par chance pour Olga, Sasha Tsaritsyn était arrivé à l'entrepôt peu de temps après qu'Ivanka s'était écrasée au fond du vieux puits. Le journaliste avait immédiatement contacté les secours, son appel se répercutant bientôt sur la fréquence d'urgence de la radio d'Olga, et donc dans les oreilles de Pasha, qui avait aussitôt abandonné la cahute de sa sœur pour se précipiter lui-même vers l'usine abandonnée. Pendant que Sasha aidait les urgentistes à administrer les premiers soins aux policiers intoxiqués, Pasha avait cherché sa sœur parmi les machines rouillées et les établis vermoulus. Il avait fini par tomber sur la porte étroite restée ouverte à l'arrière du bâtiment, apercevant bientôt une masse sombre au bord du puits. L'instant d'après, il était à genoux dans la neige, penché au-dessus de sa sœur inanimée et répétant son prénom encore et encore, jusqu'à ce qu'elle entrouvre enfin les yeux à son immense soulagement. Il l'avait soulevée dans ses bras, se frayant tant bien que mal un passage dans l'épaisse couche de neige pour contourner l'entrepôt et atteindre le véhicule des urgentistes, garé devant la porte principale. Une heure plus tard, Olga était en sécurité dans le lit où elle se trouvait à présent, assise avec un mug de thé bien chaud et bien sucré, les épaules couvertes d'un gros plaid.

Le banc d'une cellule, même ouverte, n'étant pas l'idéal pour récupérer, Vassily avait aussi passé la nuit chez leur tante Zia. Il avait trouvé refuge dans la chambre voisine d'ordinaire occupée par Pasha, lequel s'était proposé de dormir sur le canapé. Plus aucune charge ne pesait contre Vassily et il pouvait désormais dormir où bon lui semblait.

Babikov, pour sa part, se trouvait sous bonne garde à l'hôpital de Taïga. Attendu de pied ferme par la justice dès qu'il serait en état de lui rendre des comptes, il était celui qui avait le plus souffert de l'effet du gaz. Le sort du colonel Terekhine, qui récupérait tranquillement dans le meilleur hôtel de Kemerovo, était indubitablement plus enviable. Quant aux deux policiers venus en renfort de Taïga, ils se reposaient chez eux, au sein de leurs familles. Anatoly Glazkov, en revanche, ne rentrerait plus jamais chez lui. Ivanka avait perdu la vie, elle aussi, la nuque vraisemblablement brisée au fond d'un puits sans eau.

Vraisemblablement, parce que son corps n'avait pas été ramené à la surface, et ne le serait jamais. Le puits était très profond et il avait fallu faire appel aux pompiers de Taïga. Lorsque l'un d'eux avait entamé sa descente, ce dimanche matin, à l'aide d'une corde et d'un harnais, la bouche du vieux puits avait commencé à s'écrouler, contraignant le pompier à se faire remonter en urgence tandis que de grosses pierres tombaient au fond, recouvrant le cadavre de la tueuse.

Vassily venait de les appeler pour leur apprendre la nouvelle.

– C'est aussi bien comme ça, commenta Pasha. De toute façon, personne n'aurait voulu lui organiser un enterrement digne de ce nom. Qu'elle gèle là-dedans à jamais. Ce n'est pas le pire des enfers, pour un monstre comme elle.

– Je ne sais qui est le pire, d'elle ou de Babikov, dit Olga.

– Babikov est responsable d'un bien plus grand nombre de morts, fit valoir Pasha. D'après Vassily, il sévit depuis de longues années.

– Oui, mais Babikov faisait ça par ambition personnelle, pour accéder au pouvoir politique. Bien sûr, c'est impardonnable, mais au moins on sait ce qui le motivait. Alors qu'Ivanka… C'était quoi, son mobile ?

Sans attendre la réponse de son frère, Olga s'efforça de résumer le sentiment nébuleux que lui inspirait la *provodnitsa* décédée.

– Elle détestait tout le monde, parce qu'elle ne se sentait pas acceptée. Elle inquiétait ses parents, elle leur faisait peut-être même peur, et idem avec les autres adultes qui se sont occupés d'elle. Alors elle en a rajouté, elle est allée au bout de ce rôle de fille bizarre, comme si c'était la seule place qu'elle avait trouvée. Et à l'en croire, elle a aussi tué des gens qu'elle considérait comme des parasites et des laquais gravitant autour des riches et des célèbres, cette frange de la population qu'elle haïssait par-dessus tout et à laquelle elle comptait s'attaquer à l'avenir parce que, contrairement à elle, ils étaient acceptés et appréciés quoi qu'ils fassent… Mais tuer ne lui suffisait pas. Elle voulait aussi montrer sa supériorité et mystifier la police, la compagnie ferroviaire, les médias… Elle voulait mystifier le *monde entier*.

– Ce qui rend peut-être Babikov encore pire, dit Pasha, c'est qu'il n'a même pas l'excuse d'être fou. C'est un calculateur cynique. Alors qu'Ivanka était manifestement le jouet de ses démons intérieurs…

– Oui, avait acquiescé Olga. Souviens-toi de ce que m'a raconté Ekaterina Chezhekov, à propos de cette soirée à bord d'un train en panne, lorsqu'Ivanka s'est mise à parler de ses parents biologiques sous l'effet de l'alcool. Elle semblait agitée, un peu hystérique, même, selon l'amie d'Ekaterina qui se trouvait là. Aujourd'hui, je me dis qu'elle était *excitée*, et non traumatisée, par la mort de ses parents. Leur décès a peut-être réveillé quelque chose de morbide en elle, un désir de souffrance et de mort… En tout cas, Vassily est certain qu'elle a tué tous les couples qui l'ont accueillie après la mort de ses parents adoptifs. Mais va savoir si elle n'a pas commencé avec ses parents biologiques. Va savoir si ce n'est pas ce qu'elle a raconté au couple âgé qui l'avait adoptée – si ce n'est pas ce qui les a poussés au suicide : un récit détaillé du sort qu'elle avait réservé à son papa et à sa maman, alors qu'elle n'était âgée que de onze ans.

– Les corps n'ont jamais été retrouvés, objecta Pasha. Les corps des parents d'accueil, je veux dire.

– Pas encore. Mais Vassily m'a dit que la police allait procéder à quelques vérifications après qu'une certaine Olga Pouchkine leur a suggéré une piste… Tu devines ?

Pasha prit un air concentré, avant de hausser les épaules.

– Je donne ma langue au chat.

– L'abattoir où travaille Tarass Sviatoslav, dit Olga avec un petit sourire.

Être parvenue à mettre la police sur une piste à partir de la brève conversation qu'elle avait eue avec Tarass la remplissait de fierté. Elle avait été intriguée par les rires brusques et apparemment sans raison d'Ivanka, tout comme par l'intérêt que la *provodnitsa* portait au travail de Tarass – quelle femme se passionnerait pour ce qui se passe dans un abattoir ? Olga avait fini par se dire qu'il ne s'agissait pas d'instructions de Babikov : alors pourquoi toutes ces questions sur l'abattoir ? Cela ne laissait-il pas entrevoir quelque chose d'horrible, un funeste secret ? Et les abattoirs ne disposaient-ils pas d'immenses chambres froides dans lesquelles la viande pouvait être préservée si nécessaire – viande animale ou chair humaine ?

Et il s'avéra qu'elle avait vu juste. Vassily vint la rejoindre plus tard ce jour-là, l'air satisfait.

– Tu avais raison, Olga, dit-il. Ils ont retrouvé les corps de ces trois couples qui avaient disparu – les parents d'accueil. Les Nikitine, les Rybakov et les Zhuravlev. On savait grâce aux archives d'Iachkino qu'elle a vécu chez les deux premiers couples, mais elle a aussi été placée chez les Zhuravlev, sauf que pour une raison ou une autre ça n'a pas été inscrit dans son dossier. J'imagine que les Zhuravlev avaient quelque chose à cacher et qu'ils ont graissé la patte de quelqu'un pour rester hors des radars. Quoi qu'il en soit, comme tu l'avais deviné, Ivanka avait planqué les corps de ses victimes tout au fond d'une des chambres froides de l'abattoir, avec quelques documents qui incriminaient habilement Tarass. Babikov pensait lui tendre un piège en lui demandant de se rapprocher de ce type, mais parallèlement, Ivanka en profitait pour faire la même chose à Tarass ! C'était brillant de sa part, je dois dire. Condamnable, évidemment, ajouta-t-il, mais brillant. D'un point de vue purement professionnel, j'entends. Songe à la façon dont elle nous a bernés au téléphone, en nous faisant croire qu'elle était dans un train à Vladivostok, alors qu'elle était déjà à l'aéroport !

Agissant sur instructions du colonel Terekhine, la police des transports avait découvert des images d'Ivanka à l'aéroport de Vladivostok, embarquant dans un avion à destination de Novossibirsk l'avant-veille au soir, moins de deux heures après sa conversation téléphonique avec Vassily et les Pouchkine. Elle avait abandonné son poste à bord du Transsibérien, non sans avoir versé une petite fortune à sa collègue Yelena Koriakine pour qu'elle garde le silence et assure le service de jour comme de nuit lors du retour vers l'ouest. Puis elle avait payé une connaissance qui l'avait conduite en voiture jusqu'à Roslazny, où elle s'était cachée à proximité de l'usine désaffectée jusqu'à l'arrivée de

Babikov et des autres. Au bout de quelques minutes, elle avait coupé le groupe électrogène qui alimentait les projecteurs, marché le long du mur extérieur du bâtiment (en le frappant régulièrement avec sa barre de fer), et enfin elle avait pénétré dans l'entrepôt par la porte étroite qui se trouvait à l'arrière. Olga avait vu ses empreintes de pas dans la neige, avant de l'attirer vers le puits qui allait devenir sa tombe.

– Et Babikov était sa marionnette depuis le début, poursuivit Vassily. Imagine un peu ça ! Un chef de la police manipulé par une *provodnitsa* !

– Il croyait avoir trouvé une moucharde et un pigeon, mais c'est lui qui s'est fait moucher et pigeonner, dit Olga, qui n'était pas mécontente de sa tournure de phrase.

Une fois Babikov remis, il confirma tout ça lui-même, lors d'une série d'interrogatoires conduits par la fine fleur des officiers de Novossibirsk sous la supervision du colonel Terekhine (à la suite de la découverte des activités criminelles de Babikov, les gradés de la police de Kemerovo avaient tous été suspendus, le temps de déterminer leurs éventuelles responsabilités). Plus tard, l'enquête révéla que le lieutenant-colonel déchu et ses hommes étaient responsables de plus de la moitié des homicides perpétrés dans l'oblast de Kemerovo au cours des quatre dernières années, ce qui valut à Babikov, en sa qualité de chef d'orchestre de cette stratégie criminelle, le triste honneur d'être considéré comme le meurtrier russe le plus prolifique depuis Staline.

– Je vais tout vous dire, avait déclaré Babikov aux policiers qui l'interrogeaient, sa voix maniérée et pédante remplacée par une loquacité désespérée. Il était prêt à tout pour être assigné à résidence plutôt qu'incarcéré avec des criminels endurcis dont certains lui devaient de croupir en prison.

– Kozar ? dit-il. Oh, c'est elle qui menait la danse. Je croyais me servir d'elle, comme informatrice et bouc émissaire. C'est pour ça qu'on a répandu toutes ces rumeurs sur la présence d'une sorcière tueuse dans la région, une Baba Yaga. Je voulais lui faire porter le chapeau pour tout un tas de crimes, mais j'étais loin d'imaginer que la réalité dépassait la fiction ! En fait, c'est elle qui me manipulait ! Elle a fait en sorte que je la recrute, elle a joué son personnage de pauvre fille fragile au passé tragique, elle m'a juré d'être une indic fidèle et discrète, de ne jamais révéler nos accords… Et pendant ce temps-là, elle riait sous cape. Oh, ça, elle a dû les exposer au grand air, ses dents en or, dès que j'avais le dos tourné ! Devant moi, elle endossait son rôle de pion dévoué aux forces de l'ordre pendant que son cerveau malade organisait des alibis pour contrarier mes projets…

Grigor Babikov se souvenait du moindre détail de sa première rencontre avec Ivanka Kozar, trois ans plus tôt. Elle s'était présentée au siège de la police de Kemerovo pour faire un point annuel sur le dossier du meurtre de ses parents, et elle avait sollicité un entretien avec le chef de la police en personne. Elle lui avait demandé s'il arrivait que des citoyens ordinaires collaborent avec la police, en tant qu'informateurs, par exemple. Puis elle avait expliqué son besoin viscéral d'aider les policiers de l'oblast à coincer les criminels, pour que d'autres ne soient pas privés de justice comme elle l'était depuis des années. Elle avait souri de toutes ses dents en or et elle s'était lancée dans une diatribe contre les riches, tous ces gens avec le bras long qui pouvaient se permettre n'importe quoi sans en payer les conséquences. Après quoi, elle s'était plainte de la monotonie de la vie sur les rails et de ces crétins de bureaucrates qui ne savaient pas reconnaître son travail à sa juste valeur. Oui, avait-elle dit à Babikov, c'était le sens du devoir et de l'honneur qui la motivait, mais aussi l'envie de mener une vie plus excitante.

– C'est sûr qu'elle a sauté sur l'occasion quand je lui ai proposé de faire ami-ami avec cet abruti de l'abattoir, avait continué Babikov. Kozar était censée porter le chapeau pour le touriste égorgé, vous comprenez ? Oui, oui, c'est moi qui ai tranché la gorge de l'Américain. Et alors, qu'est-ce que ça peut bien faire ? Un touriste de moins en Russie, la belle affaire ! Ça n'a pas demandé une grande préparation, franchement. J'ai soudoyé cette *provodnitsa*, Vasiliev, pour qu'elle me laisse balancer le corps par la porte de la voiture dont elle s'occupait, et je me suis déguisé avec une perruque et des vêtements achetés dans une friperie pour pouvoir monter incognito dans le train à Iourga et en sortir à Taïga. Un couteau de chasseur, bien tranchant, et la gorge de Bryce s'est ouverte comme un fruit mûr. Facile ! J'ai jeté l'arme dans le Tom, si ça vous dit de sonder la rivière pour essayer de la retrouver. Et les pièces de monnaie dans sa bouche, c'était mon idée. Pour lier le meurtre à Kozar et ses dents en or, comme si elle avait signé son crime.

Les aveux avaient coulé à flots de la bouche de Babikov, sans même que les officiers aient eu besoin d'intervenir.

– Dans le scénario destiné aux médias, le brigadier-chef Marouchkine était censé ramasser le cadavre de Bryce et s'en débarrasser. Et cet imbécile de Glazkov avait pour mission de le prendre en photo pendant qu'il était penché sur le corps comme pour s'en saisir. Et cet autre imbécile de Fandorine devait se débrouiller pour éloigner la cheminote, Pouchkine, de sa cabane de travail. Avec Wolansky, on a fait des repérages quelques jours avant de passer à l'action, et on a décidé que ce serait parfait pour balancer le touriste, parce que c'était l'endroit le plus proche du poste de police de Roslazny. Mais Kozar connaissait toutes mes intentions et elle a mis au point l'alibi du samovar avec ce mécano, là, Zonov, pour qu'on ne puisse pas la piéger. Et pour couronner le tout, ce bon à rien de Fandorine a merdé, lui aussi – j'aurais dû me douter qu'on ne pouvait pas compter sur ce débris. Il n'a pas pu s'assurer que Pouchkine était toujours loin de sa cabane, en train d'effectuer je ne sais quelle foutue réparation, et il ne s'est pas donné la peine de me prévenir. Résultat, c'est Glazkov qui nous a appris par SMS que cette fille s'était pris Bryce sur le coin de la tête ! Et c'est là qu'Anatoly a merdé, lui aussi, en se précipitant au secours de Pouchkine au lieu de prendre la photo. Juste après, Marouchkine a signalé la présence de Glazkov par radio. Qu'est-ce que vous voulez que je vous dise ? Il y a une limite au nombre de conneries que je peux couvrir, vous comprenez ? Et tous ces journalistes qui étaient déjà en route, prêts à entendre mes déclarations fracassantes ! On a dû se dépêcher de planquer l'estrade et le pupitre qu'on avait installés. Et après ça, ce foutu Terekhine qui m'empêche de mettre le meurtre sur le dos de Marouchkine. Si j'avais pu faire ma conférence de presse à ma sauce et non à la sienne, j'aime autant vous dire que les choses auraient été différentes.

Il s'était interrompu, quelques secondes à peine, le temps de boire une gorgée d'eau.

– Toujours est-il que quand ma première idée n'a pas fonctionné comme prévu, j'ai décidé que si je ne pouvais pas incriminer Kozar et Marouchkine pour le meurtre de Bryce – du moins pas pour le moment –, j'allais leur présenter l'addition pour celui de Vasiliev. Il fallait que je me débarrasse d'elle, bien entendu. Dans notre métier, on sait qu'on ne doit pas laisser de traces derrière soi, pas vrai ? J'avais toujours l'impression que Kozar me mangeait dans la main, et Marouchkine n'avait aucune idée de ce qui se tramait dans son dos. Et j'ai failli les avoir, ce coup-là. Mais Kozar a encore trouvé le moyen de déjouer mon piège.

– Grâce aux *matriochkas*, était intervenu un officier.

– Eh oui, avait dit Babikov avec une moue amère. Des putains de poupées avec un putain de micro à l'intérieur. Depuis le début, elle écoutait tout ce qui se disait dans mon bureau. Quand je pense que son petit cadeau nous a fait rire. Ça, on s'est bien fichus d'elle… On était loin de s'imaginer qu'elle finirait par essayer de nous accrocher à son tableau de chasse de tueuse en série.

– Qui ça, nous ? avait demandé un autre officier.

– Comment ça ? Wolansky et moi, bien sûr. Quoi, vous ne l'avez pas encore attrapé ? Il va finir par réapparaître. C'est lui, le vrai cerveau de l'affaire. Lui et Ivanka, chacun à leur manière. Les meurtres, transformer des indics innocents en coupables idéaux, faire grimper mon taux d'élucidation pour me permettre de briguer la mairie…

– Les meurtres ont commencé avant son arrivée, avait fait remarquer un officier.

– Eh bien… oui, c'est vrai. Ça fait seulement deux ans qu'il m'a rejoint, alors je reconnais que j'avais commencé à… à bricoler, disons, mais Wolansky a donné une toute autre dimension à mes modestes efforts. Et tuer quelqu'un sur le Transsibérien était son idée : un meurtre qui ferait sensation et attirerait une formidable attention des médias, de sorte à me faire remonter dans les sondages. C'est Wolansky qui m'a conduit à Iourga la veille du meurtre pour que je puisse monter à bord du train le lendemain matin, vêtu de mon déguisement. Lui qui a appelé la police de Taïga juste après le meurtre pour attirer Marouchkine auprès du corps que je m'apprêtais à balancer. C'était aussi son idée de prendre les pièces de dix roubles au labo de la police de Kemerovo. Pas d'empreintes, vous comprenez ? Et c'est encore Wolansky qui s'assurait que les journalistes soient pendus à nos lèvres comme des saumons au bout d'un hameçon ; lui qui a demandé à sa bande de cracks en informatique d'introduire ces faux textos sur le téléphone de Marouchkine. Mettez la main sur Wolansky et vous aurez la tête pensante – celui qui était derrière tout ça. Moi, je ne suis que du menu fretin, une sorte d'exécutant. Le gros poisson, c'est toujours l'homme de l'ombre ! Allez le chercher, je vous dis !

Mais la police ne parvenait pas à le retrouver. Le petit homme à la barbe taillée en pointe avait quitté l'usine désaffectée juste avant que les ennuis ne commencent à pleuvoir, et il semblait s'être évaporé dans la nature. Sa dernière action connue avait été l'envoi d'un texto annonçant la chute imminente de Grigor Babikov, adressé à Sasha Tsaritsyne. Sasha confirma également que Wolansky lui avait donné la nouvelle de l'arrestation de Vassily en exclusivité, même si au bout du compte il n'avait pas été en état de rédiger son article, les saucisses de Popov ayant finalement raison de son scoop. Wolansky disposait d'un vaste réseau de journalistes tout prêts à lui rendre service, affirmait Sasha, lesquels avaient été convoqués en grand nombre à la gare de Taïga, alors que le cadavre de Nathan Bryce était encore chaud.

– Je *savais* que ce n'était pas normal qu'ils soient arrivés aussi vite sur place, avait dit Olga quand Vassily lui avait rapporté ces informations. Quel mystérieux personnage, ce Wolansky. Je me demande qui il était vraiment.

Un mystère qui ne fut jamais percé.

Toutefois, quelques mois plus tard, une rumeur circula à propos d'un jeune acteur, Mikhaïl Azazelov, qui avait été une star du théâtre d'avant-garde à Saint-Pétersbourg plusieurs années auparavant – un jeune comédien brillant avec des dents de travers et des idées politiques radicales –, et qui avait disparu du jour au lendemain sans plus jamais donner de nouvelles. Une vieille photo un peu floue d'Azazelov fut publiée dans le *Kemerovo Herald*, illustrant un article de Sasha Tsaritsyne qui avançait l'hypothèse qu'Azazelov et Wolansky n'étaient qu'une seule et même personne. L'article de l'*Herald* était également accompagné d'une image prise par une caméra de surveillance londonienne, sur laquelle on voyait un élégant piéton aux cheveux longs traverser une rue de Westminster ; une capture d'écran censée prouver que l'homme connu de la police sous le nom de Wolansky exerçait désormais ses activités, quelles qu'elles soient, sous d'autres climats.

Sasha avait dû choisir ses mots avec prudence et user du conditionnel – tout journaliste qui exerçait son métier dans l'oblast de Kemerovo apprenait très tôt à marcher sur des œufs –, mais il était parvenu à émailler son article de suffisamment d'allusions et de sous-entendus pour que son opinion soit bien lisible entre les lignes : de son point de vue, Wolansky était un agent provocateur qui travaillait pour le compte d'une organisation ou d'un particulier qui cherchait à faire tomber les canailles comme Babikov en les incitant à développer tout embryon de malfaisance en véritable projet criminel. Une fois que la crapule avait tissé suffisamment de corde pour se faire pendre, le pousse-au-crime tirait sa révérence et laissait les autorités prendre le relais.

Bien entendu, cela soulevait une multitude de questions déontologiques. Était-il acceptable, par exemple, d'apporter son aide à la réalisation d'un meurtre pour empêcher qu'il en soit commis beaucoup d'autres ? Mais cela soulevait également la question plus pragmatique de l'identité de l'organisation ou du particulier pour qui Wolansky travaillait. Selon Sasha, son véritable employeur n'était probablement autre qu'Arkady Nazarov, élu maire de Kemerovo dans un fauteuil après l'arrestation et la condamnation de Babikov, enfermé à perpétuité dans une de ces prisons fédérales qu'il redoutait tant. Mais pareille théorie ne pouvait être imprimée dans l'oblast de Kemerovo ni d'ailleurs dans aucun des oblasts voisins. D'autant que d'autres thèses étaient avancées : certains pensaient que Wolansky avait travaillé pour le compte d'une de ces milices d'autodéfense très actives en Russie, quand d'autres – et c'était le point de vue privilégié par les journaux, parce que le plus vendeur – y voyaient la patte de la CIA. Et bien sûr, il restait la possibilité que Wolansky n'ait travaillé pour personne, qu'il soit juste un déséquilibré ou qu'il appartienne à une des nombreuses catégories d'anarchistes, voire de partisans de la théorie du complot. Après tout, il n'était pas si rare que des déséquilibrés se lancent en politique.

Olga lut attentivement l'article de Sasha le jour de sa publication, mais elle ne fut pas convaincue par sa thèse sur ce mystérieux Azazelov ; cette étoile filante du théâtre d'avant-garde qui se serait cachée derrière la barbe pointue de Wolansky. Certes, une formation théâtrale aurait pu aider Wolansky à sentir qu'elle jouait un rôle, lorsqu'elle s'était fait passer pour Ivanka Kozar dans le vieil entrepôt, mais la dentition de l'éminence grise de Babikov était parfaitement régulière, contrairement à celle du comédien.

Olga posa le journal et regarda par la fenêtre de sa chambre, au premier étage de la maison de sa tante Zia, le regard perdu dans le lointain. Quelque chose chez Wolansky remuait en elle un sentiment, une réminiscence. Son nom, son apparence... Qu'était-ce donc ? Le souvenir du passage d'un de ces classiques russes qu'elle avait essayé de lire, peut-être ? Un des ouvrages que sa mère lui avait achetés à Tomsk, il y avait bien longtemps de cela, et dont les mots, page jaunissante après page jaunissante, formaient des phrases à la virtuosité fascinante, déroutante, envoûtante ? Au-delà même de l'apparence physique de Wolansky, un sentiment indéfinissable avait perturbé Olga quand elle l'avait observé à la gare de Taïga, et à la télévision aux côtés de Babikov... Elle n'arrivait pas à saisir ce qui clochait chez lui, mais un parfum équivoque flottait sans aucun doute autour de ce personnage. *Personnage*... songea-t-elle. Ressentait-elle ce trouble parce qu'il jouait un rôle, lui aussi ?

Mais tout le monde ne jouait-il pas un rôle ? se demanda-t-elle aussitôt. Elle-même, n'était-ce pas ce qu'elle faisait quand elle prétendait n'être qu'une simple technicienne de maintenance ferroviaire, alors qu'en réalité un grand écrivain en herbe se cachait sous sa tenue des Chemins de fer russes ? À moins qu'il ne s'agisse de quelque chose de bien pire ou du moins de plus étrange, de plus *sombre* ? songea-t-elle avec un petit frisson. Si Wolansky avait vraiment poussé Babikov au crime, comme ce dernier l'avait affirmé, l'avait-il fait pour des raisons qui lui étaient personnelles, au nom de quelque idée bancale de la justice, inspirée par les théories fumeuses d'un groupuscule anarchiste ?

Un nouveau frisson la parcourut, bien plus long celui-là, tandis qu'elle mettait enfin le doigt sur le personnage de fiction auquel Wolansky lui faisait penser. Elle laissa échapper un rire, mais un rire un peu hésitant, secouant la tête comme pour se défendre de l'idée qui lui était venue. C'était Anna Kabalevsky qui croyait à ce genre de choses, pas elle. Il existait suffisamment d'êtres humains malveillants en ce monde pour que son imagination n'ait pas besoin d'inventer d'autres démons. Non, Wolansky n'était qu'un type qui jouait un rôle, probablement inspiré du livre qu'elle avait en ce moment même à l'esprit. Après tout, Azazelov ou pas, cet homme était peut-être bien un ancien comédien qui s'était pris au jeu et qui était allé trop loin, un acteur assez sensible pour avoir senti que la situation tournait en sa défaveur et qu'il était temps de fuir.

Le filet s'était toutefois refermé sur les autres protagonistes de l'affaire. Sur Igor Troponovich, par exemple, le policier qui avait parlé de Tarass Sviatoslav à Ekaterina Chezhekov, arrêté au motif que Babikov avait appris de sa bouche l'existence et le métier de Tarass. Viktor Fandorine, le chef d'équipe du dépôt de la gare de Taïga, avait aussi été arrêté. Les appels passés et reçus sur les téléphones du dépôt étaient enregistrés, et leur analyse avait rapidement permis de mettre au jour le rôle de Fandorine dans l'affaire du Transsibérien. Un coup de fil en particulier avait scellé le sort du chef d'équipe : émis le 6 janvier depuis une cabine téléphonique, on y entendait Glazkov lui demander de saboter l'aiguillage le lendemain matin. Fandorine avait eu beau protester de son innocence, il avait aussitôt été remplacé par le sous-chef Boris Andreyev, une bonne nouvelle pour Olga qui avait enfin entrevu la perspective d'un environnement de travail plus respectueux, et peut-être même d'une promotion qui aurait dû lui être accordée depuis longtemps. Quant à Yelena Koriakine, la *provodnitsa* avec qui Ivanka partageait une voiture sur le Transsibérien, elle avait été inculpée pour corruption et longuement questionnée sur les faits et gestes de sa démoniaque doublure.

Au fil de ses investigations, la police fit de nouvelles et macabres découvertes au sujet d'Ivanka Kozar. Il n'y avait guère de chance pour qu'une seconde autopsie pratiquée sur les corps de ses parents puisse révéler quoi que ce soit après toutes ces années, mais ils furent néanmoins exhumés à l'aide d'une pelleteuse et d'énormes parasols chauffants, indispensables pour ameublir la terre gelée et libérer les restes des époux Kozar, enterrés à proximité du pavillon où ils avaient vécu, en périphérie de Iachkino. Tandis que le sol glacé révélait ses noirs secrets, les membres de la police technique et scientifique, qui avaient pourtant vu bien des scènes de crime, avaient reculé instinctivement avec des grimaces horrifiées. Une bonne trentaine de corps étaient enfouis aux côtés des parents d'Ivanka ; des femmes et des hommes de tous âges dont beaucoup portaient les traces d'odieuses mutilations, certains découpés en un nombre si important de morceaux que leur identification s'avéra impossible. Mais les corps qui purent l'être confirmèrent les affirmations d'Ivanka, lorsqu'elle s'était vantée d'avoir tué des gens à qui elle reprochait d'être au service des classes les plus aisées de la population. C'est ainsi que parmi les victimes on trouva une jeune styliste de mode, la secrétaire d'un cabinet de gestion de patrimoine, un juriste junior, des assistants personnels, un concessionnaire de voitures de luxe, une escort-girl et une agente immobilière qui exerçait au sein d'un cabinet spécialisé dans les biens d'exception. Ivanka avait été maligne, dans les deux sens du terme : aucune de ses victimes n'occupait un poste suffisamment important pour que sa disparition fasse grand bruit. Elle les avait attirées d'une façon ou d'une autre au cœur des forêts sombres de la taïga et, comme l'avait dit Fiodor Katine, les avait frappées dans le dos. Puis Ivanka retournait dans la propriété où elle avait grandi pour enterrer chaque nouveau cadavre sur les lieux où elle avait vraisemblablement perpétré son premier crime, comme pour montrer à ses parents de quoi elle était capable. La police estimait qu'il existait sans doute d'autres charniers où s'entassaient le reste de ses victimes, un grand nombre de disparitions restant inexpliquées dans la région. Comme un médecin légiste l'avait dit à Vassily, Olga et lui avaient mis fin aux agissements d'une Baba Yaga bien réelle ; une femme tout aussi cruelle et dangereuse que la sorcière du vieux conte populaire.

Pourtant, Olga n'était pas vraiment d'humeur à se réjouir. Comme l'avait justement fait remarquer Vassily, l'oisiveté imposée stimulait la mémoire, et tandis qu'elle se remettait lentement, entre somnolence et regard perdu dans les flocons qui virevoltaient derrière les carreaux, des bribes de souvenirs vinrent peupler le vide de ses journées. Elle se rappela, par exemple, le visage blême de colère de Babikov quand il l'avait vue pour la première fois à la gare de Taïga, elle, la femme qui avait fait capoter ses plans en retournant plus vite que prévu à sa cahute. Elle revit également l'expression interdite du chef de la police, lorsque Vassily lui avait dit que l'audition du personnel de bord n'avait débouché sur aucune piste. S'il avait réagi ainsi, ce n'était pas parce qu'il s'était attendu à une avancée sur la foi d'un renseignement, comme elle l'avait alors cru, mais parce qu'Ivanka était parvenue, grâce à l'alibi du samovar, à déjouer le piège qu'il lui avait tendu. Et Glazkov n'était pas juste un ivrogne de plus ; s'il buvait autant, c'était pour essayer de noyer sa culpabilité dans le Carburant de fusée d'Odrosov. Certes, il n'avait pas lui-même tué Nathan Bryce et Alyona Vasiliev, mais il avait aidé Babikov à commettre ces meurtres. Le fait qu'il ait vécu tout ça aussi mal était sans doute à porter à son crédit.

Ivanka hantait également ses pensées. Même ensevelie sous des tonnes de pierres et de glace sibériennes, chaque évocation de la *provodnitsa* aux dents en or la faisait frissonner de peur. Parce qu'Olga avait compris avant tout le monde ce qu'à sa façon Ivanka avait avoué à Vassily, lorsqu'il l'avait interrogée dans la gare de Taïga.

– Oh, Pasha, avait-elle demandé à son frère, au lendemain de la mort d'Ivanka, sais-tu ce qu'elle a dit à Vassily, ce matin-là ? Elle s'est décrite comme une femme mauvaise – tellement mauvaise. Elle lui a expliqué que sa cervelle était pleine de trous, comme un gruyère. Elle n'a pas dit sa mémoire, mais sa *cervelle*. Bien sûr, sur le moment on pouvait penser qu'elle voulait dire qu'elle était étourdie au travail, distraite en général…

Olga eut la chair de poule tandis qu'elle se souvenait une fois encore de la façon dont Ivanka avait souri à Vassily au terme de son entretien, sans doute une provocation alors qu'elle venait de lui avouer sa nature malfaisante. *Malfaisante*… Était-ce le terme juste pour décrire une femme comme Ivanka Kozar ? se demanda-t-elle. N'en existait-il pas un autre – un mot qu'utiliserait un écrivain pour dépeindre d'un seul trait la nature profonde d'une personne dont l'âme était une fenêtre sur des ténèbres glacées, des mondes anciens où régnaient des dépravations aujourd'hui oubliées et où la mort, échappatoire bienvenue dans un enfer de tourments, était la moindre des terreurs ?

Olga renonça à chercher ce mot, parce qu'il n'en existait pas pour décrire une personne comme Ivanka Kozar. Même un écrivain ne pouvait le trouver.

***

Lundi matin, deux jours après la mort d'Ivanka, Vassily se leva et se rendit dans la chambre d'Olga. Toujours un peu faible et patraque, il se réjouissait d'avoir troqué le banc de la cellule contre un vrai lit, même s'il fallait reconnaître que l'accueil initial n'avait pas été des plus chaleureux. La tante d'Olga s'était montrée peu enthousiaste à l'idée de le voir s'installer chez elle, et elle n'en avait pas fait mystère.

– La famille est une chose, avait-elle dit en le prenant de haut, mais un policier – un *serviteur* public –, c'est une tout autre affaire.

Et son inhospitalité avait franchi un cran supplémentaire lorsqu'un policier de Taïga s'était présenté quelques heures plus tard avec un sac de souris mortes dans une main, et dans l'autre une cage toute neuve, en métal cette fois-ci, dans laquelle piaillait un furet. En voyant la frimousse moustachue de Raspoutine à travers les barreaux, Zia avait poussé un cri, rassemblant ses jupons avant de détaler dans l'escalier depuis lequel elle avait crié à Pasha qu'il était désormais en charge de la maison jusqu'à ce que le brigadier-chef Marouchkine se sente suffisamment bien pour la quitter. Pasha se révélant un cuisinier à la fois plus doué et plus généreux que Zia, les convalescents purent se remettre dans d'excellentes conditions.

Vassily frappa à la porte.

– Olga ? Je peux entrer ?

– Avec plaisir. Je suis à demi morte d'ennui.

Il poussa doucement la porte et vit Olga dans son lit, entourée de magazines empruntés à sa tante.

– J'ai l'impression que tu as besoin de quelque chose d'autre à lire, dit-il en désignant les vieux numéros de *La Femme soviétique.*

– J'ai plutôt besoin de quelque chose pour écrire, répondit-elle.

– Pour écrire ?

Alors que Vassily Marouchkine venait de s'asseoir à son chevet, Olga Pouchkine lui parla pour la première fois des livres que sa mère Tatiana lui avait achetés, et qui restaient à ce jour ses biens les plus précieux. Puis, surmontant la crainte de son jugement, elle lui parla aussi de ses ambitions littéraires, ainsi que de l'argent qu'elle mettait de côté pour le jour où elle étudierait à l'université d'État de Tomsk. Elle osa même lui confier qu'elle écrivait un livre, *Trouvez le bon aiguillage : cent leçons de vie inspirées par le Transsibérien*, et lui dévoiler deux ou trois idées qui lui étaient venues à l'esprit au cours de ces dernières journées mouvementées.

– Eh bien, dit Vassily avec une moue admirative, une cheminote doublée d'une enquêtrice de police, doublée d'un écrivain… Tu en as, des talents cachés, Olga Pouchkine.

– Oh, je ne sais pas… répondit-elle avec un sourire.

Elle était heureuse de l'avoir auprès d'elle tandis qu'elle reprenait des forces dans la chambre au décor démodé, rassurée par sa présence dont la chaleur semblait se mêler à celle du vieux poêle qui ronronnait dans un angle de la pièce. Vassily était moins intimidant sans son uniforme, plus abordable. Mais si le regard était vraiment le miroir de l'âme, la sienne était incontestablement tourmentée. Elle savait qu'il avait souffert d'être emprisonné. Parce qu'il avait été accusé à tort, bien sûr, mais aussi et surtout parce que chaque journée en prison était pour lui une journée qu'il ne pouvait consacrer à sa femme et son fils disparus.

Le sourire d'Olga se fana.

– Je crois que nous avons tous des talents cachés, Vassily.

Il hocha la tête mais ne répondit rien, et un silence confortable s'installa dans la chambre, rythmé par le tic-tac de la vieille horloge qui répondait aux gazouillis du samovar. Vassily pensait à Rozalina et Kliment sous le regard discret d'Olga, qui lui trouvait l'air bien triste dans la lumière pâle de cette fin de matinée.

Le front d'Olga se plissa tandis qu'une idée lui revenait à l'esprit – une idée qu'elle avait eue quelques jours plus tôt et qui réunissait Pasha, ses amis soldats et un ancien militaire reconverti dans les affaires ; un certain Prokofy qui avait brisé la vie de Vassily en lui volant sa femme et son fils. Elle imagina comme il serait heureux de retrouver sa famille perdue, et un petit sourire se forma sur ses lèvres à la pensée qu'elle pourrait être celle qui lui ferait cet inestimable cadeau. Après tout, elle était déjà parvenue à le faire sortir de prison, et en toute logique, lui rendre sa femme et son fils semblait la prochaine tâche à rayer sur sa liste. Mais avant de s'attaquer à cette nouvelle montagne, ils devaient tous les deux retrouver la pleine possession de leurs moyens. Après quoi, comme l'avait proposé Vassily, elle comptait prendre contact avec les familles des victimes d'Ivanka et de Babikov.

Et c'est ainsi qu'une semaine plus tard, Olga se rendit à Beriozovski, une ville située au sud de Taïga où vivait madame Vasiliev. La mère d'Alyona la serra dans ses bras avec une tendresse désespérée, comme si Olga pouvait remplacer sa fille, puis la gava de biscuits au miel jusqu'à ce qu'elle ne puisse plus en avaler une miette. Alyona avait utilisé une partie de la somme que lui avait versée Babikov aussitôt après l'avoir touchée, lui apprit madame Vasiliev.

– Pour rénover sa maison, expliqua-t-elle. Si vous aviez vu ça ! Les nouvelles boiseries et le salon repeint… C'était splendide !

Mais Alyona s'était sentie trop coupable, trop malheureuse pour en profiter, avait-elle ajouté. D'ailleurs, elle lui avait donné ce qui restait, comme si elle ne pouvait pas supporter l'idée de se faire plaisir avec cet argent.

– C'était une fille bien, dit encore madame Vasiliev. Seulement, elle aimait les belles choses… Mais vous savez, elle ne m'oubliait pas pour autant. Elle voulait que je ne manque de rien.

Tandis qu'elle parlait avec la mère d'Alyona, Olga ne put s'empêcher de penser à celle de Glazkov, à qui elle avait rendu visite la veille dans sa maison de retraite, en compagnie de Vassily. Ils n'avaient pas vu la nécessité de lui révéler les méfaits de son enfant et l'avaient écoutée leur répéter à quel point Anatoly avait été un bon fils. C'était sans doute vrai, après tout : Glazkov avait dépensé une fortune pour que sa mère soit prise en charge dans les meilleures conditions, et il avait même pris des dispositions pour que sa maison soit vendue s'il venait à décéder avant elle, le fruit de cette vente devant servir à subvenir aux besoins de la vieille dame.

– Il avait aussi de bons côtés, avait dit Olga au terme de cette visite.

– Tu as sûrement raison, avait acquiescé Vassily. Quand le corps de Nathan Bryce t'a percutée, il aurait pu te laisser saigner dans la neige, puis prendre la photo que voulait Babikov. Mais sa bonne nature a pris le dessus et il s'est porté à ton secours. Quand on y pense, c'est en partie grâce à lui que le plan de Babikov a échoué.

– Et je l'ai trouvé courageux, quand il a avancé vers Ivanka dans l'entrepôt, les mains menottées dans le dos. Il a fallu attendre la fin de sa vie pour qu'on découvre qu'il était à la fois pire et meilleur qu'on ne le pensait. Ça me rend triste, parce que comme tu l'as dit, je pense qu'au fond il avait une bonne nature.

– Au moins, on aura vu qu'il n'était pas qu'un sale type, avait dit Vassily. C'est déjà ça, non ?

Finalement, après sa visite à la mère d'Alyona Vasiliev, Olga se rendit avec Vassily dans les locaux de la police de Taïga où un interprète l'aida à passer un appel téléphonique aux parents de Nathan Bryce à Cleveland, dans l'Ohio. Lorsqu'elle raccrocha, ses yeux étaient mouillés de larmes, mais elle souriait.

– Maintenant, ils connaissent les circonstances de la mort de leur fils et ils savent que justice sera faite, dit-elle à Vassily. Ils vont enfin pouvoir faire leur deuil.

***

Constatant qu'il semblait aller mieux, Zia Kuznetsov encouragea vivement Vassily à quitter sa maison, ce qu'il fit le lendemain de cette conversation, retournant au poste de police où il libéra Nestor

Ivanov, le policier qui assurait l'intérim. L'homme lui passa le flambeau avec empressement.

– Je ne sais pas comment tu fais pour tenir le coup ici, Marouchkine, dit-il en rassemblant ses affaires à la hâte avant de les fourrer pêle-mêle dans son sac de sport. Le froid glacial, l'humidité… Et il y a des rats qui se baladent la nuit. On entend leurs petites pattes gratter les murs et cavaler sur le sol. Je n'ai jamais aussi peu dormi de ma vie !

– Oh, ce n'est pas si terrible, dit Vassily en promenant le regard sur ce décor qu'il connaissait depuis l'adolescence. Et puis les rats te fichent la paix quand tu as un furet !

Il leva la cage pour présenter Raspoutine à Ivanov. Son remplaçant fit la grimace.

– Eh bien, chacun ses goûts, je suppose, dit-il en hissant le sac sur son épaule. Bon, j'y vais. Ça me fait plaisir que tout soit rentré dans l'ordre, Marouchkine. Et fais gaffe à ne pas t'enfermer dans la cellule, les habitudes ont la peau dure !

Une fois la porte du poste de police refermée avec un raclement derrière Nestor Ivanov, Vassily posa la cage au sol et laissa Raspoutine en sortir, observant avec un sourire le furet patrouiller à la recherche de rongeurs. Il faudrait qu'il demande à Olga de lui apporter des souris, songea-t-il, avant de se souvenir, avec un brin d'étonnement, qu'il était à nouveau un homme libre et qu'il pouvait lui-même aller chercher de quoi nourrir Raspoutine. Vassily resta un moment perdu dans ses pensées, puis secoua la tête. Il devait admettre qu'Olga Pouchkine était une femme séduisante, et que ses visites clandestines dans la salle des cellules avaient éclairé ses soirées de prisonnier. Mais c'était Rozalina qu'il recherchait, et non la compagnie de femmes séduisantes. Et il devait consacrer son énergie et ses pensées à cette quête, au lieu de se perdre dans des rêveries peuplées de cheminotes blondes et de cabanes au bord de la voie ferrée.

À propos de cheminote blonde, il en connaissait une, fort ressemblante à celle de ses rêveries, qui n'allait pas tarder à quitter la maison de Zia Kuznetsov, elle aussi. Et les adieux promettaient d'être orageux. Ce départ était devenu une nécessité absolue – pour Olga. Mais avant ça, elle devait avoir une discussion avec son père Mikhaïl. Elle n'avait eu quasiment aucun contact avec lui depuis qu'il les avait mis à la porte, Pasha et elle, ne croisant qu'à de rares occasions sa silhouette claudicante dans les rues et les chemins étroits qui quadrillaient Roslazny comme les mailles d'un filet à provisions. Sans Olga à la maison, Mikhaïl devait se préparer à manger et faire ses courses lui-même – une situation qui semblait le rendre encore plus irascible qu'à l'ordinaire. Il n'avait pas pris la peine de la saluer les quelques fois où le hasard les avait réunis, à moins qu'un grognement hostile ne puisse être considéré comme des civilités. Cela en soi ne blessait pas Olga, mais elle lui en voulait toujours d'avoir réagi avec tant de haine aux confessions de

Pasha. Pourtant, furieuse ou pas contre son père, les préparatifs du plan d'Olga passaient par une conversation avec lui.

– Tu n'as qu'à le coincer au Café Astana, lui conseilla Pasha, un soir qu'ils complotaient à la lueur d'une bougie dans la chambre d'Olga. Il sera bien obligé de te parler, s'il y a des gens autour de vous. Tu sais comment il est – fier comme Lucifer.

– Et tout aussi désagréable, dit Olga.

Mais Pasha n'avait pas tort. Mikhaïl ne voudrait pas que le village soit au courant de leur dispute, et encore moins qu'ils en apprennent l'origine. Plus tôt ce jour-là, Odrosov avait relayé les propos sans queue ni tête de Mikhaïl, qui prétendait que sa fille avait été contrainte de s'installer plus près de la gare de Taïga pour raisons professionnelles, et que Pasha l'avait suivie de son propre gré. Odrosov savait qu'il s'agissait ni plus ni moins de sornettes, bien entendu, et le Rêveur ne pensait pas différemment.

– Et pourquoi notre Olga et son frère Pasha voudraient-ils s'installer en ville, avait-il dit en se tournant vers la principale concernée, assise au comptoir à côté de lui, alors que la vie à Roslazny est bien plus proche de l'existence authentique que mènent les paysans ? Je n'imagine pas de sort plus enviable, pour un vrai Russe, que de vivre au cœur d'un village. Ici, on peut observer des choses qu'un citadin ne verra jamais dans une grande ville, que ce soit à Saint-Pétersbourg, Iekaterinbourg ou Nijni Novgorod. Pas plus tard que l'autre semaine, j'ai vu une femme âgée traverser le village dans son manteau rouge au petit matin, son nez irrégulier pointant sous un chapeau en fourrure, un balai de brindilles dans une main et dans l'autre un rectangle de papier blanc, manuscrit – une enveloppe, sans doute. Comme c'est romantique ! ai-je pensé, transporté au temps béni de la Russie tsariste. Une serve vieillissante qui portait une lettre d'amour à son ancienne flamme dans la brume matinale, munie d'un balai pour effacer l'empreinte de ses pas dans la neige sibérienne… Quoi, qu'est-ce qu'il y a, Olga ? demanda-t-il, soudain conscient qu'elle le fixait avec de grands yeux.

Il frappa dans ses mains, le regard exalté.

– Tu ressens les choses de la même façon que moi, c'est ça ? Mais oui, c'est bien, ça ! ajouta-t-il quand Olga resta silencieuse, comme pétrifiée. J'ai toujours su que nous étions pareils, toi et moi. Cosmonaute, deux autres vodkas ! Et dans des grands verres, avec ça ! J'ai enfin trouvé mon âme sœur.

Olga but la vodka, machinalement, souriant à Fiodor comme si elle approuvait ses paroles. Mais en réalité, elle avait cessé de les écouter depuis un moment. Son cœur battait à tout rompre et c'est à peine si elle parvenait à respirer. Fiodor l'ignorait, mais il venait de lui révéler l'identité du mystérieux auteur de la lettre anonyme qui l'avait fait pleurer, elle qui pleurait si rarement. Le petit matin, une enveloppe manuscrite, un manteau rouge, un nez irrégulier, et ce balai de brindilles pour effacer ses traces, à la manière de Baba Yaga… Ainsi donc, c'était sa tante Zia qui était derrière ces mots cruels ?

Mais pourquoi avait-elle fait une chose pareille ? Olga songea à la semaine où elle avait reçu la lettre. N'était-ce pas cette semaine-là qu'elle avait renoncé à lui livrer ses courses ? Oui, c'était bien ça. Elle s'en souvenait, à présent. Elle avait dû aller aider Anna Kabalevsky, attendue à l'hôpital avec deux de ses enfants, et qui ne pouvait emmener avec elle le plus jeune d'entre eux. Olga avait donc appelé sa tante pour s'excuser, mais ça n'avait manifestement pas suffi à l'apaiser. D'ailleurs, elle se rappelait à présent que tante Zia lui avait raccroché au nez. Après quoi, dans un accès de colère, elle avait dû s'emparer d'un stylo et d'un bout de papier, puis gribouiller ces mots vicieux qu'elle était allée glisser par la fente de la porte le lendemain matin, dès potron-minet, quand la maison dormait encore.

– À la rigueur, je veux bien qu'elle ait écrit cette lettre dans un moment de rage, dit Pasha quand Olga lui raconta ce qu'elle venait d'apprendre, mais aller la déposer chez toi le *lendemain matin*, alors qu'elle avait eu toute la nuit pour se calmer ? Et tout ça parce que tu ne lui as pas apporté ses courses en temps voulu !

– Je n'arrive toujours pas à comprendre comment elle a pu savoir que je voulais devenir écrivain. Je suis certaine qu'elle est au courant, sinon, elle n'aurait jamais écrit cette phrase. Tu sais, celle où elle dit que je ne peux pas devenir autre chose qu'une cheminote. Pourquoi tu fais cette tête, Pasha ?

Son frère venait de piquer un fard, comme ça lui arrivait parfois, à elle aussi.

– Eh bien, heu… Je crois bien que je lui en ai parlé, un jour, avoua-t-il.

– Tu lui en as parlé, *toi* ? s'écria-t-elle stupéfaite. Mais pourquoi ?

– Ce n'était pas dans une mauvaise intention, Olga. Tu sais qu'il m'arrivait de lui envoyer une lettre de Crimée, et comme je ne savais pas trop quoi lui raconter, je parlais surtout de toi. Oh, je suis vraiment désolé. Je n'aurais jamais dû…

– Arrête, Pasha. Tu n'as rien fait de mal. Tu ne pouvais pas savoir qu'elle se servirait de cette information pour écrire des choses aussi méchantes. Mais comment a-t-elle pu nous accueillir chez elle, alors que visiblement elle me déteste ?

– L'appât du gain, tout simplement.

Olga laissa échapper un petit rire amer.

– Bien sûr, dit-elle. Qu'est-ce qui peut motiver les gens, à part l'argent ?

– Écoute, Olga, il faut que tu lui dises que tu l'as démasquée. Elle te doit une explication. Elle ne peut pas s'en sortir comme ça, simplement parce qu'on est de la même famille. À la limite, c'est encore plus inexcusable de faire une chose pareille à sa propre nièce.

Olga avait hoché la tête.

– Pas question de laisser passer ça, avait-elle dit. Elle ne va pas s'en tirer à si bon compte. Et notre père non plus. Ça fait trop longtemps qu'il fait du mal aux autres en toute impunité.

– Demain, alors ? Tu vas lui parler demain ?

– Oui, demain. Ou dès que je tomberai sur lui au Café Astana. Et après ça, on ira tous les trois faire un tour au pavillon de chasse d'Astrazov. Et on aura de la compagnie.

***

Olga ne s'était rendue qu'à de rares reprises au pavillon de chasse d'Astrazov, et toujours avec sa mère Tatiana. Le pavillon avait été vendu pour rembourser des dettes, lui avait dit sa mère. Tatiana ignorait à qui, et ne voulait pas le savoir. Ce lieu si cher à sa mamouchka lui était tellement associé qu'Olga n'avait jamais eu le cœur d'y retourner. Ça aurait été comme visiter une tombe, se disait-elle.

Olga n'avait donc pas beaucoup de souvenirs dans lesquels piocher pour prendre Mikhaïl au piège, mais suffisamment pour l'appâter. Au lendemain de sa conversation avec Pasha, elle parvint à le coincer au Café Astana, comme son frère le lui avait conseillé. Elle fit tout un cinéma pour lui faire croire qu'elle était mal à l'aise en sa présence, et tourmentée par un secret qu'elle estimait de son devoir de partager – elle distilla quelques phrases sibyllines, quelques allusions obscures à un trésor et à des choses cachées, et évoqua également Astrazov par le biais de *Je revois l'instant merveilleux,* le poème qu'Alexandre Pouchkine avait dédicacé à Anna Kern et que Mikhaïl avait récité à Tatiana dans le pavillon de chasse.

Leur mère lui avait raconté l'histoire bien des fois. Après la première visite de Mikhaïl, qui s'était arrêté pour demander son chemin et avait partagé le fruit de sa chasse, Tatiana avait persuadé Lubov d'inviter à nouveau le chasseur, à la condition qu'il apporte, comme lors de sa première visite, le gibier qui servirait de repas. C'est ainsi que les animaux de la forêt d'Astrazov avaient assisté à un curieux spectacle, cet après-midi-là : un chasseur, vêtu d'une veste à carreaux et d'une casquette fourrée, fusil armé de deux cartouches, marmonnant des vers délicats tandis qu'il se frayait un chemin entre les arbres nus. Pour séduire la belle Tatiana, il avait décidé d'apprendre par cœur le plus fameux des poèmes de son homonyme, *Je revois l'instant merveilleux*, parvenant à le mémoriser juste à temps pour le dîner au prix d'un effort colossal. Alors que Lubov servait du café dans les belles tasses en porcelaine, il avait pris la pose devant le feu – une flambée crépitante d'odorant bois de pommier des vergers d'Astrazov – et avait récité les vers les plus célèbres de la poésie russe :

Je revois l'instant merveilleux
Où devant moi tu apparus,

Vision à peine ébauchée,
Claire image de la beauté.

Dès la première strophe, le cœur de Tatiana avait été totalement, catastrophiquement, conquis.

Ce jour-là au Café Astana, bien des années plus tard, Olga récita les mêmes vers à son père.

– Te souviens-tu des carillons à vent d'Astrazov, père ? Je ne peux m'empêcher de les entendre tinter en pensée. Ils me rappellent ce que maman a dit avant de mourir. Quelque chose à propos d'un trésor et des forêts qui murmurent…

Sur ces mots, elle lui tourna le dos, comme submergée par l'émotion, et sortit du café. Mais aussitôt dehors, elle jeta un discret coup d'œil à travers la fenêtre : comme elle l'avait espéré, le visage songeur de Mikhaïl transpirait la cupidité.

– Il a mordu à l'hameçon, dit-elle à Pasha plus tard ce soir-là. Il est persuadé que mamouchka a caché un trésor, et maintenant il va croire qu'il se trouve près des vieux carillons à vent du kiosque d'été. Comme si elle allait laisser quoi que ce soit de valeur dehors, à la portée de n'importe quel brigand de passage ! Je ne sais pas de quel trésor elle parlait, mais s'il existe vraiment, ce n'est sûrement pas là qu'il est caché. Maintenant que père est ferré, il ne reste plus qu'à remonter doucement la ligne. Il va s'y rendre dès demain, j'en mettrais ma main à couper. S'il ne faisait pas si sombre, je pense qu'il serait déjà en route vers Astrazov. Ton contact est prêt à intervenir ?

– Il est prêt, confirma Pasha. Il a sauté sur l'occasion. Je crois qu'il touche une commission pour chaque fraude qu'il détecte. Mais tu es bien sûre de vouloir faire ça, Olga ? Il ne nous le pardonnera jamais.

– C'est tout l'inverse, Pasha. C'est nous qui ne lui pardonnerons jamais.

Le lendemain matin, Olga et Pasha empruntèrent à nouveau la voiture de Popov, cette fois-ci en échange de la promesse de l'aider à décharger un prochain arrivage de viande de cheval. Bientôt, ils se trouvèrent secoués dans l'habitacle empuanti par les remugles de viande, l'Opel filant en direction d'Astrazov sur la route défoncée.

– Tu te souviens d'eux ? demanda Olga, qui avait pris le volant.

– Pardon ?

– Les carillons à vent. Tu t'en souviens ?

– Bien sûr, dit Pasha. Il m'arrive même d'en rêver. Je vois mamouchka devant le kiosque d'été, qui danse sous leurs tubes en métal, riant dans le vent qui les fait tinter.

– Ce sont des bons souvenirs, Pasha. Je suis désolé de les avoir utilisés de cette façon-là – pour punir père.

– Non, tu as pris la bonne décision, dit-il avec cette même détermination qui serrait la mâchoire d'Olga, lorsqu'elle s'était mise en route pour l'entrepôt abandonné. On ne peut pas le laisser continuer à profiter impunément des autres. Et puis ça ne le tuera pas, tu sais. Il se pourrait même qu'au bout du compte, ça lui rende service.

Olga acquiesça d'un signe de tête.

– Je crois c'est par là, à droite, dit-elle en plissant les yeux alors qu'un panneau de signalisation à demi effacé venait d'apparaître, posé de guingois à l'entrée d'un chemin vaguement goudronné.

– Oui, c'est bien ça, dit Pasha, le regard un instant perdu dans le souvenir de belles journées d'été, de vacances lointaines.

– Et ce Paninoff, il sera caché où ?

– Je ne sais pas exactement. Il m'a seulement dit qu'il viendrait ici dès le lever du jour et qu'il se positionnerait à un endroit d'où il pourrait voir père sortir de sa voiture.

– En admettant qu'il arrive à en trouver une, dit Olga. Mais je pense qu'il va emprunter la vieille Lada de Solotov. Il avait bien voulu me la prêter, l'année dernière, pour aller chercher cette table à Taïga. Tu sais, la table du restaurant chinois… Solotov ne sort presque plus de chez lui, maintenant, ajouta-t-elle en bifurquant à hauteur du panneau. Sa voiture devrait être disponible. Si elle démarre, bien sûr.

– Eh bien, il ne reste plus qu'à attendre pour avoir la réponse.

Le reste du trajet se déroula en silence – les rebonds de la voiture sur le chemin accidenté n'incitaient pas à la conversation – et Olga s'arrêta bientôt à l'endroit que lui indiqua son frère, une petite clairière située derrière le pavillon de chasse et invisible depuis le chemin goudronné. Elle coupa le contact et ils restèrent immobiles et muets sur leurs sièges pendant une minute, comme s'ils se préparaient au choc de revoir ce lieu magique de leur enfance.

– Tu sais, dit finalement Olga, ça fait plus de vingt ans que je ne suis pas revenue ici. Les carillons à vent ne sont peut-être plus là depuis longtemps.

– Allons vérifier ça tout de suite, proposa Pasha.

Cinq minutes plus tard, ils avaient fait le tour complet du vieux pavillon de chasse, chaque nouvel angle du bâtiment faisant surgir du fond de leur mémoire un épisode oublié de leur enfance, un souvenir saisissant qui rendait le passé étrangement présent – le sourire de leur mère, l'odeur des châtaignes grillées en automne ou l'excitation hilare d'un jeu d'enfance. Les lieux étaient déserts et le pavillon semblait inhabité depuis un bon moment. Olga colla le nez contre une fenêtre. À travers le carreau sale, elle distingua des draps blancs qui recouvraient de rares meubles, ainsi que des tapis roulés et rassemblés dans un angle de la pièce. Elle se demanda qui pouvaient bien être les nouveaux propriétaires, et pourquoi le pavillon semblait si vide et comme abandonné. Ne serait-ce pas merveilleux qu'il revienne un jour dans leur famille ? songea-t-elle. Que Pasha et elle puissent lui rendre vie et retrouver un peu du bonheur qu'ils avaient vécu entre ses murs ? Olga sourit pour elle-même. Elle n'avait pas davantage les moyens de racheter ce pavillon de chasse qu'elle ne pouvait imaginer avoir un jour des enfants. Ces choses-là étaient pour les autres, voilà tout.

Alors qu'ils venaient de passer l'aile droite du bâtiment, ils virent apparaître le kiosque d'été au-delà de la pelouse enneigée, le givre donnant à sa délicate structure de bois et de fer forgé l'apparence d'un palais de conte de fées. Un carreau était cassé et le bois peint en rouge était couvert de moisissures verdâtres sous la fine couche de glace, mais les carillons à vent étaient toujours suspendus à leur place, à l'abri d'une marquise qui surplombait la plus large des fenêtres, sur le côté du kiosque. Bien avant de les voir, ils entendirent le son cristallin de leur petite musique éolienne que jouait une brise légère, et dont les échos à la fois doux et sonores ne parvenaient pas à réveiller le jardin, figé dans le sommeil transi du petit matin.

– On ferait mieux de ne pas marcher sur la pelouse, dit Olga. Père verrait les empreintes de nos pas. Où qu'il soit, ton Paninoff a visiblement pris soin de ne laisser aucune trace. Je me demande s'il nous observe en ce moment, ajouta-t-elle en fouillant les alentours du regard.

– Il nous voit sûrement, dit Pasha. Mais je ne sais pas du tout où il s'est planqué. Tout près, sans doute. Il m'a dit de faire comme s'il n'était pas là et de…

Pasha s'interrompit, tournant vivement la tête vers le chemin goudronné qu'ils avaient emprunté pour venir.

– Chut… Quelqu'un arrive.

– Allons nous cacher, dit Olga avec un brin d'excitation dans la voix. Vite, derrière la maison !

Ils rebroussèrent chemin à toute vitesse et se tapirent derrière un muret, aussitôt pleins du souvenir de joyeuses parties de cache-cache. Mais cette fois-ci, c'était leur père qu'ils étaient venus débusquer.

La Lada orange passé de Vladimir Solotov ne tarda pas à pointer le bout de sa calandre rouillée, roulant avec prudence entre les nids-de-poule gelés du chemin goudronné. Lorsque Olga risqua un œil par-dessus le muret, les reflets du pare-brise l'empêchèrent de voir le visage du conducteur. Mais elle ne doutait pas qu'il s'agissait de son père.

La Lada remonta l'allée principale et s'arrêta à quelques mètres de la porte d'entrée du pavillon. La portière s'ouvrit avec un grincement et Mikhaïl Pouchkine sortit de la voiture, promenant les yeux sur la vieille demeure comme pour s'assurer qu'elle n'était pas habitée, avant de jeter de brefs coups d'œil à droite et à gauche. Persuadé d'être seul, il referma vigoureusement la portière et s'élança à travers l'épaisse couche de neige qui tapissait la pelouse. Il se dirigeait droit vers le kiosque d'été d'un pas ferme et décidé, nulle canne ou béquille ne venant au secours de ses foulées rapides. Olga se tourna vers Pasha.

– Ça devrait faire l'affaire, dit-elle.

À peine venait-elle de prononcer ces mots qu'un homme équipé d'une petite caméra vidéo surgit des broussailles qui bordaient le kiosque. Il se mit à crier en direction de Mikhaïl, figé par cette apparition :

– Mikhaïl Pouchkine, je suis un officier assermenté du service des fraudes de l'oblast de Kemerovo. Vous venez d'être pris en flagrant délit de fraude aux prestations sociales, et en l'espèce d'une escroquerie aux dépens de l'administration municipale de la ville de Taïga, ainsi que des Chemins de fer russes, dont vous lésez les intérêts depuis 1988 en feignant une blessure handicapante, et ce à seule fin de toucher une allocation indue. Vous êtes désormais en état d'arrestation.

Mikhaïl restait planté au milieu de l'étendue blanche, son regard effectuant des allers-retours perplexes entre l'homme et le kiosque d'été, comme s'il essayait de comprendre ce qui venait de lui arriver. Puis, brusquement, il serra les poings.

– Saleté d'Olga ! cria-t-il. Saleté de garce qui ose trahir son propre père !

***

Pasha entraîna Olga vers la voiture de Popov après l'arrestation de leur père : elle était visiblement affectée par ce qu'elle venait de voir et d'entendre, et il ne voulait plus qu'elle soit exposée aux insultes de Mikhaïl. Elle était tout de même sa fille, et elle avait vécu toute sa vie avec lui. Mais il avait beau être son père, il n'en était pas moins un homme paresseux, profiteur et acariâtre qui avait escroqué les honnêtes contribuables comme eux.

– Tu es sûr qu'il ne va pas aller en prison, Pasha ? demanda anxieusement Olga, une fois sur le chemin du retour. Je ne voudrais pas qu'il soit incarcéré, surtout à son âge.

– On en a déjà parlé, dit patiemment Pasha. Comme je te l'ai expliqué, Paninoff m'a assuré qu'il allait juste passer un sale quart d'heure et écoper d'une amende, ça ne devrait pas aller plus loin.

Paninoff était l'officier du service des fraudes que Pasha avait contacté par le biais d'une connaissance commune, et qui avait arrêté leur père.

– Et il va devoir reprendre le travail pendant deux ou trois ans, le temps d'atteindre l'âge de la retraite, ajouta-t-il.

– Si c'est ça, je suppose que ce n'est pas trop sévère, dit Olga d'un ton incertain. Il ne pourra pas dire que c'est injuste.

– Ça n'a rien d'injuste, la rassura Pasha. Il faut vraiment que tu aies un cœur en or pour t'inquiéter comme ça pour lui après tout ce qu'il t'a fait – qu'il *nous* a fait, à toi, à maman et à moi.

Olga hocha la tête, mais ne répondit pas. Lorsqu'ils parvinrent à hauteur de l'embranchement vers Roslazny, elle continua tout droit au lieu de tourner.

– Ça ne t'ennuie pas qu'on roule un peu sans but ?

– Ce n'est pas mon essence, répondit Pasha avec un petit haussement d'épaules.

Elle roula le long de ruisseaux gelés, d'arbres nus et de champs mantelés de neige ; le long de cabanes effondrées et de matériel agricole qui rouillait dans des arrière-cours à ciel ouvert ; le long de minuscules hameaux et de publicités placardées sur de larges panneaux, ne s'arrêtant que pour patienter derrière une file de Lada qui s'étirait devant la barrière d'un passage à niveau, puis reprenant sa route jusqu'à ce que son agitation se noie dans l'horizon gris terne et qu'elle retrouve le contrôle de ses nerfs.

– J'ai fini par comprendre, tu sais, dit-elle, rompant enfin le silence.

– Comprendre quoi ? demanda Pasha.

– Ce que mamouchka voulait dire quand elle a parlé des forêts qui murmurent. Tu sais, quand elle a évoqué un trésor, juste avant sa mort.

– Je t'écoute, dit-il, intrigué.

– C'est Pouchkine, bien sûr. *Le* Pouchkine. Tu te souviens du poème que père avait récité à mamouchka pour la séduire ? Eh bien, la clef du mystère se trouve dans un autre poème de Pouchkine. Celui-là a un titre tout simple, juste *Le Poète*. Il se trouve dans un des livres que mamouchka m'a achetés. Ça parle de ce qui se passe quand un poète ressent l'appel de la plume et qu'il se met au travail.

– J'ignorais que les poètes travaillaient, dit Pasha en feignant l'étonnement.

– Tu es bête, répliqua-t-elle, mais elle ne put retenir un sourire. Je ne suis pas certaine de me souvenir exactement des vers, mais je vais essayer. Là, c'est avant que le poète ne soit visité par l'inspiration : *Son âme dort, froide, inféconde / Sa lyre est muette entre ses mains*... Mais voilà qu'ensuite la Muse de la poésie se penche sur son épaule : *Dès que la divine voix / Effleure sa subtile oreille*... Et maintenant, il est en plein travail, isolé dans sa bulle et tournant le dos aux vanités du monde : *Le monde ne l'attire guère / Les vains propos le font bâiller*... Et le poème se termine comme ça : *Il fuit silencieux, austère / Sur les rivages des flots déserts* – Non, je crois que c'est « sur les bords » : *Sur les bords des flots déserts / Ou sous le murmure des forêts.*

– *Le murmure des forêts*, répéta Pasha en dévisageant sa sœur. Alors ce trésor que mamouchka aurait caché, tu penses que c'était juste la poésie ?

– Pas *juste* la poésie, dit-elle, le regard brillant. La poésie est un trésor inestimable, Pasha – c'est tout ce qui est beau, libre et insaisissable dans l'existence. Tout ce qui nous appelle, nous dépasse et nous grandit. La peinture, la musique, la littérature, bien sûr, mais aussi ces petits riens de la vie. Une lumière, un regard, des flocons qui dansent derrière les carreaux… Maman m'a acheté ces livres parce qu'elle savait que je finirais tôt ou tard par tomber sur ces vers, et que je comprendrais ce qu'elle avait voulu dire. Tu n'as donc pas saisi, Pasha ? Elle voulait que nous vivions en poètes, comme elle a vécu elle-même ! Que nous tournions le dos aux vanités du monde pour chercher le véritable trésor ! Je crois qu'elle voulait vraiment que je devienne écrivain.

– J'en suis certain, dit-il.

Puis il se tourna sur son siège pour mieux la regarder.

– Écoute, Olga, je pense que le moment est venu. De t'inscrire à l'université, je veux dire. Aujourd'hui même, à notre retour. Tu as mis suffisamment de côté pour une ou deux années de cours, non ? Je suis certain que ta candidature sera retenue. Tu pourrais commencer cet automne et travailler à mi-temps dans un café de Tomsk, ou mieux encore dans une bibliothèque ou une librairie… Tu trouveras bien un petit boulot là-bas, tu ne crois pas ? Je t'aiderai si tu as du mal à joindre les deux bouts. Oui, oui, je sais, il faut d'abord que je trouve du travail, moi aussi ! Mais je ne suis pas paresseux comme père. Je peux sûrement dénicher un job dans la sécurité ou dans un garage – tu sais que je me débrouille plutôt bien en mécanique. N'importe quoi fera l'affaire, pour le moment. Oui, Olga, il est temps que tu penses un peu à toi. Il faut que tu le fasses.

***

Les rares fois où Olga y repensa plus tard, son face-à-face avec sa tante lui apparut toujours dans une sorte de brouillard, comme un rêve dont il ne reste que des bribes au matin. Peut-être parce qu'il n'y eut pas de grand affrontement, pas de cris ni de vaisselle cassée. Depuis le jour où elle avait reçu cette lettre anonyme, Olga avait souvent rêvé du moment où elle confondrait son auteur haineux, imaginant qu'elle envoyait son tourmenteur démasqué au tapis d'un bon direct du droit, ou qu'elle lui faisait un croche-pied pour le faire tomber dans la cuve pleine d'abats que Popov conservait à l'extérieur de sa boucherie, ou encore qu'elle lui jetait son verre à la figure devant tous les clients du Café Astana. Les détails de la punition variaient de rêverie en rêverie, mais l'idée générale restait toujours la même.

Le moment de vérité tant attendu n'avait pourtant ressemblé à aucun des scénarios qui lui avaient traversé l'esprit, peut-être parce qu'elle avait eu un peu de temps pour digérer le choc de cette découverte et tempérer la rage qu'elle avait ressentie en apprenant que sa tante était derrière ces mots, aussi méchants que mal écrits. Lorsque Zia se retrouva enfin face à elle, Olga eut presque de la peine pour cette femme mal fagotée dans son ridicule manteau rouge (une couleur bien trop vive pour une vieille créature aigrie et sans allure, pensa-t-elle), mais elle regretta aussitôt cet accès de pitié.

Au grand soulagement de Pasha, moins habitué qu'Olga à l'odeur de viande avariée qui imprégnait l'habitacle de l'Opel Corsa, ils avaient fini par regagner la maison de leur tante au terme de leur longue expédition dans la voiture du boucher. Ce n'est qu'une fois sa valise faite qu'Olga était descendue dans le salon où Zia venait de faire son entrée – encore engoncée dans son fameux manteau rouge mais dépourvue de balai à brindilles – et qu'elle lui avait rapporté les propos de Fiodor Katine.

– Elle ne s'est même pas donné la peine de nier ou de prendre l'air contrit, dit Olga à Pasha lorsqu'elle le rejoignit ensuite dans la voiture de Popov. Elle a simplement haussé les épaules et m'a indiqué la porte. Quand je lui ai demandé pourquoi elle avait fait ça, elle n'a pas répondu tout de suite. Elle m'a fixée un moment du regard, et puis elle a dit…

– Elle a dit ? l'encouragea Pasha quand elle laissa sa phrase en suspens.

Mais Olga préféra en rester là. Pasha avait assez de soucis comme ça, et il n'avait pas besoin de savoir que leur père avait fini par dire à sa sœur qu'il avait un fils gay ni ce que leur tante pensait des homosexuels ni à quel point Pasha la dégoûtait. Il n'avait pas non plus besoin de savoir que Zia considérait Olga comme une bonne à rien doublée d'une fille ingrate qui n'avait pas le respect des aînés, pas plus qu'il n'avait besoin de savoir que pour leur tante, une femme honnête ne passait pas ses journées à travailler comme un homme au bord de la voie ferrée. Enfin, Pasha n'avait pas besoin de savoir, même s'il l'avait déjà compris, qu'elle ne les avait hébergés que parce que sa toiture avait besoin d'être réparée.

C'est pourquoi Olga se contenta de secouer la tête, d'essuyer une ou deux larmes d'un geste rageur, et de mettre le contact.

– J'ai juste envie d'oublier cette conversation et de passer à autre chose, dit-elle en donnant un coup d'accélérateur qui propulsa brutalement la voiture en avant.

Pourtant, alors que la maison de tante Zia rapetissait dans le rétroviseur, Olga se surprit à sourire, et même à rire. Elle se sentait très différente d'un seul coup, comme si la boue épaisse dans laquelle elle pataugeait jusque-là s'était soudain transformée en eau claire. Même si le face-à-face tant espéré avec l'auteur de la lettre anonyme n'avait pas eu le panache de ses fantasmes vengeurs, le simple fait de connaître son identité était pour elle un immense soulagement. Et elle se sentait tellement plus légère, maintenant qu'elle avait enfin eu le courage de rompre avec la famille de son père. Ces Pouchkine-là étaient venimeux.

Pasha se tourna vers sa sœur, gagné par son rire contagieux.

– Où va-t-on ? demanda-t-il.

– Allons d'abord déposer la voiture chez Popov. Et ensuite, cap sur le Café Astana. J'ai l'impression que le petit hôtel d'Odrosov va afficher complet.

CHAPITRE 16

Fins et commencements

– Oh, Pasha, je suis épuisée, dit Olga, renonçant finalement à dormir et s'asseyant dans son lit.

Pasha mit le doigt sur sa bouche.

– Chut… Gyorgy vient de s'endormir, murmura-t-il en désignant le fils de sept ans d'Anna Kabalevsky, allongé à côté de lui sur un matelas pouilleux posé à même le sol.

– Il se décide *enfin* à dormir, dit Olga à voix basse, après nous avoir tenus éveillés la moitié de la nuit… Juste quand j'abandonne tout espoir de fermer l'œil, lui il pique du nez !

– Anna aimerait qu'on le laisse dormir jusqu'à sept heures, si possible, dit Pasha. Et ne te plains pas trop – n'oublie pas que tu as droit à un vrai lit, toi !

– Un lit de fakir, oui, maugréa-t-elle en appuyant avec humeur sur les bosses du matelas. Je ne tiendrai pas une nuit de plus dans ces conditions, Pasha. Il faut qu'on trouve autre chose.

C'était la troisième nuit qu'ils passaient au-dessus du bar du Café Astana. Quand ils étaient arrivés,

Anna leur avait ouvert grand les portes des deux cagibis qu'elle louait à Odrosov, installant Olga et Pasha dans la moins petite des chambres avec Gyorgy, tandis qu'elle prenait Boris et Ilya, le bébé, avec elle. C'était un soulagement d'avoir un toit au-dessus de sa tête, mais l'espace exigu et bruyant, associé à une literie désastreuse, n'était pas vraiment propice au repos.

– Oui, murmura Pasha. Je crois qu'il est temps qu'Anna récupère sa maison. Et pas seulement pour nous. Franchement, ce n'est pas un endroit pour élever des enfants. Je m'en occupe aujourd'hui.

– Tu penses vraiment pouvoir y arriver ?

– Je peux essayer, en tout cas. À en croire ce que tu les as entendus dire hier soir, Bogdan et ses amis ont l'intention de remettre ça. Mieux vaut intervenir maintenant, avant que leur petit business ne devienne florissant !

La veille au soir, alors qu'Olga rentrait au Café Astana après une journée de travail dans sa cahute au bord des rails, elle avait perçu des murmures et des rires étouffés en provenance d'un bâtiment délabré qui avait autrefois abrité une salle paroissiale. Dans les années 1990, à l'époque où Roslazny était encore un village de *sovkhozniks* et *sovkhoznitsas*[16], Olga s'était rendue à de nombreuses reprises en ces lieux, parfois pour regarder les autres danser lorsque la salle se transformait en étrange discothèque de

16. Employés et employées d'un sovkhoze.

campagne, mais surtout lors de kermesses et de braderies de bienfaisance organisées au profit de l'église Saint-Alexandre, déjà en très mauvais état. La toiture de l'église s'était envolée lors de la grande tempête de 2003, mais Dieu sait comment, la salle paroissiale avait survécu. Et l'œil d'Olga, alors qu'elle passait devant les avant-toits curieusement bas du bâtiment, avait été attiré par une faible lumière qui filtrait à travers les lattes manquantes d'un volet fermé. Prenant soin de ne pas briser les stalactites suspendues à quelques centimètres de sa capuche, elle s'était approchée du volet, collant l'oreille contre une des ouvertures laissées par les lattes cassées. Elle n'avait pas été vraiment surprise d'entendre la voix de Bogdan Kabalevsky, qui pérorait sur la nécessité de reprendre leurs activités licencieuses, maintenant que les choses s'étaient calmées après l'affaire Babikov.

– Nous le devons à notre virilité, l'avait-elle entendu dire, ainsi qu'à l'art cinématographique. Et bien entendu, nous le devons aux jolies filles de l'oblast de Kemerovo, qu'on ne peut tout de même pas laisser sans emploi !

Elle avait fait la grimace tandis que Bogdan et ses amis riaient et se congratulaient. Puis elle avait repéré une ouverture plus importante dans la partie droite du volet, par laquelle elle avait pu voir ce qui se passait à l'intérieur : Bogdan versait de la vodka à un groupe d'hommes, dispersés autour d'une table éclairée par des lampes de camping. Au fond de la salle, elle avait distingué des piles de chaises et de livres de prière, ainsi qu'un amas de tissu moisi – sans doute des vieux rideaux. Bogdan et sa bande avaient manifestement commencé à faire du rangement en vue d'un prochain tournage, mais l'appel de la vodka avait dû interrompre leurs efforts.

Olga avait encore passé quelques minutes glacées à les espionner, avant de reprendre le chemin du café et de retrouver sa bienfaisante chaleur. Devant une assiette de ragoût de mouton préparé par Svetlana, elle avait rapporté à Pasha les propos égrillards qu'elle avait surpris dans l'ancienne salle paroissiale.

– C'est l'endroit parfait pour leurs activités, avait-elle dit. Suffisamment à l'écart pour ne pas être dérangés. Si je n'avais pas pris un raccourci pour revenir du travail, je ne serais jamais tombée sur eux. On ne peut pas laisser Bogdan continuer comme ça, Pasha ! C'est trop affreux de l'imaginer en train de… de se pavaner avec ces femmes et de profiter du luxe de cette maison vide pendant qu'Anna s'esquinte la santé à élever seule trois enfants dans un réduit, sans le moindre sou vaillant.

Pasha, l'air pensif, n'avait pas répondu tout de suite.

– Tu sais, avait-il dit finalement, il y a peut-être un moyen de se débarrasser de tous ces types. À une époque où j'étais stationné en Tchétchénie, il y avait un sergent-major qui nous menait la vie dure. Brimades et harcèlement constants. Mais on s'est débrouillés pour faire croire au colonel que le sergent-major essayait de le discréditer. C'est fou l'effet que peuvent produire quelques mémos falsifiés ! Et le colonel était un vétéran de la guerre en Afghanistan, dans les années 1980 – pas vraiment le genre de type que tu as envie d'énerver… Lorsqu'il a compris que le colonel l'avait dans le collimateur, le sergent-major a demandé à se faire muter et ça a été la fin de nos soucis.

Olga avait levé le nez de son assiette, l'air perplexe.

– Je ne vois pas où tu veux en venir, Pasha. Tu souhaites qu'on fabrique de faux mémos qu'aurait écrits Bogdan ? Tu sais, je ne crois pas qu'on utilise de mémos, sur ce genre de tournages.

– Je ne pensais pas vraiment à des mémos, mais plutôt à des affiches. Et peut-être aussi à quelques boîtiers pour DVD… Mais laisse-moi faire, Olga. Je m'occupe de tout.

***

C'est ainsi qu'au lendemain de cette troisième nuit agitée au Café Astana, les habitants de Roslazny eurent droit à une surprise de taille. En fin d'après-midi, des dizaines d'affiches aux couleurs criardes promouvant un certain genre de films avaient fleuri partout dans le village et jusqu'au centre de Taïga, accompagnées de quelques stands rudimentaires sur lesquels étaient proposés des DVD dont les boîtiers reprenaient le graphisme tape-à-l'œil des posters. Illustrées de photos osées extraites des moments de bravoure de Bogdan, les affiches renvoyaient également à un site web, promettant trente pour cent de remise pour un achat groupé des trois grands succès intitulés *Guerre et pute, Croupe et châtiment* et *La Dame de trique.*

La plupart des villageois trouvèrent les affiches amusantes, et quelques-uns achetèrent même des DVD sur les stands, glissant une poignée de roubles dans l'urne laissée à cet effet. On aurait pu penser que tout ce tapage publicitaire aurait ravi le mari d'Anna, lui permettant d'accéder au statut de petite vedette du cinéma de genre (d'un *certain* genre, tout du moins) et de bénéficier d'un emballement des ventes du produit de ses exploits. Étrangement, cela sembla produire l'effet contraire sur l'humeur de Bogdan, et alors que la nuit se mettait à tomber, il avait déjà fait le tour de Roslazny, jetant les DVD dans un grand sac poubelle et arrachant rageusement jusqu'à la dernière affiche. Quand Alexeyev le garagiste lui apprit qu'il en avait vu d'autres dans le centre de Taïga, Bogdan sauta dans sa voiture et fila à toute allure vers la ville pour y reprendre son travail d'arrachage.

Ces efforts, louables pour un homme aussi peu enclin au travail, ne furent toutefois pas suffisants pour apaiser l'esprit tourmenté de Bogdan, comme Popov le révéla plus tard ce soir-là au Café Astana.

– Je rentrais de Taïga, expliqua le boucher. J'avais rendez-vous à la mairie – et non, Igor Odrosov, ça n'avait rien à voir avec des histoires de contrôles sanitaires ! C'était pour rencontrer le maire en personne, si tu veux savoir.

Odrosov hocha la tête le plus sérieusement du monde avant d'adresser un clin d'œil discret à Fiodor Katine.

– Qu'est-ce que je disais ? reprit Popov. Ah oui… Je rentrais donc à Roslazny et il se trouve que Bogdan Kabalevsky roulait juste devant moi. J'étais obligé de garder une certaine distance, parce que cet imbécile avait mal fermé le coffre de sa bagnole et que des trucs n'arrêtaient pas d'en tomber – des trucs qui ressemblaient à des boîtiers de DVD. Et arrivé devant sa maison, voilà qu'il pile avant de sortir de la voiture et de s'engouffrer chez lui comme s'il avait le diable aux fesses ! Au lieu de poursuivre ma route, je suis resté en retrait pour…

– Alors tu as éteint tes phares et tu as fait une petite marche arrière pour être sûr qu'il ne te verrait pas ? l'interrompit Fiodor avec un grand éclat de rire. J'ignorais tes talents de détective privé, Nikolaï Popov !

Ignorant Fiodor, le boucher poursuivit son récit :

– Moins d'un quart d'heure plus tard, je l'ai vu ressortir. Il portait une énorme valise, tellement remplie de vêtements qu'il n'avait pas réussi à la fermer entièrement, et un sac de voyage sur chaque épaule avec ça ! Il a balancé le tout à l'arrière de sa voiture et il s'est mis au volant. Après ça, Bogdan a exécuté une manœuvre à toute vitesse, en faisant vrombir son moteur et crisser ses pneus comme dans les films, et il a foutu le camp en accélérant comme un malade. Il est passé tellement près de moi que j'ai cru qu'il allait défoncer mon rétroviseur !

– Pas étonnant qu'il ait failli te rentrer dedans, si tu avais les phares éteints, grommela Fiodor.

– Et il a disparu dans la nuit, conclut Popov. J'ai attendu un bon moment, mais il n'est pas revenu. Si vous voulez mon avis, on n'est pas près de le revoir.

– Alors il faut dire à Anna qu'elle peut rentrer chez elle, dit Fiodor.

Ces mots lui valurent un regard noir d'Odrosov, ravi d'être parvenu à louer ses chambres miteuses. Mais Anna, qui descendait l'escalier à ce moment-là, Ilya dans les bras et Gyorgy cramponné à sa main, avait entendu qu'on parlait d'elle.

– Qu'est-ce qu'il faut me dire ? demanda-t-elle.

– Bonne nouvelle, Anna, lança Fiodor. Tu vas pouvoir récupérer ta maison. Il semblerait que Bogdan ait définitivement quitté le village.

Anna se tourna vers Pasha qui se trouvait quelques marches au-dessus d'elle.

– C'est toi que je dois remercier, n'est-ce pas ? Il m'avait bien semblé t'avoir entendu parler de Bogdan, hier soir.

Pousser le mari d'Anna à quitter Roslazny de son plein gré était précisément ce qu'avait essayé de faire Pasha. Il avait d'abord demandé quelques billets de cent roubles à Olga, lui assurant que c'était pour aider Anna et qu'il la rembourserait dès qu'il le pourrait. Après quoi, il avait emprunté la voiture de Popov en échange de la promesse d'un nouveau service et s'était rendu dans un sex-shop des alentours de la gare de Taïga pour acheter quelques DVD des films X dans lesquels jouait Bogdan. Il était ensuite allé faire fabriquer les affiches et les jaquettes des boîtiers DVD chez un imprimeur, puis il avait pris la direction d'un magasin d'informatique pour y acheter des DVD vierges et des boîtiers vides, dans lesquels il avait ensuite glissé des copies des films. Le responsable du magasin l'avait aidé à créer un site web rudimentaire, mais avec suffisamment de fonctionnalités pour faire illusion. Finalement, Pasha avait déniché des plateaux et des tréteaux à vil prix dans un magasin de meubles d'occasion, et après ça il ne s'était plus agi que de faire des kilomètres et de tout mettre en place.

Le plan était simple. Pasha savait qu'en voyant ces affiches placardées partout, ce site web et ces stands de DVD, les associés de Bogdan allaient penser qu'il essayait de les court-circuiter et de se remplir les poches sur leur dos. Et Pasha était à peu près persuadé que ces hommes – tout comme le colonel qui commandait son régiment en Tchétchénie – étaient de ceux dont il valait mieux ne pas provoquer la colère. Bogdan aurait donc une excellente raison de s'éloigner de Roslazny et même de Taïga : sauver sa peau – ou plutôt ses doigts. Le plus beau dans tout ça, c'est qu'aucune violence n'avait été commise pour obtenir son départ, aucune menace proférée.

Pourtant, tandis que Pasha regardait Anna qui levait les yeux vers lui dans l'escalier du Café Astana, il se demanda soudain s'il n'était pas allé trop loin. Bogdan était son mari, après tout, et le père de ses enfants. Mais elle grimpa les quelques marches qui les séparaient et le serra dans ses bras.

– Merci, Pasha ! Merci, merci, merci. C'est la meilleure nouvelle que j'ai reçue depuis des années.

Elle remonta l'escalier avec le bébé dans ses bras, criant à Boris de commencer à rassembler ses affaires, parce qu'ils rentraient à la maison.

– Vous aussi, vous venez, les Pouchkine ! lança-t-elle à l'intention de Pasha. Vous vous installerez dans les chambres de l'auberge. On va être tellement bien, tous ensemble !

Leur joie fut toutefois de courte durée. Bogdan avait laissé la maison dans un désordre indescriptible et plusieurs heures de ménage furent nécessaires avant qu'ils puissent aller se coucher. Et après ça, la journée du lendemain commença par de violents coups frappés contre la porte d'entrée.

– Huissiers de justice, lança une voix rauque. Veuillez ouvrir tout de suite.

– Des huissiers ? dit Anna en se tournant vers Olga. Bogdan n'a quand même pas…

Mais en fait, si. Il avait hypothéqué la maison un an plus tôt pour renflouer ses affaires, et n'avait pas remboursé à temps.

– Nous sommes venus procéder à une saisie de l'ensemble de vos biens mobiliers et immobiliers, dit l'un des deux huissiers en uniforme noir, les yeux baissés vers le document qu'il tenait à la main. Je suis désolé, ajouta-t-il en voyant le visage défait d'Anna, mais je ne peux rien faire pour vous. Je ne fais qu'exécuter les ordres.

Olga et Pasha s'efforcèrent de réconforter les enfants, en larmes devant les déménageurs qui embarquaient leurs jouets dans de grandes caisses en plastique, avant de les charger dans un camion garé devant la maison. Mais c'est Anna qui pleurait le plus, serrant le petit Ilya contre elle comme si elle craignait qu'ils ne saisissent aussi son bébé. Olga regarda tristement son amie, l'air hagard au milieu du salon qu'elle s'apprêtait à quitter pour toujours. Puis les huissiers les mirent dehors et ils furent contraints de traîner à nouveau leurs valises jusqu'au Café Astana et ses chambres sordides. Et soudain, Olga sut ce qu'elle devait faire. Elle le sut comme si elle l'avait planifié depuis toujours, comme si elle avait compris à quoi cet argent était destiné depuis le premier rouble qu'elle avait mis de côté, comme si sa mamouchka lui avait montré la voie à suivre et que rien ne pouvait l'en détourner.

– Anna, dit-elle en posant la main sur le bras de son amie.

Anna tressaillit, comme brusquement arrachée à sa tristesse.

– Oui, Olga ? interrogea-t-elle, le regard encore un peu absent. Tu veux quelque chose ?

Olga la considéra avec tendresse.

– Oui, répondit-elle, je veux quelque chose. Je veux emprunter à nouveau la voiture de Popov et te conduire à Taïga, jusqu'à cette agence immobilière – tu sais, la vitrine avec toutes ces photos de maisons, près du club de boxe. Et après ça, j'irai à la banque et je demanderai à parler au directeur. Je vais contracter un emprunt immobilier pour t'acheter une maison, Anna. Mes économies devraient largement suffire pour l'apport personnel que réclamera la banque pour m'accorder le prêt.

– Olga, il n'en est pas question ! s'écria Anna. Tu as mis cet argent de côté pour étudier à Tomsk ! Tu as fait tellement d'efforts, depuis tellement longtemps, pour réunir cette somme... Tu ne peux pas tout perdre pour me venir en aide. Non, non, il n'en est vraiment pas question. On peut vivre ici, les enfants et moi. On s'est habitués, maintenant, et ça fait parfaitement l'affaire.

– Tu sais bien que ça ne fait pas l'affaire du tout, dit Olga avec un sourire. Combien de temps vas-tu tenir, dans ces conditions ? Et de toute façon, je ne reviendrai pas sur ma décision. D'autant qu'il me restera assez pour vivre, et même assez pour m'acheter une autre maison, si ça me chante ! Par ici, les logements coûtent moins cher que l'éducation, tu sais. Ça me prendra quelques années de plus pour avoir de quoi vivre à Tomsk, voilà tout. Mais ce n'est pas comme si l'université allait disparaître. Et en attendant, on vivra tous ensemble dans ta nouvelle maison, et tu n'auras plus de loyer à payer, plus de risque d'être expulsée, plus d'enfants qui pleurent parce qu'ils sont réveillés par les éclats de voix des clients qui boivent en bas… Sans Bogdan et avec un nouveau logement, tu vas pouvoir reprendre pied, Anna. En fait, c'est très égoïste de ma part, tu sais. Tu es ma meilleure amie et je te veux pour moi toute seule : entourée de toi, Pasha et les enfants, je serai comme un coq en pâte !

– Olga, non…

– Si, Anna, dit Olga en lui pressant le bras. Si.

Anna la regarda en silence pendant un long moment, jusqu'à ce que des larmes jaillissent de ses yeux.

– Oh, Olga, Olga, balbutia-t-elle finalement. Merci, merci infiniment. Je… merci ! Avoir une amie comme toi, c'est comme avoir une fenêtre ouverte sur le paradis. Dieu te le rendra, Olga. Merci, merci, mille fois merci !

***

Assis derrière son bureau, le brigadier-chef Vassily Marouchkine leva les yeux au son caractéristique de bottes qui crissaient dans l'épais manteau de neige dont Roslazny s'était drapée au cours de la nuit, et qui avait gelé au petit matin. Le son s'arrêta, indiquant que le facteur se trouvait à présent devant la porte du poste de police, fouillant la sacoche qu'il portait en bandoulière. Bientôt, un bruit métallique se fit entendre, signe que des lettres venaient d'être fourrées à la hâte à travers la fente de la porte d'entrée, puis ce fut à nouveau le crissement des bottes dans la neige, de plus en plus ténu au fur et à mesure que le facteur s'éloignait vers la prochaine adresse de sa tournée. Vassily se leva pour aller chercher le courrier, saluant au passage son furet avec des petits cris pointus censés imiter ceux de l'animal. Mais Raspoutine, fâché d'avoir été enfermé dans sa cage à cette heure matinale où d'ordinaire il vagabondait, l'ignora ostensiblement.

– Hum… fit Vassily en passant les enveloppes en revue. Rien de bien passionnant, on dirait. Quoique… tiens, tiens, qu'est-ce qu'on a là ? Regarde, Raspoutine, ça a été posté à Iekaterinbourg.

Se pouvait-il qu'il s'agisse d'une lettre du capitaine Davlovsky ? Spécialisé dans les crimes commis par d'anciens soldats, Davlovsky exerçait ses talents à Iekaterinbourg, au sein d'un détachement spécial dont la réputation n'était plus à faire. Si quelqu'un pouvait lui en dire plus sur Pavel Prokofy et sur ce qui était arrivé à sa femme et son fils, c'était bien le capitaine Davlovsky. C'était du moins ce que lui avait assuré le colonel Terekhine. Et voilà que Vassily venait sans doute de recevoir une réponse ! Il déchira impatiemment l'enveloppe, mais son enthousiasme retomba vite tandis que ses yeux parcouraient à toute vitesse la lettre manuscrite. Ni Davlovsky ni aucun de ses confrères disséminés à travers toute la Russie n'avaient entendu parler de Prokofy. Une fois de plus, les espoirs de Vassily se heurtaient à un mur.

– Bon, eh bien… tant pis, soupira-t-il à mi-voix avant d'aller se rasseoir derrière son bureau. Mais on ne renoncera jamais, pas vrai Raspoutine ? ajouta-t-il en se tournant vers la cage posée au sol. Tant que je n'aurai pas retrouvé ma Rozalina bien-aimée et la bouille ronde de mon petit Kliment – tant que je ne les aurai pas ramenés à la maison –, je continuerai à chercher. Qu'est-ce que tu en dis, Ra-Ra-Raspoutine ? Tu arrêteras de bouder si je te donne un truc à grignoter ?

Vassily s'empara du sac de rongeurs morts qu'il conservait sous le bureau et fit glisser un petit rat entre les barreaux de la cage.

– Ça devrait te mettre de meilleure humeur, dit-il au furet qui se jeta avidement sur l'offrande.

Vassily l'observa un moment en secouant doucement la tête.

– J'aimerais pouvoir retrouver la joie de vivre aussi facilement que toi, Raspoutine. Bon, qu'est-ce qu'on a d'autre, là-dedans ? dit-il en étalant les dernières lettres sur le bureau, des documents administratifs pour la plupart. Mais l'une d'elles portait l'en-tête du siège de la police de Novossibirsk.

Elle avait été écrite par le colonel Terekhine, qui s'adressait à lui avec son franc-parler habituel :

Marouchkine,

J'ai reçu votre demande de mutation à Roslazny. Vous avez perdu la boule ? Vous avez failli vous faire zigouiller dans le trou le plus perdu de toute la Sibérie (et moi aussi, par la même occasion), et l'expérience vous a tellement plu que vous avez décidé de vous y enterrer pour de bon, c'est ça ? Vous allez vous ennuyer à mourir, maintenant que tous les meurtriers de la région ont été arrêtés ou tués grâce à vos bons services ! Mais chacun son truc, après tout. Peut-être que le repos vous fera du bien. Cela dit, si vous voulez mon avis, essayez de tourner la page. Ressasser le passé n'a jamais fait de bien à personne.

Terekhine.

– Plus facile à dire qu'à faire, mon colonel, dit Vassily, sa voix résonnant dans le poste de police désert.

Au bout d'un moment, il rangea la lettre de Terekhine dans le classeur à tiroirs, puis donna un coup de balai à la salle des cellules et à l'accueil. Cela fait, il vida les corbeilles et les poubelles dans un grand sac qu'il alla déposer dehors, dans le bac à déchets, avant de passer un appel radio aux collègues de Taïga qui lui confirmèrent que tout était calme. Il était sur le point de s'installer à nouveau derrière son bureau pour s'attaquer à de la paperasse quand il se ravisa brusquement, s'emparant de son blouson et de son ouchanka. Quelques minutes plus tard, il progressait d'un bon pas entre les conifères enneigés, en direction de la cabane de travail d'Olga Pouchkine. Marcher pour le plaisir était un concept assez étranger aux habitants de Roslazny, et la première réaction d'Olga en le voyant arriver fut de lui demander s'il y avait un problème, le front plissé par l'inquiétude.

– Aucun problème, répondit-il en lui souriant. Je suis juste passé te dire bonjour.

– Oh, dit Olga, quelque peu déroutée. Eh bien, entre, dans ce cas. Je vais te servir une tasse de thé. Le samovar est tout chaud.

Ils discutèrent pendant un moment, Olga ignorant la radio dans laquelle une voix de plus en plus irritée réclamait son attention.

– Je dirai que la batterie avait besoin d'être rechargée. Ça arrive tout le temps.

– Tu n'aurais pas un côté rebelle, Olga Pouchkine ?

– Je me pose moi-même la question, ces derniers temps, répondit-elle avec un sourire.

Le visage de Vassily était plus détendu que lorsqu'elle venait lui rendre visite dans sa cellule, plus reposé aussi. Mais une ombre voilait toujours son regard.

– Et qu'ai-je donc entendu à propos de cet empire immobilier que tu es en train de bâtir ? demanda-t-il. Je croyais que tu voulais aller vivre à Tomsk et devenir écrivain.

– Je veux être écrivain, dit Olga. Non, je *suis* écrivain. Et je n'ai pas renoncé à mon projet d'étudier à Tomsk. Je l'ai remis à plus tard, c'est tout, le temps d'économiser davantage d'argent. Trois ou quatre cent milliers de roubles devraient suffire. Et pour revenir à ma vocation d'écrivain, sache que j'ai déjà écrit une partie du livre dont je t'ai parlé. Soixante mille mots, pour être précise.

– Soixante *mille* mots ? s'écria Vassily.

Il n'en revenait pas. De toute sa vie, il n'avait sans doute jamais rien écrit de plus long que cette demande de mutation adressée à Terekhine la semaine précédente – une lettre interminable dans laquelle il s'efforçait d'expliquer son souhait de poursuivre sa carrière dans ce village, et qui lui avait pris une bonne partie de la journée. S'il l'avait trouvée si compliquée à écrire, c'est qu'il n'était pas certain de comprendre exactement ce qui le poussait à rester. Sans doute n'était-il plus persuadé du bien-fondé de rechercher Prokofy dans les milieux criminels qui sévissaient dans les grandes villes, les récents événements lui ayant prouvé que le crime se cachait partout, dans les métropoles comme dans les campagnes. Mais il y avait autre chose qui le retenait ici, quelque chose d'inexplicable, comme s'il était tombé amoureux de ce village du bout du monde si plein de souvenirs. Et enfin il y avait Olga, mais il ne s'autorisait pas à penser à elle.

– La plupart des livres tournent autour de quatre-vingt-dix mille mots, dit Olga qui avait lu ça sur Internet, à la bibliothèque de Taïga. Alors, tu vois, il me reste encore du travail. Mais ça me fait plaisir de l'écrire ici, dans ma cahute. Je trouve toujours un moment pour m'y mettre, quand les trains ne circulent pas. Ça arrive plus souvent qu'on ne pourrait l'imaginer. Et même quand je suis en plein boulot – celui pour lequel on me paie, je veux dire –, l'univers ferroviaire me donne des idées pour mon livre. Tu connais le poème de mon homonyme, *Je me souviens de l'instant merveilleux* ? C'était l'un des préférés de ma mère. Regarde, il se trouve dans ce livre, dit-elle en allant chercher un des volumes que lui avait achetés Tatiana.

Puis, mouillant son doigt du bout de la langue, elle le feuilleta à toute vitesse jusqu'à une page dont le coin rebiquait, témoignant des nombreuses consultations dont elle avait fait l'objet.

– On pourrait presque croire que Pouchkine parle d'un train, au début du poème. Écoute un peu : *Je revois l'instant merveilleux / Où devant moi tu apparus / Vision à peine ébauchée / Claire image de la beauté.* Bien sûr, je sais qu'il parlait d'une femme, mais quand j'entends ces vers, j'ai toujours l'impression qu'il évoque le passage du

Transsibérien. C'est parce que j'aime les trains, tu comprends, tout comme Alexandre Pouchkine aimait Anna Petrovna Kern.

– Je vais rester à Roslazny, tu sais, dit Vassily après un moment de silence. J'ai demandé ma mutation et elle a été acceptée.

– C'est une belle journée, dit-elle, souriant de sa réponse qui semblait sans rapport avec ce que Vassily venait de dire, et qui pourtant ne l'était pas.

Elle alla reposer le livre sur l'étagère et se tourna vers lui.

– Tu peux me redonner le prénom de cet homme qui a enlevé ta femme et ton fils ? Quelque chose Prokofy.

– Pavel, dit Vassily. Il s'appelle Pavel Prokofy.

– Je vais en parler à Pasha, si tu me le permets. Il a encore beaucoup de relations dans l'armée. Pour quelqu'un qui n'est pas militaire, la porte de ce monde est solidement cadenassée. Peut-être as-tu besoin de Pasha pour t'aider à faire sauter ce cadenas.

Vassily n'était pas convaincu. C'était adorable de la part d'Olga d'essayer de l'aider, mais que pourrait bien faire son frère pour lui – un frère qui venait en plus d'être exclu de l'armée ? Il se força néanmoins à sourire. Elle avait un visage si bon, songea-t-il. Maintenant qu'il la connaissait mieux, il n'était pas étonné qu'elle sacrifie la moitié de ses précieuses économies pour trouver un toit à son amie, pas plus qu'il n'était étonné qu'elle veuille l'aider à retrouver sa famille.

– Très bien, dit-il. Tu peux lui en parler. Je vous suis très reconnaissant à tous les deux.

– Alors, je le lance dès ce soir sur la trace de ta femme et de ton fils, Vassily. On va voir ce qu'on va voir.

***

Une semaine plus tard, un samedi matin où Vassily n'était pas en service, Olga habilla à nouveau Pasha de sa tenue de cheminote et l'envoya rejoindre sa cahute à sa place, avec un sac qui contenait un déjeuner pour lui et des vers séchés pour Dimitri. Le voir dans cette tenue amusa les enfants d'Anna, mais c'est la perruque achetée par Olga dans un magasin de déguisements de Taïga qui déclencha les plus gros rires, Pasha arborant désormais une petite queue-de-cheval blonde qui pointait entre son ouchanka en fourrure et le col de son blouson.

– Rira bien qui rira le dernier, les enfants ! lança Pasha avec une voix d'ogre. Parce que ce soir, ce sera à votre tour de la porter !

Puis, sous les protestations hilares de Boris et Gyorgy, il se tourna vers sa sœur.

– Bonne chance, Olgakin, dit-il. C'est bien ce que tu fais. Mais qu'est-ce que je raconte ? ajouta-t-il en se frappant le front. Olga qui se comporte bien, c'est presque un pléonasme ! Je veux dire, ma sœur a-t-elle jamais agi autrement ?

– Oh que non, intervint Anna Kabalevsky, traversant le salon de leur nouvelle maison avec un pot de peinture dans une main et un pinceau dans l'autre. C'est une sainte, ou alors un ange descendu du ciel. Allez, avoue-le, Olga, que tu viens de là-haut !

– Oh, arrêtez un peu, vous deux, dit Olga. Je ne suis ni une sainte ni un ange, mais je ne vous apprends rien. Bon, je ferais bien d'y aller si je ne veux pas faire attendre le brigadier-chef Marouchkine.

Olga avait entendu les pétarades du pot d'échappement de la vieille Volvo 240 de Vassily, qu'elle vit s'arrêter au prix d'une petite glissade sur la route gelée au moment où elle descendait les marches du perron.

– Jolie maison, dit-il en sortant la tête par la vitre abaissée. Il faudra que je m'incruste pour le dîner, un de ces soirs.

– Et pourquoi pas ce soir ? proposa Olga avec un sourire nerveux.

– Pourquoi pas, en effet, répondit Vassily. Entre manger des haricots au micro-ondes tout seul au poste de police et de bons petits plats en agréable compagnie, mon cœur ne balance pas. Mais tout ça ne me dit pas où on va.

– Tu verras, dit Olga, inspirant profondément pour essayer de libérer sa poitrine, prise en étau entre un sentiment d'excitation et d'anxiété. J'ai noté l'endroit sur la carte. Ce n'est pas trop loin d'ici, à une trentaine de kilomètres. Tu as assez d'essence, Vassily ? Oui ? Alors, c'est parti !

– C'est toi le chef, dit-il en démarrant.

Ils ne parlèrent pas beaucoup pendant le trajet. Peut-être Vassily avait-il perçu l'humeur étrange d'Olga et ne savait-il trop comment réagir. Du coin de l'œil, elle le vit se tourner vers elle à plusieurs reprises, entrouvrant la bouche comme s'il s'apprêtait à dire quelque chose, avant de se raviser.

Une bonne demi-heure plus tard, ils s'arrêtèrent devant l'endroit qu'Olga avait entouré sur la carte routière. Précédant une grange en bois aussi longue que basse, un grand panneau annonçait « Exploitation agricole Smirnov ». Au-delà de la grange, des femmes et des hommes étaient en plein travail. Armés de fourches, ils transféraient du foin entreposé dans de grands chariots vers des auges disséminées à travers un champ enneigé, où le bétail attendait d'être nourri.

– C'est ici ? demanda Vassily.

Olga acquiesça d'un signe de tête et regarda par-dessus l'épaule de Vassily, en direction d'un travailleur qui se tenait un peu à l'écart des autres, à deux cents mètres environ de l'endroit où ils étaient garés. À la vue de la Volvo, il planta sa fourche dans le sol et se mit à marcher dans leur direction.

– Vassily, dit-elle en scrutant anxieusement le visage du policier, le cœur tambourinant dans sa poitrine. Vassily, il faut que je te dise… Pasha a trouvé un homme qui a connu Pavel Prokofy du temps où il était soldat, sauf qu'il ne se faisait pas appeler par ce nom et… enfin, bref, ça n'a plus d'importance, maintenant. Je te raconterai tout ça plus tard. Ce qui compte, c'est que Pasha a réussi à retrouver Prokofy. Et il a dit que Rozalina avait *disparu*, Vassily. Je suis tellement, tellement désolée… Elle se trouvait dans une ferme à Itatka, mais ils l'ont emmenée ailleurs il y a des années de ça, et Prokofy jure qu'il ignore où elle a été transférée. Il ne sait même pas si elle est encore en vie.

Vassily hocha lentement la tête, fixant un point lointain à travers le pare-brise, l'air si triste qu'Olga ne put supporter de le regarder un instant de plus. Ses yeux se posèrent une nouvelle fois sur le travailleur qui avait planté sa fourche dans le sol un peu plus tôt, et dont elle distinguait de mieux en mieux le visage au fur et à mesure qu'il approchait de la voiture.

Vassily tourna la tête pour voir ce qu'elle regardait.

– Qui est-ce ? demanda-t-il d'une voix étranglée, comme s'il avait dû faire un effort pour contraindre ces mots à sortir de sa bouche. Olga, qui est ce jeune homme qui se dirige vers nous ?

– Oh, Vassily, Pasha et son ami n'ont pas pu retrouver Rozalina, mais… mais ils ont retrouvé Kliment. *Ils ont retrouvé ton fils, Vassily !*

Olga faillit parler à Vassily du travail qu'elle avait accompli plus tôt dans la semaine, et dont elle se sentait si fière. Elle brûlait d'envie de lui narrer par le menu sa visite à la ferme Smirnov, à bord de la voiture malodorante de Popov dont elle commençait à connaître les moindres recoins ; de lui raconter le mélange de menaces et de flatteries dont elle avait usé avec l'homme qui gardait l'entrée de la propriété, jusqu'à ce que le directeur vienne voir ce qui se passait. De lui raconter les sommes de plus en plus élevées qu'elle avait proposées à ce dernier, jusqu'à ce que finalement, à la vue des cinquante mille roubles en billets de banque bien craquants qu'elle serrait dans sa main, l'homme admette qu'un certain Karol Matslavsky – un employé de la ferme âgé de quinze ans – était en réalité Kliment Marouchkine, le fils de Vassily. De lui raconter à quel point elle avait été soulagée : Prokofy était de toute évidence un personnage indigne de confiance et Olga n'avait pas vraiment osé croire à la véracité des informations qu'il avait fournies.

Elle brûlait également de lui expliquer la façon dont elle avait libéré Kliment de son contrat et garanti sa liberté à l'aide d'un versement additionnel de soixante-quinze mille roubles, en négociant un préavis de seulement trois jours avant son départ de la ferme. Par-dessus tout, elle avait envie de lui apprendre qu'au terme de discussions houleuses avec le directeur de l'exploitation et du recours à un nouveau bakchich de quinze mille roubles, elle avait enfin pu rencontrer Kliment.

Pressentant que Vassily préférerait tout expliquer lui-même à son fils, Olga avait demandé au directeur de la présenter au jeune homme comme la représentante d'une organisation caritative. Après le versement d'une énième gratification sonnante et trébuchante, il avait fini par aller chercher un grand adolescent dont les cheveux et les yeux évoquaient irrésistiblement Vassily. D'une voix douce que l'accent de la campagne rendait un peu chantante, il lui avait parlé de son quotidien à la ferme Smirnov et, avant ça, de son passage dans une série d'autres lieux où il avait vécu et travaillé, et dont les noms s'étaient effacés de sa mémoire. Il ne souffrait pas des efforts qu'on exigeait de lui, avait-il dit, sans doute parce qu'il n'avait connu que cette existence laborieuse. Et puis il s'était fait de bons copains. Et même si, comme eux, il enviait les rares employés de la ferme qui avaient toujours une famille, il n'était pas malheureux dans l'ensemble. Il avait parlé à Olga des contrats d'apprentissage qui avaient été rédigés à la hâte pour lui et les autres travailleurs mineurs, après que le directeur de l'exploitation avait eu vent d'un imminent contrôle des services fédéraux. Quand elle avait évoqué Rozalina, dont il ne conservait qu'un souvenir vague, Kliment lui avait dit avoir été arraché à sa mère alors qu'il n'était âgé que de cinq ou six ans. Il ne l'avait jamais revue et on avait fini par lui expliquer qu'elle était morte, victime d'un accident de travail à la ferme. Mais lorsqu'il s'était rendu compte que tous ses copains avaient eu droit à une histoire similaire, il s'était mis à douter, à entretenir l'espoir qu'elle soit toujours en vie.

– Et ton père ? avait demandé Olga. J'imagine que tu ne peux pas te souvenir de lui ?

– Non, avait répondu Kliment. Je n'étais qu'un bébé quand on a été séparés. Mais j'ai toujours rêvé de le rencontrer un jour. J'imagine que ça n'arrivera jamais, avait-il ajouté, sa ressemblance avec Vassily encore plus frappante tandis qu'un voile de tristesse assombrissait son regard.

– Ça, avait dit Olga en essayant de cacher son émotion, on ne sait jamais.

– Pourquoi vous dites ça ? Vous savez où il est ?

Olga avait hésité quant à ce qu'elle devait lui révéler, inquiète d'empiéter sur un domaine qui appartenait à la vie privée de Vassily. Finalement, elle lui avait dit avoir connu son père quand elle était plus jeune, mais ignorer où il se trouvait aujourd'hui (c'était la vérité, avait-elle songé, si on prenait « aujourd'hui » dans son sens littéral). Elle pouvait tout de même lui donner son prénom, Vassily, et lui dire qu'elle avait entendu beaucoup de bien de lui : apparemment, son père travaillait dans la police où il s'était forgé une excellente réputation d'intégrité et d'efficacité. Par d'anciennes connaissances, elle savait aussi qu'il conduisait une vieille Volvo break, avait-elle glissé dans la conversation, prenant soin de décrire la forme massive et rectangulaire de la voiture avant de promettre à Kliment d'essayer de retrouver ce père qu'il rêvait de revoir, et de l'amener à la ferme. Si elle ne lui avait pas révélé qu'il serait bientôt libre, que son père vivait désormais à une demi-heure de cette exploitation agricole ni même que Karol Matslavsky n'était pas son véritable nom, c'est qu'elle estimait qu'il s'agissait de cadeaux qu'il revenait à Vassily d'offrir. Elle l'avait donc quitté sur de vagues promesses de l'inclure dans un programme de bienfaisance pour adolescents défavorisés, en espérant qu'il lui pardonnerait plus tard la supercherie. Enfin, au prix d'une nouvelle poignée de billets, elle avait demandé au directeur de faire travailler Kliment à proximité de la grange qui s'élevait à l'entrée de la ferme, le samedi suivant.

Oui, même si une fois encore elle avait dû puiser largement dans ses précieuses économies, Olga était fière et heureuse du travail qu'elle avait accompli pour Vassily, et elle avait eu une envie folle de tout lui raconter aussitôt la vieille Volvo garée devant la ferme Smirnov. Mais alors qu'elle entrouvrait les lèvres pour se lancer dans son récit, elle vit que Vassily pleurait. Et tandis que ses propres yeux se remplissaient de larmes, Olga se retrouva sans voix. Au bout de quelques instants, Vassily détacha sa ceinture de sécurité d'un geste brusque et se précipita hors de la voiture, comme s'il voulait courir vers l'adolescent – ne plus perdre une seconde pour rattraper le temps perdu.

Mais il s'arrêta après seulement quelques pas et tourna vers Olga un visage torturé par le doute.

– C'est vraiment lui, Olga ? Tu es *sûre* que c'est vraiment mon fils ?

– Regarde-le, Vassily, et c'est toi qui me le diras, lui répondit-elle par la portière ouverte.

En quelques rapides foulées, Vassily combla les derniers mètres qui le séparaient encore du garçon et, plaquant ses paumes tremblantes sur les joues de Kliment, il le dévisagea pendant de longues secondes.

– C'est toi, mon fils ? dit-il. Est-ce que ça peut vraiment être toi après toutes ces années ? Ces yeux, mon Dieu… et ces cheveux… et… tu as la bouche de ta mère…

Sa voix s'était brisée en prononçant ces derniers mots, et il le prit enfin dans ses bras, le serrant comme si demain n'existait pas.

– Kliment, mon Kliment… dit-il, juste assez fort pour qu'Olga parvienne à l'entendre. Ma bouille ronde, mon petit tsarévitch, mon fils… Je t'ai retrouvé. Je t'ai enfin retrouvé.

Olga sortit discrètement de la voiture et s'éloigna le long de la route dans un brouillard d'émotions, essuyant ses larmes dans son écharpe. Elle se sentait si pleine de tristesse et de joie, le cœur tellement à vif que le simple fait d'être vivante lui semblait presque insupportable.

– Oh, mamouchka, dit-elle dans l'air froid, tu te souviens de ce que Lubov te disait toujours, quand tu vivais à Astrazov ? Que les histoires russes se finissent toujours dans les larmes et le chagrin… C'est vrai, mais, oh, mamouchka ! il y a aussi tant de bonheur.

***

Kliment Marouchkine quitta définitivement la ferme Smirnov dans la Volvo de son père, qui l'installa dans l'autre cellule du poste de police, bien décidé à lui aménager aussi vite que possible un endroit plus confortable où dormir. Mais Kliment ne voulut rien entendre.

– Je n'ai pas besoin de plus, papa. Si tu t'en satisfais, alors je m'en satisferai aussi.

C'est ainsi que père et fils vécurent ensemble, jouant avec Raspoutine et regardant les saisons changer à travers les fenêtres à barreaux qui donnaient sur des maisons abandonnées.

Quelques heures après qu'ils étaient allés chercher Kliment dans cette ferme, Olga raconta à Vassily comment Pasha était parvenu à retrouver le ravisseur jusqu'alors insaisissable de sa femme et de son fils. Il va de soi que Vassily était impatient de comprendre comment un soldat en disgrâce avait pu faire apparaître Prokofy d'un simple claquement de doigts, à la manière d'un magicien sortant un lapin de son haut-de-forme, alors que lui, un enquêteur aguerri, avait retourné ciel et terre pendant des années sans succès.

– Tu te souviens quand je t'ai dit que l'armée était un monde clos dont la porte était solidement cadenassée ? Eh bien, Pasha a trouvé le moyen de faire sauter le cadenas. Il a contacté tous ses camarades de l'armée et leur a demandé s'ils connaissaient un homme du nom de Pavel Prokofy. Et ça a été un pur hasard, Vassily, dit-elle, le sentant blessé dans son orgueil professionnel. Sans ce coup de pouce du destin, personne n'aurait pu réussir à le retrouver.

– Oui, admit-il, la chance joue un grand rôle dans mon métier.

– Il se trouve que Pasha avait un ami, Artyem, qui avait partagé une cellule avec Prokofy dans la prison militaire de Novossibirsk, expliqua Olga. C'était dans les années 1980, avant que Prokofy ne fasse la connaissance de ta femme. À l'époque, il purgeait une peine de deux ans pour détournement des fonds de l'armée. L'ami de Pasha, Artyem, avait aussi été arrêté parce qu'il avait volé dans la caisse d'une façon ou d'une autre, même si Pasha m'a dit qu'il n'avait pas fait ça pour lui, mais pour aider un camarade sur la paille. D'après mon frère, Artyem a bon fond, mais c'est le genre d'homme qui a du mal à se tenir du bon côté de la loi, tu vois ? J'ai l'impression que Pasha a un faible pour lui… Quoi qu'il en soit, Artyem a découvert que le nom sous lequel il connaissait son compagnon de cellule – Denis Petrov – était un nom d'emprunt. Tu te rends compte, Vassily ? Il avait réussi à s'engager dans l'armée sous une fausse identité ! Un véritable exploit, selon Pasha.

– Et comment cet Artyem a-t-il découvert que Petrov s'appelait en réalité Prokofy ? demanda Vassily.

– J'allais y venir, dit Olga. Un jour, Prokofy s'est fait tabasser par d'autres prisonniers. Il trafiquait des cigarettes en prison et il a eu la mauvaise idée d'arnaquer des types qui n'étaient pas des rigolos. Il a été envoyé à l'infirmerie, bien amoché, et les surveillants ont vidé la cellule de toutes ses affaires. Enfin, *presque* toutes : ils ont oublié une sorte de pièce d'identité avec le véritable nom du soi-disant Petrov, planquée sous son matelas. Artyem l'a découverte en voulant prendre le matelas de la couchette inoccupée pour se faire une double épaisseur, et cette information lui a offert un moyen de pression sur Prokofy. Au cas où à l'avenir il aurait besoin de lui demander quelque chose, tu comprends ? Apparemment, c'est comme ça que ça marche, en prison. J'apprends tellement de choses sur le monde criminel !

Vassily sourit, mais ne fit pas de commentaire.

– Enfin bref, poursuivit-elle, ce n'est pas étonnant que tes recherches n'aient jamais abouti, parce qu'au sein de l'armée, tout le monde connaissait Prokofy sous son nom d'emprunt. Et une fois que Pasha a découvert que Petrov et Prokofy n'étaient qu'un seul et même homme, il a persuadé Artyem de reprendre contact avec son ancien compagnon de cellule et de le contraindre à dire ce qu'il savait sur le sort de ta famille, sous peine de révéler aux autorités qu'il avait rejoint l'armée sous une fausse identité. Selon Pasha, c'est passible d'une peine de vingt ans dans une prison fédérale. Et vu que Prokofy a déjà un casier… Du coup, il s'est montré coopératif et a passé quelques coups de fil, ce qui nous a permis de savoir où se trouvait Kliment, ainsi que le nom qui lui avait été donné. Mais Prokofy n'a pas réussi à localiser Rozalina malgré ses efforts, et les menaces d'Artyem n'y ont rien fait. Il a dit qu'il s'était contenté de livrer Rozalina et Kliment, drogués et ligotés, aux trafiquants d'êtres humains qui l'attendaient dans la banlieue de Tomsk, et que son rôle s'était arrêté là. Une fois leur camionnette repartie et une liasse de billets bien au chaud dans sa poche, il était passé à autre chose. Mais Prokofy leur a aussi dit que dans ce milieu, c'est une pratique habituelle de laisser les enfants avec leur mère jusqu'à l'âge de cinq ou six ans pour qu'elles puissent s'en occuper, puis de les séparer une fois que les gamins sont assez grands pour être autonomes et se rendre utiles. Artyem n'a rien pu tirer de plus de lui.

– Autonomes à cinq ans ? grommela Vassily, la mâchoire serrée. Dis-moi juste où se trouve Prokofy et je vais le faire parler, moi, tu peux me croire.

– Non, Vassily, dit Olga. Artyem n'a fourni ces informations à Pasha qu'à la seule condition que nous en restions là. Il n'a même pas voulu lui dire où il se trouvait, lui, et encore moins où vivait Prokofy. Ça faisait partie du marché : Prokofy acceptait de dire ce qu'il savait, mais Artyem ne devait donner aucune information permettant de le localiser. Pasha pense qu'Artyem se cache, lui aussi – qu'il a dû faire encore une bêtise et qu'il est en cavale.

– Code d'honneur des voyous, hein ? dit Vassily d'un ton amer. Écoute, Olga... Pasha ne pourrait pas recontacter son ami et essayer de le persuader de me livrer Prokofy ? Je suis prêt à payer ce qu'il faut. N'importe quelle somme. Je trouverai un moyen de me la procurer.

– Je suis obligée de te dire encore non, dit-elle tristement. Pasha m'a dit qu'Artyem avait changé de numéro après lui avoir rendu ce service, pour être sûr que ça s'arrêterait là. Et mon frère n'a aucun moyen de le retrouver. Il peut se cacher n'importe où en Russie, et peut-être même à l'étranger. Artyem s'est volatilisé dans la nature, Vassily. Et idem pour Prokofy. Impossible de savoir où ils sont.

La tête de Vassily se balança lentement, pensivement, et il fallut un bon moment avant qu'il ne se décide à reprendre la parole.

– Artyem s'est volatilisé, et Prokofy aussi... murmura-t-il finalement. Impossible de savoir où ils sont, dis-tu. Mais je vais les retrouver, Olga. Je vais les retrouver, et je vais aussi retrouver Rozalina.

Elle hocha la tête.

– Je sais que tu la retrouveras. Tu es une bonne personne, brigadier-chef Marouchkine, et te voilà de nouveau un bon père. J'espère de tout cœur que tu auras bientôt l'occasion de redevenir un bon mari.

Au cours des semaines qui suivirent, Olga finit de s'installer dans la maison qu'elle partageait désormais avec son frère et son amie, sans oublier les trois enfants d'Anna. Une fois terminée sa journée au bord de la voie ferrée, elle rentrait chez elle d'un pas plus pressé qu'au temps où elle vivait avec son père. Mikhaïl Pouchkine retravaillait depuis peu, lui aussi, contraint et forcé après son arrestation au pavillon de chasse d'Astrazov, et bien qu'il fût parfaitement apte à exécuter les tâches qu'on lui demandait dans l'usine de transformation qui l'employait maintenant à Taïga, il maudissait toujours sa fille à chaque fois qu'il la croisait dans les rues de Roslazny. Bientôt, il vendit la maison dans laquelle Olga avait vécu depuis qu'elle était petite et s'installa chez sa sœur Zia, qu'il rémunéra pour qu'elle s'occupe de lui.

– Qui se ressemble s'assemble, commenta Pasha quand il entendit la nouvelle. Qu'ils macèrent ensemble dans leur jus, comme deux pommes pourries oubliées au fond d'un sac. On ne pensera plus à eux. On va penser à l'avenir et oublier le passé.

– Voilà qui est parler, grand frère, dit Olga ce soir-là. D'ailleurs, à propos d'avenir, j'ai une grande nouvelle à t'annoncer : j'ai fini mon livre !

– Alors, ça y est ? Tu as écrit la centième leçon de vie ? s'écria Pasha avec enthousiasme. Bien joué,

Olgakin ! Cent leçons inspirées d'une vie de cheminote ! C'est un grand travail que tu as accompli là. Je suis fier de toi, tu sais. Et père devrait l'être aussi. Mais je sais que mamouchka le serait, et je ne vois pas de plus beau compliment.

Olga sourit, parce que les mots de Pasha faisaient écho à ceux qu'avait prononcés Vassily plus tôt dans la journée, quand elle était tombée sur lui aux alentours du poste de police. Il n'avait pas connu Tatiana Pouchkine, mais Olga parlait tellement d'elle qu'il avait parfois le sentiment de l'avoir déjà rencontrée. Olga et Vassily passaient de plus en plus de temps ensemble, ces dernières semaines, discutant dès que l'occasion se présentait, au hasard d'une rencontre dans les rues du village ou autour d'un verre de Carburant de fusée, si la chance les réunissait au Café Astana.

Alors que le climat se faisait plus clément, que la neige laissait place à l'herbe, aux fleurs et aux jeunes cônes roses des mélèzes bourgeonnants, ils découvrirent le plaisir de se promener ensemble à travers champs ou sur les berges du Tom, emportant un pique-nique ou remplissant leurs poches de pommes qu'ils croquaient au fil de leurs vagabondages. Olga parlait des espoirs et des projets qu'elle avait pour son livre, des éditeurs à qui elle comptait soumettre son manuscrit, Vassily se contentant le plus souvent de l'écouter en soufflant la fumée de sa cigarette dans l'air radouci. Le voile de tristesse qui assombrissait son regard s'était un peu déchiré, avait remarqué Olga. Son être tout entier semblait s'être allégé, comme libéré d'un poids trop longtemps porté. Elle savait, bien sûr, que Vassily ne serait pas vraiment en paix tant que Rozalina resterait introuvable, et qu'il ne tarderait pas à reprendre ses recherches. Mais en attendant, il s'autorisait un moment de répit, et Olga était heureuse de le voir détendu avec son fils retrouvé, un garçon calme et patient qui contre toute logique s'était épris de la campagne au cours de ses années de servitude dans diverses exploitations agricoles. Très vite, le jeune homme noua une solide amitié avec Fiodor Katine, le Rêveur, qui trouva en Kliment une oreille complaisante pour l'écouter parler de sa nouvelle passion pour Catherine la Grande, impératrice de toutes les Russies. Et Olga qui observait tout cela songeait que la joie pouvait surgir des profondeurs d'un chagrin, comme l'eau claire des profondeurs d'un puits qu'on croyait condamné.

Un jour, Vassily vint lui rendre visite dans sa cahute au bord des rails, porteur d'une lettre que lui avait confiée le facteur, certain qu'elle atteindrait plus vite sa destinataire par l'entremise du brigadier-chef. Il frappa trois petits coups contre le mur en bois, puis se courba pour passer la tête par l'entrebâillement de la porte basse.

– C'est le facteur ! lança-t-il d'un ton jovial.

Assise à son modeste bureau, Olga leva les yeux et vit l'enveloppe qu'il agitait au bout de ses doigts.

– Ça ne peut quand même pas être déjà la réponse d'un éditeur ? dit-elle avec une nuance d'espoir – mais aussi d'inquiétude – dans la voix.

Un mois plus tôt, après des semaines à se tourmenter avec d'interminables corrections, Olga avait fini par se résoudre à envoyer *Trouvez le bon aiguillage : cent leçons de vie inspirées par le Transsibérien* à plusieurs éditeurs. Mais Vassily secoua la tête.

– Non, dit-il. Il y a un tampon des Chemins de fer russes sur l'enveloppe.

– Alors ça pourrait être une réponse à ma demande de promotion. Oh, je n'ose pas l'ouvrir ! Tu veux bien regarder pour moi ?

– Bien sûr, dit Vassily. Mais je ne vois pas pourquoi tu es aussi nerveuse. Ils ne peuvent pas faire autrement que de t'accorder au moins une augmentation de salaire, après tout ce que tu as fait pour la compagnie. En aidant à mettre fin aux agissements d'Ivanka, de Glazkov et de Babikov, sans parler de Viktor Fandorine, tu as tout de même sacrément contribué à restaurer la réputation de la ligne transsibérienne.

– Tu ne les connais pas… dit Olga avec une petite moue résignée. Les Chemins de fer russes peuvent faire preuve d'une grande ingratitude envers leurs cheminots, surtout si ce sont des cheminotes.

– On va voir ça tout de suite, dit-il en déchirant l'enveloppe. Eh bien, il est écrit que… Hé ! C'est une bonne nouvelle, Olga. Tu as été promue au rang de technicienne de maintenance ferroviaire de *deuxième* catégorie, s'il vous plaît ! Et ce n'est pas tout. Tu es… Attends un peu…

Il tourna le document pour lire son verso et elle le vit se décomposer.

– Quoi ? Qu'est-ce qu'il y a, Vassily ? Donne, si tu ne veux pas me le lire.

Joignant le geste à la parole, elle se leva d'un bond et lui prit la feuille des mains.

– J'ai été mutée, dit-elle lentement, comme si elle essayait de prendre la mesure de cette nouvelle. À Oulan-Bator, en… en *Mongolie* !

Elle leva vers lui des yeux désespérés.

– Oh, Vassily, dit-elle. Qu'est-ce que je vais faire ?

Il la fixait du regard, stupéfait.

– En Mongolie ? dit-il finalement. Mais… Comment c'est possible, Olga ? Je veux dire, comment peuvent-ils t'envoyer travailler dans un autre *pays* ?

Elle se laissa lourdement tomber sur sa chaise.

– Je ne sais pas, dit-elle en secouant une tête lourde et incrédule. Mais il me semble qu'il y avait un programme d'échange avec la Mongolie, du temps où elle était contrôlée par les communistes. Je me souviens d'avoir entendu mon père parler d'un Institut des transports ferroviaires à Oulan-Bator, quand j'étais gamine. Mais ils doivent vraiment avoir une dent contre moi, pour ressusciter un vieux programme d'échange qui date de l'époque soviétique.

Vassily s'assit sur le bureau et parcourut une nouvelle fois la lettre.

– Tu peux dire non ? demanda-t-il finalement. Refuser ta mutation ?

– Oui, si j'ai envie d'être virée. Mais je ne peux pas me le permettre, Vassily. Il faut que je me remette à faire des économies si je veux aller étudier un jour à Tomsk. Et puis j'ai un prêt immobilier à rembourser, maintenant. Je ne peux pas prendre le risque de voir Anna se retrouver une nouvelle fois à la rue.

– Je pourrais t'aider, dit-il en posant doucement la main sur l'épaule d'Olga.

Elle leva les yeux sur lui, couvrant sa main de la sienne.

– N'ai-je pas dit que tu étais quelqu'un de bien, Vassily Marouchkine ? lança-t-elle avec un bref sourire. Mais tu ne peux pas porter mes fardeaux en supplément des tiens. Et puis tu dois subvenir aux besoins de ton fils, maintenant. Et un jour, j'espère, à ceux de ta femme.

Elle se leva et marcha vers la fenêtre, le regard perdu parmi les arbres qui bordaient la voie ferrée, pyramides vertes des sapins et bouleaux souples dont les feuilles semblaient flotter dans le scintillement de l'air chaud de ce début d'après-midi. Sous leurs branches, qui s'étiraient entre les acacias jaunes et les saules des Lapons proliférant aux abords de la forêt, elle vit les rails posés sur leur lit de cailloux, étincelant au soleil comme des ruisseaux d'acier fondu et filant dans les deux sens vers des horizons invisibles. Depuis tant d'années, elle inspectait, entretenait et réparait la voie ferrée, et voilà qu'en guise de remerciement on l'envoyait à des milliers de kilomètres de chez elle, dans un lieu si lointain que même l'écartement des rails y était différent. Et qui sait quand elle pourrait retrouver Roslazny – qui sait ce qui aurait changé à son retour ?

Elle souffla longuement et ferma les yeux, la main posée sur le rebord de la fenêtre. Puis elle les rouvrit brusquement, une expression résolue gagnant ses traits et son regard. Elle allait suivre la voie ferrée jusqu'à sa nouvelle destination et faire face, quels que soient les défis qui l'attendaient là-bas. C'est ce que faisaient les femmes russes. Elles avançaient, jour après jour, en dépit des obstacles qui se dressaient sur leur route. Devant elles, les rails dessinaient un long chemin dont l'horizon toujours se dérobait. Un jour peut-être, elles l'atteindraient. Un jour peut-être.

COLLECTION HUGO THRILLER

FABRICE BARBEAU
Itinéraire d'une mort annoncée

DARCEY BELL
L'ombre d'Emily (Disparue)

ROY BRAVERMAN
Hunter
Crow
Freeman
Manhattan Sunset
Le cas Chakkamuk
Le premier fils

TOM CHATFIELD
Bienvenue à Gomorrhe

SANDRINE DESTOMBES
Les jumeaux de Piolenc
Le prieuré de Crest

Madame B
Le dernier procès de Victor Melki
Les disparus de la Durance

SÉBASTIEN DIDIER
Ce qu'il nous reste de Julie

FRANCESCO DIMITRI
Le livre des choses cachées

LAURIE ELIZABETH FLYNN
Nous étions les reines

GHISLAIN GILBERTI
L'Évangile de la colère

LEE MATTHEW GOLDBERG
Mentor

ELLY GRIFFITHS
Le journal de Claire Cassidy
Mortelle dédicace

BEAR GRYLLS
Le tombeau d'acier
Les anges de feu

VICTOR GUILBERT
Douve
Terra nullius
Brouillards

VINCENT HAUUY
Le tricycle rouge
Le brasier
Dans la toile
Survivre

JENNIFER HILLIER
Wonderland

MARTIN HOLMEN
Corps-à-corps
Compte à rebours

JACK JAKOLI
La détresse des roses

OLIVIA KIERNAN
Irrespirable
Les liens du sang

MICKAËL KOUDERO
La faim et la soif

CHRISTINA KOVAC
La journaliste

LUDOVIC LANCIEN
La caste des ténèbres

ISMAËL LEMONNIER
Enfers

AMY LLOYD
Innocente

ELLERY LLOYD
Suivie

T.M. LOGAN
Holiday
Ne faites confiance à personne

LAURENT LOISON
Cyanure

JOHN MARRS
Âmes sœurs
Les passagers

ROZ NAY
Notre petit secret
La sentinelle

B.A. PARIS
Derrière les portes
Défaillances
Dix petites poupées
Le dilemme
Le cercle de Finsbury

JACQUES PONS
Organigramme

JEAN-CHRISTOPHE PORTES
Oscar Wagner a disparu

HUGO TOSI
Affaires spéciales :
Le dossier iO

ADRIAN J WALKER
The End of the World
Running Club

DENIS ZOTT
Maudite

COLLECTION HUGO POCHE SUSPENSE

ALEXIS AUBENQUE
La fille de la plage
La fille de l'océan
Halloween Night : Le manoir

ROY BRAVERMAN
Pasakukoo
Manhattan Sunset

MARION CABROL
La lionne rouge

KATIA CAMPAGNE
American Witches

TOM CHATFIELD
Bienvenue à Gomorrhe

COLLECTIF
Storia 2021
Storia 2022

ANGÉLINA DELCROIX
Synopsix
Qui meurt à Noël ?
L'île des damnés

SANDRINE DESTOMBES
La faiseuse d'anges
L'Arlequin
Ainsi sera-t-il

SÉBASTIEN DIDIER
Je ne t'oublie pas
Les yeux bleus
Ce qu'il nous reste de Julie

LEE MATTHEW GOLDBERG
Mentor

LOÏC HENRY
Lame sur les lèvres

OLIVIA KIERNAN
Irrespirable
Les liens du sang

LUDOVIC LANCIEN
Le singe d'Harlow
Les oubliés de Dieu
La caste des ténèbres

ELLERY LLOYD
Suivie

T.M. LOGAN
Holiday
Ne faites confiance à personne

JOHN MARRS
Les passagers

ROZ NAY
Notre petit secret
La sentinelle

CLAIRE PLANTEVIN
Plus que deux morts
et c'est Noël

FRANÇOIS RABES
Les racines des ombres

VINCENT RADUREAU
Le dernier match de River Williams
L'ombre d'un géant
Le sang de Manchester

HUGO TOSI
Affaires spéciales :
Le dossier iO

DENIS ZOTT
La dame blanche

Composition et mise en pages
Nord Compo à Villeneuve-d'Ascq